D1716148

Georges Roque

Qu'est-ce que l'art abstrait ?

Une histoire
de l'abstraction en peinture

(1860-1960)

POSTFACE INÉDITE

Gallimard

Georges Roque est directeur de recherches au CNRS.

Pour Paula,
alias Pablita, alias Papalotl,
qui m'a, comme toujours, appuyé,
encouragé, aidé et stimulé.

INTRODUCTION

L'avènement de l'art abstrait est incontestablement l'un des bouleversements majeurs qu'ait connus l'art occidental au XXᵉ siècle. Point n'est besoin du recul de près d'un siècle dont nous disposons aujourd'hui pour se livrer à ce constat. Pourtant, en dépit de l'abondante littérature disponible sur ce sujet, nombre de questions qu'il soulève demeurent sans réponse. Il existe certes de nombreuses histoires de l'art abstrait qui racontent à satiété la même anecdote de la découverte par Kandinsky du fait que « l'objet nuisait » à ses œuvres, lorsqu'il tomba soudain en arrêt dans son atelier devant « un tableau d'une beauté indescriptible » sur lequel il ne voyait « que des formes et des couleurs et dont le sujet était incompréhensible » et qui s'avéra être une de ses propres toiles appuyée au mur sur le côté[1].

Cependant, isolée de son contexte et érigée en « origine », cette anecdote a beaucoup nui. D'abord parce qu'elle fait des débuts de l'art abstrait une « découverte », au reste accidentelle, ce qui dispense dès lors de s'interroger plus avant sur sa genèse. Ensuite, ce mythe d'origine semble conforter l'idée qu'il n'y a rien à comprendre dans l'art abstrait, dans l'oubli de tout ce que Kandinsky a pu écrire sur le sujet. En effet, si l'art abstrait est une découverte due à un heureux hasard, il est alors réduit à l'émerveillement que procure un tableau dont le sujet est rendu incompréhensible du fait d'être posé de côté. Dans cette perspective, trop répandue, l'art abstrait consisterait donc en des œuvres qui n'ont pas de sens et demandent à être appréciées pour la seule beauté des lignes et des couleurs.

À la question du public non éduqué, dérouté face à une œuvre abstraite, et qui s'interroge de façon quelque peu angoissée : « Qu'est-ce que cela représente ? », l'amateur éclairé répond tranquillement et le sourire aux lèvres : « Non, cela ne représente rien. Rassurez-vous : il n'y a rien à comprendre. Il s'agit simplement d'être sensible à la beauté des lignes et des couleurs. » Or le défaut, à mon sens, de la plupart des histoires de l'art abstrait, est qu'elles ne vont pas bien au-delà de cette attitude. Elles apportent assurément une documentation indispensable sur les œuvres et les peintres, mais en limitent le plus souvent la portée à des considérations purement formelles. Peut-être est-ce pour cela qu'on a pu dire de l'histoire de l'art abstrait qu'elle est à peine en train de commencer à être écrite, malgré l'impressionnante littérature qui lui est consacrée[2].

Aussi la question « Qu'est-ce que l'art abstrait ? », qui pourrait sembler superflue, doit être reposée à nouveaux frais. Car nombreux sont les problèmes qui demeurent en suspens. Signalons-en au moins trois, dont seuls les deux derniers seront traités ici de façon détaillée : d'où vient l'art abstrait ? comment le définir ? quel sens a-t-il ?

D'où vient l'art abstrait ?

S'agit-il d'une création *ex nihilo* qui à ce titre introduirait une rupture radicale par rapport à l'art antérieur, ou du développement particulier du cubisme, son prédécesseur dans la succession des avant-gardes, ou encore de la radicalisation de l'essence de l'art, se purifiant en se libérant des contraintes de l'imitation ? Toutes ces réponses, ainsi que d'autres, ont été proposées. Or aucune n'est complètement satisfaisante. Le problème, à vrai dire, est à peine abordé par les histoires de l'art abstrait qui débutent toutes vers 1910, reléguant dans le meilleur des cas les « antécédents » au chapitre d'introduction. S'il faut à tout prix faire débuter à cette époque l'histoire de l'art abstrait, c'est alors sa *préhistoire* qu'il faudrait écrire. Il en existe pourtant une, dira-t-on : celle d'Otto Stelzer et qui porte justement ce titre : *Vorgeschichte der abstrakten Kunst*[3]. Elle souffre néanmoins d'un défaut méthodologique : au lieu de s'interroger sur les fac-

teurs qui ont pu favoriser l'émergence de l'abstraction en art, l'auteur procède à l'inverse. Considérant
l'art abstrait comme un acquis, il tente de retrouver
des précurseurs qui l'auraient anticipé : certains romantiques allemands, Turner, les taches de Cozens,
des visionnaires comme Victor Hugo, etc. Mais ce
n'est pas en projetant sur le passé ce qu'on sait de
l'art informel ou en traquant chez des littéraires
(comme Strindberg) des dessins « abstraits » qu'on
fera avancer la réflexion sur ce qui a rendu possible
l'art abstrait. Comme disait Borges, ou a peu près,
tout créateur produit ses propres précurseurs : informés que nous sommes de ce qu'est l'art abstrait,
il nous est aisé d'en trouver des traces dans les œuvres du passé, de la même façon que nous sommes
désormais plus attentifs à repérer par exemple de
grandes zones « abstraites » faites de taches multi-
colores dans une fresque de Fra Angelico, *La Madone
des ombres* (1438-1450, Florence, couvent de San
Marco), qui avaient jusque-là échappé à l'attention
des historiens d'art[4].

Comment définir l'art abstrait ?

Cependant, comme tout est lié, il est bien difficile de déterminer d'où vient l'art abstrait si l'on
n'a pas déjà une idée de ce qu'il est : suivant que
l'on considère qu'il s'agit d'un « phénomène » propre au XXe siècle (D. Vallier), ou d'une « constante

de l'esprit humain » (M. Brion), on obtiendra une réponse complètement différente. Nous sommes donc renvoyés à la question : comment définir l'art abstrait ?

Ici encore, force est de constater que les histoires de l'art abstrait se contentent d'ordinaire de le définir de façon implicite, car, s'il fallait l'expliciter, on se heurterait très vite à des difficultés difficilement surmontables, du fait que ces définitions ont changé avec le temps. En réalité, nous le verrons, ceux qui partent d'une définition — comme celle consistant à dire que l'art abstrait se caractérise par l'absence de toute référence à la réalité — sont contraints ensuite à d'innombrables compromis boiteux pour rendre compte d'œuvres qui échappent à cette définition standard. Faudrait-il alors renoncer à définir l'art abstrait ? Certes pas, mais il faut au moins tenter de comprendre comment il a été défini au fil des époques qui ont jalonné son histoire, et en particulier par les artistes eux-mêmes. Le premier objectif de cet ouvrage est ainsi d'interroger les artistes, avant tout à partir de leur production écrite, pour analyser ce qu'ils entendaient par art abstrait. L'histoire entreprise ici est donc d'abord une histoire des différentes définitions de l'art abstrait que les artistes ont développées, soutenues et défendues, plus qu'une histoire des œuvres, sur lesquelles il existe de nombreux volumes. En d'autres termes, à la question « Qu'est-ce que l'art abstrait ? », on peut apporter une première réponse en se demandant ce que les peintres eux-mêmes entendaient par art abstrait et par abstraction.

Il est d'ailleurs curieux de constater à cet égard qu'il n'existe aucune étude détaillée de ce que les pionniers comprenaient par art abstrait. C'est sans doute qu'on ne l'a pas jugée utile. À quoi bon s'interroger là-dessus, si l'on est sûr par avance de la réponse, si l'on estime qu'on ne peut rien découvrir qu'on ne sache déjà, à savoir la confirmation de ce que l'art abstrait serait l'absence d'allusion à la réalité ou l'absence de représentation. Or, nous le verrons, les choses sont bien plus complexes, et obligent à beaucoup de prudence, tant les idées sur la nature de l'art abstrait ont changé, parfois chez les mêmes artistes.

Une précision s'impose toutefois, car on pourrait considérer que l'objectif de retracer l'histoire mouvementée des conceptions de l'art abstrait serait coupé de toute préoccupation économique, sociale ou politique, ce que l'on a justement reproché à l'art abstrait : de se vouloir détaché du monde environnant, de ses contraintes et de ses déterminations. En fait, il n'en est rien. Si mon propos n'est pas d'écrire une histoire sociale de l'art abstrait, qu'il faudra bien entreprendre un jour, il est pourtant ancré dans la réalité du monde de l'art, lui-même enraciné dans le monde tout court. En ce sens, faire l'histoire des différentes conceptions de l'art abstrait, c'est aussi faire l'histoire de ses enjeux, liés à des luttes de pouvoir au sein des différents mouvements d'avant-garde.

La première partie de cet ouvrage a donc pour objet d'esquisser à grands traits une histoire des conceptions de l'art abstrait qui fait toujours défaut pour l'Europe, qui en a pourtant été le berceau. De toutes les notions dont les artistes, les critiques et les historiens d'art se servent, celles d'abstraction, d'abstrait et d'art abstrait sont sûrement celles qui ont donné lieu aux plus âpres discussions, et ce bien avant les débuts de l'art abstrait. Dans la perspective adoptée ici, il est impossible en réalité de comprendre ces disputes si l'on ne remonte pas à la fin du XIXᵉ siècle, lorsqu'un certain nombre de notions se sont fixées dans le vocabulaire de la critique, et qui reviendront régulièrement tout au long de l'histoire de l'art abstrait. De plus, comme de nombreux auteurs considèrent l'abstraction comme un concept philosophique en quelque sorte « importé » dans le domaine de l'art, je commencerai par montrer qu'il n'en est rien. Car « abstraction » était aussi un terme d'atelier d'un usage fréquent dans les années 1880, ce que la confrontation entre les différents sens qu'il revêtait pour Van Gogh et Gauguin permettra d'établir.

Ensuite, c'est autour du fauvisme, puis du cubisme que se mettront en place, en France, non seulement l'appareil critique qui permettra de disqualifier les œuvres dont la nouveauté déroute, mais le modèle même à partir duquel quelque chose comme l'art abstrait pourra être imaginé, puis pensé, une fois que les œuvres auront été produites. En effet, une des surprises de cette approche est que le premier grand débat autour de l'abstraction a eu lieu *avant* les débuts de l'art non-figuratif, à propos du fauvisme, qualifié, pour le critiquer, d'art abstrait, au sens de trop « théorique ». C'est dire l'importance considérable que revêt une analyse qui ne se cantonne pas aux débuts « officiels » de l'art abstrait, vers 1910-1913.

La situation en Allemagne est assez différente. Ce n'est pas dans le discours critique que s'élaborent les concepts d'abstraction et d'abstrait, mais à partir de la riche tradition de l'esthétique, de la psychologie expérimentale et de l'intérêt pour l'ornementation. Cette tradition-là aide à comprendre les théories de Worringer comme celles de Kandinsky, auxquelles le quatrième chapitre est consacré. Les deux suivants ont pour objet de tenter de débrouiller l'écheveau complexe de l'idée d'art abstrait durant les deux décennies les plus importantes à cet égard, les années vingt et les années trente, pendant lesquelles se sont fixées les principales conceptions de l'art abstrait, celles dont nous sommes encore tributaires.

Après 1945, la situation se révèle encore tout autre, que ce soit à Paris ou à New York. S'accentue un changement déjà perceptible dans les années trente : l'art abstrait, qui est toujours loin de faire l'unanimité, acquiert cependant une importance grandissante. L'abstraction géométrique est un courant puissant, qui se voit reprocher à la fois le dogmatisme de sa position et le risque d'académisation qu'elle entraîne. De nouvelles conceptions voient alors le jour, répondant à plusieurs objectifs : proposer une alternative et d'autres choix face à l'abstraction géométrique, en termes de définition de l'art abstrait, certes — le rapport à la nature et la question de la figuration sont au cœur des débats —, mais aussi de lutte de pouvoir de la part de nouveaux groupes d'artistes qui cherchent à s'imposer sur le marché de l'art. Ce sont quelques aspects de ce renouveau de l'art abstrait, dans sa conception comme dans sa pratique, qui sont examinés dans le dernier chapitre de cette première partie.

Cette histoire complexe devient passionnante quand on réalise à quel point les mêmes artistes ont changé de position au fil du temps, acceptant ou récusant l'étiquette de peintre abstrait, suivant qu'elle servait ou desservait leurs desseins. Si tant de peintres abstraits ont, à diverses époques, refusé de se considérer comme tels, c'est qu'ils ne voulaient pas être amalgamés à une tendance où dominaient les suiveurs, ce qui les a entraînés, par contrecoup, à proposer d'autres termes pour qualifier leur pratique et marquer ainsi leur différence au sein du champ artistique de l'avant-garde.

Quel est le sens de l'art abstrait ?

À la question posée au départ : « Qu'est-ce que l'art abstrait ? », nous avons maintenant un certain nombre de réponses, les positions respectives des principaux acteurs ayant été précisées autant que possible, ainsi que leurs transformations au fil du temps. Ces réponses restent néanmoins partielles. Si la clarification terminologique apparaît, je l'espère, utile pour comprendre les multiples débats et leurs enjeux jusqu'aux années cinquante, on pourrait cependant considérer à bon droit qu'il n'a pas été répondu à la question : « Qu'est-ce que l'art abstrait ? », mais plutôt à cette autre : qu'est-ce que les pionniers, puis certains des principaux peintres abstraits, entendaient par « art abstrait » ?

On conviendra en effet que cette enquête, pour éclairante qu'elle soit, n'apporte qu'une vue incomplète et de surcroît limitée, puisque, chacun prêchant pour sa chapelle, aucune définition, parmi celles qui sont proposées par les artistes, ne pourrait prétendre à une validité universelle.

Reposons donc une nouvelle fois la question : « Qu'est-ce que l'art abstrait ? » Une réponse plus directe est suggérée dans la seconde partie : *l'art abstrait est une forme de langage*. Une telle affirmation, bien sûr, est loin d'aller de soi. Aussi est-elle étayée à partir d'une discussion de la position de Lévi-Strauss, qui fut sans doute, dans les années soixante, un de ses plus violents adversaires. Contrer ses vues nous entraînera sur le terrain de la linguistique et de la sémiotique visuelle, afin de mettre en évidence la nature des signes employés dans l'art abstrait, et en particulier leur caractère de signes plastiques.

Le rapport de l'art abstrait au langage se déploie toutefois dans plusieurs directions. Car une chose est de considérer que les œuvres d'art abstrait sont constituées de signes, une autre d'examiner à quel point le langage verbal a servi de modèle pour penser l'art abstrait. Une des difficultés que pose son analyse est celle de sa genèse. Pour nous aujourd'hui, après un siècle de recul, l'art abstrait, qu'on l'apprécie ou non, est un fait inéluctable, de sorte que son existence, du coup, va de soi. Mais qu'en est-il de la génération des pionniers ? Comment ont-ils pu imaginer, projeter, puis concevoir quelque chose comme des formes abstraites, alors que celles-ci n'existaient pas encore ? Il leur a bien fallu des modèles sur lesquels s'appuyer pour penser quelque chose de si radicalement différent de tout ce qui avait été réalisé jusque-là. La musique a été l'un de ces modèles, et, lié à celle-ci, le langage. Nous verrons d'ailleurs que c'est là une vieille histoire dans la mesure où les grammairiens de l'*Encyclopédie* pensaient déjà le phénomène de l'abstraction dans une perspective langagière.

En ce qui concerne la génération des pionniers de l'art abstrait, c'est surtout le langage poétique qui leur a servi de modèle, parce qu'ils étaient fascinés par le glissement de la fonction dénotative des mots vers leur force expressive et émotionnelle intrinsèque. De même que la poésie constituait un langage « pur », ils ont conçu analogiquement un art « pur », lui aussi, par l'accent mis sur les moyens de la peinture (lignes et couleurs) pris pour eux-mêmes et non plus mis au service de la dénotation d'objets. C'est ainsi que Kandinsky, quant à lui, en est venu à penser quelque chose comme une peinture abstraite. Le cubo-futurisme russe constitue un cas encore plus intéressant, car il a été l'occasion d'une extraordinaire émulation entre poètes et peintres (certains d'entre eux maîtrisant d'ailleurs les deux formes d'expression).

Par ailleurs, qui dit langage dit un nombre fini d'éléments, les lettres, dont les combinaisons engendrent des mots, puis des phrases. Un tel modèle a fasciné les pionniers de l'art abstrait, qui ont été nombreux à comparer explicitement à une langue ce qu'ils cherchaient sans pouvoir encore le formuler autrement. Plusieurs, Kandinsky en tête, ont formulé le projet de constituer une *grammaire* de l'art abstrait, comprenant au minimum un alphabet et une syntaxe, et aussi, parfois, une sémantique. Ici encore, le terrain aura été préparé à la fin du XIXe siècle, en particulier par les nombreuses grammaires de l'ornement qui ont fleuri dans les années 1880 et ont entraîné à leur tour des grammaires de la couleur et de la ligne. La démarche est chaque fois la même : décomposer lignes et couleurs en leurs éléments premiers, puis analyser la combinatoire de ces éléments entre eux ainsi que, le cas échéant, leur valeur sémantique. Le dixième chapitre est dès lors consacré à mettre en évidence le déploiement de cette problématique au travers des grammaires de l'ornement, mais aussi du symbolisme en peinture, dont l'approche est déjà présémiotique, du moins chez les auteurs concernés par la question des signes visuels abstraits.

Les deux principaux éléments de ce langage sont la *ligne* et la *couleur* (qualifiées toutes deux d'abstraction dès Baudelaire), qui seront traités chacun à part. La question posée à ce propos est la suivante : qu'est-ce qui rend possible et à quelles conditions quelque chose comme une ligne abstraite ou une couleur abstraite ? Comment et sous quelle forme la ligne et la couleur peuvent-elles valoir pour elles-mêmes ? Et enfin, dans la mesure où qui dit signe dit rapport entre expression et contenu, ou signifiant et signifié, quels peuvent être alors les signifiés de la ligne et de la couleur abstraites ? Si c'est parmi les constructivistes que l'on trouve certains des développements les plus accomplis de cette conception, nombreux sont les abstraits, au sein du Bauhaus ou même avant sa fondation, qui leur ont consacré de fascinantes réflexions. Et en deçà, ce sont à nouveau des artistes, des critiques et des savants du XIXe qui avaient montré la voie, et qui serviront de point de départ pour un parcours retraçant à grands traits la manière dont cette grammaire élémentaire de la ligne et de la couleur s'affinera peu à peu et dont des textes canoniques comme *Point et ligne sur plan* de Kandinsky constituent des étapes incontournables. Ici, une réponse est donnée à la question : « Quel est le sens de l'art abstrait ? », question qui avait tant préoccupé des peintres comme Kupka ou Kandinsky, ou encore les Expressionnistes abstraits américains. L'approche sémiotique de la peinture abstraite prend alors tout son sens, qui est de fournir des outils méthodologiques permettant de rendre compte de cette exigence sémantique de tant de peintres abstraits, qui récusaient l'approche formelle de leur art et revendiquaient au contraire l'expression par la ligne et la couleur d'émotions, de sentiments et de pensées, auxquelles l'idée de signe plastique confère toute son importance.

Après 1945, à Paris en tout cas, les défenseurs de l'art abstrait — toutes tendances confondues — en parlent comme de « signes », l'expression qui semblait la plus qualifiée pour en rendre compte. Signes des émotions que ressent l'artiste, signes parce qu'ils remplacent une réalité absente, signes du langage personnel de chaque peintre, etc. Cette inflation du terme dans le vocabulaire correspond sans doute à un effet de mode, mais aussi à la nécessité d'une notion qui rende manifeste la spécificité de l'art abstrait par rapport au langage figuratif, comme ce fut le cas pour certains critiques qui eurent recours à la notion de signe pour mettre en évidence la supériorité de l'abstrait sur le figuratif.

Si l'emploi généralisé du terme confirme *a posteriori* l'intérêt d'une approche sémiotique, il pourrait peut-être également éclairer le déclin de l'art abstrait en tant que mouvement historique. Car les années cinquante sont aussi celles qui ont vu l'art abstrait devenir un « style » et sombrer dans une pratique académique dénoncée comme telle à l'époque. Peut-être est-ce le sort de toute grammaire visuelle de se figer dès lors qu'elle devient un répertoire de recettes toutes faites et à prétention universelle, auxquelles il n'y a plus qu'à puiser ses formes et ses couleurs en renonçant par là même à développer un système de signes plus personnel ?

L'approche suivie dans la seconde partie ne prétend certes pas résoudre tous les problèmes que pose la question de savoir ce qu'est l'art abstrait ; mais j'espère au moins qu'elle contribuera à éclairer, ne serait-ce que partiellement, sa genèse (le langage poétique comme modèle), son développement (la quête d'une grammaire élémentaire de la ligne et de la couleur) et son déclin historique, quand cette grammaire donne lieu à un nouvel académisme.

PREMIÈRE PARTIE

« *Abstraction* » et « *art abstrait* » : *les querelles terminologiques et leurs enjeux*

> *La plupart des notions que les artistes et les critiques emploient pour se définir ou définir leurs adversaires sont des armes et des enjeux de luttes, et nombre des catégories que les historiens d'art mettent en œuvre pour penser leur objet ne sont que des schèmes classificatoires issus de ces luttes et plus ou moins savamment masqués ou transfigurés.*
>
> PIERRE BOURDIEU.

Qu'est-ce que l'art abstrait ? Qu'est-ce que l'abstraction ? S'agit-il de deux termes interchangeables ? Et la non-figuration ? Est-ce un autre mot encore pour désigner la même chose ? Et, enfin, l'art non-objectif ? Autant de termes que l'on utilise souvent comme s'ils étaient équivalents et en se gardant bien, d'ordinaire, d'en préciser le sens. Mais quand bien même le voudrait-on, on se heurterait à des difficultés considérables, car le sens de ces termes

— surtout les trois premiers — a changé, et de plus ces changements sont directement liés à l'histoire de l'art abstrait. En ce sens, ce n'est pas une histoire événementielle qui est proposée ici — il en est de nombreuses — mais une histoire de l'idée d'abstraction, d'abstrait et d'art abstrait.

Une telle histoire, qui à ma connaissance n'a jamais été entreprise pour l'art européen[1], réserve bien des surprises, car l'extension sémantique de ces termes a été extrêmement fluctuante au cours des années. Aussi une des meilleures façons de comprendre ce qu'est l'art abstrait consiste-t-elle à analyser les différents sens qui lui ont été attribués par les artistes eux-mêmes, mais aussi par les critiques, et d'en faire l'histoire. Au reste, une bonne partie de l'histoire de l'art abstrait se confond avec l'histoire des querelles terminologiques et des enjeux qui les sous-tendent. En menant cette étude, j'espère contribuer à éclairer les nombreux débats qui ont entouré les termes dans le champ artistique, et qui furent particulièrement vifs.

Ce qui rend la tâche difficile mais passionnante est l'extraordinaire quantité de renversements sémantiques qui ont jalonné cette histoire, « abstraction » et « art abstrait » prenant chez les uns et les autres, pour des raisons qu'il faudra essayer d'élucider, des sens radicalement différents, voire parfois diamétralement opposés. Cette extraordinaire variation quant au sens et à la fonction classificatoire, et telle que « art abstrait » tour à tour inclut ou exclut certaines tendances, fait toute la richesse de la matière analysée, et explique aussi le grand nombre de contresens et d'anachronismes qui ont été commis par les historiens d'art, même les mieux intentionnés. Car faute de la vision d'ensemble que je m'efforce de dégager ici, ils s'en sont tenus à *une* conception de l'art abstrait, certes valide pour l'époque qui l'a promue, et qu'ils ont plaquée sur d'autres périodes, sans réaliser combien ces conceptions ont été fluctuantes, et s'appliquaient donc difficilement à une autre période. Certains de ces contresens seront relevés en cours de route, en particulier au sujet des pionniers de l'art abstrait, à qui l'on a prêté des idées qui n'ont émergé que plus tard. En ce qui concerne l'enquête lexicographique à laquelle je me suis livré, elle repose sur des bases très empiriques : j'ai simplement relevé, au fil des lectures, les occurrences des termes qui m'intéressaient. Il faudrait une enquête plus vaste pour infirmer ou confirmer les hypothèses qui sont ici proposées concernant le sens des termes avant 1910.

Enfin, étant donné le souci de clarification terminologique que ce parcours suppose, et afin de minimiser les risques de confusion, qui ont été trop nombreux en la matière, je tiens à préciser d'emblée en quel sens j'emploie ici les expressions suivantes, classées *grosso modo* par ordre croissant de généralité (les raisons pour lesquelles je propose cet usage devraient s'éclaircir en cours de lecture) :

– la périphrase QUI A ÉTÉ ABSTRAIT désigne, faute de mieux, les œuvres abstraites qui sont le résultat d'un processus d'abstraction (et gardent donc la trace de ce à partir de quoi l'abstraction a été faite ; par exemple les tableaux fondés sur la structure d'un arbre que Mondrian a peints en 1913). La langue française ne permet pas en effet de distinguer l'adjectif « abstrait » et le participe passé du verbe abstraire, à la différence de l'anglais *abstracted* ou de l'allemand *abstrahiert* ;

– ART NON-OBJECTIF désigne au contraire uniquement les œuvres qui ne font plus aucune référence à la nature ou à la réalité extérieure et sont conçues par l'organisation interne des lignes, des couleurs, des volumes et des plans ;

– ART NON-FIGURATIF est une catégorie plus large qui comprend les deux premières et couvre donc les œuvres qui ont été abstraites et les œuvres non-objectives. Elle exprime en outre la volonté de ne pas prendre en compte les différences qui existent dans la manière dont les œuvres abstraites ont été obtenues, c'est-à-dire par un processus d'abstraction de la nature, ou sans plus y faire aucune référence. Il est à noter que j'emploie le terme au sens qui fut le sien lors de sa première utilisation dans les années trente, car son acception a été ensuite réduite ;

– ART ABSTRAIT : terme générique qui désigne toutes les formes d'art, sans exclusive, qui ont été considérées comme « art abstrait » à un moment historique donné, y compris, par exemple, certaines œuvres cubistes. Il me semble important de restaurer ce sens général, bien que tant de peintres abstraits, pour des raisons qu'il faudra élucider, se soient acharnés à refuser l'étiquette « art abstrait ». J'espère montrer dans les pages qui suivent qu'en limitant la catégorie « art abstrait » à l'art non-figuratif ou à l'art non-objectif, on rend l'histoire de l'art abstrait parfaitement incompréhensible. Et à ceux qui estiment que rendre à « art abstrait » ce sens large risque d'entraîner de nouvelles confusions, je répondrai qu'il existe des termes plus précis, comme « art non-figuratif » ou « art non-objectif » pour désigner une des espèces plutôt que le genre. Cesser de considérer « art abstrait », « art non-figuratif » et « art non-objectif » comme de vagues synonymes est dans doute une des meilleures façons d'éviter les confusions que leur emploi indifférencié continue de générer ;

– par ailleurs, s'il est possible de donner à ces termes un sens précis, c'est qu'une bonne partie des débats ont porté sur l'extension plus ou moins grande de la réalité qu'ils recouvrent. En revanche, en ce qui concerne le terme ABSTRACTION, ce serait appauvrir sa grande richesse sémantique que de le réduire à une seule de ses acceptions. Selon le contexte, il aura donc une grande variété de sens, philosophiques, esthétiques ou artistiques.

Enfin, on trouvera à la fin de cette première partie un tableau récapitulatif des principales acceptions des termes « abstraction », « abstrait » et « art abstrait » qui ont été dégagées tout au long de ces chapitres, présentées en suivant autant que possible l'ordre chronologique. Je ne conseille cependant pas au lecteur de s'y reporter dès à présent car, loin de

l'inciter à lire les pages qui suivent, ce tableau risque
au contraire de le rebuter…

N. B. Sauf indication contraire, les mots ou phrases soulignés dans les citations le sont par les auteurs
eux-mêmes

I

Van Gogh et Gauguin

Si l'idée d'abstraction a une longue histoire en philosophie et en esthétique, on sait moins en revanche qu'elle faisait déjà partie, avec différentes significations, du vocabulaire artistique dans la seconde moitié du XIXᵉ siècle. Aussi n'est-il pas inutile de commencer par défricher un peu ce terrain, à la fois pour comprendre ce que les artistes entendaient par « abstraction » dans les années 1880, et aussi pour contribuer par la même occasion à disqualifier l'idée selon laquelle l'abstraction, étant un concept philosophique, aurait été pour les artistes une pièce rapportée. C'est pourquoi il est important de donner un premier aperçu de la façon dont deux artistes utilisaient le vocable.

Cette entrée en matière répond aussi à un autre objectif. De nos jours, en effet, l'idée que l'abstraction signifie l'absence totale de référence ou d'allusion au monde extérieur a fini par recouvrir les autres sens du terme, de telle sorte que par un anachronisme flagrant on en vient à penser tout naturellement que le terme avait déjà l'acception de non-figuration *avant l'avènement de l'art abstrait.* Ainsi, sous prétexte que Gauguin, dans une lettre (trop) souvent citée et qui sera commentée plus loin, assimile l'art à une abstraction, de nombreux commentateurs, pressés de montrer la modernité du peintre, le prennent au mot en considérant son œuvre comme abstraite (au sens de non-figurative). Parmi les nombreux exemples de ce contresens, citons au moins celui-ci : « Ainsi l'art de Gauguin est-il un art abstrait — ce sont ses propres mots — affranchi des contraintes de l'imitation pour mieux assumer sa nature symboliste[1]. » Oui, en effet, ce sont ses propres mots, mais le sens des mots change, et précisément le mot « abstraction » n'avait pas pour Gauguin le sens de non-figuration. D'où l'intérêt de chercher à comprendre les différentes acceptions du terme à l'époque.

Van Gogh

Le cas de Gauguin, comme celui de Van Gogh, mérite d'être analysé, car les deux artistes se sont beaucoup servi des termes « abstrait » et « abstraction », qu'ils concevaient au reste de manière différente. De plus, leur œuvre, et notamment leur usage de la couleur, a eu un impact considérable sur la génération suivante, celle des pionniers de l'art abstrait. Commençons par Van Gogh.

Pour ce dernier, le terme « abstraction » est

souvent utilisé dans un sens psychologique, en particulier celui de rêveur : « [...] par moments, on pourrait bien être un peu abstrait, un peu rêveur, il y en a qui deviennent un peu trop abstraits, un peu trop rêveurs, cela m'arrive à moi peut-être[2]. » Ce sens du terme était, soit dit en passant, courant à l'époque. Il correspond au neuvième sens d'« abstrait » pour Littré[3]. Or il est intéressant de remarquer ici que Van Gogh s'identifie à celui qu'il appelle plus loin dans la même lettre « l'homme abstrait » et dont il défend les vertus en le distinguant du fainéant. Cela ne veut cependant pas dire que Van Gogh considère cette abstraction comme entièrement positive, car il la rejette aussi pour tous les inconvénients qu'elle comporte. Ayant envoyé à une adresse erronée une lettre à son frère, il lui écrit : « Je l'avais dans un moment d'abstraction bien caractérisé, adressée rue de Laval et non rue Lepic[4]. » Ce sens négatif est encore renforcé lorsque Van Gogh l'associe à sa maladie ; l'abstraction n'est plus dès lors simplement un moment d'étourdissement ou un lapsus, mais une caractéristique de sa maladie, telle qu'il la perçoit au moment où il envisage d'aller à l'asile de Saint-Rémy : « La pensée revient graduellement, mais encore beaucoup, beaucoup moins qu'auparavant je puis agir pratiquement. Je suis abstrait et ne saurais pour le moment régler ma vie[5]. » En même temps, comme pour se défendre lui-même, il associe l'abstraction à la vie d'artiste, ou plus exactement il incrimine l'usage des couleurs tel qu'il les pratique (par oppositions de contrastes simultanés) comme si cet usage avait pour conséquence de « déconnecter » le peintre de la réalité. À la question : peut-on peindre avec un contraste simultané de jaune et de violet ?, il répond par l'affirmative, tout en mettant en garde contre le risque que cela représente : « Mais allez-y et on tombe en pleine métaphysique de couleurs à la Monticelli, gâchis d'où sortir à son honneur est bougrement incommode. Et cela vous rend abstrait comme un somnambule[6]. » Ailleurs, nous le verrons, il considérera que, étant donné la vie qu'ils mènent, les peintres deviennent fous.

Cette ambivalence quant à la valeur psychologique de l'homme abstrait explique sans doute, au moins en partie, son attitude vis-à-vis de l'« abstraction » en art. Car, pour le peintre, l'abstraction n'est pas seulement un concept psychologique, mais désigne aussi une pratique picturale : peindre de mémoire, sans avoir le modèle sous les yeux, une acception présente aussi chez Gauguin. Van Gogh s'en est expliqué très clairement dans une lettre à Émile Bernard :

> Je ne peux pas travailler sans modèle. Je ne dis pas que je ne tourne carrément le dos à la nature pour transformer une étude en tableau, en arrangeant la couleur, en agrandissant, en simplifiant ; mais j'ai tant peur de m'écarter du possible et du juste […] quant à la forme […] j'ai peu le désir et le courage de chercher l'idéal en tant que pouvant résulter de mes études abstraites. D'autres peuvent avoir pour les études abstraites plus de lucidité que moi, et certes tu pourrais

être du nombre ainsi que Gauguin… et peut-être moi-même, quand je serai vieux[7].

On notera à cet égard que pour Van Gogh l'abstraction en art ne désigne nullement une peinture qui s'affranchirait de l'imitation de la nature, comme on aurait pu le croire à première vue, mais qui ne repose pas sur l'observation directe du modèle. Les craintes dont il fait état le confirment nettement : ce n'est pas qu'il redouterait de se détourner de la nature, puisqu'il lui arrive de lui « tourner carrément le dos » ; c'est plutôt qu'en peignant de mémoire il risque d'être conduit à *idéaliser les formes*, ce qui retient d'autant plus l'attention que le terme « abstraction » servait également à l'époque à qualifier l'idéalisme en art, comme nous le verrons dans le chapitre suivant.

Van Gogh a aussi été très explicite sur sa conception de l'abstraction en art dans une autre lettre à Émile Bernard qui mérite d'être longuement citée :

> Lorsque Gauguin était à Arles, comme tu le sais, une ou deux fois, je me suis laissé aller à une abstraction, dans « La Berceuse », une « Liseuse de romans », noire dans une bibliothèque jaune ; et alors l'abstraction me paraissait une voie charmante. Mais c'est un terrain enchanté ça, mon bon ! et vite on se trouve devant un mur. Je ne dis pas, après toute une vie mâle de recherches, de lutte avec la nature corps à corps, on peut s'y risquer ; mais quant à moi je ne veux pas me creuser la tête avec ces choses-là. Toute l'année j'ai tripoté d'après nature, ne songeant guère à l'impressionnisme, ni à ceci ni à cela […]. Va, ça m'intéresse

davantage que les abstractions ci-dessus nommées. Si je n'ai pas écrit depuis longtemps, c'est qu'ayant à lutter contre ma maladie et à calmer ma tête, je ne me sentais guère envie de discuter, et trouvais du danger à ces abstractions. En travaillant tout tranquillement les beaux sujets viendront tout seuls ; il s'agit vraiment surtout de bien se retremper dans la réalité[8].

Cette lettre est intéressante à plus d'un titre. D'abord, il y est encore fait mention de Gauguin ; sans doute est-ce l'indication que Vincent a réalisé ses « abstractions » lorsque Gauguin était avec lui qui a incité certains commentateurs à suggérer que c'est à la suite des conseils de Gauguin que Van Gogh aurait été amené à peindre des abstractions[9]. Il est vrai qu'évoquant à nouveau dans une lettre à Théo une « Liseuse de roman », « une femme toute verte », Van Gogh ajoute : « Gauguin me donne courage d'imaginer et les choses d'imagination certes prennent un caractère plus mystérieux[10]. » Ensuite, la seconde partie de la citation indique bien les raisons de la méfiance de Van Gogh vis-à-vis des abstractions, qu'il voit comme un danger. Je serais tenté de dire qu'il associe « abstraction » au sens de rêveur et « abstraction » au sens de peinture faite de mémoire, comme si se laisser aller à peindre des abstractions pouvait le couper encore plus de la réalité et favoriser le développement de sa maladie qui le rend trop « abstrait » ; d'où la nécessité pour lui de faire de la peinture une sorte de thérapie en se « retrempant » dans la réalité plutôt qu'en se consacrant à des abstractions. Dans d'autres

lettres, il dit également s'en méfier[11]. D'ailleurs,
par-delà son cas à lui, sa « maladie » si l'on veut, il
estime plus généralement que c'est la vie d'artiste
qui expose les peintres à devenir fous : « Il faut
bien que j'en prenne mon parti, il n'est que trop
vrai qu'un tas de peintres deviennent fous, c'est une
vie qui rend, pour dire le moins, très abstrait[12]. » Le
propos peut apparaître comme une justification de
sa propre situation puisque, dans cette même lettre,
Van Gogh se résigne à aller à l'asile de Saint-Rémy :
si d'autres peintres aussi deviennent fous, son cas
n'est plus tellement isolé. Mais l'élément le plus
marquant ici me semble être la constellation sémantique qui le fait associer, autour de l'idée d'abstraction, rêverie, étourdissement, peinture de mémoire,
maladie, voire folie. La matrice commune à ces différentes acceptions pourrait être l'idée d'être *coupé
de la réalité,* ce qui vaut bien sûr pour les états psychologiques comme la distraction mais aussi pour
la condition d'artiste. Van Gogh témoigne à cet
égard d'une grande lucidité, lorsqu'il note que la
vie d'artiste rend « très abstrait », c'est-à-dire isolé,
dans une position marginale par rapport à la société.
Il est d'ailleurs significatif que l'article d'Albert
Aurier, le seul texte important consacré à Van
Gogh de son vivant, ait été le premier d'une série
portant sur les « isolés ». Cette isomorphie entre le
statut social de l'artiste et sa production vaut d'être
notée.

Gauguin

Qu'en est-il à présent de Gauguin ? Dans une lettre à Van Gogh, précisément, il écrivait : « J'observe le petit Bernard et je ne le possède pas encore — Je le ferai peut être de mémoire mais en tous cas ce sera une abstraction[13]. » Cette phrase à la fois confirme et nuance le sens d'abstraction comme toile réalisée de mémoire, puisqu'il en ressort que même si la toile n'est pas peinte de mémoire, ce sera en tout cas une abstraction. En quel sens, donc ? Précisons tout d'abord quelque peu le contexte de cette lettre. Van Gogh souhaitait que Gauguin et Émile Bernard, qui étaient à Pont-Aven, fassent chacun le portrait de l'autre ; il proposait de leur envoyer son autoportrait en échange de leurs portraits[14]. Mais les deux artistes ont eu du mal à s'y mettre et finiront par faire chacun son autoportrait.

Si Gauguin renonce finalement à faire le portrait de Bernard, il fera néanmoins l'abstraction qu'il annonce à Van Gogh. C'est du moins ce qui ressort des descriptions qu'il envoie à ses amis du fameux autoportrait (*Autoportrait dit « Les Misérables »*, *(Fig. 1)* 1888, Amsterdam, musée Van Gogh) :

> J'ai fait un portrait de moi pour Vincent qui me l'avait demandé. C'est je crois une de mes meilleures choses ; absolument incompréhensible (par exemple) tellement il est abstrait. Tête de bandit au premier abord un Jean Valjean (les Misérables), personnifiant aussi un peintre impressioniste, déconsidéré et portant

toujours une chaine pour le monde. Le dessin en est tout à fait spécial (abstraction complète). Les yeux la bouche le nez sont comme des fleurs de tapis persan personifiant aussi le côté symbolique. La couleur est une couleur assez loin de la nature ; figurez-vous un vague souvenir de la poterie tordue par le grand feu[15].

L'abstraction pour Gauguin est, dans cette riche description, considérée comme tout à fait positive — le peintre en est fier et la revendique comme une de ses meilleures œuvres — alors même qu'elle rend par ailleurs la toile incompréhensible. Signalons à ce propos que l'une des acceptions d'« abstrait » au XIXᵉ siècle était justement « difficile à saisir, à pénétrer » (*Littré*, « abstrait », 8°) ; elle se conjugue bien avec le manque de « lisibilité » d'une œuvre dans laquelle l'aspect mimétique a été délibérément négligé.

En quoi y a-t-il cependant abstraction ? D'abord, par l'*éloignement de la nature*, dont le peintre fait état à propos de la couleur de la peau, remplacée par celle d'une poterie « tordue par le grand feu ». C'est là du reste un des sens du terme les plus fréquents chez Gauguin, et sur lequel je reviendrai. Mais, pour l'instant, il importe de souligner que l'éloignement de la nature est la conséquence d'une attitude, celle qui consiste à mettre l'accent non seulement sur les couleurs, mais aussi sur les lignes : « Le dessin en est tout à fait spécial (abstraction complète). » Ce propos rejoint un lieu commun de la critique à l'époque, soit l'idée que *la ligne est une abstraction*, et sur lequel je m'étendrai longuement dans le chapitre XI. Dès lors en effet que la ligne est considérée comme telle, pour elle-même et non plus tant pour ce qu'elle représente, elle acquiert une force abstraite ; c'est sans doute ce que Gauguin voulait dire (parmi bien d'autres). Il est à noter que, dans le croquis de son autoportrait qui illustre sa lettre à Schuffenecker[16], ces lignes « abstraites » sont soulignées par un trait plus insistant (arête du nez, arcade sourcilière).

Quant à la référence aux fleurs dans les tapis persans, elle renvoie aux arts décoratifs, qui seront envisagés plus tard comme une des sources de l'abstraction. Il avait d'ailleurs déjà exprimé la même idée dans une autre lettre à Van Gogh : « Le dessin des yeux et du nez semblables aux fleurs dans les tapis persans résume un art abstrait et symbolique[17]. » Cette dernière phrase associe, comme dans la lettre précédente, abstraction et symbolisme, ce qui appelle quelques commentaires. Gauguin, il est vrai, n'a jamais été très symboliste, sauf lorsque cela l'arrangeait[18]. Néanmoins, il insiste dans les deux lettres citées sur le symbolisme de son autoportrait, symbolisme qui est double. D'une part, en se représentant en Jean Valjean, il fait de son portrait une « personnification » (c'est le terme qu'il utilise) de l'impressionniste déconsidéré. C'est dans sa lettre à Van Gogh qu'il s'est exprimé le plus clairement à ce sujet : « Et ce Jean Valjean que la société opprime mis hors la loi, avec son amour sa force, n'est-il pas l'image aussi d'un impressioniste aujourd'hui. Et en le faisant sous

mes traits vous avez mon image personnelle ainsi
que notre portrait à tous pauvres victimes de la
société[19]. » D'autre part, cette signification symbolique est encore accentuée par le fond « parsemé de
bouquets enfantins ». Il s'agit ici de symboliser la
« virginité artistique[20] » des peintres : « Chambre de
jeune fille pure. L'impressionniste est un pur non
souillé encore par le baiser putride des Beaux-Arts
(École)[21]. »

En quoi cet aspect symboliste de l'autoportrait
peut-il être considéré comme une « abstraction » ?
Peut-être en prenant en considération un des sens
esthétiques du terme, soit le fait d'abstraire le général du particulier : « par une abstraction puissante,
il a saisi ce qu'il y avait de plus général dans son
sujet » (Littré, « abstraction », 1°). Or n'est-ce pas
exactement ce que fait Gauguin, peignant son autoportrait comme une personnification et tirant du
particulier (le portrait de sa propre personne) le
portrait général du peintre impressionniste, comme
il le dit si nettement : « [...] sous mes traits vous
avez mon image personnelle ainsi que notre portrait
à tous pauvres victimes de la société. »

Reste à présent à revenir sur un autre aspect
également capital de la nébuleuse sémantique qui
entoure pour Gauguin l'idée d'abstraction, soit
l'éloignement vis-à-vis de l'imitation de la nature.
À Van Gogh il écrivait par exemple : « [...] je suis
tout à fait d'accord avec vous sur le peu d'importance que l'exactitude apporte en art — L'art est
une abstraction, malheureusement on devient de

plus en plus incompris[22]. » Cela montre, soit dit
en passant, que Van Gogh était lui aussi opposé à
la doctrine mimétique. Par ailleurs, l'abstraction est
à nouveau associée à l'incompréhension.

Quant à la formule « l'art est une abstraction »,
Gauguin devait la reprendre trois semaines plus
tard dans une fameuse lettre à Schuffenecker, mais
les commentateurs font en général un contresens :
« Un conseil, ne peignez pas trop d'après nature —
L'art est une abstraction ; tirez-la de la nature en
rêvant devant et pensez plus à la création qu'au
résultat c'est le seul moyen de monter vers Dieu en
faisant comme notre divin maître créer[23]. » La note
de l'éditeur, Maurice Malingue, après la fameuse
phrase « L'art est une abstraction », donne la mesure
de l'équivoque : « [...] ce conseil est devenu l'un
des principes de la peinture non-figurative. » Or le
conseil de Gauguin n'a de commun avec la peinture
non-figurative que l'usage du terme d'abstraction.
Car la peinture de Gauguin reste figurative et continue de s'inspirer de la nature. Gauguin déclare
d'ailleurs sans hésitation que l'abstraction que
constitue l'art doit être *tirée* de la nature. Il n'empêche cependant que la position de Gauguin est
évidemment très importante, au sens où, comme
Van Gogh et d'autres, il plaide pour un glissement
de l'objet représenté vers la représentation comme
telle : « [...] pensez plus à la création qu'au résultat... » D'où son insistance, nous l'avons vu, sur le
rôle du dessin. Le conseil vise donc à s'éloigner de
la fiction d'une imitation fidèle de la nature dont

Van Gogh avait aussi noté pour son compte qu'elle ne menait à rien de bon. C'est dans ce cadre que survient la phrase : « L'art est une abstraction », comme un argument plaidant dans ce sens. Autrement dit, il ne sert à rien de vouloir « coller à la nature » dans la mesure où l'art est une abstraction que l'on tire d'elle. Les commentateurs pressés de souligner l'audace ou la précocité de Gauguin « anticipant » sur la non-figuration se trompent donc deux fois : en comprenant « abstraction » comme non-figuration, et en créditant Gauguin d'une formule qui était un lieu commun à l'époque.

On voit donc combien l'idée d'abstraction est complexe pour Gauguin : elle renvoie à un faisceau de significations en partie liées : compréhension du processus créatif comme abstraction, plus que représentation fidèle de la nature ; accent mis sur les couleurs non mimétiques du visage et sur le dessin fait de lignes expressives (qui s'affranchissent des canons de l'Académie) ; conception de la peinture comme un exercice de mémoire, et enfin volonté de symbolisation qui fait que la toile n'est pas à lire au premier degré mais contient aussi des idées générales. De plus, si l'on prend en compte ce qui a été dit plus haut à propos de Van Gogh concernant le statut de l'artiste dans la société, il ressort que l'autoportrait de Gauguin, *Les Misérables,* constitue une abstraction non seulement par le traitement formel et par la personnification, mais aussi par son sujet. De même que Jean Valjean, les artistes sont eux aussi opprimés, marginalisés et ısolés, « pauvres victimes de la société ». Or il y a un lien fort entre cette position de l'artiste comme exclu, qui le rend « très abstrait », comme le disait Van Gogh, et le fait que le portrait de Gauguin qui le représente dans cette situation de misérable soit incompréhensible : « absolument incompréhensible [...] tellement il est abstrait. » On pressent ici une relation, qu'il faudrait approfondir, entre le statut social dont souffrent à l'époque les peintres d'avant-garde et l'idée d'abstraction entendue comme œuvre isolée de la réalité et incompréhensible. Quoi qu'il en soit, il résulte au moins de cette analyse que l'abstraction pour Gauguin n'a absolument pas à être comprise comme une résurgence du néoplatonisme ni comme un idéalisme, contrairement à ce qu'on a pu écrire[24].

Abstrait/concret
à la fin du XIXᵉ siècle

Dans une lettre à André Fontainas de mars 1899, Gauguin s'interroge : « Voyez-vous j'ai beau comprendre la valeur des mots — abstrait ou concret — dans le dictionnaire, je ne les saisis plus en peinture[1]. » D'où vient ce trouble (dont le ton est sans doute en bonne partie exagéré) ? Le peintre répond depuis Tahiti à un article paru dans le *Mercure de France* et dans lequel Fontainas, s'il apprécie certaines toiles, lui reproche cependant dans de nombreux cas « les formes mal venues d'une imagination maladroitement métaphysique dont le sens est hasardeux et l'expression arbitraire. » Élaborant sa critique, il ajoute : « car les abstractions ne se communiquent pas par des images concrètes, si, d'abord, dans le rêve même de l'artiste, elles n'ont pris corps en quelque matérielle allégorie qui, vivante, les signifie. » Et, dans sa conclusion, il souligne que nous verrions naître en Gauguin « une œuvre puissante et naturellement harmonieuse », au cas où le peintre « se méfierait de sa tendance vers l'abstrait »[2].

Les choses ne devaient pas en rester là, car Fontainas répondra à la lettre de Gauguin, lequel lui écrit à nouveau, heureux de constater qu'il a pu le convaincre : « Vous me faites le plaisir, *un grand plaisir*, en avouant que vous aviez cru à *tort* que mes compositions comme celles de Puvis de Chavannes partaient d'une idée, à priori, abstraite, que je cherchais à vivifier par une représentation plastique… et que ma lettre vous l'avait un peu expliqué[3]. »

Cet échange éclaire tout d'abord certaines suggestions du chapitre précédent quant aux sens du terme « abstraction » à l'époque qui nous occupe. Il ressort en effet que pour Fontainas « abstraction » désigne une idée qui resterait précisément abstraite si l'artiste n'arrivait pas à lui donner forme au travers d'une allégorie « vivante ». Si la synthèse entre abstrait (l'idée) et concret (la matérialisation de l'idée) n'a pas lieu, alors l'œuvre ainsi manquée reste abstraite, au sens également où elle demeure incompréhensible : à partir de son substrat concret, il est impossible de remonter vers l'idée qui en constitue le point de départ. L'opposition concret/abstrait est donc ici à l'œuvre et c'est sur elle que repose cette conception de l'abstraction. Au reste, elle était déjà chez Van Gogh, notons-le en passant, lorsqu'il opposait l'une de ses études d'oliviers aux abstractions de Gauguin et Émile Bernard : « […] ce que j'ai fait est un peu dur et grossier réalisme à côté de leurs abstractions[4]. »

Le plus important, toutefois, est de faire remarquer que pour Fontainas « abstraction » et « abstrait » sont des termes *négatifs* qui désignent des œuvres dans lesquelles l'artiste n'a pas réussi à faire comprendre son « idée ». D'où le fait qu'il encourage Gauguin à se méfier « de sa tendance vers l'abstrait ». Comprise en ce sens, une abstraction est aussi une œuvre dans laquelle le parti pris littéraire a pris le dessus sur les considérations plastiques. Aussi Gauguin avait-il pris soin de préciser, juste après avoir écrit qu'il ne comprenait plus le sens des mots « abstrait » et « concret » en peinture : « J'ai essayé dans un décor suggestif de traduire mon rêve sans aucun recours à des moyens littéraires, avec toute la simplicité possible du métier, labeur difficile[5]. »

Et s'il feint de dire qu'il ne comprend plus le sens de ces termes en peinture, c'est sans doute que pour lui l'abstraction a une valeur éminemment positive. C'est si vrai qu'il renouvellera ses recommandations en conseillant aux jeunes artistes de « s'attaquer aux plus fortes abstractions[6] ». Quant à Van Gogh, sa méfiance vis-à-vis de l'abstraction ne l'empêchait pas de lui attribuer lui aussi une valeur positive, puisqu'il envisageait de pouvoir en faire plus tard. À cette époque, il existe donc à première vue une véritable opposition entre une valeur positive conférée à l'abstraction par les artistes, et une valeur négative qui serait le fait de la critique. Cette opposition n'est cependant pas absolue, car le terme n'a pas toujours eu cette acception négative, même sous la plume des critiques d'art. Ainsi, à propos de Gauguin, toujours, huit ans avant Fontainas, Octave Mirbeau, dans un article favorable, notait déjà que « des aspirations vagues et puissantes tendent son esprit vers des voies plus abstraites, des formes d'expression plus hermétiques[7] ».

Pour y voir plus clair, il est sans doute nécessaire d'opérer une brève incursion dans le domaine de l'esthétique. L'idée d'abstraction a été associée depuis le XVIIIe siècle au beau idéal, ce qui est d'autant plus compréhensible que cette beauté idéale, comme son nom l'indique, n'existe pas comme telle dans la nature, d'où elle doit être littéralement abstraite[8]. Pour Reynolds, par exemple, la beauté idéale consiste à expurger la nature de toutes ses imperfections, de toutes ses « difformités accidentelles » en réduisant sa diversité à une « idée abstraite[9] ». Le modèle est ici Locke, qui considérait l'abstraction comme la façon dont se forment des idées générales à partir d'idées particulières. Aussi les partisans du beau idéal, qui cherchaient pareillement à s'élever au-dessus des particularités pour viser au général, voyaient-ils dans l'abstraction philosophique la procédure par excellence. Pour Reynolds, encore, le parallèle avec la démarche philosophique est d'ailleurs explicité : « [...] lui [le bon peintre] cependant, pareil au philosophe, considérera l'abstrait de la nature, et dans chacune de ses figures représentera le caractère de l'espèce[10]. »

Une telle attitude visant à assimiler le beau idéal à l'abstraction, par l'élimination des « accidents » de la nature au profit de son caractère stable, permanent et universel, traversera tout le XIXᵉ siècle. Nous la retrouvons notamment chez un historien d'art qui jouera un rôle de premier plan auprès des artistes dans le dernier tiers du siècle, Charles Blanc. En effet, au début de sa *Grammaire des arts du dessin* (1867), il faisait l'éloge des statues grecques qui ont idéalisé les traits des déesses représentées (Vénus et Minerve) : « Divines par la pensée, humaines par la forme, elles vont réconcilier la nature et l'idéal, et marier le charme de la vie à la dignité de l'abstraction[11]. » Nous reconnaissons ici cette volonté d'une réconciliation, qui serait le propre de l'œuvre d'art réussie, entre concret et abstrait, un thème qui, nous le verrons, sera également au cœur de bien des débats autour de l'art abstrait. Comment éviter à la fois la sécheresse d'une abstraction trop rigide et le manque d'élévation des accidents de la nature ? Car, en abstrayant ce que Blanc nomme un « type » de la comparaison de nombreux individus, le danger est que « l'homme que nous aurons conçu ne sera qu'une froide abstraction[12] ». La conception idéaliste d'une « réconciliation » entre le concret de la vie et l'abstrait de l'idéal offrait une solution de synthèse, qui était néanmoins loin de faire l'unanimité. L'abstraction ainsi conçue avait été violemment rejetée par les peintres qui étaient, au contraire, partisans du réalisme.

Courbet

Ainsi, lorsque Courbet voulut fonder un atelier, ce fut un tollé d'indignation, du fait de ses visées explicitement anti-idéalistes. Comme le note Castagnary, imaginant un monologue d'un adversaire de Courbet : « C'en est fait de l'idéal ! Le matérialisme entre dans l'art par la porte toute grande ouverte de l'enseignement. Le matérialisme est le cancer du dix-neuvième siècle[13]. » Selon Castagnary, c'est à la demande de ses élèves que Courbet expose les principes de son art tels qu'ils seront mis en pratique dans son fameux atelier. Sa lettre, datée du 25 décembre 1861, sera publiée dans le *Courrier du dimanche* :

> L'art en peinture ne saurait consister que dans la représentation des objets visibles et tangibles pour l'artiste. Je tiens aussi que la peinture est un art essentiellement *concret* et ne peut consister que dans la représentation des choses *réelles* et *existantes*. C'est une langue toute physique, qui se compose, pour mots, de tous les objets visibles. Un objet *abstrait,* non visible, non existant, n'est pas du domaine de la peinture. [...] Le beau est dans la nature et se rencontre dans la réalité sous les formes les plus diverses[14].

On le voit, Courbet anticipe largement sur des débats qui feront rage dans les années 1930 autour de l'art abstrait, et en des termes assez semblables, puisqu'il joue déjà sur le couple abstrait/concret. Contre la doctrine du beau idéal, qui prônait l'abstraction, Courbet rappelle que la peinture est avant tout un art concret. Prenant de façon polémique le contre-pied de la conception idéaliste, il en vient même à vouloir évacuer du champ de l'art tout objet « abstrait », c'est-à-dire à ses yeux non visible, et, partant, non existant.

Fidèle à cette conception, qu'il pousse jusqu'à ses conséquences ultimes, Courbet affirmera que le beau n'est pas un idéal que l'on doit abstraire de la nature, mais qu'il se trouve déjà dans la nature où l'on peut le rencontrer. Cette volonté d'éliminer tout ce qui est « non visible » du champ de la peinture ne va cependant pas sans problèmes, car qu'en est-il par exemple de l'allégorie (qui est, nous l'avons vu, une des formes que prend l'abstraction chez Gauguin) ? Il ne suffit pas de l'affubler du qualificatif de « réelle » (sous-titre de *L'Atelier du peintre*, Louvre, 1855) pour la fonder en théorie, puisque, en tant qu'allégorie, elle renvoie à du non-visible.

Bien conscient de cette difficulté, Castagnary, après avoir cité la lettre de Courbet, est amené à nuancer les propos du maître d'Ornans :

> « Le Beau, a dit Courbet, est dans la nature ». — Le Beau est dans l'homme, contredis-je, comme toute notion abstraite. Le peintre, pas plus que le poète, ne le dégage des objets extérieurs [...]. Dans la nature, il n'y a ni beau ni laid, mais seulement des formes et des apparences colorées. Le concept de beauté ou de laideur naît en notre esprit à l'occasion des représentations qui lui sont apportées par les sens. Les objets

extérieurs, objets simples dans leur réalité, ne se quali-
fient que dans notre cerveau, et y deviennent beaux ou
laids, selon nos vues et notre tempérament personnel.
Ce point est capital, à cause de la conclusion qui s'en
déduit [...]. Le Beau n'ayant point de réalité objective,
il n'existe donc qu'à l'état d'abstraction[15].

L'effort opéré par Castagnary est méritoire, car
on comprend, en lisant les nuances qu'il apporte,
que Courbet, dans sa haine de l'idéalisme, avait en
quelque sorte jeté le bébé avec l'eau du bain. Si
l'idée d'abstraction, en effet, a été confisquée par la
théorie esthétique du beau idéal, elle ne peut s'y
réduire. D'où la nécessité de séparer l'abstraction
comme beau idéal, qu'il récuse, et l'abstraction des
concepts, dont nous nous servons constamment et
qu'il ne peut être question de refuser, même au
nom d'une philosophie matérialiste. C'est pourquoi,
comme Castagnary l'indique clairement, la beauté,
mieux, *toute* beauté, quelle que soit donc la conception qu'on en a, est une abstraction. Ainsi la beauté
comme abstraction doit-elle être soigneusement dis-
tinguée du beau idéal comme abstrait de la nature.

Un autre point important est éclairci par Castagnary. Si Courbet avait pris soin de déclarer que
« Le beau est dans la nature et se rencontre dans la
réalité sous les formes les plus diverses », c'était
pour éviter de reconnaître qu'il est en nous, car cela
pouvait prêter le flanc à la conception idéaliste d'une
subjectivité débridée. Mais ce n'est pas parce que
la beauté est une abstraction qu'il faut en faire une
sorte d'essence immuable et éternelle. Bien au

contraire. Comme le note Castagnary, la perception du beau ou du laid étant nôtre, « chacun de nous est esthéticien comme chacun de nous est artiste. Le Beau devient une conception sociale, présentée à chaque instant à l'individu, avec charge pour lui de l'accepter ou de la réformer[16] ». Aussi, on le voit, une conception sociale du beau est-elle parfaitement compatible avec le fait qu'il soit une abstraction.

Il convient de même de souligner ici que l'abstraction pour Courbet, étant donné ses prémisses, est vue non seulement comme étrangère à l'art, mais comme une procédure à laquelle est conférée une valeur négative. Cette connotation péjorative ressort également du passage bien connu concernant les écoles d'art dans sa lettre déjà citée :

> Il ne peut pas y avoir d'écoles, il n'y a que des peintres. Les écoles ne servent qu'à rechercher les processus analytiques de l'art. Aucune école ne saurait conduire isolément à la synthèse. La peinture ne peut, sans tomber dans l'abstraction, laisser dominer un côté partiel de l'art, soit le dessin, soit la couleur, soit la composition, soit tout autre des moyens si multiples dont l'ensemble seul constitue cet art[17].

Si dans l'art domine un des aspects partiels que l'on enseigne dans les écoles (dessin, couleur), alors on « tombe » dans l'abstraction, comme on tombe en disgrâce. L'idée d'abstraction fait donc l'objet d'un combat féroce. Revendiquée comme fer de lance de l'idéalisme, elle est vigoureusement rejetée par Courbet qui lui oppose une conception résolument matérialiste. Castagnary tente alors de faire

la part des choses en séparant deux aspects de l'abstraction, bien que, dans sa critique de l'Idéal (il vise
en particulier les idées de Victor Cousin), « je suis
réduit, dit-il, à employer un vocabulaire qui me
répugne ». Il est clair que pour lui, entre abstrait
et concret — s'il faut continuer d'opposer ces
concepts —, il n'hésite pas une seconde, et est sur
ce point en parfait accord avec Courbet :

> La vie d'abord et avant tout. Le Beau viendra plus
> tard, s'il peut. Il viendra certainement, car plus vous
> ferez vivant, plus vous ferez beau. Or la vie est concré-
> tion, et non abstraction. Sous aucun prétexte, donc, le
> peintre ne peut demander des sujets aux choses qui ne
> tombent point sous les sens […] il est enchaîné par le
> monde visible. Voici le Père éternel et les anges en
> déroute, et pour longtemps[18].

C'est pourquoi, en dépit des nuances apportées à
l'idée d'abstraction, celle-ci reste marquée par son
opposition au concret, lequel, assimilé à la vie, a
les faveurs du critique. S'esquissent alors la
constellation sémantique complexe de l'idée d'abstraction à la fin du XIXe siècle, ainsi que les valeurs
contradictoires dont elle est chargée, tantôt négatives, tantôt positives. La facilité avec laquelle le
terme « abstraction » s'est vu conférer des valeurs
positives ou négatives peut certes être comprise
comme résultant de ses multiples usages et significations. Toutefois, il semble que le terme lui-
même contenait en outre des éléments susceptibles
de donner lieu à cette double valeur. D'abord
parce que l'abstrait en tant qu'opposé au concret

contenait déjà une valeur péjorative, celle d'« idée faussement prise pour la réalité » *(Grand Robert)*.

Mais surtout, la deuxième grande famille sémantique que donne Littré est celle de « faire abstraction de, écarter, ne pas faire entrer en compte ». Un grand nombre d'emplois du terme dans le domaine de l'art correspondent à cette acception générale. C'était le cas d'Hazlitt, par exemple[19]. Ce sens sera consigné par Andreas Romberg — qui inclut dans son *Conversationslexicon für bildende Kunst* (1845) ce qui est sans doute la première entrée « Abstraction » (ou séparation) dans un dictionnaire d'art — comme « terme technique en philosophie, activité mentale par laquelle on sépare dans la formation des concepts l'inessentiel et le moins essentiel de l'essentiel ; dans les Beaux-Arts, l'activité mentale par laquelle on ne retient dans la formation des œuvres d'art que ce qui correspond au but artistique déterminé, en laissant le reste hors de considération[20] ».

Valeurs positives
et négatives de l'idée d'abstraction

Ainsi, une des acceptions du terme désignait donc le fait de mettre l'accent sur un aspect en laissant de côté un autre aspect, dont il était littéralement fait abstraction. C'est en ce sens que l'écrivain Paul Adam a pu caractériser l'impressionnisme en notant : « C'est une école d'abstraction[21]. » Il s'agissait en effet pour lui de mettre en évidence le fait que les impressionnistes s'efforçaient de « rendre le prime aspect d'une sensation visuelle, sans laisser l'entendement [la] dévoyer par la mâle science de l'œil ». Autrement dit, le but des impressionnistes est d'« apprendre à voir, mais à voir exclusivement l'allure initiale des choses ; conserver une cette vision et la fixer ». Or cette tâche implique que les peintres, pour ne pas se laisser influencer par ce qu'ils savent, doivent justement en faire abstraction. Adam le dit explicitement : « Il ne suffit pas de reproduire le concept [c'est-à-dire le "phénomène-idée"] avec les décors que fournit le souvenir superflu de sensations analogues, il faut en abstraire l'influence des enseignements transmis par atavisme et poursuivre jusque sa formule la plus abstraite la subjectivité de l'aperception. »

Dans ce cas, le fait de faire abstraction des connaissances pour restituer à l'œil sa fraîcheur est vu comme entièrement positif : il faut peindre les choses telles qu'on les voit et non telles qu'on sait qu'elles sont.

Cela nous permet cependant d'indiquer un des problèmes que pose l'utilisation du terme « abstraction » appliqué au domaine artistique : à partir du moment où on le comprend comme le fait de laisser quelque chose de côté, cette opération peut être considérée comme positive ou négative, suivant le point de vue adopté. D'où les équivoques possibles. Et, de fait, un an après l'article de Paul Adam qui vient d'être cité, on a pu qualifier d'abstraction l'« école » opposée, soit l'idéalisme artistique. Selon cette doctrine, explique Yves Guyot, « l'artiste, au lieu de regarder la nature extérieure, devrait, comme le ver à soie qui s'enveloppe dans son cocon, tout tirer de soi-même[22] ». D'où sa critique de cette attitude, car « les artistes qui ont essayé de suivre cette doctrine, de peindre ou de sculpter des abstractions, sont arrivés à faire des rébus[23] ». Ainsi, le terme en vient à cristalliser la critique de l'idéalisme : « Le sculpteur égyptien a-t-il donc commencé par faire des abstractions ? Pas du tout[24]. » Le terme est donc utilisé ici à la fois pour qualifier des idées esthétiques qui avaient cours à l'époque (Victor Cousin est particulièrement visé), et pour les critiquer. Un autre théoricien cité est Charles Blanc, apôtre de l'idéalisme en art, comme nous l'avons déjà indiqué. Or, si Blanc lie lui aussi l'idéalisme à l'abstraction, il considère en revanche cette dernière comme une qualité et non comme un défaut.

On voit combien les acceptions du terme sont variables et, dirais-je, relativement floues dans les années 1880. Car, répétons-le, le fait d'abstraire peut être indifféremment vu comme positif ou négatif. Positif, lorsqu'il s'agit de qualifier l'impressionnisme (qui fait abstraction des connaissances pour mieux représenter ce qu'il voit), et négatif dans le cas de l'idéalisme qui fait abstraction de ce qu'il voit pour le transformer en idéal. De plus, ce qui complique encore les choses, même quand le terme « abstraction » est utilisé pour qualifier l'idéalisme en art, il peut être pris dans un sens positif

(Blanc) ou négatif (Guyot), suivant le point de vue de chaque auteur. Le terme n'a donc pas, à l'époque une valeur clairement définie, puisqu'il sert aussi bien pour louanger (c'était le cas d'Adam vis-à-vis des impressionnistes) que pour critiquer. La valeur négative semble toutefois s'être imposée au début du XXe siècle, comme il a été signalé plus haut, dès lors que le terme en est venu à qualifier plus fréquemment des œuvres incompréhensibles[25].

Il est en effet frappant de constater que la valeur accordée à l'abstraction en art semble se déplacer et devenir plus largement négative dans les toutes premières années du XXe siècle. Tel est notamment le cas pour Cézanne, qui oppose volontiers le critique d'art au peintre, le premier étant considéré comme un faiseur d'abstractions : « Le littérateur s'exprime avec des abstractions, tandis que le peintre concrète au moyen du dessin et de la couleur ses sensations, ses perceptions[26]. » Sans doute le contexte a-t-il changé et le poids pris par les « littérateurs » fait-il ressentir à Cézanne le fossé qui sépare les artistes des critiques. C'est pourquoi, à ses yeux, comme il le dit dans la même lettre à Émile Bernard, « les causeries sur l'art sont presque inutiles ». Bernard lui emboîtera le pas et notera qu'« il sait que, sous la vie seulement habite l'âme et que toute théorie, toute abstraction dessèchent lentement l'artiste[27] », propos que Gasquet mettra ensuite dans la bouche de Cézanne : « Oui, le métier abstrait, finit par dessécher, sous sa rhétorique qui se guinde en s'épuisant[28]. » C'est la reprise du même *topos* que

nous avons déjà vu à l'œuvre chez Courbet et
Castagnary, lorsqu'ils opposaient la vie, c'est-à-
dire le concret par excellence, à l'abstraction, et
que nous retrouverons dans les années trente lorsque
la phrase attribuée à Cézanne sera reprise comme
un argument contre le métier abstrait et en faveur
de la sensation concrète.

« Abstraction » est donc pris ici dans un sens
négatif, et appliqué avant tout au travail du critique.
En opposant le critique au peintre, Cézanne fait
fond à son tour sur la vieille opposition abstrait/
concret. Cézanne ne confère au terme une valeur
positive que dans de rares occurrences, comme « Le
dessin pur est une abstraction[29] », idée que l'on
trouvait déjà exprimée chez Gauguin, comme nous
l'avons vu. Pour le reste, s'impose chez Cézanne la
conception négative de l'abstraction, y compris
dans l'acception déjà notée chez Van Gogh, celle
de distraction ou d'absence qu'il met sur le compte
de son âge : « Or vieux, 70 ans environ, — les sensations colorantes qui donnent la lumière sont chez
moi cause d'abstractions qui ne me permettent pas
de couvrir ma toile[30]. »

Si, du point de vue d'un artiste comme Cézanne,
ce qui compte est le concret de son œuvre, par rapport auquel le discours critique apparaît souvent
comme autant d'abstractions déplacées et impro-
pres à rendre compte correctement de la pratique
picturale, pour les critiques, en revanche, l'abstraction devient une catégorie commode servant à

disqualifier des œuvres trop « littéraires » et dont le propos leur semble incompréhensible. C'était déjà le cas pour Fontainas, incitant Gauguin à se méfier de sa tendance vers l'abstrait. Un tel emploi allait très vite se généraliser.

III

Le fauvisme et le cubisme :
prototypes de l'art abstrait

L'idée d'abstraction, intégrée au vocabulaire de la critique d'art pour qualifier de façon négative des œuvres dans lesquelles le parti pris « théorique » ou « littéraire » l'emporte au point de rendre leur compréhension difficile, et exige un effort que beaucoup n'étaient pas prêts à faire, cette idée donc, trouvera à s'exercer de façon décisive dès le premier mouvement d'avant-garde du XXe siècle : le fauvisme. Il peut sembler à première vue étonnant qu'un mouvement comme le fauvisme ait pu être qualifié d'abstrait, puisque c'est à d'autres œuvres, plus tardives, que nous réservons aujourd'hui ce qualificatif, alors que les Fauves ont été avant tout peintres de paysage, et de paysages réalistes (Collioure, Chatou). Mais à l'époque, alors que l'art abstrait n'existait pas encore, il fallait bien que le désarroi des critiques trouve à s'exprimer, et précisément la catégorie « abstraction » a joué ce rôle en permettant de cristalliser les reproches qui étaient adressés aux Fauves. Car si le fauvisme n'a pas été ce scandale unanime qu'on a cru voir pendant longtemps[1], il n'en a pas moins été reçu d'une façon très critique, ce que montrent à suffisance la plupart des articles publiés à l'époque sur le jeune mouvement, et désormais réunis en volume[2]. On peut donc à présent juger sur pièces et relire les textes.

En effet, un des reproches les plus fréquemment adressés aux Fauves a été d'avoir dissocié *moyen* et *fin* de la peinture, d'avoir négligé la représentation de la nature en mettant l'accent sur les moyens, réduits à leur plus simple expression. Ainsi Vauxcelles, à qui l'on doit l'anecdote qui devait donner son nom au mouvement — « Donatello dans la cage aux fauves » — écrivait-il :

> Mais je me dois de signaler à M. Matisse ce que je crois son erreur. Qu'il ait voulu atteindre à la plus haute synthèse, je le sais. Mais une synthèse doit être précédée de longues et laborieuses analyses; il ne faut pas confondre simplification et insuffisance, schématisme et vide. Il faut en art, se méfier comme peste des théories, du système et de l'abstrait [...]. Le cas de M. Derain n'est pas moins grave [...]. Cet artiste se précipite dans une impasse. La forme l'indiffère presque complètement. Il rêve de « décoration pure » et songe à l'art du Moyen Âge, aux mosaïques byzantines antérieures au quattrocento, voire à l'art arabe et persan. Il s'enfonce dans l'abstrait et s'élance hors de la nature[3].

L'année suivante, le même critique revient à la charge dans son compte rendu du Salon d'Automne :

« Dépouiller la peinture de ses éléments vitaux, pour la réduire à une abstraction, c'est faire œuvre de théoricien, de symboliste, de tout ce qu'on voudra, mais de peintre, non pas[4]. »

Vauxcelles est loin d'être le seul. Un autre critique important, Charles Morice, lié au mouvement symboliste et familier de Gauguin, tient des propos en tout point semblables, associant abstraction et théorie dans la condamnation du fauvisme :

> Et voici qu'aujourd'hui M. Henri Matisse, soudainement épris de synthèse à outrance simplifie, schématise et nous donne, sous prétexte d'art pictural, de pures « figures théoriques ». Le cas n'est pas isolé. Vous le retrouveriez, avec des nuances, notamment chez MM. Derain, Manguin, de Vlaminck. — Je crois connaître le principe de cette spéciale maladie; c'est l'abus des théories, le souci par trop exclusif des moyens d'expression [...]. Le tableau, par exemple, de M. Henri Matisse dénonce l'abus de l'abstraction systématique. Il semble avoir moins pensé à l'objet même de sa composition qu'aux moyens d'exécution[5].

Morice reprend lui aussi la même critique l'année suivante : « Accepterai-je sans discussion ces abstractions matérialisées ? », et dénonce à nouveau « le danger, que nous signalions déjà l'an dernier, de l'abstraction »[6]. La critique des Fauves comme peintres abstraits est si généralisée, et est si vite devenue un lieu commun, qu'Apollinaire est obligé de s'insurger : « Et qu'on ne parle plus d'abstraction. La peinture est bien l'art le plus concret[7] », faisant ainsi usage à son tour d'un argument qui sera repris, nous le verrons, dans les années trente, au plus fort du débat concernant la nature concrète de l'art abstrait.

Que retenir de ce premier aperçu de la réception des Fauves ? Avant tout, le fait que le sens du terme « abstraction » avait acquis pour la critique d'art un sens négatif qui semblait faire l'unanimité, et servait à qualifier des œuvres dans lesquelles la « théorie » l'emporte sur la sensibilité. L'équation est simple : quand les moyens de la peinture (couleurs, lignes) sont mis en évidence, ou mis à nu, ils prennent le pas sur leur supposée finalité, le rendu de la nature, et cessent d'être transparents pour devenir opaques en valant pour eux-mêmes. Bref, de moyens, ils deviennent fins, et c'est ce qui est jugé intolérable : ce « parti pris de poser de jolis tons pour le plaisir de poser ces tons, sans souci de ce que suggère la nature[8] », un parti pris que les artistes assumeront, tel Derain écrivant à Vlaminck : « Cette couleur m'a foutu dedans. Je me suis laissé allé à la couleur pour la couleur[9]. » Il est intéressant de noter à cet égard que c'est au plus fort de cette querelle, en 1906, que paraît l'ouvrage d'Albert Cassagne, *La théorie de l'art pour l'art en France*[10]. L'ouvrage ne va certes pas jusqu'au fauvisme, mais il est néanmoins significatif qu'il ait été écrit dans ce climat de réflexion intense sur les fins de la peinture, au moment donc où dominait « la couleur pour la couleur », variante fauve de l'art pour l'art.

Inversement, dès lors que le souci de rendre la nature reprend le dessus, note Vauxcelles,

« plus d'abstraction, plus de peinture "en soi", dans l'absolu, de "tableaux-noumènes"[11] ».

Maurice Denis

Cette dernière citation, sibylline, constitue en réalité un clin d'œil au texte qui fut le point de départ de cette posture critique vis-à-vis des Fauves, le compte rendu que fit Maurice Denis de la fameuse présentation des toiles de Matisse et ses amis dans la « cage aux fauves », lors du Salon d'Automne de 1905. Ce texte, qui allait orienter pour une bonne part la critique à venir — j'ai évoqué Vauxcelles et Morice, mais d'autres leur ont emboîté le pas[12] —, mérite d'être cité longuement :

> Dès l'entrée de la salle qui lui est consacrée [à l'« école de Matisse »], à l'aspect de paysages, de figures d'étude ou de simples schémas, [...] on se sent en plein dans le domaine de l'abstraction [...] ce qu'on trouve surtout en particulier chez Matisse, c'est de l'artificiel ; non pas de l'artificiel littéraire, comme serait une recherche d'expression idéaliste ; ni de l'artificiel décoratif, comme en ont imaginé les tapissiers turcs et persans ; non, c'est quelque chose de plus abstrait encore ; c'est la peinture hors de toute contingence, la peinture en soi, l'acte pur de peindre. Toutes les qualités du tableau autres que celles du contraste des tons et des lignes, tout ce que la raison du peintre n'a pas déterminé, tout ce qui vient de notre instinct et de la nature, enfin toutes les qualités de représentation et de sensibilité sont exclues de l'œuvre d'art. C'est

proprement la recherche de l'absolu [...]. Or, ce que
vous faites, Matisse, c'est de la *dialectique* ; vous par-
tez de l'individuel et du multiple : et par la *définition*,
comme disaient les néo-platoniciens, c'est-à-dire par
l'abstraction et la généralisation, vous arrivez à des
idées, à des noumènes de tableaux[13].

Ce texte, qui allait donc donner le ton de la critique, me semble remarquable à plusieurs égards.
Tout d'abord, Denis explicite en quoi et pourquoi
« on se sent en plein dans le domaine de l'abstraction ». Si ces réflexions ont fait date, c'est que,
pour une fois, le terme n'est pas seulement utilisé
comme un qualificatif péjoratif dont le sens irait
de soi, mais se trouve défini et en outre distingué
des autres acceptions courantes à l'époque. L'une
concerne « l'artificiel littéraire, comme serait une
recherche d'expression idéaliste ». C'est en effet
l'acception que l'on trouve chez Fontainas pour critiquer Gauguin, et qui est sans doute une séquelle de
l'idée du beau idéal comme abstraction. La seconde
concerne « l'artificiel décoratif, comme en ont imaginé les tapissiers turcs et persans ». C'est là une
autre acception fréquente d'« abstrait » à l'époque,
que l'on trouve dans la littérature en différentes langues (allemand, anglais, français, italien, pour le
moins), pour qualifier des motifs décoratifs.

Il y a par conséquent dans l'argumentation comme
une sorte de crescendo, le cas des Fauves étant bien
pire, un cran au-dessus dans l'abstraction : plus
abstrait encore que l'idéalisme ou les tapis persans
(qui furent un modèle pour des peintres comme

Gauguin). Mais où débouche-t-on quand on en est
à ce stade d'abstraction ? Il ne reste guère que la
philosophie ! et c'est précisément à ce registre que
Denis va puiser sa définition. Il est d'ailleurs
piquant de noter qu'il fait allusion au néoplatonisme, qui devait jouer un si grand rôle pour lui,
en l'utilisant ici comme une arme contre les Fauves. Le problème évoqué était bien réel et avait
beaucoup occupé la philosophie, tant hellénistique
que médiévale, et justement Porphyre, qui fit tant
pour propager les idées de Plotin, devait y apporter
une notable contribution[14]. Car la question était
bien celle de la compréhension de la généralité :
comment passer de l'espèce au genre, du particulier
à l'universel.

Une chose, cependant, est le problème philosophique de l'abstraction, une autre est le fauvisme.
Aussi faut-il d'emblée préciser ici que l'usage par
Maurice Denis d'un jargon philosophique — les
« noumènes de tableaux » feront recette — est bien
rhétorique et vise à donner une sorte de caution
philosophique aux critiques adressées aux Fauves.
Car le concept d'abstraction, fort sollicité à l'époque par les savants pour comprendre la nature de la
découverte scientifique, l'était tout autant par les
philosophes et les psychologues. Tous, toutefois, le
considéraient comme un concept clé pour analyser
le langage, la pensée et la réflexion. Signalons au
moins dans ce registre que Théodule Ribot avait
largement ouvert les colonnes de la *Revue philosophique* à Frédéric Paulhan, qui avait publié

plusieurs articles importants sur la question[15]. Ribot lui-même venait, quelques années plus tôt, d'y consacrer entièrement son ouvrage *L'évolution des idées générales*[16]. Le concept était donc indéniablement dans l'air du temps.

Venons-en à l'argumentation de Denis, sans lui accorder une valeur philosophique qui serait en porte à faux avec ce que les philosophes de son temps entendaient justement par abstraction. Le discours de Denis est structuré par une série d'oppositions : naturel/artificiel, contingent/absolu, sensible/théorique, phénomène/noumène. Les valences positives de l'abstraction, qui permettent justement de s'élever au-dessus du particulier pour former des idées générales ou, en science, d'isoler dans le monde des apparences un fait afin de le généraliser et d'aboutir parfois à une loi, ces valences sont donc systématiquement renversées. Le parti pris (tout aussi théorique, notons-le), qui est sous-jacent, est que la peinture doit être du côté du sensible, de la nature et de l'intuition, de sorte que, selon cette conception, les Fauves auraient délaissé ce fondement pour faire une peinture artificielle, parce que délivrée des contingences de la nature, pour prétendre à l'absolu (péché suprême), bref une peinture abstraite ou théorique. Et l'on comprend à présent pourquoi les deux épithètes ont été constamment accolées sous la plume de Denis et, à sa suite, des autres critiques : la théorie s'oppose à la pratique, comme l'abstrait au concret. En délaissant le concret de l'activité picturale basée sur la sensibilité, le peintre fauve produirait donc nécessairement des œuvres théoriques et abstraites.

Le reproche adressé aux Fauves est pourtant une des plus belles définitions que l'on ait proposées de l'abstraction en art : « [...] c'est la peinture hors de toute contingence, la peinture en soi, l'acte pur de peindre. » En fait, comme il arrive souvent, les critiques les plus féroces sont généralement les plus perspicaces, parce qu'ils saisissent avec une remarquable acuité d'où vient le danger qui menace la tradition, et en quoi il consiste. Maurice Denis et les autres critiques ont parfaitement compris que le fauvisme était une sorte de mise à plat des moyens d'expression en peinture, une réduction drastique de ces moyens, par simplification, abstraction, si l'on veut, afin d'en faire l'inventaire et d'en tester la force d'expression. « Vous n'êtes satisfait, explique Denis à Matisse, que lorsque tous les éléments de votre œuvre vous sont intelligibles. Il faut que rien ne reste de conditionné ou d'accidentel dans votre univers : vous le dépouillez de tout ce qui ne coïncide pas avec les possibilités d'expression que la raison vous fournit[17]. » Voilà encore un excellent commentaire de la recherche de Matisse et de ses amis à l'époque fauve, à condition, ici aussi, de considérer comme positif ce qui constitue aux yeux de Denis un amer reproche, puisque l'exagération dans la volonté d'intelligibilité se ferait au détriment de la sensibilité.

Il convient d'insister sur la position de Maurice Denis : il a senti avec une excellente intuition combien les changements qui intervenaient dans la peinture de son temps pouvaient être condensés dans l'idée d'abstraction. C'est en effet au moment où commencent les débats autour du fauvisme, en 1905, que paraît *L'enquête sur les tendances actuelles des arts plastiques,* de Charles Morice, dont la dernière question, à la pointe de l'actualité, était : « Selon vous, l'artiste doit-il tout attendre de la nature ou seulement lui demander les moyens plastiques de réaliser la pensée qui est en lui ? » Dans le court texte qu'il rédige pour la circonstance, Maurice Denis note : « Si je vous réponds que, selon moi, les arts d'imitation évoluent vers l'abstraction, il me faudrait pour être compris, pour élucider cette formule, recopier les quatre pages données à *L'Occident* sur l'exposition de mon ami Charles Guérin[18]. » À défaut de les recopier, résumons-les au moins, ces pages ayant été écrites six mois avant celles concernant le fauvisme, qu'elles peuvent contribuer à éclairer. Maurice Denis semble y répondre par avance à l'enquête de Charles Morice, en considérant la tendance à l'abstraction comme un pôle opposé à l'imitation : « La peinture tend à ne plus être un art d'imitation. C'est délibérément qu'il [Guérin] s'est astreint à ne traduire que la mathématique colorée des choses, les rapports logiques des valeurs entre elles, à ne peindre, en somme, que des abstractions. Ses rêves de peintre, il les appuie sur la science, sur la tradition, point sur la nature[19]. »

L'équation est claire : si ce n'est plus l'imitation de la nature qui domine, c'est parce que l'organisation des couleurs entre elles a pris le dessus sur le rendu de la réalité, dont il est fait littéralement abstraction, de sorte que ce qui reste, ce sont précisément des abstractions. Denis reviendra à la charge à la fin de son article, en considérant l'œuvre de Guérin comme le symptôme d'une tendance propre à l'époque, par quoi en effet il avait raison de renvoyer à ce texte : « L'abus des théories, les subtilités de l'esprit critique, l'excès psychologique, les complications de l'individualisme, tout prouve, d'ailleurs, que notre époque préfère les abstractions à la réalité[20]. » Raison pour laquelle « Charles Guérin marque une nouvelle étape dans l'évolution de la peinture en dehors de l'imitation de la nature ». Deux remarques, ici. Tout d'abord, il va de soi qu'à nos yeux l'œuvre de Guérin est et reste imitative, et que son « abstraction » tient seulement à l'accent qui est mis sur les surfaces colorées, mais bien plus timidement, cela va sans dire, que les Fauves qui, six mois plus tard, provoqueront la colère de Denis. Toutefois, c'est dire aussi, et c'est la seconde remarque, que les abstractions de Guérin, et plus largement de l'époque, sont vues comme une sorte de constat désabusé, mais pas franchement hostile. Cela tranche avec le ton adopté dans l'article contre Matisse et ses amis. On peut certes considérer qu'à ses yeux Guérin, qui a ses faveurs, reste dans les limites du tolérable, limites qui seront franchies par les Fauves. Mais, plus profondément, le terme

« abstraction » ne paraît pas avoir ici la connotation péjorative que j'ai à plusieurs reprises signalée, y compris chez Denis lui-même. Comment comprendre cette apparente contradiction ? La réponse, me semble-t-il, est à chercher dans la péroraison de l'article sur Guérin, qui s'achève ainsi : « En dépit des affirmations naturalistes et vitalistes, c'est bien décidément vers l'abstraction de Beauté que tous les arts s'acheminent, — oui, vers un idéal abstrait, expression de la vie intérieure ou simple décor pour le plaisir des yeux[21]. »

Or, ici, insensiblement, subtilement, nous avons glissé d'une conception de l'abstraction à une autre, antérieure, celle d'un idéal abstrait, celle qui a longtemps régné et que nous avons déjà rencontrée. Denis se livre ici à une sorte de plaidoyer *pro domo,* pensant que cette tendance vers l'abstraction prendrait le sens idéaliste et symboliste qu'il défendait, succédané du beau idéal. Aussi l'article de 1905 sur Guérin joue-t-il un rôle charnière. Denis y repère avec une grande lucidité cette tendance vers l'abstraction qu'il ne peut cependant tolérer qu'à condition qu'elle tende vers un « idéal abstrait ». S'il ne reste que l'abstraction, parce qu'on a supprimé l'idéal, alors c'en est fini de la peinture. Symptomatique est à cet égard le fait qu'il repère chez Guérin l'agencement des couleurs entre elles et est fier d'y retrouver cette organisation de la surface plane qu'il décrivait dès 1890 et en quoi l'on voit d'ordinaire comme une prémonition de l'art non-figuratif : « [...] même dans ses nature-mortes, pourtant si consciencieuses, rien n'indique le souci naturaliste, la volonté de traduire la nature et la vie. [...] Même son étude d'après nature ne comporte rien de plus qu'une surface plane recouverte de couleurs en un certain ordre assemblées[22]. » Voilà donc autocitée la fameuse phrase qui contribua à asseoir sa réputation de théoricien. Mais non sans équivoque. Car, à ses yeux, une telle conception de la peinture n'est admissible que si elle s'accompagne soit de l'idéal abstrait et classique qu'il appelait de ses vœux, soit pour le moins d'un « sujet ».

Cette question devait considérablement le travailler, car il eut vite l'impression, étant donné le succès de la petite phrase[23] (qui caracole toujours en tête des occurrences de citations dans les livres sur l'art moderne), qu'elle avait entraîné des conséquences funestes, en lui faisant dire ce qu'il ne souhaitait pas. Aussi la préface à la seconde édition des *Théories* est-elle consacrée à mettre les points sur les *i* pour tenter de lever l'équivoque :

> Le succès de ce livre a dépassé mes espérances et accru mes responsabilités. C'est la première partie, et dans la première partie la première phrase, qui a été la plus lue, la plus citée, la plus commentée. Je l'écrivis à vingt ans, sous l'influence des idées de Gauguin et de Sérusier. Elle posait la notion du tableau qui était perdue. Mais elle tendait avec tout son contexte, à orienter la peinture dans la voie de l'abstraction ; et la déformation dont je formulais la théorie ne devait que trop s'imposer à la pratique des ateliers. On l'a bien vu ; mais ceux qui me l'ont reproché, n'ont pas fait état de la seconde partie du livre, pourtant plus

constructive, où la recherche des principes m'amenait à découvrir deux choses : l'imitation de la nature et la discipline classique[24].

Cette mise au point trahit surtout l'évolution des idées de Denis dans un sens beaucoup plus classique[25]. Peu importe au fond que ses idées aient changé, le plus intéressant étant, me semble-t-il, la contradiction féconde de cette attitude, à savoir que l'intérêt pour « les couleurs en un certain ordre assemblées » est un intérêt pour les moyens de la peinture, à condition que ces moyens restent des moyens en vue d'une fin autre, ce qui éclaire la question du fauvisme, pour y revenir.

La construction fauve

La critique adressée aux Fauves d'avoir peint des abstractions offre un autre intérêt : celui de nous permettre de mieux comprendre quel a été l'enjeu de leurs toiles. Car, à force d'insister sur leur usage violent des couleurs, on finit par perdre de vue l'aspect éminemment *constructif* de ce bref mouvement. Denis et les autres critiques ont à juste titre souligné l'importance conférée aux moyens : comme l'avait signalé Morice, dans une phrase déjà citée, mais sur laquelle je ne me suis pas arrêté, « l'abus de l'abstraction systématique » qu'il dénonce est dû au fait que Matisse « semble avoir moins pensé à l'objet même de sa composition qu'aux moyens d'exécution ». Encore une remarque d'une parfaite justesse, mais qui reste occultée tant qu'on s'obstine à garder des Fauves l'image de peintres destructeurs acharnés à faire « hurler » leur couleurs.

Le reproche adressé aux peintres fauves de faire de l'abstraction est donc le versant négatif de leur positivité, qui est d'avoir mis l'accent sur la construction par la couleur, au détriment du rendu mimétique de la nature. Matisse a du reste insisté sur le fait que l'usage des couleurs pures n'est que l'aspect le plus superficiel du fauvisme, lequel « est venu du fait que nous nous placions tout à fait loin des couleurs d'imitation[26] ». Et Derain tiendra des propos semblables en affirmant privilégier la composition sur le travail d'après nature[27]. Encore la même équation : plus on s'éloigne des couleurs d'imitation, plus on met l'accent sur la couleur comme telle, abstraction faite, donc, de la nature qui dès lors n'est plus qu'un prétexte.

Matisse a synthétisé les « idées d'alors » en trois phrases lapidaires : « Construction par surfaces colorées. Recherche d'intensité dans la couleur, la matière étant indifférente. Réaction contre la diffusion du ton local dans la lumière[28]. » Même son de cloche chez Derain qui pressent, avant même le début du fauvisme, la nécessité d'une simplification de la peinture en la réduisant à ses éléments essentiels :

> Pour la peinture, j'ai conscience que la période réaliste est finie. On ne fait que commencer en tant que

peinture. Sans toucher à l'abstraction des toiles de Van
Gogh, abstraction que je ne conteste pas, je crois que
les lignes, les couleurs, ont des rapports assez puis-
sants dans leur parallélisme à la base vitale pour permettre de chercher dans leur existence réciproque et
infinie [...] de trouver un champ pas nouveau, mais
plus réel, et surtout plus simple dans sa synthèse[29].

Notons en passant que Derain emploie lui aussi
le terme d'abstraction, mais en lui conférant une
valeur positive, et qu'il associe également ce processus d'abstraction (identifié ici à Van Gogh) à la
recherche d'une simplification et d'une synthèse
des moyens de la peinture (lignes et couleurs). On
peut par conséquent voir le fauvisme comme une
sorte d'exploration des potentialités expressives
obtenues en construisant avec les moyens élémentaires de la peinture. En ce sens, « construction »
est le maître mot du mouvement. On trouve l'idée
affirmée avec force dans un des meilleurs articles
consacrés au fauvisme à l'époque, celui de Michel
Puy (frère du peintre Jean Puy, qui passa par une
phase fauve). Dans sa synthèse, Puy oppose explicitement les Fauves à l'« exquise délicatesse » des
harmonies des Nabis (ce qui contribuerait à expliquer la sévère condamnation de leur chef de file,
Maurice Denis) : « La recherche de Matisse était la
franche contrepartie de la leur. Elle visait surtout à
la construction. Il voulait donner aux choses une
assise très ferme, les inscrire dans leurs lignes les
plus essentielles, les plus significatives[30]. » D'où ce
« parti pris de simplification » et la « tendance à

employer des teintes plus plates et plus vives ». Cette recherche des « lignes essentielles », Matisse la revendiquera dans ses « Notes d'un peintre »[31] publiées en 1908.

J'ai évoqué Michel Puy. Mais il n'est pas le seul à parler de construction. Apollinaire fera état de la « science de la construction » à propos de Braque, encore fauve[32]. Quant à Charles Morice, il oppose chez Matisse le coloriste et le dessinateur, qui est le « constructeur », de même qu'il oppose l'« alphabet des tons » à l'« alphabet des lignes »[33]. Le vocabulaire est instructif, car il renvoie explicitement aux multiples « grammaires » qui ont fleuri à partir des années 1880 et qui apprenaient justement aux artistes à décomposer les couleurs et les lignes en leurs constituants minimaux ou essentiels, et leur proposaient un alphabet de la couleur et de la ligne.

En ce sens, on le voit, parler d'abstraction à propos du fauvisme n'est peut-être pas aussi absurde qu'il semble à première vue. Car si les Fauves n'ont pu se détacher de la représentation de la nature, ils n'en ont pas moins exploré les potentialités expressives des constituants élémentaires de la peinture (couleurs et lignes), par simplification, schématisation, intensification, bref, par abstraction. C'est pourquoi cette peinture abstraite est aussi des plus concrètes, comme Apollinaire l'avait déjà fait remarquer. Et c'est précisément ce que la critique de l'époque a clairement perçu, même si ce fut généralement pour dénigrer cette mise en évidence de l'aspect matériel du travail pictural, en la qualifiant d'abstraite et de théorique. Aussi peut-on considérer que, dans le cas du fauvisme, *ce qui est abstrait, aux yeux des critiques, est la finalité de la peinture comme imitation de la réalité*, avec pour conséquence que, dès lors, les moyens, ou l'énonciation, si l'on veut, deviennent, plus présents, plus visibles, plus insistants. D'où le malaise, voire le scandale. Si l'on retient comme l'aspect constructif du fauvisme la recherche d'une grammaire élémentaire de la ligne et de la couleur, nous avons là une piste extrêmement féconde pour comprendre l'art non-figuratif et qu'il nous faudra explorer longuement. De fait, la seconde partie de cet ouvrage est entièrement consacrée à ce thème.

Les considérations qui précèdent permettent peut-être également d'éclairer d'un jour nouveau la question difficile de la fin de ce mouvement éphémère, qui dura à peine trois ans (1905-1908). On connaît l'interprétation traditionnelle de cet arrêt subit, qui, pour ma part, m'a toujours laissé sur ma faim : « [...] le paroxysme collectif du fauvisme ne pouvait se maintenir longtemps sur sa plus haute tension[34]. » Ainsi, après avoir été si haut dans l'intensité et la violence des couleurs, il fallait bien que le mouvement retombe, comme un soufflé, ou comme les fusées d'un feu d'artifice. À la décharge des exégètes, il faut dire que certains artistes, dont Braque, ont aidé à propager cette vision[35].

Cette idée, qui reste une clé pour comprendre le mouvement[36], repose sur un schéma peu convaincant, parfois appuyé sur des considérations bio-

graphiques reliant le paroxysme chromatique aux
excès de la jeunesse qu'il reviendra à la maturité de
tempérer[37]. Or, à partir de l'analyse précédente, une
autre explication se fait jour : si le fauvisme a été
une exploration et un inventaire des moyens d'expression, alors ces moyens, une fois inventoriés et
testés, sont mis au service d'autres causes.

Dans le cas de Braque, la volonté de construction
du fauvisme s'est poursuivie en direction du
cubisme; en outre, si l'on tient compte du fait que
le fauvisme s'est éloigné des couleurs d'imitation,
ce souci trouve sa prolongation dans la suite de sa
démarche (mise à part la question de la couleur),
Braque étant « persuadé qu'il fallait se libérer du
modèle[38] ». Il est cependant intéressant de noter
qu'à partir des mêmes prémisses on peut aboutir à
des résultats diamétralement opposés. Car la même
volonté d'éloignement à l'égard de l'imitation du
modèle que Braque prolonge, est justement ce que
Derain en vient à récuser. Il le dira explicitement :
c'est la distance prise vis-à-vis de l'imitation —
cette recherche « abstraite » des moyens de la peinture — qui lui fait problème et qu'il dénonce alors
pour expliquer son retour à des préoccupations plus
classiques[39].

Quant à Matisse, la phrase de Derain : « S'il y a
tempérament, il ne peut y avoir imitation », s'applique aussi à lui, sauf qu'il se placerait plutôt du côté
du tempérament. Sans doute est-ce Matisse, chef de
file incontestable des Fauves, qui aura le plus insisté
sur la compréhension du fauvisme comme explo-

ration des moyens d'expression de la peinture, ce que la critique de l'époque, nous l'avons vu, avait parfaitement noté : « C'est le point de départ du fauvisme : le courage de retrouver la pureté des moyens[40] », ou encore : « […] le fauvisme fut ainsi pour moi l'épreuve des moyens[41]. » Ces déclarations confirment ainsi pourquoi le fauvisme a été si éphémère : trouver ou retrouver la force d'expression propre aux moyens picturaux (et à la couleur en particulier) correspond à une phase exploratoire, expérimentale, à un inventaire, si l'on veut, de ces moyens, et qui doit donc déboucher sur autre chose. Dans le cas de Matisse, on pourrait dire, avec Duthuit, qu'après le fauvisme sa peinture « ne sera plus *moyen d'expression*, elle sera *expression,* ou plutôt expression et moyen ne seront qu'une seule et même chose[42] ». Si Matisse n'a pas lié directement fauvisme et abstraction, les deux sont en revanche associés aux moyens, et c'est notamment à ce titre que Matisse se défiait de l'abstraction : « L'abstraction n'est qu'un moyen éternel dont les artistes ont toujours usé. Mais il ne faut pas se laisser entraîner par la tentation, faire l'épreuve des moyens en étant dupes[43]. »

Apollinaire

L'incendie fauve était à peine éteint que surgissait un nouveau scandale, celui du cubisme, certains artistes, comme Braque, ayant d'ailleurs assuré la transition de l'un à l'autre. Or ce nouveau mouvement — faut-il s'en étonner ? — sera lui aussi interprété à la lumière de la catégorie critique d'« abstraction ». C'est ce moment que je souhaite ressaisir à présent, au travers de la figure majeure qu'a constituée Apollinaire.

La définition que le poète a donnée du cubisme est bien connue : « Le cubisme est l'art de peindre des ensembles nouveaux avec des éléments empruntés non à la réalité de vision, mais à la réalité de conception[44]. » Cette définition sera cependant modifiée dans *Les peintres cubistes* : elle ne concernera plus que le seul cubisme « scientifique » et est en outre atténuée, « réalité de conception » devenant « réalité de connaissance ». Cette nuance pourrait s'expliquer par le souci d'Apollinaire de ne pas présenter le cubisme comme un mouvement trop « intellectuel ». Il s'était d'ailleurs cru obligé d'ajouter : « Il ne faudrait pas pour cela faire à cette peinture le reproche d'intellectualisme. » On conçoit donc la difficulté à laquelle Apollinaire se trouvait confronté : pour qualifier le cubisme, il joue sur l'opposition entre « réalité vue » et « réalité conçue », c'est-à-dire celle entre sensibilité et intellectualité, qui rend en effet bien compte de la nouveauté du cubisme ; mais en même temps il doit s'efforcer d'éviter que le cubisme soit considéré comme un art « intellectuel », et donc critiqué pour cette même raison. D'où des périphrases qui semblent bien alambiquées, comme lorsqu'il explique que « ce qui différencie le cubisme de l'ancienne peinture, c'est qu'il n'est pas un art d'imitation, mais un art de conception qui tend à s'élever jusqu'à la création[45] ». Que signifie ce propos, si ce n'est que « conception » renvoie à l'idée d'intellectualisme stérile, opposé ainsi à la création. D'où la nécessité pour le poète de laisser entendre que cette « conception » peut cependant « s'élever » jusqu'à la création.

Quant au lien avec l'abstraction, il est introduit dans *Les peintres cubistes* par une phrase un peu curieuse : « Les jeunes artistes-peintres des écoles extrêmes ont pour but secret de faire de la peinture pure. C'est un art plastique entièrement nouveau. Il n'en est qu'à son commencement et n'est pas encore aussi abstrait qu'il voudrait l'être[46]. » On interprète en général cette phrase dans le sens où l'art en question n'est pas encore tout à fait abstrait. Mais cela impliquerait que le terme désignait déjà des œuvres non-figuratives, ce qui est très improbable, car de quelles œuvres suffisamment connues aurait-il pu s'agir début 1913 ? Par ailleurs, ainsi entendue, la phrase signifierait une sorte de distance critique d'Apollinaire par rapport aux peintres qu'il appuyait, ce qui serait pour le moins curieux, car le poète était engagé à fond auprès des artistes qu'il soutenait, et désireux de mettre en avant la nouveauté de leur apport.

Aussi est-il plus simple de comprendre la phrase plutôt comme une façon de la part d'Apollinaire de prémunir le cubisme contre la critique qui lui était adressée d'être un art abstrait, au sens d'intellectuel ou de théorique, suivant l'acception qui avait cours pour critiquer les Fauves. En effet, les années 1912-1913 sont tout à fait passionnantes à cet égard, car elles voient se confronter les valeurs positives et négatives accordées au terme « abstraction » appliqué au cubisme. Rappelons à ce propos qu'un des premiers défenseurs du cubisme, Roger Fry, le qualifiait d'« abstraction géométrique » dès décembre 1910[47]. Le qualificatif lui convenait d'ailleurs fort bien, mais le problème est qu'il était encore entaché d'une valeur négative. D'où le casse-tête chinois auquel les critiques favorables étaient confrontés, puisqu'ils devaient défendre le cubisme contre le reproche d'abstraction... tout en reconnaissant sa nature abstraite. Voici comment plusieurs s'en sont tirés en 1912 : Gleizes sera loué parce qu'il est moins abstrait que d'autres et fait ainsi sa place à la couleur (« osant la couleur parce qu'il s'abstrait moins des surfaces[48] »). Gustave Kahn admet pour sa part que « leurs abstractions intéressent, et que leur couleur simplifiée est souvent, très souvent heureuse[49] ». À propos de Duchamp, on remarque que « certains de ses tableaux sont de purs schémas », et qu'il « se distingue par son extrême audace spéculative » ; il est donc nettement rangé dans le camp de l'abstraction ; et c'est pourquoi l'auteur se croit obligé d'ajouter : « Ce côté abstrait s'atténue pourtant sous l'influence d'une délicatesse toute verlainienne[50]. » Quant à Roger Allard, il défend également les cubistes contre le reproche d'abstraction : « Est-ce à dire que ce domaine soit

celui des froides abstractions ? Non certes[51]. » Pourtant, le même auteur, dans sa défense du mouvement
parue dans *L'Almanach du Blaue Reiter* n'avait pu
faire autrement que de définir le cubisme par des
« formes abstraites » *(abstrakten Formen)*, expression qui revient à plusieurs reprises sous sa plume.
Mieux, il avait justement essayé de défendre le
caractère abstrait du cubisme contre ses détracteurs :

> N'est-il pas remarquable de voir que nos critiques et
> nos esthètes actuels trouvent difficile de concéder à
> l'art plastique une réévaluation de l'image de la nature
> dans le sens d'un monde de formes exact et abstrait,
> alors qu'en d'autres domaines, dans la musique et dans
> la poésie, une telle abstraction [*Abstraktion*] constitue
> à leurs yeux une exigence toute naturelle[52] ?

Picabia

Écrivant après tous les auteurs qui viennent d'être
cités, Apollinaire fait comme eux et cherche avant
tout à rassurer le lecteur quant au fait que le cubisme
« n'est pas encore aussi abstrait qu'il voudrait
l'être ». Mais le voulait-il ? En fait à une date aussi
précoce, seul un Picabia pouvait se revendiquer de
l'« abstractionnisme » dans un climat plutôt hostile
aux tendances abstraites et intellectuelles. Suivant
une déclaration de Duchamp, « Picabia était surtout
un abstractionniste, un mot qu'il avait inventé.
C'était son "dada". Nous en parlions souvent. Il
n'avait que ça dans la tête[53] ». Et s'il le criait sur

les toits, on comprend qu'Apollinaire ait été plutôt embarrassé, ce qui expliquerait pourquoi, en prenant sa défense dans *Les peintres cubistes,* il consacre tout un paragraphe à tenter de justifier que la peinture de Picabia *n'est pas* de l'abstraction :

> Il ne s'agit point d'abstraction, car le plaisir que ces œuvres se proposent de donner au spectateur est direct. La surprise y joue un rôle important. Va-t-on dire que la saveur d'une pêche n'est qu'une abstraction ? Chaque tableau de Picabia a son existence propre limitée par le titre qu'il lui a donnée. Ces tableaux représentent si peu des abstractions *a priori* que de chacun d'eux, le peintre pourrait vous raconter l'histoire[54].

Si l'on voulait encore une preuve du fait qu'à l'époque l'abstraction constituait un repoussoir parce qu'elle était assimilée à une tendance intellectualisante, on la trouverait dans le manuscrit des *Peintres cubistes* : dans la section consacrée à Picabia, le terme « abstraction » n'apparaît pas ; en revanche, ce dont il faut sauver Picabia (malgré lui), c'est de la critique d'intellectualisme : « Il ne faudrait pas voir non plus dans les œuvres de ce peintre une tentative de généralisation intellectuelle. Le soin qu'il prend d'écrire, dans un coin du tableau, le sujet qu'il s'est proposé de peindre, montre assez qu'il n'y a pas d'intellectualisme dans ses tableaux[55]. »

Étant donné le reproche d'abstraction adressé au cubisme, on comprend dans ces conditions pourquoi il était difficile à Apollinaire d'utiliser le terme « abstraction » de façon positive, soit au sujet du cubisme, soit au sujet d'une tendance qui, à la

différence de ce dernier, n'emprunterait plus rien à
la réalité. Lorsqu'une telle possibilité est évoquée,
c'est sous d'autres appellations, et assortie de réserves signalant que sa réalisation n'est pas pour
demain. Il en va de même pour Gleizes et Metzinger
dans *Du cubisme,* où c'est l'expression d'effusion
pure qui surgit sous leur plume pour qualifier cette
possibilité :

> Que le tableau n'imite rien et qu'il présente nûment
> sa raison d'être ! nous aurions mauvaise grâce à déplo-
> rer l'absence de tout ce dont, fleurs, campagne ou
> visage, il aurait pu n'être que le reflet. Néanmoins
> avouons que la réminiscence des formes naturelles ne
> saurait être absolument bannie, du moins actuellement.
> On ne hausse pas d'emblée un art jusqu'à l'effusion
> pure[56].

La remarque s'applique également à Apollinaire.
Soucieux de caractériser cet art « entièrement nouveau » dont il entrevoit la possibilité, le poète n'utilise pas le qualificatif, trop négatif, d'abstraction,
mais parle de « peinture pure », expression peut-être
suggérée par Delaunay. Ici encore, on assimile souvent un peu vite peinture pure à art non-figuratif,
alors qu'il ne sont pas du tout équivalents. Notons
tout d'abord à ce propos que la « peinture pure »
annoncée par Apollinaire à propos de Delaunay[57]
ne signifie « art non-figuratif », comme on l'écrit encore trop souvent, que par un contresens, dû à l'acception qu'a fini par prendre « pur », comme coupé
de toute réalité. Glosant sur sa propre expression,
Apollinaire expliquait que « peinture pure signifie

peut-être lumière pure et ces réclames lumineuses qui ennoblissent nos rues [en] sont à mon sens une image imparfaite mais déjà claire[58] ». Ainsi la pureté n'est-elle pas définie comme un éloignement par rapport à la réalité, mais comme un déplacement d'accent de la « source d'inspiration » vers le plaisir particulier que procure l'œuvre elle-même, quand on est attentif aux matériaux qui la constituent (sonorité pour le poème, ou harmonie chromatique pour le tableau), comme l'écrit encore Apollinaire dans *Les peintres cubistes,* en s'inspirant d'ailleurs de ses conversations avec Delaunay : « On s'achemine ainsi vers un art entièrement nouveau, qui sera à la peinture, telle qu'on l'avait envisagée jusqu'ici, ce que la musique est à la littérature. Ce sera de la peinture pure, de même que la musique est de la littérature pure [...]. De même, les peintres nouveaux procureront à leurs admirateurs des sensations artistiques uniquement dues à l'harmonie des lumières impaires[59]. »

On peut tirer une première conclusion de cette analyse : dans le climat intellectuel qui précède la Première Guerre mondiale, le terme « abstraction » avait acquis dans la critique d'art un sens massivement négatif, de sorte que dans ce contexte il était difficile de remonter la pente en présentant sous un jour favorable les nouvelles tendances artistiques comme un art abstrait. C'est pourquoi ce sont d'autres termes qui seront mis en avant, comme celui d'art pur. Dans ce contexte, il fallait donc une bonne dose de courage ou de provocation pour se réclamer d'un art qui serait abstrait. Cela explique peut-être pourquoi seul un provocateur-né comme Picabia osa revendiquer dès 1913, dans ce climat généralement hostile, un art abstrait, comme il le fit très clairement, tentative qui restera longtemps sans lendemains :

> La représentation objective de la nature, à travers laquelle le peintre exprimait les sentiments mystérieux de son moi devant le « motif », ne suffit plus à traduire l'ampleur de sa nouvelle conscience de la nature. […] La réalité s'impose à nous non seulement sous une forme spécifique, mais plus encore sous une forme qualitative. C'est ainsi que, lorsque nous regardons un arbre, nous sommes conscients non seulement de son aspect extérieur, mais également de ses propriétés, de ses qualités, de son évolution. […] Les manifestations résultant de cet état d'esprit qui se rapproche de plus en plus de l'abstraction ne peuvent elles-mêmes être qu'abstraites. Elles se dissocient du plaisir sensoriel que l'homme peut tirer de l'homme ou de la nature (l'impressionnisme) pour accéder au domaine de la joie pure de l'idée et de la conscience. […] Aussi le public ne doit-il pas chercher dans mes peintures le souvenir « photographique » d'une impression visuelle ou d'une sensation, mais uniquement voir en elles une tentative d'exprimer la part la plus pure de la réalité abstraite de la forme et de la couleur en soi[60].

Voilà donc le texte prémonitoire (il date de mars 1913) que Picabia écrivit comme préface pour son exposition à New York, où il s'était rendu à l'occasion de l'importante exposition *Armory Show* où il présentait quatre toiles dont *Danses à la source,* une des œuvres qui y furent le plus commentées, avec le *Nu descendant un escalier* de Duchamp. *Danses à la source* est d'ailleurs l'un des trois tableaux que mentionnait Apollinaire pour protester contre le fait qu'elles soient vues comme des abstractions.

S'il faut en croire celle qui deviendra sa femme, Gabrielle Buffet-Picabia, au moment de leur rencontre (en 1908), il lui parlait de façon exaltée d'une peinture « autre » qui aurait pour objet « des formes et des couleurs délivrées de leurs attributions sensorielles : une peinture située dans l'invention pure qui recrée le monde des formes suivant son propre désir et sa propre imagination[61] ». On peut cependant douter de la fidélité du témoignage car, pour autant qu'on sache, aucune œuvre ne répond à cette définition avant 1912-1913. Même *Danses à la source I* (1912), qui a suscité tant de commentaires, contient encore des silhouettes humaines reconnaissables. En fait, ce n'est qu'en 1913, à partir de *Catch as Catch Can* — *Edtaonisl* ou *Udnie* *(Fig. 2)* que Picabia peint des œuvres qui ne présentent plus aucune forme reconnaissable. Il n'est cependant pas sûr que la conception de l'abstraction qu'il revendique signifiait ce qu'il en disait dans l'important texte cité, soit « une tentative d'exprimer la part la plus pure de la réalité abstraite de la forme et de la couleur en soi ». Cette belle définition pourrait à la rigueur caractériser les œuvres en question, mais non le processus qui y conduit et qui reste plus classique, car la mémoire et le souvenir y jouent un rôle essentiel, jusque dans le titre de certaines d'entre elles (par exemple *Je revois en souvenir ma chère Udnie,* 1913-1914). Picabia en convenait lui-même, qui expliquait :

> *Udnie* n'est pas plus le portrait d'une jeune fille qu'*Edtaonisl* n'est l'image d'un prélat, tels qu'on les conçoit communément. Ce sont des souvenirs d'Amérique, des évocations de là-bas qui, subtilement apposés comme des accords musicaux, deviennent représentatifs d'une idée, d'une nostalgie, d'une fugitive impression[62].

Ainsi sa conception de l'abstraction n'abandonne pas le lien avec le monde des choses perçues. En ce sens, elle s'apparente plutôt à celle de Gauguin et Van Gogh lorsqu'ils peignaient de mémoire, à cette différence près — et qui est de taille — que Picabia ne cherche pas à rendre le souvenir visuel de ce qu'il a vu, mais le transpose en une sorte d'équivalent rythmique qui n'a plus aucun lien mimétique avec le souvenir de départ. Il assimilait du reste cette technique à l'improvisation musicale : « J'absorbe ces impressions. Je ne suis pas pressé de les mettre sur la toile. Je les laisse se déposer dans mon cerveau et puis, quand l'esprit de la création m'inonde, j'improvise mes tableaux comme un musicien improvise sa musique[63]. »

Cette analyse mène à une autre conclusion, qui concerne le lien entre cubisme et abstraction. Si le fauvisme, tel un feu d'artifice coloré, fut un mouvement éphémère, en revanche, le cubisme sera, en France, une tendance d'une importance considé-

rable, malgré la place qu'occupera plus tard le surréalisme. Or les schémas mis en place dès 1912,
consistant à considérer le cubisme comme une
abstraction, se maintiendront très longtemps, jusque dans les années trente. Le seul changement notable est que, avec le temps, l'association du
cubisme et de l'abstraction sera vue comme positive et non plus négative, à mesure que le cubisme
sera accepté. Mais l'association demeurera, ce qui
n'a d'ailleurs rien d'étonnant, car, comme nous
l'avons vu, si le cubisme est une réalité de conception, alors le qualificatif « abstrait » (au sens d'un
parti pris intellectuel ou théorique) le caractérise
assez bien.

Les conséquences de cette attitude vont cependant bien au-delà du seul fait de considérer le
cubisme comme une abstraction : c'est que *le cubisme en vint à servir de modèle pour penser l'art
abstrait.* Il faudra nous souvenir de cette mise en
perspective dans les chapitres suivants, qui devraient montrer que la conception de l'art abstrait
comme art non-figuratif ne s'est fait jour que peu à
peu, de sorte que pendant longtemps, jusque dans
les années trente, a régné — en tout cas en
France — l'idée que le cubisme était l'art abstrait
par excellence. D'où l'effort considérable et paradoxal qu'ont dû fournir tant de peintres abstraits
pour que leur œuvre ne soit pas assimilé à cette
conception.

Théories de l'abstraction en Allemagne, 1908-1912

La situation en Allemagne est très différente de celle qui prévalait en France à la même époque, et ce pour deux raisons complémentaires : d'un côté, le concept d'abstraction y était vu comme positif et non négatif ; de l'autre, il avait fait l'objet d'une conceptualisation assez poussée dans différents domaines. Aussi n'est-ce pas un hasard si c'est en Allemagne et en Autriche qu'ont surgi les premières théories positives de l'abstraction artistique.

Si l'idée d'abstraction n'y était pas considérée comme une menace, c'est qu'une longue tradition esthétique, qu'on peut faire remonter à Kant, s'était intéressée à l'ornement en soi, comme source d'un plaisir esthétique, indépendamment de la représentation du monde visible[1]. Ainsi surgirent de nombreuses théories de l'ornement. À cela il convient d'ajouter certains travaux d'esthétique (notamment ceux de Vischer et Fechner) qui reconnaissaient également aux motifs abstraits (couleur et ligne) un pouvoir expressif propre.

Les choses ont cependant été beaucoup plus loin : les motifs ornementaux n'ont pas seulement leur vie propre, distincte des représentations figuratives, ils sont devenus, avec Riegl, un moyen de mettre en question la thèse de l'origine naturaliste de l'ornementation, en soulignant que si une telle tendance s'est affirmée chez les Grecs, une tendance inverse est sensible dans l'arabesque : « *Si le but des Grecs était de rendre les rinceaux de palmettes plus vivants, celui des artistes du monde arabe paraît avoir été bien au contraire la schématisation, la géométrisation, l'abstraction*[2]. »

Rien d'étonnant dès lors si c'est dans des pays de langue allemande qu'ont été revendiqués des ornements abstraits sous ce titre *(Abstrakte Ornamente)*, et avant 1900, en particulier ceux produits par le peintre Adolf Hölzel[3]. Rendant visite à cet artiste, le critique Arthur Roeßler sera frappé par ses œuvres et leur consacrera un important article au titre significatif : « L'ornement abstrait avec la mise en valeur concomitante du contraste simultané des couleurs », article qui paraîtra dès 1903[4]. Il y décrit les ornements abstraits de Hölzel comme tout à fait singuliers, puisqu'ils « ne rappellent aucune forme connue, ni animale, ni végétale, ni technique-organique », et considère dès lors que « de tels dessins forment des ornements abstraits ; abstrait au sens de non-objectif (« *abstrakt in der Bedeutung von ungegenständlich*[5] »). Signalons que cet article semble bien avoir été lu tant par Kupka que par Kandinsky[6]. Quoi qu'il en soit, la difficulté

demeure, qui est de faire le pont entre ces conceptions de l'abstraction, et celles des pionniers de
l'art non-figuratif.

En effet, les histoires de l'art abstrait lui ont
longtemps assigné une double origine complémentaire, en postulant l'existence d'un lien entre la
publication en 1908 de *Abstraction et Einfühlung*
de Worringer et *Du spirituel dans l'art* publié par
Kandinsky en 1912. Comme Worringer est censé
avoir introduit en esthétique l'idée d'abstraction[7],
et comme il aurait « influencé » Kandinsky (ne
parlent-ils pas tous deux d'abstraction, et n'ont-ils
pas publié chez le même éditeur munichois, Piper,
à trois ans d'intervalle ?), on peut boucler la boucle par ce court-circuit en assignant une double
« origine » à l'art abstrait : conceptuelle, d'abord
avec Worringer, puis concrète avec Kandinsky qui
aurait mis en pratique les idées de l'esthéticien[8]. Il
est certes beaucoup question d'abstraction dans ces
deux ouvrages. Cependant, ce n'est pas parce que
Worringer et Kandinsky mettent en évidence un
processus d'abstraction qu'ils utilisent le terme
dans le sens de « non-figuration ». En fait, pour
anticiper sur la suite, l'analyse de leurs textes
mettra en évidence non seulement que le sens
qu'ils donnent l'un et l'autre au terme « abstraction » est distinct, mais en plus et surtout qu'il ne
signifie « non-figuration » ni chez l'un ni chez
l'autre, de sorte que si *Abstraction et Einfühlung*,
d'un côté, *Du spirituel dans l'art,* de l'autre, ont
bien joué un rôle important dans l'histoire de l'art

abstrait, ce n'est pas au sens où ils feraient l'apologie de l'art non-figuratif, comme on l'écrit encore trop souvent.

Worringer

Pour Worringer, l'abstraction, opposée à l'*Einfühlung*, serait une tendance vers une ornementation géométrique. En effet, à l'*Einfühlung* — terme difficilement traduisible (« empathie » n'en donne qu'une approximation), qui correspond à une volonté de se fondre dans l'objet, en symbiose avec lui, et dont l'expression artistique est l'imitation naturaliste des formes organiques —, Worringer oppose l'abstraction, qui se complaît dans l'inorganique.

Un des aspects importants de sa thèse est que l'abstraction, à la différence de l'*Einfühlung,* n'a pas pour moteur l'imitation :

> L'impulsion artistique originaire n'a rien à voir avec l'imitation de la nature. Elle est en quête de la pure abstraction comme seule possibilité de repos à l'intérieur de la confusion et de l'obscurité de l'image du monde, et elle crée l'abstraction géométrique à partir d'elle-même, de façon purement instinctive[9].

Ainsi, l'une des motivations de l'abstraction, selon Worringer, était que par la contemplation de formes géométriques régulières l'homme parvienne à un apaisement que ne pouvait lui procurer le monde extérieur, en perpétuel devenir, et constamment changeant. Aussi s'agissait-il, par rapport à « la chose singulière du monde extérieur », de « l'arracher au flux du devenir, de la libérer de toute contingence et de tout arbitraire ; de l'élever au règne de la nécessité, en un mot de l'éterniser »[10].

En ce sens, l'abstraction ainsi conçue est une tendance vers l'absolu, en tant qu'opposé au relatif, et l'apaisement qu'elle procure vient de ce qu'elle « purifie » la réalité de ses accidents en ne retenant que des formes régulières. On voit donc la filiation par rapport à l'idée du beau idéal abstrait (ce qui confirme, soit dit en passant, que Worringer est loin d'être le premier, comme on le répète encore trop souvent, à avoir dégagé la notion d'abstraction en esthétique ; en fait son œuvre est plutôt l'aboutissement d'une longue tradition[11]). Par ailleurs, la forme abstraite libérée de toute contingence n'est pas sans évoquer les propos de Maurice Denis, trois ans avant la publication de l'ouvrage de Worringer, lorsqu'il dénonçait l'abstraction chez les Fauves conçue comme « la peinture hors de toute contingence, la peinture en soi, l'acte pur de peindre [...] la recherche de l'absolu ». Enfin, l'idée d'abstraction comme *détachement* correspond bien aux acceptions philosophiques qui avaient cours à l'époque. Bref, la conception de l'abstraction selon Worringer s'inscrit bien plus dans la tradition qu'elle ne la met en question. Son mérite, dès lors, est de l'avoir mise au service d'une approche de l'art qui ne faisait plus de l'imitation la motivation centrale de la volonté artistique.

Quant aux formes auxquelles il songeait, il s'agit des ornements et des figures géométriques (notamment égyptiens) ; ce « style géométrique », notons-le, était fréquemment qualifié d'abstrait, notamment par Riegl, qui est une des sources de Worringer. Cependant, les motifs ornementaux, pour abstraits qu'ils soient, n'ont pas grand-chose à voir avec l'art non-figuratif qui nous intéresse ici. Au reste, si Worringer avait vu lui-même un lien entre sa conception de l'abstraction et l'art abstrait, il n'aurait pas manqué d'en faire état dans l'une des multiples préfaces qu'il écrivit à l'occasion des rééditions de son livre, la dernière datant de 1959. Or il n'en a jamais soufflé mot. Aussi est-il tout à fait abusif de vouloir accorder à Worringer la paternité spirituelle de l'abstraction en art[12].

Kandinsky

Qu'en est-il à présent de Kandinsky ? Trouvera-t-on dans *Du spirituel dans l'art* ce que nous n'avons pas trouvé chez Worringer, une défense et illustration de l'art non-figuratif ? Car c'est ce que soutiennent ceux qui continuent de considérer qu'après avoir peint sa première œuvre abstraite, Kandinsky aurait éprouvé le besoin de se justifier et aurait, à cette fin, écrit son premier livre[13], qui serait en ce sens « le premier grand manifeste de l'art abstrait[14] ». Et pourtant, il suffit de l'ouvrir pour se rendre compte du fait que, non seulement, il ne contient pas d'apologie de l'art non-figuratif, mais que, bien au contraire, le peintre y met en garde contre les dangers d'un art qui serait totalement abstrait :

> Mais si nous commencions dès aujourd'hui à détruire totalement le lien qui nous attache à la nature, à nous orienter par la violence vers la libération, et à nous contenter exclusivement de la combinaison de la couleur pure et de la forme indépendante, nous créerions des œuvres qui seraient des ornements géométriques et qui ressembleraient, pour parler crûment, à des cravates ou à des tapis[15].

D'où vient cette méfiance ? La raison est simple : publié en décembre 1911 (bien que daté de 1912), le livre a été rédigé en 1909[16], mais a été retouché avant sa publication. Or cela montre bien qu'à cette époque, et contrairement à ce que certains s'efforcent toujours de soutenir, Kandinsky était encore loin de penser à l'art abstrait. Il ne pouvait donc ni justifier théoriquement une pratique qui n'existait pas encore, ni la fonder par avance en théorie, puisque au contraire, si la possibilité d'un art purement abstrait est envisagée, ce n'est pas sans une appréhension bien compréhensible. D'abord, parce que le « grand saut » vers l'inconnu que constituait à l'époque le fait d'envisager un art non-figuratif s'accompagnait d'une angoisse légitime. Et, de plus, la crainte de Kandinsky était qu'un tel art abstrait verserait dans le décoratif, en perdant la dimension spirituelle qu'il entendait lui insuffler.

Cependant, si *Du spirituel* ne contient pas d'apologie de l'art non-figuratif, il y est en revanche beaucoup question d'« abstraction » et d'« abstrait », en différents sens qui valent la peine d'être analysés afin de poursuivre le travail de relecture que nous avons entrepris. Les enjeux, toutefois, se sont déplacés. Car, dans les textes abordés jusqu'ici, il n'était pas si surprenant de constater que les termes « abstrait » et « abstraction » n'avaient pas le sens de non-objectif, puisque ces textes sont antérieurs à l'avènement de l'art abstrait. Par contre, ce n'est pas sans surprise que l'on verra qu'il en va souvent de même chez les pionniers de l'art abstrait. En réalité, nous sommes si habitués aux lieux communs dont nous avons été abreuvés, et il est devenu tellement évident, à première vue du moins, que les pionniers de l'art abstrait ont défendu un art non-objectif, entièrement coupé de la nature, et ne comportant plus aucune réminiscence d'un objet reconnaissable, qu'on se croit dès lors dispensé de lire leurs textes. Car il est frappant de constater qu'en dépit de l'abondante littérature existant sur l'art abstrait, les textes des pionniers n'ont jamais, que je sache, fait l'objet d'une analyse visant simplement à tenter de comprendre ce qu'ils entendaient par « abstraction », « abstrait », et « art abstrait ». Sans doute fallait-il commencer par mettre en question les lieux communs dont nous sommes imprégnés, pour que cette question, qui aurait pu paraître ingénue, devienne enfin possible.

Dans *Du spirituel,* « abstrait » a souvent le sens courant d'isolé, séparé de la réalité. Ainsi, par exemple, en rapport avec la question du mot[17] : à force de répéter un mot, comme le font les enfants, celui-ci finit par perdre son sens, devient abstrait, de sorte que nous ne sommes plus attentifs qu'à la sonorité du signifiant. Or, comme l'indique Kandinsky en se référant explicitement à Maeterlinck, il s'agit là d'un procédé littéraire extrêmement fort qui constitue « également un exemple de l'évolution des procédés artistiques du matériel vers l'abstrait[18] ».

Kandinsky voit en effet une évolution dans l'art (littérature, théâtre, musique, peinture) consistant à mettre en évidence ses potentialités signifiantes. Dans le cas du mot, exemple paradigmatique pour Kandinsky, celui-ci devient littéralement abstrait lorsqu'il vaut pour lui-même et est donc détaché de l'objet qu'il désigne : « [...] si on ne voit pas l'objet lui-même, et qu'on l'entend simplement nommer, il se forme dans la tête de l'auditeur une représentation abstraite [*abstrakte Vorstellung*][19]. » L'équivalent du mot en littérature serait la couleur en peinture, ce qui explique pourquoi le néo-impressionnisme « touche à l'abstrait ». Parmi les nombreux artistes cités pour leurs recherches de « formes abstraites », on trouve d'ailleurs Segantini, figure de proue du divisionnisme italien :

> Apparemment le plus matériel de cette série, Segantini prit des formes parfaites de la nature, les travaillant parfois jusqu'au plus infime détail (par exemple des chaînes de montagne, ainsi que des pierres et des

animaux), et parvint toujours, malgré la forme visiblement matérielle, à créer des images abstraites [*abstrakten Gestaltungen*], ce qui fait peut-être de lui le plus immatériel de tous[20].

Cela nous indique clairement que de telles images abstraites — une page plus loin, il évoque les « formules abstraites » de Cézanne — n'ont rien à voir avec la non-figuration. Elles sont au contraire pleinement figuratives. C'est donc, à nouveau, par un contresens flagrant qu'on comprend d'ordinaire « abstrait » dans le sens de non-figuratif dans les premiers écrits de Kandinsky. Ce qui est intéressant, en revanche, est de comprendre comment une théorie de l'art abstrait s'est peu à peu constituée. Kandinsky développe en effet une conception originale de la forme, qu'il a élaborée peu à peu dans différents textes. Ce que l'on peut dire en première approximation pour comprendre l'idée d'image abstraite est que, dans des œuvres si figuratives comme celles de Segantini, le traitement plastique de la couleur (qui prend appui sur des théories scientifiques) attire l'attention sur lui-même. La couleur, certes naturaliste, est au service de la figuration, mais la technique divisionniste la met en évidence, d'où son caractère « abstrait », comme lorsqu'un mot est utilisé moins pour nommer un objet que pour sa sonorité ou sa résonance. L'idée est développée plus avant dans la suite du texte lorsque Kandinsky aborde la question de la forme dont il distingue deux aspects, ou deux limites. Ou bien la forme sert à découper, à délimiter un objet

matériel sur la surface. C'est ce que nous appellerions aujourd'hui sa fonction iconique. Ou bien,
nous dit Kandinsky :

> *La forme reste abstraite* [*bleibt die Form abstrakt*],
> c'est-à-dire ne désigne aucun objet matériel, mais est
> un être totalement abstrait. À cette catégorie d'êtres
> purement abstraits, doués d'une vie propre en tant que
> tels, ayant leur effet et leur influence, appartiennent le
> carré, le cercle, le triangle, le losange, le trapèze et les
> innombrables autres formes, de plus en plus compli-
> quées et qui n'ont pas de définition mathématique.
> Toutes ces formes sont citoyennes, égales en droit, du
> royaume de l'abstrait. *Entre ces deux limites se situe le
> nombre infini des formes* où coexistent les deux
> éléments, et dans lesquelles prédomine soit l'élément
> matériel, soit l'élément abstrait[21].

Kandinsky commence donc d'élaborer une véritable sémiologie de la forme, en appelant à distinguer dans la forme une limite iconique (délimiter
un objet sur une surface) et une limite que nous
appellerions aujourd'hui plastique, et qu'il nommait, quant à lui, abstraite[22]. On voit comment sa
pensée s'est déjà précisée : « formes abstraites »
désigne à présent une composante de la forme. On
objectera peut-être que ces formes géométriques
(cercle, carré, triangle, etc.) sont celles-là mêmes
qui constituent le vocabulaire de la non-figuration
géométrique, et que par conséquent la « forme
abstraite » de Kandinsky correspondrait bien au
sens d'abstrait dans l'art non-figuratif. Mais c'est
oublier que pour Kandinsky cette forme abstraite

constitue toujours une *limite* et que comme l'indique la fin de la citation, les deux éléments coexistent toujours à des degrés divers, et que même si
l'un domine, l'autre reste présent. Le fait de qualifier le premier aspect (iconique) de « matériel » nous
aide *a contrario* à comprendre pourquoi le second
est qualifié d'abstrait. En effet, quand la forme est
au service de la reconnaissance de l'objet matériel
qu'elle découpe et délimite sur une surface, elle
peut être dite matérielle par métonymie ; en revanche, quand elle n'a pas cette fonction de signe iconique, elle est qualifiée par contraste d'abstraite.

Par ailleurs, il convient d'insister sur une idée
chère à Kandinsky : la complémentarité de ces deux
aspects de la forme. Comme il s'agit de limites, les
deux aspects sont toujours présents ; c'est pourquoi
il n'existe pas en art de forme purement matérielle.
Mais inversement, serait-il possible d'envisager
une forme purement abstraite ? À plusieurs reprises,
Kandinsky se pose la question qui, visiblement, le
préoccupait. La réponse, on s'en serait douté, reste
négative :

> Des formes purement abstraites [*mit rein abstrakten
> Formen*] seules ne peuvent aujourd'hui suffire à l'artiste.
> Ces formes sont pour lui trop imprécises. Il lui semble
> que se limiter exclusivement à l'imprécis, c'est se priver
> de possibilités, exclure ce qui est purement humain et
> appauvrir par là même ses moyens d'expression[23].

Notons tout d'abord que les vues de Kandinsky
se sont modifiées par la suite. Dans le manuscrit de

1914 en vue d'une quatrième édition allemande qui
ne vit jamais le jour à cause de la Première Guerre
mondiale, la première phrase : « Des formes purement abstraites seules ne peuvent aujourd'hui suffire à l'artiste », a été significativement modifiée
pour devenir : « Des formes purement abstraites
seules ne peuvent aujourd'hui suffire qu'à un petit
nombre d'artistes[24]. » La nuance est évidemment de
taille, car ce qui n'était qu'une possibilité encore
lointaine, une possibilité effrayante, disons entre
1909 (au moment de la rédaction) et 1912 (date de
la seconde édition), s'est depuis transformé en réalité, dans la pratique même de Kandinsky ; il ne fait
pas de doute à cet égard qu'en 1914 il s'incluait au
nombre des rares artistes ayant franchi le pas.

Cela met en lumière une autre difficulté : la catégorie de « formes abstraites » est à la fois descriptive et évaluative. Descriptive lorsque la forme
est pensée à partir de ses deux limites, matérielle
et abstraite. Évaluative, car ces deux aspects, qui
coexistent en toute œuvre, ne sont pas équivalents,
et Kandinsky donne sa préférence à l'élément
abstrait, car « plus dégagé est l'élément abstrait de
la forme, et plus le son en est pur, élémentaire[25] ».
Aussi les deux aspects de la forme constituent-ils
non seulement un point de vue synchronique mais
aussi diachronique, lorsque Kandinsky prophétise
l'importance accrue que prendra l'élément abstrait :

> Ainsi voit-on, en art, passer peu à peu au premier
> plan l'élément abstrait qui, hier encore, se cachait,

timide et à peine visible, derrière les tendances purement matérialistes. Cette croissance, et finalement
cette prédominance de l'abstrait, est naturelle. Cela est
naturel car, plus la forme organique est repoussée vers
l'arrière-plan, plus cet abstrait passe de lui-même au
premier plan et gagne en résonance[26].

Cette double valeur de l'abstrait, descriptive et
évaluative, est génératrice d'une tension, sensible à
divers moments clés de l'ouvrage. En effet, si la
tendance vers l'abstrait est naturelle et correspond à
une résonance plus pure de la forme, pourquoi ne
pas franchir le pas et concevoir un art totalement
abstrait ? La question revient de façon lancinante à
différentes reprises. Et chaque fois la réponse est
donnée par le recours aux deux éléments de la
forme, qui servent de garde-fous, car les deux
constituants de la forme jouant chacun leur rôle, le
passage à la limite n'est pas possible. En voici un
nouvel exemple :

La question se pose maintenant : faut-il totalement
renoncer à ce qui est objet, le bannir de notre maga-
sin, le disperser au vent et mettre totalement à nu
l'abstrait pur [*das rein Abstrakte*] ? C'est là évidemment une question pressante qui nous amènera immédiatement à la réponse par la décomposition de la
consonance des deux éléments de forme (élément objectif et élément abstrait). De même que chaque mot prononcé (arbre, ciel, homme), chaque objet représenté
éveille une vibration. Se priver de cette possibilité
d'éveiller une vibration équivaudrait à limiter l'arse-
nal des moyens d'expression. C'est en tout cas la
situation actuelle[27].

Ce paragraphe mériterait de longs commentaires. D'abord parce que revient l'analogie avec le mot (dont il sera question dans le chapitre IX). Ensuite parce que apparaît ici le concept central de *vibration,* dont je n'ai pas encore fait état jusqu'à présent, bien qu'il joue un rôle clé dans la compréhension de la fameuse « nécessité intérieure »[28]. Cependant, développer ces questions ici nous détournerait de notre objet immédiat : comprendre ce que Kandinsky entendait par abstrait ; or il me semble, à tort ou à raison, qu'il est possible de faire ici l'économie de ce détour.

Pour parer au plus pressé, notons donc en premier lieu l'expression « l'abstrait pur ». Elle pourrait paraître redondante, mais elle est logique : si l'abstrait désigne cette limite de la forme dans laquelle l'autre aspect, matériel, suivant Kandinsky, ou iconique, est toujours coprésent, alors, pour désigner une forme abstraite totalement affranchie de la représentation de l'objet, force est d'utiliser une expression distincte.

Par ailleurs, il vaut la peine de s'attarder quelque peu sur les raisons données pour expliquer l'appréhension face à l'abstrait pur. Dans l'extrait cité, domine l'idée d'une limitation des moyens dès lors que l'on se prive de ceux fournis par l'objet. Dans une citation faite plus haut, la même idée de limitation était assortie de celle d'un appauvrissement, dû à l'exclusion de la dimension humaine. Enfin, dans d'autres passages, l'argument est celui du « danger de la dégénérescence dans un art

ornemental[29] ». Si l'on met bout à bout ces craintes
— limitations de l'expression, appauvrissement,
danger du décoratif —, on s'aperçoit que Kandinsky, de façon programmatique, annonce par
avance les principaux écueils contre lesquels l'art
non-figuratif viendra buter et qui continueront de le
hanter, tout au long de son histoire.

À la fin de l'ouvrage, dans la partie « Théorie »,
il revient encore sur ce thème, et déplace cette fois
la question des deux limites de la forme pour y voir
deux tendances de l'art en tant que tel : « à droite :
l'abstraction pure (c'est-à-dire une abstraction
poussée plus loin que la forme géométrique) et à
gauche : *le réalisme pur* (c'est-à-dire le grand fantastique, un fantastique fait dans la matière la plus
dense[30]. » Si toutes les possibilités artistiques sont
contenues entre ces deux limites, il entrouvre
cependant la porte en incluant dans un au-delà des
limites les domaines de l'abstraction pure et du réalisme pur.

Ce problème sera repris dans un important texte
théorique, « Sur la question de la forme », publié
en 1912 dans *L'Almanach du Blaue Reiter*, et auquel
renvoie d'ailleurs une note de la seconde édition de
Du spirituel dans l'art[31]. Ce texte s'ouvre sur une
comparaison entre l'esprit créateur et l'« esprit
abstrait » *(der abstrakte Geist)*, ce qui confère à
l'abstraction une valeur spirituelle qu'il n'avait
pas jusque-là. Comme, en plus, Kandinsky oppose
« la forme (matière) » au « contenu (esprit) » et
qu'il considère que c'est le second qui constitue

l'essentiel, on pourrait à bon droit s'attendre à un schéma forme/contenu, matière/esprit, matériel/abstrait, dans lequel l'esprit abstrait finirait par dominer la matière. Cet aspect est incontestablement présent, mais comme nous l'avons déjà constaté dans l'analyse précédente, il est contrebalancé par les deux aspects de la forme, qui servent toujours ici de garde-fous, et, nous le verrons, d'une façon encore plus nette et plus affirmative que dans *Du spirituel dans l'art*. Les deux pôles sont ici nommés « la grande abstraction » et « le grand réalisme », et Kandinsky, pour donner le ton, affirme d'emblée à leur propos que « ces deux pôles ouvrent *deux voies*, qui conduisent finalement *vers un seul but*[32] ». Comment ? c'est ce que Kandinsky s'efforce de montrer dans une analyse assez serrée. À ses yeux, ces deux pôles ont toujours existé dans l'art, comme deux tendances, celle qui correspond au réalisme étant aussi qualifiée d'« objective », et celle correspondant à l'abstraction de « purement esthétique ». Les deux sont donc présentes dans toute œuvre, à des degrés divers, l'idéal étant d'obtenir un équilibre absolu. Or aujourd'hui « l'agréable complémentarité de l'abstrait et de l'objectif » a été rompue, l'art tendant à s'orienter soit vers le grand réalisme, soit vers la grande abstraction. Cependant, nous dit le peintre, les extrêmes se rejoignent, de sorte qu'en fin de compte il est en principe « *sans importance que l'artiste recoure à une forme réelle ou abstraite, car elles sont intérieurement équivalentes*[33] ». En quoi sont-elles équivalentes ? Selon le peintre, le grand réalisme « s'efforce d'éliminer du tableau l'élément esthétique extérieur, afin d'exprimer le contenu de l'œuvre par la restitution simple ("inesthétique") de l'objet dans sa simplicité et sa nudité[34] ». Or cette sorte de mise à nu de l'objet le dévoile beaucoup mieux, dès lors qu'il n'est plus occulté par l'élément esthétique. D'où l'idée selon laquelle « *l'élément "esthétique" réduit au minimum doit être reconnu comme l'élément abstrait le plus puissant*[35] ». Je reviendrai sur cette formule, qui pour Kandinsky exprime une « loi » (« la diminution quantitative équivaut à une augmentation qualitative »).

À l'autre pôle figure la grande abstraction, « qui s'efforce d'éliminer d'une manière apparemment totale l'élément objectif (réel) ». Ainsi :

> La vie abstraite des formes objectives réduites au minimum, avec la prédominance frappante des unités abstraites, révèle le plus sûrement la résonance intérieure de l'œuvre. Et de même que le réalisme renforce la résonance intérieure par l'élimination de l'abstrait, l'abstraction renforce cette résonance par l'élimination du réel. Dans le premier cas, c'est la beauté convenue, extérieure et flatteuse qui faisait écran ; dans le second, c'est l'objet extérieur, auquel l'œil est habitué et servant de support au tableau, qui joue ce rôle[36].

Kandinsky peut en conclure triomphalement :

> Réalisme = abstraction
> Abstraction = réalisme
> *La plus grande dissemblance extérieure devient la plus grande ressemblance intérieure*[37].

Reste tout de même à comprendre un peu mieux ce qu'il voulait dire. Tout d'abord, qu'est-ce que ce « grand réalisme » qu'il voit comme une des deux tendances dominantes dans l'art de son temps ? Le père en est selon lui le Douanier Rousseau, un artiste dont il partageait notamment l'admiration avec Delaunay. De tous les artistes qui illustraient son article dans *L'Almanach du Blaue Reiter,* il est de loin le mieux représenté, par sept tableaux, l'un d'entre eux — *La basse-cour* — lui appartenant. Comme le note Kandinsky à son propos, « en montrant simplement et exclusivement l'enveloppe extérieure d'une chose, l'artiste l'isole déjà du monde pratique et de ses fins pour en dévoiler la résonance intérieure[38] ». À part le Douanier Rousseau, beaucoup d'illustrations de son article sont des ex-voto, et on y trouve aussi des dessins d'enfants, ainsi que des œuvres d'art populaire empruntées à différentes cultures. Il est d'ailleurs frappant de noter que ces œuvres possèdent un indéniable aspect « abstrait », non pas certes au sens de non-figuratif, mais au sens d'une mise en évidence du matériau, de la facture, des traits constituants, grâce à leur « naïveté » qui en fait tout le charme. Ajoutons que parmi les caractères distinctifs de l'art de son temps, Kandinsky notait dans son énumération le fait d'utiliser comme élément formel l'« abstraction bidimensionnelle[39] ». Or ce qui caractérise bon nombre des œuvres qui illustrent son article est justement la bidimension-nalité, qu'il s'agisse d'une peinture sur verre, de certains des dessins d'enfants, des figures du théâtre d'ombres égyptien, etc. Quant aux œuvres du Douanier Rousseau, une partie de leur charme vient du traitement en aplat des figures, sans aucune recherche de modelé. Le choix qu'a fait Kandinsky de privilégier massivement ces illustrations constitue une façon très claire d'indiquer que ce qui nous attire, quand le « réalisme » prend cette forme et devient le « grand réalisme », consiste bien plutôt dans les qualités graphiques du trait, de la ligne, les couleurs posées en aplat, bref la matérialité du signifiant plastique, qui en ce sens possède certes des qualités abstraites, si l'on veut, dès lors que nous sommes plus attirés par ces qualités que par l'imagerie qu'elle figurent.

Ce parti pris, assumé jusqu'à la provocation, d'illustrer en 1912 une revue consacrée à l'art d'avant-garde par des productions d'art populaire, a cependant des antécédents, ne serait-ce que *L'Ymagier* (1894-1896) de Remy de Gourmont et Jarry, abondamment illustré d'images d'Épinal. Le dessein était d'ailleurs semblable : rendre le lecteur attentif aux éléments non mimétiques qui constituent l'imagerie populaire, plutôt qu'à cette imagerie même. Comme le notait à ce propos Jarry dans son commentaire d'une gravure de Dürer, *Le martyre de sainte Catherine :* « Il y a autre chose dans cette image, ou mieux cela est plus complètement écrit selon l'éternité par les tailles du bois[40]. » Or on sait que c'est justement l'expressionnisme (en particulier allemand) qui allait donner ses lettres de noblesse moderne à la gravure sur bois.

On conçoit sans doute mieux maintenant en quel sens le grand réalisme tend vers l'abstraction. Reste à comprendre la « grande abstraction ». L'idée générale pose sans doute moins de problèmes, car plus l'art tend vers l'abstraction, plus les éléments picturaux valent pour eux-mêmes et pour leur sonorité propre, n'étant plus, ou en tout cas moins, distraits par l'objet extérieur. Mais Kandinsky considère que « *dans l'art abstrait, l'élément "objectif" réduit au minimum doit être reconnu comme l'élément réel le plus puissant*[41] ». Laissons pour l'instant de côté l'expression « l'art abstrait », dont c'est sans doute l'une des premières occurrences dans les textes théoriques de Kandinsky. Ce qu'il veut dire, c'est que dans l'art qui tend vers l'abstraction, les éléments formels ont une présence réelle d'autant plus fortement marquée qu'ils ne sont plus mis au service de la représentation de l'objet. Il explique en ce sens que la ligne, libérée de la fonction de représenter une chose, devient elle-même une chose, de sorte que l'objet ne serait jamais complètement éliminé du tableau, mais remplacé par la matérialité des signifiants graphiques :

> L'objet, la chose, sont-ils pour autant éliminés du tableau ? Non. La ligne, nous l'avons vu, est une chose ayant un sens et une finalité pratique tout aussi bien qu'une chaise, une fontaine, un couteau [...]. Si par conséquent une ligne est affranchie de l'obligation de désigner une chose dans un tableau et fonctionne elle-

même comme une chose, sa résonance intérieure ne se trouve plus affaiblie par aucun rôle secondaire et elle reçoit sa pleine force intérieure.

Nous en arrivons à la conclusion que l'abstraction pure, comme le réalisme pur, se sert des choses dans leur existence matérielle. La plus grande négation de l'objet et sa plus grande affirmation sont équivalentes[42].

Voilà donc comment Kandinsky aboutit à sa seconde équation : abstraction = réalisme. Il nous faut cependant admettre qu'il force un peu les choses pour aboutir à sa belle symétrie. Lorsqu'il affirme que « *dans l'art abstrait, l'élément "objectif" réduit au minimum doit être reconnu comme l'élément réel le plus puissant* », les termes « objectif » et « réel » ne renvoient pas à la même chose : le premier désigne l'objet représenté, le second la matérialité des signifiants graphiques. Le glissement est sensible lorsqu'il passe de « l'objet » *(der Gegenstand)* à la chose *(das Ding)*. Mais peu importe ; l'essentiel est qu'il nous rende sensible, dès ce texte de 1912, et avant même qu'il ne commence à produire des œuvres non-figuratives, sur le fait que, pour le formuler d'une façon plus frappante qui ne sera explicitée sous cette forme que près de vingt ans plus tard : *l'art abstrait est aussi le plus concret.*

Quant à l'art abstrait dont il parle, de quoi s'agit-il ? Il nous faut être très prudent, ici encore. Il devrait être clair que l'expression désigne la forme d'art qui prévalait à l'époque et à laquelle on donnait précisément ce sens, c'est-à-dire, en termes descriptifs, le cubisme et ses dérivés, et en termes analytiques, des œuvres dans lesquelles l'élément abstrait prédomine, *sans que l'objet soit pour autant éliminé.* Cela ressort du parallèle qu'il établit lorsqu'il note que « dans le grand réalisme, l'élément réel apparaît comme ostensiblement important et l'élément abstrait comme ostensiblement faible — relation qui semble inverse dans la grande abstraction[43] ».

On peut donc conclure, sans grand risque de se tromper, que pour Kandinsky, en 1912, l'expression « art abstrait » signifie une peinture dans laquelle les éléments abstraits prennent le dessus sur la représentation de l'objet, qui n'est pas complètement éliminée pour autant. Cette signification est conforme à celles que l'on trouve dans d'autres textes du même *Almanach du Blaue Reiter.* L'un, celui de Roger Allard, déjà cité, sur le cubisme, correspond à l'idée de l'époque selon laquelle le cubisme constitue le modèle de ce qu'est l'art abstrait. L'autre est l'article d'Erwin von Busse sur Delaunay, qui affirme que « Delaunay n'a pas été de tout temps un artiste abstrait » *(Delaunay war nicht von jeher abstrakter Künstler)*[44], et oppose pour le démontrer une des vues de Saint-Séverin *(Saint-Séverin n° 3,* 1909) à *La ville n° 2* (1910-1911), toile considérée comme abstraite, bien que de la plupart des bâtiments, les toits, et même la tour Eiffel y soient *(Fig. 3)* parfaitement reconnaissables.

Parmi les œuvres abstraites — au sens qui vient d'être précisé — qui illustrent l'article de Kandinsky

figure *La musique* de Matisse. La toile a été malicieusement choisie car elle présente de nombreux
traits communs avec les œuvres d'art populaire
qu'elle côtoie : même absence de modelé, même
traitement en aplats colorés, même réduction du
dessin aux traits essentiels, plus « réels » que les
figures qu'ils découpent. Maurice Denis, qui
dénonçait déjà l'abus de l'abstraction systématique
du Matisse encore fauve, a sans doute trouvé
confirmation de son diagnostic dans *La musique* !
Une dernière œuvre mérite qu'on s'y arrête, *Le taureau* de son complice dans l'aventure de *L'Almanach,* Franz Marc. Le beau commentaire qu'il en
fait à la fin de son article mérite d'être cité, à la fois
comme un hommage à son ami mais aussi comme
une heureuse conclusion de son propos :

> La forte résonance abstraite de la forme corporelle
> n'exige pas absolument la destruction de l'objet. Le
> tableau de Marc *(Le taureau)* atteste qu'il n'existe pas
> non plus de règle générale en ce domaine. L'objet peut
> donc conserver parfaitement sa résonance intérieure et
> extérieure, ses différentes parties peuvent se muer en
> formes abstraites à résonance indépendante et produire
> une impression d'ensemble abstraite[45].

On ne saurait être plus clair : même un tableau
figuratif comme *Le taureau* peut produire une *(Fig. 4)*
impression d'ensemble abstraite et être considéré par
conséquent comme une peinture abstraite. Ajoutons
à ce propos que Franz Marc réfléchissait aussi de
son côté et à peu près au même moment (hiver
1912-13) sur la signification d'un art abstrait qui

n'excluait pas non plus la représentation figurative, mais qu'il voyait en revanche dans une optique plus métaphysique[46].

*

Si j'ai tenu à épeler, pour ainsi dire, le texte de Kandinsky, en m'y attardant un peu longuement, c'est qu'il s'agit d'un des pionniers de l'art abstrait et que ses textes présentent une importante théorique considérable. Cependant cette importance n'est pas exactement celle qui est d'ordinaire soulignée : on ne peut considérer les textes qui viennent d'être commentés comme les premiers « manifestes » de l'art non-figuratif que par un contresens total sur la nature de l'art abstrait : celui-ci s'est dégagé peu à peu et n'a pas pris d'emblée le sens de non-figuratif. Ou alors, si l'on tient à les considérer comme des manifestes, c'est au sens où ils revendiquaient à la fois des œuvres dans lesquelles les éléments abstraits prédominaient sur les éléments figuratifs, et une lecture des œuvres figuratives mettant l'accent sur leurs aspects abstraits.

On peut dès lors tirer de cette longue analyse deux conclusions : la première est que l'abstraction, en 1912, était vue comme une *forme d'attention portée aux moyens plastiques*, à la fois au niveau de la production des œuvres, ce qui était notable, nous l'avons vu, à partir du fauvisme et du cubisme, mais aussi au niveau de leur réception : l'intérêt pour l'art populaire ou pour le Douanier Rousseau consiste à y repérer la présence de ces mêmes éléments plastiques. Aussi l'un des grands apports de Kandinsky est-il de nous montrer que, de ce point de vue, réalisme et abstraction sont équivalents : « dit de façon abstraite : il n'y a pas, en principe, de problème de la forme » *(Abstrakt gesagt : es gibt keine Frage der Form im Prinzip)*[47].

Par conséquent, jusqu'à ce texte, l'art abstrait pour Kandinsky n'est pas opposé à l'art figuratif et l'objet ne constitue pas un obstacle. En fait, ce n'est qu'en 1913 qu'apparaît dans *Regards sur le passé* la découverte célèbre du fait que « l'objet nuisait à mes tableaux[48] », ce qui ne veut d'ailleurs pas dire élimination totale de références au monde extérieur. Il est donc vraisemblable que c'est de cette année 1913 que datent les premières œuvres abstraites de Kandinsky, et non de 1910 comme il l'a affirmé, et ainsi que de nombreux commentateurs continuent de le soutenir à sa suite[49]. Quant à l'opposition entre art abstrait et art « figuratif » *(gegenständlich)*, il faudra sans doute attendre *Point et ligne sur plan* (1926) pour la voir apparaître.

La seconde conclusion concerne l'évolution du sens de l'expression « art abstrait ». On constate en effet qu'à partir de 1913 — et vraisemblablement parce que sa production avait pris alors un tour plus abstrait — Kandinsky commence à défendre l'art abstrait. Or ce qui est intéressant est que, pour ce faire, il ne parle justement plus d'art abstrait. C'est le cas notamment pour l'article de septembre 1913 publié dans *Der Sturm,* au titre révélateur : « La peinture en tant qu'art pur » *(Malerei als reine*

Kunst)[50]. La raison de ce changement de vocabulaire est, me semble-t-il, que l'expression « art abstrait », ayant le sens qui vient d'être dégagé, *n'était
plus disponible pour qualifier un art plus abstrait
que celui qui s'était développé jusque-là* et était
qualifié d'abstrait. D'où la nécessité d'un autre
terme, et c'est celui d'« art pur » qui vient sous sa
plume. Auparavant, nous l'avons noté au passage,
il avait déjà parlé d'« abstraction pure », expression
qui serait un pléonasme si « abstraction » ou « abstrait » ne désignait une abstraction incomplète. Au
début des années vingt, d'autres peintres abstraits
seront forcés d'utiliser des périphrases semblables
pour différencier la peinture « purement abstraite »
de celle qui ne l'est que partiellement, comme nous
le verrons par la suite, en particulier chez Mondrian.
Ce n'est que peu à peu que l'expression « art abstrait pur » ou « art pur » acquerra le sens de non-
figuratif, de sorte qu'il ne sera plus nécessaire de
parler d'art abstrait pur pour le qualifier.

  Il découle aussi de ce qui précède que les pionniers de l'art abstrait n'ont pas eu immédiatement
conscience de l'importance de ce qu'ils étaient en
train de découvrir pour le revendiquer comme tel.
Ou, plus exactement, la première bataille de l'art
abstrait a été de faire admettre l'existence d'œuvres
dans lesquelles les éléments abstraits l'emportaient
sur les éléments iconiques. Ce n'est que lorsque
cette première bataille aura été gagnée, et que les
peintres oseront imaginer de franchir le pas de l'art
purement abstrait, ou art non-figuratif, que celui-ci
deviendra enfin possible.

V

« *Peinture abstraite* », *la mal-aimée*

En 1935, la question de savoir comment nommer cet art nouveau reste entière. Aussi Kandinsky commence-t-il un article précisément nommé « Peinture abstraite » par ces mots : « On n'aime guère l'expression de "peinture abstraite". Et c'est justice car elle ne signifie pas grand-chose, ou du moins prête à confusion[1]. » Ce malaise n'est pas seulement européen ; on le retrouve intact aux États-Unis. L'année suivante, en effet, dans le catalogue de l'importante exposition *Cubism and Abstract Art,* au MoMA (Museum of Modern Art) de New York, Alfred Barr Jr. note au début de son introduction qu'« on a l'habitude de s'excuser pour le mot "abstrait" » et il ajoute : « Il est indéniable que l'adjectif "abstrait" est déroutant et même paradoxal[2]. »

Cinq ans plus tard, en 1941, Mondrian, installé à New York, rédige un texte à la demande de Peggy Guggenheim, qui commence par la déclaration suivante : « Beaucoup d'artistes "abstraits" s'élèvent contre la dénomination "Art abstrait"[3]. » Dix ans plus tard, le MoMA consacre une nouvelle exposition à faire le point sur l'abstraction aux États-Unis. Même à ce moment-là, en 1951, les choses ne se sont pas arrangées — en fait, elles ne s'arrangeront jamais vraiment. En effet, la préface du catalogue, qui s'ouvre sur la question « Qu'est-ce que l'art abstrait ? », commence par cette sentence lapidaire : « Le terme "abstrait" a une connotation négative[4]. »

Certaines raisons expliquant ce malaise face à l'expression « art abstrait » ou « peinture abstraite » ont été suggérées dans les chapitres précédents. L'une a trait au contexte français, dans lequel le terme « abstrait » avait souvent dans la critique une acception péjorative. Une autre, cette fois pour les pays germaniques, est que le terme « art abstrait », ayant acquis un sens précis pour qualifier certaines œuvres dans lesquelles dominaient les éléments abstraits, n'était pas disponible pour qualifier l'art « purement » abstrait. Mais ces raisons ne sont valables que pour la situation qui prévalait juste avant la Première Guerre mondiale, et ne sauraient être alléguées pour les années trente, ni *a fortiori* pour les années cinquante. Il faut donc chercher ailleurs.

Abstrait/concret

Le terme « abstrait » présente en effet d'autres inconvénients que de nombreux artistes ont soulignés. L'un est que si « abstrait » veut dire « épuré » ou « dépouillé » par rapport à la richesse du réel, alors tout art est abstrait, même le plus figuratif. C'est une idée semblable qu'exprimait Matisse lorsqu'il déclarait « qu'il n'y a pas *un* art abstrait. Tout art est abstrait en soi quand il est l'expression essentielle dépouillée de toute anecdote[5] ». Mais en fait le malaise de Matisse était plus profond, et avait trait à l'idée selon laquelle l'art abstrait serait un art complètement cérébral dans lequel on renoncerait à puiser son inspiration dans la contemplation du monde visible, ce qui lui semblait inadmissible :

> On part d'abord d'un objet. La sensation vient ensuite. On ne part pas d'un vide. Rien n'est gratuit. Les peintres dit *abstraits* d'aujourd'hui, il me semble que beaucoup trop d'entre eux partent d'un vide. Ils sont gratuits, ils n'ont plus de souffle, plus d'inspiration, plus d'émotion, ils défendent un point de vue *inexistant ;* ils font l'imitation de l'abstraction[6].

« Abstrait » est pris ici dans le sens de « coupé de tout contact avec la réalité ». On trouve d'ailleurs une critique semblable chez Picasso, pour la même raison : « Il n'y a pas d'art abstrait, disait-il. Il faut toujours commencer par quelque chose[7]. » Il s'agit là, chez Picasso comme chez Matisse, d'une réaction contre une tendance qui, telle qu'ils l'entendaient, allait à l'encontre de leur propre sensibilité, qui les portait à ne pas se priver des stimulations que leur apportait la réalité extérieure.

Un argument un peu différent a souvent été

utilisé. En voici la formulation par Miró. Invité à rejoindre le groupe Abstraction-Création, il fera part à Georges Duthuit, en 1936, de son refus indigné :

> Avez-vous jamais entendu parler d'une sottise plus considérable que l'« abstraction-abstraction » ? Et ils m'invitent dans leur maison déserte, comme si les signes que je transcris sur une toile, du moment qu'ils correspondent à une représentation concrète de mon esprit, ne possédaient pas une profonde réalité, ne faisaient pas partie du réel ! J'attache d'ailleurs, vous le voyez, à la matière de mes œuvres, une importance de plus en plus grande. [...] Dans ces conditions, je ne peux comprendre — et tiens pour une insulte — qu'on me range dans la catégorie des peintres « abstraits »[8].

L'argument, ici, est pris par l'autre bout. Ce n'est plus tant que le peintre « abstrait » se couperait de toutes les sensations qui lui proviennent du monde extérieur ; c'est plutôt que les œuvres qui résulteraient de cette approche seraient immatérielles. Le point de vue s'est déplacé des conditions de la production (l'inspiration qui n'est plus puisée dans le concret du monde) vers la nature du produit. Il est donc reproché au syntagme « art abstrait » d'être contradictoire, comme si le résultat, étant « abstrait », était lui aussi coupé de la réalité, et de cette matérialité de l'œuvre à laquelle Miró, comme d'autres artistes catalans, était très attaché.

On dira que j'ai pris mes exemples chez des artistes dont le tempérament était fort éloigné de l'art abstrait, et pour lesquels, par conséquent, les difficultés que présente le terme « abstrait » étaient

plutôt un prétexte pour disqualifier un type d'œuvres qui ne correspondait pas à leur propre sensibilité. Tel n'était pourtant pas le cas de Jean Arp, qui,
en 1931, devait cependant écrire, en une déclaration devenue célèbre :

> L'homme appelle abstrait ce qui est concret. [...] Je
> comprends qu'on nomme abstrait un tableau cubiste,
> car des parties ont été soustraites à l'objet qui a servi
> de modèle à ce tableau. Mais je trouve qu'un tableau
> ou une sculpture qui n'ont pas eu d'objet pour modèle
> sont tout aussi concrets et sensuels qu'une feuille ou
> une pierre[9].

En effet, rien de plus concret qu'une œuvre
abstraite. Remarquons d'abord à ce propos que
l'opposition abstrait/concret est loin d'être absolue.
Je me souviens d'avoir assisté à une conférence
d'un biologiste sur la nature de la vie, dans laquelle
l'orateur commençait par s'excuser de parler en termes abstraits d'un des objets les plus concrets qui
soient. Mais la notion de code génétique, qui semble bien abstraite aux yeux du non-spécialiste, est
au contraire pour le biologiste moléculaire la façon
la plus concrète d'aborder le phénomène de la vie.
Il en va de même en physique : quoi de plus
concret pour le physicien que des atomes ou des
particules qui nous semblent à nous très abstraits.
Cet apparent paradoxe avait déjà été clairement formulé par un chimiste, Michel-Eugène Chevreul, dès
la seconde moitié du XIXᵉ siècle : « Nous ne connaissons LE CONCRET QUE PAR L'ABSTRAIT[10]. »

Dans le domaine de l'art, la question qu'évoquait Arp fera l'objet cinq ans plus tard d'une intéressante discussion entre Kandinsky et son neveu, le philosophe Alexandre Kojève, qui rédigera à ce sujet, durant l'été 1936, un texte resté longtemps inédit. Dans cet article, il propose purement et simplement de renverser la terminologie. À ses yeux, c'est la peinture figurative qui devrait être qualifiée d'abstraite :

> La peinture traditionnelle pourrait être définie comme l'art d'*extraire* en quelque sorte le Beau incarné d'une façon visible dans la nature et de reproduire ce Beau sur une surface monochrome ou polychrome. Avant Kandinsky, la beauté qu'on trouvait dans un dessin ou dans un tableau était donc toujours *abstraite*. [...] Ainsi, en peignant ou en dessinant l'arbre, l'artiste *fait abstraction* de presque tous les éléments qui constituent l'arbre réel qu'il peint ou dessine, en commençant par faire abstraction de la troisième dimension de l'objet concret. Or la beauté qui résulte d'une abstraction doit être appelée abstraite[11].

Jusqu'ici, l'analyse est tout à fait exacte. C'est si vrai que le Beau idéal, qui consiste en effet à extraire de la nature le Beau qu'elle contient en lui donnant une expression idéalisée, a justement été nommé abstraction, comme nous l'avons vu. Quant au second argument, selon lequel le peintre « fait abstraction » de la plupart des composantes de l'objet qu'il reproduit, il avait déjà été utilisé, à d'autres fins, comme nous le verrons plus loin. Mais, loin de prendre en compte l'évolution de l'idée d'abstraction,

Kojève procède à un renversement radical en estimant que seule la peinture figurative doit être appelée abstraite, tandis que l'œuvre de Kandinsky mérite d'être nommée concrète :

> L'art pictural de Kandinsky est concret et non abstrait parce qu'il se produit sans re-produire quoi que ce soit. En ne re-produisant rien, l'artiste n'a plus rien dont il aurait pu faire abstraction. N'étant extraite d'aucun objet non pictural, la beauté produite par la peinture non-figurative n'est pas une beauté abstraite[12].

Le raisonnement, qui semble à première vue correct, n'est cependant pas aussi rigoureux qu'il voudrait l'être. Car Kojève joue sur deux acceptions de l'idée d'abstraction. Si abstraire veut dire « tirer de », il a raison au sens où l'art non-figuratif de Kandinsky n'est plus tiré de la nature. En revanche, lorsqu'il entend abstraire dans le sens de « faire abstraction de », on est parfaitement en droit de considérer que le peintre abstrait fait justement abstraction de la nature… C'est d'ailleurs en ce sens, me semble-t-il, qu'il faut comprendre le reproche adressé aux Fauves : en se concentrant sur les moyens de la peinture, ils ont fait abstraction de sa finalité imitative. Mais laissons ces détails. Quoi qu'il en soit, la proposition de réforme terminologique proposée va tellement à l'encontre de l'usage des termes qu'il semble difficile de l'adopter. Notons néanmoins que Kandinsky était d'accord avec la formulation de Kojève, qui rejoignait certaines de ses intuitions. Ainsi avait-il noté dans la marge de sa copie du manuscrit de son neveu : « Le pur réalisme est abstrait[13] », réminiscence du texte paru dans L'*Almanach du Blaue Reiter* que nous avons commenté dans le chapitre précédent.

La discussion avec Kojève devait toutefois marquer un tournant au sens où, dans les textes postérieurs, il adoptera le label « peinture concrète ». Ainsi, dans un article intitulé significativement « Art concret », il affirme clairement ce changement terminologique : « [...] la peinture nommée "abstraite" ou "non-figurative", et que je préfère nommer "concrète"[14]. » Voici donc un *nouveau* terme qui vient s'ajouter à une liste déjà longue, car, si l'on résume, il aura qualifié son œuvre — et, par-delà, le type de peinture qu'il représente — d'« art abstrait », « art pur », « art absolu » (dans *Regards sur le passé*[15]), à nouveau d'« art abstrait » mais dans un sens plus général qui englobe aussi l'art non-objectif (en gros de 1925 à 1935), puis d'« art réel » (en 1935, j'y reviendrai), et enfin d'« art concret ». Cela commence à faire beaucoup pour un seul homme !

Pourquoi tant de changements, d'hésitations, de volte-face ? Certains s'expliquent par la dynamique propre à l'évolution des conceptions que j'ai tenté de retracer jusqu'ici. Ainsi le sens du terme « art abstrait » a-t-il évolué pour en venir à désigner l'art non-figuratif, en même temps que la pratique de cet art se répandait. D'autres peuvent se comprendre par le caractère confus de l'adjectif « abstrait », qui incitait les artistes à lui substituer une meilleure

épithète. Mais ces explications sont loin d'être suf-
fisantes, aussi faut-il modifier notre approche.

Il serait certes naïf de croire que c'est le choix de
l'adjectif le plus approprié qui fonde une terminologie. Les choses sont beaucoup plus complexes.
Un artiste choisit d'adhérer ou non à un label en
fonction de ses propres intérêts, qui se résument à
la reconnaissance de son travail (avec tout ce qu'implique cette reconnaissance). Si les hésitations de
Kandinsky me semblent au plus haut point significatives, c'est qu'il est non seulement l'un des
pionniers de l'art abstrait, mais aussi son principal
« généraliste », celui qui a eu le plus à cœur de
défendre l'art abstrait comme tel plus que comme
une variante personnelle. C'est pourquoi on peut le
considérer comme le « pouls » permettant d'ausculte-
ter la santé de l'art abstrait. Or, vus sous cet angle,
les changements de terminologie prennent une
autre dimension.

En effet, son côté quelque peu visionnaire lui a
fait pressentir, dès *Du spirituel dans l'art*, que des
changements importants étaient en train de se produire dans la peinture de son temps, et dans la
sienne propre. Le terme « abstrait », très en vogue à
Munich dans les milieux éclairés qu'il fréquentait,
s'est alors imposé pour qualifier ces formes plus
abstraites que figuratives. Ensuite, dès lors que l'art
évoluait vers la non-figuration, le terme n'était plus
approprié et Kandinsky a dû en utiliser d'autres (art
pur, art absolu) pour continuer de défendre cette

tendance plus radicale dont il se revendiquait et dont il se faisait le héraut.

Dans les années vingt, le panorama a changé. L'art abstrait, non sans mal, semble pouvoir s'imposer et la production des pionniers commence à faire l'objet d'une reconnaissance internationale. Le terme « art abstrait » est le plus souvent utilisé en allemand comme terme générique pour qualifier ces nouvelles tendances, et Kandinsky le brandit donc fièrement. L'article « Art abstrait » de 1925 est typique de cette période[16].

Dans les années trente — pour continuer de résumer très (trop) schématiquement —, nouveau changement de décor. L'art abstrait connaît à la fois une expansion considérable, mais traverse aussi une crise (comme nous le verrons dans le prochain chapitre) et donne lieu à de nombreux suiveurs. Jusqu'en 1935, Kandinsky continue de défendre courageusement l'art abstrait — en revendiquant l'expression — contre les critiques dont il fait l'objet. Mais à partir de cette époque, il se voit obligé de changer de stratégie. En effet, fuyant l'Allemagne nazie, il se réfugie à Paris où il vivra assez isolé, son travail ne rencontrant que peu d'échos[17]. Cela aurait pu l'inciter à défendre l'art abstrait avec plus de vigueur. Pourtant, il opte en 1935 pour l'étiquette « art réel », qu'il justifie par le caractère confus du terme « abstrait » et pour une raison qui anticipe la discussion avec Kojève, qui n'aura lieu que l'année suivante :

À mon avis, le meilleur terme serait art « réel » *(reale Kunst)*, puisque cet art juxtapose au monde extérieur un nouveau monde de l'art, de nature spirituelle. Un monde qui ne peut être engendré que par l'art. Un monde réel. Mais la vieille dénomination d'art abstrait a déjà droit de cité[18].

Cependant, comme je l'ai suggéré plus haut, ces choix terminologiques répondent aussi à des raisons plus profondes que le caractère confus d'un terme dont tant d'autres mouvements se sont accommodés. Car Kandinsky est tout de même un des pionniers de l'art abstrait et il ne se fait pas faute de le répéter dans cet article. Et comme le label « art abstrait » est déjà accepté (même s'il est encore discrédité), ce serait une erreur de ne plus le revendiquer, puisque son nom y est attaché. Pourquoi donc vouloir proposer une autre dénomination ? Je voudrais suggérer ici une première piste pour tenter d'expliquer le nouveau changement terminologique. Si l'art abstrait a encore ses détracteurs, il a aussi ses suiveurs. Résumant succinctement le développement de l'art abstrait dans les années trente, Dora Vallier notait : « [...] dans toute l'Europe, un très grand nombre d'artistes se convertissent à l'abstraction, mais, du point de vue esthétique, cette phase de l'art abstrait constitue une régression. La forme abstraite s'épuise et ne tarde pas à s'enliser dans une sorte d'académisme[19]. » On peut imaginer, dans ce contexte, que Kandinsky (comme d'autres, nous le verrons) ait tenu à marquer ses distances vis-à-vis du label « art abstrait ».

D'où l'attitude consistant à continuer de soutenir l'art abstrait tout en souhaitant l'appeler autrement.

Mais pourquoi « art réel » plutôt que « art concret » ? C'est que le label « art concret » était déjà pris, par Van Doesburg, et revendiqué dans son manifeste de 1930[20]. « Art réel » n'ayant rencontré aucun écho, Kandinsky reviendra à la charge, après la discussion avec Kojève, en tentant de se réapproprier le label « art concret » à la fin de sa vie. Pas moins de quatre textes y seront consacrés à partir de 1938. Leurs titres sont éloquents : « L'art concret », « La valeur d'une œuvre concrète », « Abstrait ou concret ? », « L'art abstrait et concret ». Van Doesburg est alors mort depuis sept ans et Kojève, dont les cours sur Hegel attiraient le gratin parisien, avait donné sa caution philosophique. Aussi le renversement est-il rapidement accompli. Dans le premier texte pour *XXᵉ siècle,* déjà cité, Kandinsky dit qu'il préfère nommer concrète la peinture « abstraite ». Quant au suivant, le titre « La valeur d'une œuvre concrète » était flanqué d'une note qui précisait : « Généralement, mais incorrectement, appelé "abstrait[21]". »

Kandinsky a finalement eu gain de cause, puisque le label est resté. Mais l'ironie du sort a voulu que ce ne soit pas du tout dans le sens où il l'entendait, car l'art concret désigne de nos jours la tendance la plus rigoureuse de l'art abstrait, géométrique donc, en tant qu'opposée à la tendance « lyrique » que représente Kandinsky et qu'il entendait promouvoir[22]. De plus, en choisissant de rebaptiser

concret l'art abstrait, Kandinsky n'avait rien changé
à ses convictions ni à ses idées. Il ne faisait qu'insister sur les aspects concrets des moyens picturaux, ainsi qu'il l'avait déjà fait, au reste, dans des
articles antérieurs.

En revanche, quand Van Doesburg lança son manifeste de 1930, « Base de la peinture concrète »,
dans le premier (et unique) numéro de la revue *Art
concret*, il en avait fait une machine de guerre
contre un groupe concurrent, Cercle et carré, pas
assez radical à ses yeux[23]. Aussi son choix de
« concret » par opposition à « abstrait » avait-il une
valeur forte qui disqualifiait l'abstraction, pour
ainsi dire de l'intérieur, en l'assimilant à une tendance dépassée. En ce sens, il allait, par avance,
beaucoup plus loin que Kojève qui procédait
simplement à un renversement de termes. *Car le
reproche d'abstraction, ce n'est pas à la peinture
figurative qu'il l'adresse, mais à l'art abstrait lui-
même*, à l'art non suffisamment abstrait :

> *Peinture concrète* et *non abstraite,* parce que nous
> avons dépassé la période des recherches et des expé-
> riences spéculatives.
> À la recherche de la pureté, les artistes étaient obli-
> gés d'abstraire les formes naturelles qui cachaient les
> éléments plastiques, de détruire les *formes-nature* et de
> les remplacer par les *formes-art.*
> Aujourd'hui, l'idée de *forme-art* est aussi périmée
> que l'idée de *forme-nature.*
> Nous inaugurons la période de la peinture pure, en
> construisant la *forme-esprit.*
> C'est la concrétisation de l'esprit créateur[24].

Il y aurait ainsi deux étapes dans l'histoire de l'art non-figuratif, selon Van Doesburg : une première, caractérisée par un processus d'abstraction, et une seconde, qui serait l'art concret. Quant à la première, il ne s'agit pas d'abstraire au sens d'une idéalisation des formes, mais de « faire abstraction de ». Prenant « abstraire » dans ce sens, Van Doesburg prête le flanc à la critique déjà adressée à Kojève, car si les artistes ont dû faire abstraction des « formes-nature », ils n'avaient plus dès lors à les détruire pour les remplacer par ce qu'ils découvraient. On se souvient en effet que pour Kandinsky l'attention portée aux éléments plastiques n'impliquait pas ce processus de destruction et de remplacement. Par ailleurs, le terme de « forme-esprit » est malheureux lorsqu'il s'agit, au contraire, de refuser les « expériences spéculatives ».

Il n'en reste pas moins que l'idée de dégager deux étapes dans l'évolution de l'art non-figuratif est importante. En effet, les pionniers de l'art abstrait ont bien dû s'arracher à la nature pour concevoir, non sans difficulté ni sans crainte, un monde de l'art abstrait. Et beaucoup l'ont fait par un processus d'abstraction, à partir des formes naturelles. Ce fut précisément le cas de Van Doesburg, qui parle donc en connaissance de cause : la plupart de ses œuvres entre 1917 et 1920 sont le résultat d'une schématisation progressive à partir d'un motif réaliste. Lui-même devait souvent illustrer à des fins pédagogiques (et même après être devenu non-objectif sous l'influence de Mondrian[25]) cette épuration graduelle de la forme pour aboutir à un résultat complètement « abstrait ». La plus connue de ces séquences concerne l'image d'une vache — objet réaliste par excellence, surtout aux Pays-Bas — progressivement réduite à ses lignes de force essentielles, puis à un schéma géométrique. *(Fig. 5)*

En revanche, ce processus une fois acquis, il n'est plus nécessaire de concevoir des œuvres non-objectives (ou concrètes) par une méthode d'abstraction. C'est en tout cas ainsi qu'un des principaux promoteurs de l'art concret, Max Bill, l'entendait : « Nous appelons art concret ces œuvres d'art issues de leurs moyens fondamentaux et suivant leurs lois propres, sans référence extérieure à l'apparence naturelle, donc faisant l'économie de "l'abstraction"[26]. » Van Doesburg pensait à des modèles mathématiques pour structurer les rapports entre formes, ce dont témoigne fort bien une œuvre réalisée à l'époque du manifeste de l'art concret, *Composition arithmétique* (1930, Suisse, collection particulière)*,* un ensemble de quatre carrés noirs *(Fig. 6)* peints le long d'une diagonale, et en progression arithmétique rigoureuse : le carré le plus grand a des côtés équivalents à la moitié de la longueur de la toile (elle-même carrée) ; les côtés du carré suivant sont inférieurs de moitié à ceux du précédent, et ainsi de suite jusqu'au dernier. Une telle conception est bien en accord avec le texte du manifeste de l'art concret, qui proclamait notamment : « Le tableau doit être entièrement construit avec des éléments purement plastiques, c'est-à-dire plans et couleurs. Un élément pictural n'a pas d'autre signification que "lui-même", en conséquence le tableau n'a pas d'autre signification que "lui-même". »

Quant à la seconde raison alléguée par Van Doesburg pour justifier le recours à l'expression « art concret », elle est conforme à celle qui sera reprise par Kojève et Kandinsky :

> Peinture *concrète* et *non abstraite* parce que rien n'est plus concret, plus réel qu'une ligne, qu'une couleur, qu'une surface.
>
> Est-ce que, sur une toile, une femme, un arbre, ou une vache sont des éléments concrets ? Non.
>
> Une femme, un arbre, une vache sont concrets à l'état naturel, mais à l'état de peinture ils sont abstraits, illusoires, vagues, spéculatifs, tandis qu'un plan est un plan, une ligne est une ligne ; rien de moins, rien de plus.

Cette clarté de vues de Van Doesburg, et surtout sa prise de position disqualifiant l'art qui se serait abstrait de la nature serviront de modèle pour les tendances les plus radicales de l'art non-objectif européen jusque vers 1950[27]. Nous la retrouverons plus tard chez les membres du Salon des Réalités nouvelles, fondé en 1946.

L'abstractionnisme

On voit donc que le couple philosophique abstrait/ concret a beaucoup servi dans l'histoire de l'art abstrait, non seulement pour valoriser ou disqualifier certaines tendances au sein de l'art abstrait, mais aussi, et plus fondamentalement, comme moyen de lutte contre des rivaux. En ce sens, la confusion entre les termes « abstrait » et « abstraction » n'est pas la seule raison pour laquelle plusieurs artistes ont cherché à les remplacer par d'autres expressions. Certaines sont liées à des enjeux de pouvoir, surtout à partir du moment où l'art abstrait, sortant de petits cénacles, a commencé à connaître quelque succès, ce qui fut le cas dans les années trente. Il devint alors nécessaire pour les artistes de se positionner face à l'art abstrait en ayant à décider, en fonction de leurs intérêts propres, soit d'accepter l'étiquette « art abstrait » avec les avantages et les inconvénients qu'une telle acceptation impliquait, dans la mesure où l'appellation « art abstrait » continuait de faire l'objet de nombreuses critiques, soit de créer leur propre « label ».

Comprendre ces enjeux nécessiterait une approche sociologique, au sens où l'entendait Bourdieu, c'est-à-dire une étude du champ dans lequel l'art abstrait a pris naissance et s'est développé, ainsi que des luttes de pouvoir qui ont jalonné son histoire. Une telle analyse sortirait cependant des limites de cet ouvrage. À défaut, je puis au moins proposer de commenter un petit volume qui donne la température des mouvements artistiques de la décennie 1914-1924 ainsi que la place relative qu'ils occupent les uns par rapport aux autres : *Les ismes de l'art*, paru en 1925 en édition trilingue (allemand, anglais, français) et avec une typographie

soignée de Lissitzky[28], lequel a dirigé la publication
avec Jean Arp. Leur collaboration, bien que mouvementée, est d'ailleurs fort intéressante en soi.
Arp, l'un des fondateurs du dadaïsme à Zurich,
était aussi intéressé par l'abstraction (comme par le
surréalisme) ; il fut au début des années trente l'un
des participants réguliers aux réunions du groupe
Cercle et carré, puis d'Abstraction-Création[29]. El
Lissitzky, qui fut l'élève de Malevitch, était aussi
très lié aux constructivistes russes, mais également
à Schwitters (c'est pour la revue de ce dernier, *Merz,*
qu'il avait d'abord proposé de faire une sorte de
« dernière parade » de tous les « -ismes » de la
décennie écoulée ; projet qui vit finalement le jour
en collaboration avec un autre dadaïste, Arp)[30].

L'ouvrage se présente comme un glossaire des
différents -ismes et est suivi d'un bonne cinquan-
taine de planches illustrant chacun des -ismes, et
classées chronologiquement par ordre décroissant,
du plus récent (1924) au plus ancien (1914). Il
s'agit donc d'un document précieux : établi par
deux artistes très bien informés, il est éloquent par
ses choix comme par ses exclusions et offre donc
une sorte de cartographie des différentes positions
considérées comme dignes de figurer dans le champ
de l'avant-garde artistique telle qu'ils la conçoivent.

L'entrée « Art abstrait », qui nous intéresse ici
tout particulièrement, y est définie comme suit :
« Les artistes abstraits forment l'inobjectif sans être
liés entre eux par un problème commun. L'abstractionisme présente des sens multiples. » Le moins

qu'on puisse dire à première vue est que cette définition est plutôt confuse ; elle rappelle ces mauvais
dictionnaires où l'on nous promène d'un mot à
l'autre sans jamais nous expliquer quoi que ce soit.
Ici, nous sommes renvoyés de l'art abstrait vers
l'inobjectif, puis vers l'« abstractionisme » sans
qu'aucun terme ne soit clairement défini. Remarquons tout d'abord que cette notice (comme
d'ailleurs le reste du volume) a été à l'évidence tra-
duite à la hâte de l'allemand, ce qui cependant
n'explique pas tout. En effet, « forment l'inobjectif » rend *« gestalten das Ungegenständlich »*. Un
coup d'œil plus détaillé sur les notices allemande et
anglaise permet de se rendre compte du fait que
l'« abstractionisme » français devient *« abstracti-
vism »* en anglais, tandis que l'allemand disait plus
sobrement *« die abstrakte Kunst »*. En revanche,
pour les planches qui suivent les définitions, l'allemand a adopté *« Abstraktivismus »*, tandis que le
français, boudant « abstractionisme », s'est mis,
sans doute par souci d'homogénéité, à « abstractivisme ». Ces difficultés terminologiques sont déjà
révélatrices en soi, car elles trahissent l'embarras
des artistes face à ces termes et à la réalité de la
pratique qu'ils recouvraient.

Le fait que l'allemand, plutôt qu'un néologisme,
utilise « art abstrait » semblerait indiquer qu'à cette
époque le terme avait un sens plus large qu'avant la
Première Guerre mondiale. En effet, à son retour en
Allemagne, au début des années vingt, Kandinsky
le reprend en le revendiquant, comme par exemple

dans le texte de 1922, « Un nouveau natura-
lisme ? » : « Nous, artistes abstraits d'aujourd'hui,
nous serons considérés avec le temps comme des
"pionniers" de l'art abstrait[31]. » On peut considérer
que ce sens large inclut le sens d'œuvres figuratives dans lesquelles prédominent les éléments
abstraits et le sens plus radical d'œuvres non-figuratives. Cela expliquerait le balancement de l'entrée « Art abstrait » des *Ismes de l'art,* qui, sinon,
resterait peu compréhensible. Si nous la décorti-
quons, une première phrase indique que les artistes
abstraits donnent forme à l'« *Ungegenständliche* »,
terme sans équivoque pour désigner l'art non-objectif. Puis la seconde phrase précise, par contraste,
que l'art abstrait *(die abstrakte Kunst)* a plusieurs
sens et est donc ambigu.

Dès lors la notice devient plus claire, en tout cas
en allemand, puisqu'elle signale que ce que pro-
duisent les peintres abstraits d'avant-garde est de
l'*Ungegenständliche*, terme net et précis pour les lecteurs d'expression germanique, mais dont la traduction l'est moins, « inobjectif » étant peu utilisé en
français à cette époque ; son emploi par Delaunay
(dont il sera question plus loin) date de la fin des années trente. Ensuite il est précisé qu'en revanche
l'expression *« abstrakte Kunst »* est ambiguë. Mais
pourquoi les auteurs n'ont-ils pas retenu, en français
et en anglais, l'équivalent d'« abstrakte kunst », soit
« art abstrait » ? On peut supposer qu'en français, en
tout cas, l'expression au début des années vingt,
n'était justement même pas ambiguë, au sens où elle

désignait généralement, sur le modèle du cubisme,
un art *tendant* vers l'abstraction, mais pas encore un
art totalement abstrait (ce qu'en allemand les mots
ungegenständlich et *gegenstandlos* avaient le mérite
de désigner sans équivoque). Par ailleurs, s'agissant
des -ismes en art, il fallait bien proposer un -isme
pour remplacer « art abstrait ». D'où le choix
d'« abstractionisme » dans le glossaire, et « abstractivisme » dans la présentation des planches. « Abstractionisme » — nous l'avons déjà rencontré à propos
de Picabia — ne s'est jamais propagé, en tout cas en
français[32], pas plus au reste qu'abstractivisme. Tout
au plus peut-on signaler une dérivation lexicale ita-
lienne, « *astrattismo* » (« abstractisme »), choisie à
dessein pour son ambiguïté, afin de pouvoir inclure
aussi les tendances et les aspirations diverses qui
sont à l'origine de l'art abstrait[33].

Or ce n'est pas un hasard si aucun des -ismes
proposés pour qualifier l'art abstrait ne s'est imposé. Il ne suffit pas en effet de lancer un label,
même proposé au sein du milieu artistique par des
acteurs de premier plan, pour qu'il soit accepté. Il
faut bien qu'il réponde à un besoin ou, si le néologisme crée le besoin, qu'il y ait un consensus suffi-
sant correspondant à un intérêt partagé. Arp et
Lissitsky devaient bien constater la diversité d'intérêts que recouvraient chez leurs pairs les différentes
conceptions de l'art abstrait. Et si les artistes ne
sont « pas liés par un problème commun », comme
ils le signalent, comment un label pourrait-il s'imposer ?

Force est de constater à cet égard une dissymétrie flagrante entre le statut de l'art abstrait et celui des -ismes. Toutes les autres notices répertorient en effet des -ismes déjà acceptés. Et c'est bien normal puisque le but de l'ouvrage est justement de recenser les différents mouvements et d'en proposer une sorte de cartographie illustrée. Or que faire avec l'art abstrait ? On comprend l'embarras des auteurs. Impossible de le passer sous silence, étant donné son importance à l'époque, une importance telle que, si l'on regarde les illustrations du livre, sur 65 reproductions, 42 peuvent relever de l'art abstrait *largo sensu,* et au moins 27, en étant strict, soit près de la moitié, sont résolument non-objectives. Impossible donc de ne pas faire sa place à l'art non-figuratif. Mais comment en rendre compte, puisqu'il n'était pas un -isme à part entière ? La solution de compromis a été d'en créer un. D'où les hésitations quant au néologisme à mettre en avant… et le fait qu'il soit resté sans lendemain.

Cela nous place au cœur d'une des difficultés, peut-être même la principale que pose l'art abstrait à l'histoire de l'art. En effet, l'histoire de l'art du XXe siècle est et reste essentiellement une histoire des mouvements, des fameux « -ismes » qui se succèdent comme une litanie : fauvisme, expressionnisme allemand, cubisme, futurisme, dadaïsme, constructivisme, surréalisme, etc. Un tel découpage n'est pas complètement arbitraire car les « mouvements » reposent bien sur quelque chose :

des artistes se regroupent parce qu'ils ont des affinités entre eux (ou qu'un critique leur en trouve). Ils exposent ensemble, signent des manifestes et souvent fondent une revue au moyen de laquelle ils expriment, défendent et diffusent leurs idées. Or rien de tel n'a eu lieu à propos de l'art abstrait, avant les années trente, si du moins on prend art abstrait dans son sens général, et non un des -ismes particuliers qui relèvent de l'art non-objectif (néoplasticisme, constructivisme, etc.)

D'où le fait que l'art abstrait ne trouve pas sa place dans la grande majorité des Histoires de l'art moderne. Il suffit d'en ouvrir une au hasard pour le constater. Cela ne veut pas dire qu'il n'y soit jamais question d'art abstrait, mais il n'y est pas traité comme tel. Kandinsky est étudié dans le chapitre « Blaue Reiter » ou « Expressionnisme allemand » ; pour Mondrian aussi on a le choix : il apparaît au mouvement De Stijl ou à « Néoplasticisme ». Quant à Malevitch, il est logiquement rangé sous l'étiquette « Suprématisme ». Le désavantage de la formule est que l'art abstrait, émietté, éparpillé, écartelé entre différents mouvements, perd en force et en unité.

On dira que c'est justement pour pallier ce défaut qu'il existe des histoires de l'art abstrait. Précisément. Parlons-en. L'abstraction y est certes omniprésente, mais elle forme une sorte de monde à part, qui se développerait par contagion à partir de quelques foyers et dans l'ignorance de son articulation aux mouvements. Ouvrez n'importe quelle *Histoire de l'art abstrait* et vous le constaterez sans difficulté : soit elle forme une addition de mini-monographies surtout consacrées, noblesse oblige, aux trois grands (Kandinsky, Mondrian, Malevitch), soit elle propose un découpage par décennie (l'art abstrait dans les années dix, vingt, trente…) ou encore un parcours géographique (à Paris, Munich, Moscou, New York, etc.). Cette constatation n'est pas vraiment un reproche, car comment faire autrement, dès lors que le statut de l'art abstrait reste vague et flou ? Comme indéniablement les œuvres existent, on se raccroche à elles pour égrener une suite de noms, de groupes, de tendances.

En ce sens, « art abstrait » apparaît comme une catégorie transhistorique, ce qui ne veut pas dire qu'elle serait simplement descriptive. D'où la difficulté de l'intégrer à l'histoire de l'art. Pourtant, si l'art abstrait n'est pas un -isme à part entière, il est bien question de l'abstraction au sein de presque tous les -ismes. Nous l'avons déjà vu dans le cas, à première vue paradoxal, du fauvisme et du cubisme, mais il en va de même pour presque tous les autres mouvements : le futurisme a aussi été confronté à l'abstraction (avec Balla en particulier), ainsi que le dadaïsme (avec Arp, bien sûr, mais aussi avec Schwitters, entre autres), pour ne rien dire du surréalisme, surtout aux États-Unis.

À cet égard, il est difficile de se départir de l'impression que « art abstrait » apparaissait, dans cette coupe transversale très précieuse des « -ismes » des années vingt, à la fois comme une catégorie fourre-tout très hétérogène, mais aussi comme une façon nécessaire de nommer un phénomène important, nouveau, auquel il fallait bien faire sa place et qui tout de même désigne, ne serait-ce que négativement, une posture reconnaissable, en dépit de la diversité des approches et des « sens multiples » dont fait état notre définition. Quant aux planches, elles témoignent de cette diversité d'approche, puisqu'on trouve, sous la bannière de l'abstractivisme, aussi bien Kandinsky, noblesse oblige, que Rodtchenko, Popova, Moholy-Nagy et Arp, pour ne citer que les plus connus.

En ce qui concerne les autres « grands » de l'art abstrait, ils apparaissent, certes... mais sous un autre -isme. Ce qui soulève une nouvelle difficulté. Car si l'art abstrait n'est pas un -isme à part entière, beaucoup d'-ismes relèvent de l'art abstrait. Ainsi, Malevitch est-il classé à « Suprématisme » ; de même Delaunay à « Simultanisme » et Mondrian à « Néoplasticisme ». Ce qui veut dire que trois au moins des pionniers de l'art abstrait ont choisi de mettre en avant leur pratique en forgeant eux-mêmes leur propre -isme (Mondrian et Malevitch) ou en revendiquant un -isme déjà existant (Delaunay)[34] plutôt qu'en se plaçant dans l'orbe de l'art abstrait. Quant à ceux qui, comme Kupka, sont indéniablement des pionniers à part entière (*Amorpha* est une des toutes premières toiles non-objectives à avoir été exposées, en l'occurrence au Salon d'Automne de

1912), ils n'apparaissent tout simplement pas, ce qui en dit long sur la force des -ismes !

Cela indique, *a contrario,* la place singulière qu'occupe Kandinsky, le seul des pionniers à avoir revendiqué — au moins dans les années vingt — le label d'art abstrait. D'où aussi le fait qu'une de ses œuvres (une improvisation de 1914) est la première à illustrer l'abstractivisme. Mais on peut se demander dès lors pourquoi les auteurs n'ont pas demandé à Kandinsky de rédiger l'entrée « Art abstrait » ? En effet, la plupart des rubriques sont signées. S'il s'agit d'un mouvement, le signataire est soit un des artistes fondateurs (Arp pour dadaïsme, Boccioni pour futurisme), soit un critique qui aura défendu le néologisme (Apollinaire pour cubisme) ; et s'il s'agit d'un concept, c'est bien sûr l'artiste qui l'a produit : Schwitters pour *Merz*, Lissitzky pour *Proun*, etc. Alors, pourquoi ne pas donner à Kandinsky la place qui aurait pu lui revenir ? La raison en est qu'il avait une conception de l'art abstrait trop étroite pour servir de plate-forme générale. Il avait été durement critiqué pour son idéologie par les courants d'avant-garde. Ainsi, en 1922, en Pologne, Strzeminski, peintre et théoricien de l'unisme, le liquidait en une phrase cinglante, le considérant comme « le dernier écho de l'impressionnisme agonisant, comme un artiste attribué par erreur à l'art nouveau[35] » ; et en Russie, Lissitzky avait été, la même année, l'un de ceux qui l'avaient le plus violemment attaqué. Il est d'ailleurs bien probable que si Kandinsky a quitté Moscou en 1921, c'est avant tout parce que ses prises de position idéologiques l'avaient marginalisé[36]. La formule « l'abstractionisme présente des sens multiples » est sans doute l'écho assourdi des querelles sur le type d'art abstrait que diverses tendances revendiquaient dans les arts d'avant-garde à l'époque.

En conclusion, on peut dire que dans cette coupe d'une décennie d'avant-garde (1914-1924) que constitue *Les ismes de l'art*, l'art abstrait occupe une place singulière. Comme catégorie, l'expression est une classification commode qui englobe des pratiques très différentes, sans que les artistes soient liés par un problème commun, et qui devrait recouvrir, aussi bien l'art non-objectif que des formes encore partiellement figuratives, comme c'est le cas de l'œuvre d'Artur Segal, qui illustre une des planches de l'abstractivisme.   *(Fig. 7)*

Mais, par ailleurs, l'art abstrait déborde de toutes parts la case « art abstrait ». En fait, il n'a sans doute jamais été aussi présent que dans ces années-là, du moins telles que les présentent *Les ismes*. On le retrouve bien sûr dans les rubriques déjà signalées (simultanisme, néoplasticisme, suprématisme), mais aussi constructivisme et *Proun* (définie par Lissitzky comme « la station de changement de peinture à architecture »). On retrouve même de l'abstrait dans la rubrique concernant le cubisme ! Celui-ci, en effet, a droit à deux définitions, l'une d'Apollinaire et l'autre de Roger Allard, dont nous avons vu qu'il définissait le cubisme par l'abstraction. J'ai cité plus haut un passage de son article pour *L'Almanach du Blaue Reiter* ; ici, c'est un autre passage du même texte qui a été retenu, celui dans lequel le cubisme est défini comme le fait de donner des formes aplanies qui ont été abstraites (*schlichten abstrahierten Formen* ; la traduction française indique : « des formes lisses et abstraites »). Enfin, *last but not least,* ajoutons pour être complet qu'il existe aussi une entrée « Film abstrait » (également non signée) très formaliste : « Tel que la peinture et la plastique moderne le film aussi commence à déployer et à former son matériel spécifique : le mouvement et la lumière. » Pour illustrer cette rubrique, ce sont des photogrammes de films abstraits de Eggeling et de Richter qui ont été utilisés.

Telle est donc la situation paradoxale de l'art abstrait qui ressort des *Ismes de l'art* : omniprésent dans la pratique des différents artistes (peintres, sculpteurs, cinéastes, etc.), l'art abstrait comme tel n'est pas un -isme, mais une catégorie qui ne peut subsumer l'ensemble des pratiques qu'à rester justement très, trop, générale. Peut-être est-ce d'ailleurs précisément pour cette raison que les principaux pionniers ont pris leur distances par rapport à cette catégorie ? La question mérite qu'on y regarde d'un peu plus près. Autrement dit, comment Delaunay, Mondrian et Malevitch se sont-ils positionnés par rapport à l'art abstrait, eux qui ont plutôt choisi de définir leur pratique par un -isme ?

Delaunay

Delaunay a peint des œuvres abstraites à deux reprises au cours de sa vie. D'abord, à partir de 1912, dans de magnifiques séries, celle des *Villes,* déjà qualifiée d'abstraite à l'époque, comme nous l'avons vu, puis celle des *Formes circulaires* (1913) qui aboutiront au *Disque* (1913), œuvre indiscutablement non-objective et d'une importance historique incontestable[37]. Puis il reviendra à la figuration, et ce n'est que dans les années trente qu'il retournera à l'art abstrait, notamment avec la série des *Rythmes sans fin* et des *Rythmes.* Or, à aucune de ces deux périodes, il n'a défini son art comme un art abstrait.

En ce qui concerne la première période, de loin la plus importante historiquement, précisons qu'il était encore trop tôt pour qu'on parle d'art abstrait, et c'est pour cela que Delaunay n'en fait évidemment pas état dans ses notes d'avant la Première Guerre mondiale. À l'époque, Delaunay était considéré comme cubiste et c'est sous cet angle que ses œuvres étaient comprises. On peut avoir une idée de son état d'esprit vis-à-vis de l'art d'avant-garde de son temps au travers d'un brouillon de lettre qui semble dater de cette époque, et dans lequel il s'en prend avec véhémence à « toutes les *cérébralités* incohérentes des cubistes, futuristes, centristes, rayonnistes, intégristes, cérébristes, abstractionnistes, expressionnistes, dynamistes[38] ». On aura noté

au passage la mention des « abstractionnistes ».
Contre tous ces -ismes, réels ou imaginaires, il
développera son propre -isme, le simultanisme, lié
à sa technique chromatique, l'usage des contrastes
simultanés[39], une manière de mieux se démarquer
des cubistes — il se plaisait d'ailleurs à se qualifier
d'« hérésiarque du cubisme ». En ce sens, le simultanisme serait une réponse à son insatisfaction face
aux critiques qui continuaient de le ranger dans la
catégorie des cubistes. Et, contre les « cérébralités », il développait son idée de la peinture pure, en
insistant sur le fait qu'il puisait bien, lui, son inspiration dans la réalité. Il s'en était clairement ouvert
à Macke dans une lettre de 1913 :

> Une chose indispensable pour moi, c'est l'obser-
> vation directe, dans la nature, de son essence lumi-
> neuse. Je ne dis pas précisément avec une palette à la
> main (quoique je ne suis pas contraire aux notes prises
> d'après la nature immédiate, je travaille beaucoup
> d'après nature ; comme on appelle cela vulgairement :
> devant le sujet). Mais où j'attache une grande impor-
> tance, c'est à l'observation du mouvement des couleurs.
>
> C'est seulement ainsi que j'ai trouvé les lois des
> contrastes complémentaires et simultanés des couleurs
> qui nourrissent le rythme même de ma vision. Là je
> trouve l'essence représentative — qui ne naît pas d'un
> système ou d'une théorie a priori[40].

On ne saurait être plus clair, et les témoignages
de Sonia confirment l'importance qu'avait pour lui
l'observation de la lumière, celle du soleil, de la lune
ou du ciel. Mais cette observation, si elle constitue

indubitablement un point de départ, sert cependant
à construire un « art pur », comme l'a appelé Apollinaire, ou encore un art du « mouvement de la couleur ». Rappelons à ce propos ce qui a déjà été
signalé, à savoir que pureté ne signifie pas une
épuration de la réalité extérieure, mais l'accentua-
tion des moyens plastiques mis en œuvre dans le
tableau.

Quant au texte d'Apollinaire pour *Der Sturm* de
décembre 1912, on n'a pas assez remarqué qu'il
accole dans son titre même « Réalité, Peinture
pure » deux notions qui produiraient un effet oxy-
morique, si l'on s'en tenait à l'idée de la Peinture
pure comme « abstraite » de la réalité ; bien au
contraire, Apollinaire fait état des déclarations
esthétiques de Delaunay « sur la construction de la
réalité *dans* la peinture pure[41] ». Qu'en est-il donc
de cette « construction de la réalité dans la peinture
pure » ? Et de quelle réalité s'agit-il ? Delaunay
s'en est précisément expliqué dans les notes qu'il a
remises à Apollinaire — qui en citera de larges
extraits —, dans lesquelles il insiste beaucoup sur
le contraste des couleurs, « moyen de construction
de l'expression pure[42] », lequel « assure le dyna-
misme des couleurs et leur construction dans le
tableau et il est le moyen d'expression de la Réalité
le plus fort » (p. 159).

Ainsi, le tableau est conçu comme une *construction*, au moyen d'une *syntaxe*, le contraste simultané,
et ce dernier constitue le moyen le plus fort d'exprimer la « Réalité », celle de la lumière. Enfin,

Delaunay ajoute que la simultanéité des couleurs par le contraste simultané « est la seule réalité pour construire en peinture » *(ibid.).* Or ici, insensiblement, à un paragraphe de distance, nous avons basculé, d'une conception de la réalité (avec ou sans majuscule) comme la seule réalité extérieure qui compte pour le peintre, la lumière, à la réalité *de* la peinture, à cette réalité que constitue la peinture.

S'agit-il d'un manque de rigueur conceptuelle du peintre, parlant tantôt de la réalité extérieure, tantôt de la réalité de l'œuvre ? Je ne crois pas. Il me semble qu'il faut maintenir et assumer ce qui paraît à première vue une inconséquence : il existe à la fois une réalité extérieure, celle de la lumière (c'est-à-dire des couleurs) qui sert de point de départ, et une réalité *construite,* celle du tableau. C'est la seule façon conséquente de comprendre la phrase, reprise par Apollinaire, concernant la construction de la réalité dans la peinture pure. Le peintre est d'ailleurs bien conscient de l'importance que revêt le fait d'accoler peinture pure et réalité, puisqu'il évoque explicitement leur réunion dans le titre du texte d'Apollinaire cité plus haut : « [...] ces écrits [d'Apollinaire] parlent déjà à l'esprit, car leur titre en dit long : *Peinture pure, Réalité.* Leurs titres augurent un changement radical dans l'art de la peinture » (p. 83).

Or ce changement consiste précisément en l'introduction d'une « nouvelle réalité vivante » *(ibid.),* dont il fera aussi état à propos de la série des *Fenêtres,* lesquelles « sont des fenêtres sur une nouvelle réalité. Cette nouvelle réalité n'est que l'ABC de modes expressifs qui ne puisent que dans les éléments physiques de la couleur créant la forme nouvelle » (p. 66). Autrement dit, en utilisant le « contraste simultané » comme « élément physique de la couleur », mais aussi comme moyen de construction du tableau, *Delaunay oppose à la réalité extérieure, celle de la lumière, une nouvelle réalité, celle du tableau en tant qu'il est construit,* réalité d'une peinture « pure », si l'on veut, au sens où elle exprimerait purement les couleurs et leurs mouvements par des moyens *organiques* ou *plastiques,* ainsi qu'il le précise à diverses reprises (notamment p. 113). Autrement dit, il ne s'agit pas d'opposer à la représentation de la réalité extérieure l'*expression* d'une réalité autre, qu'elle soit transcendantale ou intérieure. Non. La réalité dont il s'agit est celle de l'œuvre elle-même, ce qui est très différent dans la mesure où il ne s'agit plus d'expression mais de construction.

Mais pourquoi une telle insistance, à la fois sur le rôle de la lumière extérieure comme source d'inspiration, et sur la réalité de la peinture pure ? Je crois qu'il faut chercher la réponse dans ce qui a été dégagé plus haut concernant la valeur ambiguë accordée à l'abstraction à l'époque. L'idée d'abstraction, rappelons-le, servait à caractériser le cubisme, mais il y avait divergence parmi les critiques quant à la valeur — positive ou négative — qu'il fallait lui accorder. Dans la mesure où Delaunay cherchait à se différencier du cubisme, et que ce dernier était étroitement lié à l'abstraction, il avait une raison de plus de se démarquer d'elle. Comme Apollinaire, il était sensible aux critiques qui en faisaient l'expression d'une cérébralité excessive. Aussi n'est-il pas sûr qu'il ait reçu comme un éloge l'article d'Erwin von Busse qui, dans *L'Almanach du Blaue Reiter,* le qualifiait d'« artiste abstrait[43] » (en référence, nous l'avons vu, aux *Fenêtres*). Il semble donc qu'il ait cherché avant tout à se prémunir contre ce qu'il a sans doute vécu comme une accusation, celle d'être un artiste abstrait, et ce dans deux directions complémentaires : d'un côté, en insistant sur le fait, que, contre les artistes cérébraux, il puisait bien son inspiration dans la réalité extérieure. Et, de l'autre, en insistant sur le fait que son œuvre, loin d'être abstraite, était au contraire dans la réalité concrète, mieux, produisait une nouvelle réalité, celle de la peinture pure.

Si l'on suit cette analyse, on aboutit à un paradoxe : loin d'assumer le caractère « abstrait » de sa peinture (abstrait au sens cubiste), Delaunay se sera efforcé au contraire de s'en défendre, et c'est précisément parce qu'il a réussi à s'en démarquer qu'il a pu produire une œuvre non-objective comme le *Disque.* Tout l'intérêt, en effet, de ses textes, particulièrement confus et répétitifs, l'écriture n'étant pas son fort, consiste à avoir mis en évidence le fait que si la réalité extérieure (la lumière, si l'on veut) joue au départ le rôle de moteur, une fois que l'on a abouti à une nouvelle réalité, à une réalité autre, « la réalité de l'art » (p. 117), seule compte désormais cette dernière qui comme telle devient autonome, puisqu'elle consiste en une « représentation au sens pur du mot, c'est-à-dire *élément plastique, organique, organisation plastique* » (p. 113), organisée par une syntaxe dont les « éléments sont, entre autres, des contrastes disposés de telle ou telle manière, créant des architectures, des dispositions orchestrées se déroulant comme des phrases en couleur » (p. 66).

Autrement dit, ce que Delaunay a mis au point à partir du contraste simultané est un *système chromatique* que j'ai essayé ailleurs de reconstituer[44], système qui, en tant que tel, parce qu'il règle l'organisation des couleurs entre elles au sein de la composition, s'est affranchi de la réalité qui a pu lui servir de point de départ. Si j'insiste là-dessus, c'est pour répondre par avance à une objection possible : Delaunay, dira-t-on, resterait très en retrait par rapport à tout l'effort entrepris par la peinture non-objective afin d'évacuer la réalité extérieure, si lui la revendique au contraire comme point de départ. Autrement dit, cette revendication n'est-elle pas une façon de rabattre l'œuvre des peintres non-figuratifs vers cette « réalité » dont ils ont cherché non sans peine à se détacher ? À cela je répondrai que cette analyse avait justement pour but de dégager l'existence pour Delaunay d'une autre réalité, celle de l'œuvre, qui, dès lors qu'elle a été construite, supplante la réalité qui lui a servi de point de départ. Avec le système chromatique qu'il a mis au point, se trouve donc créée une structure qui, en tant que telle, se détache de l'observation de la nature qui a pu servir de départ, de sorte qu'il n'est plus nécessaire d'avoir recours à cette réalité extérieure pour apprécier l'œuvre. Celle-ci vaut désormais pour elle-même.

En d'autres termes, si la « lumière » a joué un rôle dans le processus de *production* de l'œuvre, elle n'en joue plus dans celui de sa *réception*, laquelle ne nécessite plus que l'on retrouve sa « source » pour l'apprécier, la comprendre ou l'interpréter. Aussi, dès lors que le tableau construit sa propre réalité, celle-ci devient indépendante de son point de départ, de sorte qu'il est parfaitement légitime de l'envisager de manière totalement autonome, comme le fait Paul Klee qui, dès 1912, écrivait de Delaunay qu'il avait créé « le type du tableau autonome, vivant sans motif de nature, d'une existence plastique entièrement abstraite[45] ». Une telle position n'est donc pas contradictoire, si l'on prend soin de souligner avec Klee que cette existence abstraite, c'est *sur le plan des éléments plastiques* que le tableau la possède, en séparant *production* et *réception* de l'œuvre. Notons qu'« abstrait » a pris ici chez Klee un sens qui n'est plus le sens cubiste d'« abstrait de », mais celui d'une existence plastique autonome[46].

Venons-en maintenant à la seconde période. Lorsque Delaunay se remet à l'art abstrait, dans les années trente, il ne fait pas œuvre d'originalité. De nombreux artistes s'étaient « convertis » à un genre qu'ils croyaient porteur, bien que l'art abstrait fût encore fortement critiqué, de l'extérieur par ses détracteurs, mais aussi de l'intérieur par certains de ses pionniers, qui voyaient d'un mauvais œil le fait d'être assimilés aux nombreux suiveurs, lesquels risquaient de convertir ce mouvement en un académisme. Delaunay, membre du groupe Abstraction-Création, en démissionnera d'ailleurs en 1934, étant en désaccord avec la politique du groupe. En ce sens, Delaunay se trouve, à la fin des années trente, exactement dans la même position, *mutatis mutandis,* que Kandinsky. Les deux artistes ont été des pionniers de l'art abstrait et le revendiquent avec une fierté légitime, et maintenant tous deux risquent de voir leur œuvre confondu avec la masse des abstraits qu'ils méprisent. D'où une même réaction : vendre leur marchandise en changeant d'étiquette. Pour Kandinsky ce sera « art concret », et pour Delaunay « art inobjectif ».

Il ne fait pas de doute que ce label est un habit neuf pour emballer le même produit, et que « peinture pure » et « art inobjectif » sont une seule et même chose. Évoquant par exemple sa propre évolution, Delaunay expliquera qu'il s'agit du « passage du figuratif (traditionnel) à l'inobjectif (peinture pure, réalité) » (p. 83). Le terme est bien choisi : il n'a pas encore été galvaudé et évoque une attitude plus rigoureuse que celle des abstraits. C'était d'ailleurs justement le terme retenu par Arp pour traduire *das Ungegenständliche* en français, on s'en souvient, et l'opposer à « art abstrait », catégorie laxiste et équivoque.

Or cela ne va pas sans problème, car la peinture pure de Delaunay n'est pas toujours inobjective. Parlant d'une des *Formes circulaires,* Delaunay réécrit son propre parcours pour le faire coïncider avec la nouvelle étiquette : « Cette toile n'évoque que le sujet, la composition, l'orchestration des couleurs. C'est la naissance, l'apparition en France des *premières peintures dites inobjectives.* Ne partant d'aucune représentation extérieure ni allusion aux choses ; ni aux figures géométriques ni aux objets » (pp. 66-67). La définition est parfaitement exacte. Soit. Mais elle ne s'applique absolument pas aux *Formes circulaires* qui partent bel et bien d'une représentation extérieure et font une « allusion aux choses » jusque dans leur titre, que Delaunay tronque ici pour les besoins de la cause, les œuvres de la série s'intitulant *Forme circulaire. Soleil ou Forme circulaire. Lune* ou encore *Formes circulaires. Soleil et Lune.* Ces œuvres, en effet, ont bien pour point de départ la réalité extérieure, et peuvent donc difficilement être considérées comme inobjectives. Autre exemple : dans le même paragraphe cité, il note à propos des *Fenêtres,* qu'elles ouvrent sur une nouvelle réalité. Mais, tout de même, elles montrent des objets reconnaissables.

D'où la formulation alambiquée du peintre qui ne peut le nier mais tente de le minimiser : « Dans cette peinture on retrouve encore des suggestions rappelant la nature, mais dans un sens général, et non analytique et descriptif comme dans l'époque antérieure, cubiste » (p. 66). On a donc l'impression que dans les années trente Delaunay a voulu un peu forcer les choses en présentant son œuvre dans un cadre qui ne lui convenait pas toujours. Si le *Disque* est incontestablement non-objectif, tel n'est pas le cas des *Fenêtres* ni des *Formes circulaires*. Peut-être est-ce par rapport aux querelles d'antériorité qu'il aurait voulu faire passer ses œuvres de 1912 pour des toiles déjà inobjectives.

Cependant, le fait de changer simplement d'étiquette ne pouvait suffire à légitimer son travail ni à faire vendre. Aussi fallait-il une stratégie plus vaste permettant à un groupe d'artistes s'identifiant comme inobjectifs de se faire connaître et reconnaître comme tels. C'est dans ce but que la terrible crise engendrée par la Seconde Guerre mondiale a incité Delaunay à entreprendre un projet ambitieux, celui de constituer un grand musée d'art inobjectif en France, projet que son décès en 1941 interrompra. Il a néanmoins laissé dans ses papiers un plan détaillé des démarches à suivre pour le mener à bien (pp. 239-242) : achat de toiles aux peintres appartenant à ce groupe, sous forme de mensualités leur permettant de subsister pendant la guerre, et ayant pour finalité de constituer la collection de ce musée qui ouvrirait à la fin des hostilités. En attendant, l'idée était de faire voyager la collection aux États-Unis avec un catalogue en bonne et due forme, et avec des œuvres supplémentaires des artistes participants, destinées à être vendues. La liste des artistes devait être établie « en toute impartialité ». La voici, à titre indicatif : Arp,

Brancusi, Delaunay (Robert et Sonia), Gleizes, Van Doesburg, Gondouin, Herbin, Kandinsky, Freundlich, Léger, Magnelli, Mondrian, Pevsner et Gabo, Taeuber-Arp, Valmier, Vantongerloo, Villon. Il est vraiment regrettable que ce musée n'ait jamais vu le jour, car, comme le précise Delaunay avec une grande lucidité, « après un tel rassemblement, il sera impossible de reconstituer pour les Musées mêmes, quand ceux-ci secoueront leur torpeur un peu tardivement […] un tel ensemble pour des raisons majeures » (p. 240).

En dépit de l'importance de cette idée d'inobjectif, je ne puis partager l'opinion de Francastel qui, dans son introduction aux cahiers de Delaunay, considérait que la distinction entre art abstrait et art inobjectif est « capitale et de nature à éclaircir non seulement l'art de Delaunay mais le développement de la peinture contemporaine » (p. 23). La raison de sa prise de position est que le grand historien d'art était en complet désaccord avec l'idée d'art abstrait : « L'idée d'un art purement abstrait est une naïveté. Une pensée qui se referme totalement sur elle-même, qui refuse le contact avec le monde est stérile » (p. 40). Francastel considérait ainsi l'art inobjectif comme une manière de contrer la supposée « stérilité » de l'art abstrait, d'autant plus utile à ses yeux que le peintre avait pris soin d'insister, autour de 1913, sur l'importance qu'avait pour lui l'« observation directe ». Mais c'est au prix d'un anachronisme, car c'est seulement dans les années trente que Delaunay parle d'art inobjectif, et celui-

ci ne fait plus pour lui aucune allusion aux objets.
D'où la contradiction qui a été relevée car si, dans
l'esprit de Delaunay, l'inobjectif était un nouveau
nom pour la réalité de la peinture pure, les deux ne
peuvent toutefois coïncider, car il y a dans l'idée
d'inobjectif une exigence plus radicale qui ne correspond ni à ses œuvres des années 1912 ni même
à la liste des artistes retenus pour le musée de l'art
inobjectif, et parmi lesquels figurent des peintres
cubistes (Léger, Gleizes, Villon) qui ne sauraient
être considérés comme inobjectifs. Ce qui confir-
merait que le nouveau label a surgi en temps de
crise dramatique (les débuts de la Seconde Guerre
mondiale) pour proposer une alternative à l'art
abstrait, dévalorisé, tout en assurant la promotion
d'un groupe de peintres (parmi lesquels des pionniers tant du cubisme que l'art abstrait) réunis sous
une nouvelle bannière.

Mondrian

Qu'en est-il à présent de la pensée de Mondrian,
l'un des principaux pionniers de l'art abstrait, l'un
de ceux qui ont poursuivi leur travail avec la plus
grande rigueur ? Comme les autres, il a souvent
pris la plume, à certains moments pour défendre ses
idées, à d'autres pour les clarifier. Or la question de
l'abstraction et de l'abstrait a joué un rôle capital
dans sa pensée, souvent complexe. Je voudrais tenter de ressaisir ici quel a été ce rôle et comment il

en est venu, le premier, à dissocier « abstraction » et « abstrait » qui étaient jusqu'alors souvent employés indistinctement.

Son tout premier texte pour la revue *De Stijl,* publié en 1917, est pour ainsi dire entièrement structuré par l'idée d'abstraction, qui revient presque à chaque ligne. Dès la première phrase, il considère que « La vie de l'homme cultivé d'aujourd'hui se détourne peu à peu des choses naturelles pour devenir de plus en plus une vie *abstraite*[47] ». Le ton est ainsi donné, car tout le reste s'ensuit. En effet, cette vie abstraite de l'homme moderne n'est « ni purement matérialiste, ni purement sentimentale. Elle se manifeste plutôt comme une vie plus auto-nome de l'esprit humain conscient de lui-même ». Il résulte de cet état d'esprit que « toutes les expres-sions de la vie apparaissent sous un autre aspect, j'entends sous un aspect plus positivement abstrait ». Il est intéressant de noter que dès le tout début de ce texte, Mondrian replace l'art dans un contexte plus large, celui de la société, une préoccupation qui ne le quittera jamais. Or, l'art étant un produit de l'homme, il portera nécessairement la trace de ce nouvel état d'esprit : « […] comme pure représenta-tion de l'esprit humain, l'art s'exprimera dans une forme esthétique purifiée, c'est-à-dire abstraite. » Mondrian précise immédiatement sa pensée :

> L'artiste vraiment moderne ressent consciemment l'abstraction dans une émotion de beauté, il reconnaît consciemment que l'émotion du beau est cosmique, universelle. Cette reconnaissance consciente a pour

corollaire la plastique abstraite [*abstracte beelding*],
l'homme adhérent uniquement à ce qui est universel[48].

On comprend l'usage qui est fait ici du concept
philosophique d'abstraction, comme passage du
particulier au général. Comme Locke l'avait bien
mis en évidence (dans le cadre d'une pensée empiriste), l'abstraction est le moyen par lequel nous
nous formons des idées générales à partir des idées
particulières. Utiliser l'abstraction pour s'élever au-
dessus des contingences de notre monde extérieur
est donc devenu assez vite un moyen dont l'esthétique tirera le plus grand profit. Dès l'époque
romantique, pour des penseurs comme le Suisse
Breitinger, l'idée d'abstraction devint une manière
de rendre compte des pouvoirs de l'imagination ; à
ses yeux, « au moyen de cette abstraction de
l'imagination, les images individuelles et particulières, que la nature et l'histoire ont mis devant
nous, deviennent universelles[49] ». Par ailleurs, nous
avons déjà signalé combien la théorie du beau idéal
a fait usage de l'idée d'abstraction, non seulement
dans une perspective strictement artistique, celle
d'éliminer les accidents pour accéder à la substance
— Mondrian utilisera lui aussi cette opposition
aristotélicienne[50] —, mais aussi morale, puisqu'il
s'agit, comme le notait Reynolds, du « bonheur des
individus et plus encore du salut de la société »,
pour lesquels « il est nécessaire d'élever l'intelligence vers l'idée du beau idéal et vers la contemplation de la vérité générale ». Aussi, « tout ce qui

abstrait les pensées des gratifications des sens, tout ce qui nous enseigne à chercher le bonheur en nous-mêmes, concourt selon sa mesure à faire avancer l'ennoblissement de notre être[51] ».

On le voit donc, jusqu'ici Mondrian se situe dans le cadre d'une pensée idéaliste, ce qui n'a rien d'étonnant, étant donné l'intérêt qu'il avait, à l'époque, pour la théosophie. Ce serait cependant une grave erreur de réduire sa pensée à ce cadre, car ce serait omettre de prendre en compte l'évolution de ses idées. Continuons donc de lire le premier article du *Stijl,* qui résumait en guise d'introduction les différentes notions qu'il se proposait d'éclaircir au fil des articles suivants.

Étant donné ses prémisses, on comprend que le processus d'abstraction pour lui ne peut consister en la représentation de la nature, trop particulière, et que se hisser au niveau de l'universel suppose que l'on abstraie de la nature tant la forme que la couleur :

> Cette plastique nouvelle ne saurait se parer des choses qui caractérisent la particularisation, c'est-à-dire la forme et la couleur naturelles. Elle doit au contraire trouver son expression dans l'abstraction de toute forme et couleur, c'est-à-dire dans la ligne droite et dans la couleur primaire nettement définie[52].

Il est tout d'abord remarquable de constater que dès 1917 Mondrian avait formalisé les principes du néoplasticisme, auxquels il restera fidèle toute sa vie et sur lesquels je reviendrai dans la seconde partie. Dans le paragraphe suivant, Mondrian précise que « ces moyens d'expression universels ont été découverts dans la peinture moderne par le cheminement d'une abstraction progressive et logique de la forme et de la couleur ». En effet, ces lignes sont contemporaines de son « passage » à l'abstraction, qui s'est effectué, comme il l'indique très bien, par cette « abstraction progressive de la forme et de la couleur ». Ce type d'abstraction est très sensible dans le traitement de certains de ses motifs récurrents, dans les années 1912-1915 : arbre, façade d'église, brise-lames et océan, progressivement décantés, épurés, jusqu'à aboutir à des formes quasi abstraites puis complètement abstraites à partir de 1917 (*Composition en ligne,* Otterlo, musée Kröller-Müller, est considérée comme sa première toile complètement non-figurative[53]). Notons donc qu'ici « abstraction » a le vieux sens de « tiré de la nature ».

« La solution une fois trouvée, poursuit Mondrian, on a vu apparaître, comme de soi, la représentation exacte de rapports seuls, et avec eux, le facteur essentiel, fondamental, de toute émotion plastique du beau. » D'où l'importance conférée à la *composition*, sur laquelle Mondrian insiste beaucoup et qui, par l'utilisation des nouveaux moyens mis au jour, permet d'obtenir une plastique abstraite entièrement nouvelle.

Le troisième article est précisément consacré à cette question, ainsi qu'à l'élucidation de son titre qui pourrait paraître confus : « La nouvelle plastique comme peinture abstraite-réelle [*De nieuwe beel-*

ding als abstract-reële schilderkunst]. Moyen plastique et composition ». Le texte commence par une importante définition :

> La nouvelle plastique doit être nommée abstraite, non seulement parce qu'elle est l'expression [*beelding*] directe de l'universel, mais aussi parce qu'elle exclut l'individuel (le concret naturel) de l'expression [*beelding*]. Nous pouvons nommer abstraite l'expression [*beelding*] exacte d'une relation, par opposition à la mise en image [*uitbeelding*] dans la forme d'apparence naturelle, qu'elle *abstrait*[54].

Le texte n'est guère facile, à cause du jeu constant avec *beelding,* terme difficilement traduisible, qui signifie donner forme, façonner, créer, d'où aussi « plastique » pour conserver l'idée que l'on peut former ou donner forme. Ce passage capital contient deux idées importantes. La première est l'opposition entre abstrait (comme résultat) et abstraction (comme le fait d'abstraire). Si cette opposition est si importante, c'est qu'elle engage une bonne partie de l'art abstrait. *Jusqu'ici, en effet, « abstrait » et « abstraction » n'avaient jamais été distingués sémantiquement.* Or concevoir l'abstraction comme le fait d'abstraire (de la nature), c'est donc en rester au premier stade (par lequel Mondrian a bien dû en passer pour en venir à l'abstrait). Mais, précisément, Mondrian souhaite ne pas en rester là, et passer à l'étape suivante, qui est la composition d'œuvres à partir de la mise en relation des éléments plastiques. Et c'est justement ce qu'il nomme *abstrait*, par opposition, pour le répéter, à *ce qui a été abstrait*. Donc, dès 1918, (ou même 1917, si l'on prend en compte la date de la rédaction, plutôt que celle de la publication[55]), il avait une conscience tout à fait claire et rigoureuse de la distinction à établir entre « abstrait » et « abstraction », ce qui le place dans une position radicale par rapport à d'autres membres du *Stijl,* notamment Van der Leck et Van Doesburg[56]. Van der Leck devait d'ailleurs quitter *De Stijl* en 1918 pour « retourner » à la figuration ; quant à Van Doesburg, nous l'avons vu, ce n'est qu'en 1930, dans le manifeste de l'art concret, qu'il critiquera avec insistance l'idée d'abstraction en tant que ce qui a été abstrait à partir de la nature. Or il est remarquable de constater que Mondrian distinguait déjà nettement abstraction et abstrait, une distinction à laquelle, nous le verrons, il donnera plus tard tout son poids.

La nouvelle forme plastique est donc nommée abstraite. Ce choix terminologique s'impose en un sens, étant donné l'importance conférée au résultat, devenu autonome, du processus d'abstraction. Mais le terme est loin d'être neutre, et Mondrian, qui avait vécu à Paris entre 1912 et 1914, était au courant des débats autour de la nature abstraite du cubisme, débats qui faisaient rage à l'époque (*Les peintres cubistes* d'Apollinaire avaient été publiés en 1913). C'est ici encore l'opposition abstrait/ concret qui est au cœur du débat. Aussi Mondrian s'interroge-t-il légitimement : « […] si nous appelons abstraite la nouvelle plastique, alors se pose la question : l'abstrait [*het abstracte*] peut-il être mis en image [*beeldbaar*] ? »

La réponse, on s'en doute, est positive. Considérant que l'abstrait, qu'il compare aux mathématiques, s'est toujours exprimé dans les choses, il explique que l'artiste, au fur et à mesure qu'il devenait plus conscient, a compris qu'il était parfaitement possible de représenter l'essence des choses au travers de formes purement esthétiques. Résumant à grands traits l'évolution de l'artiste (qui est aussi la sienne propre), il explique que ce fut en abstrayant de plus en plus qu'il a d'abord cherché à représenter plastiquement les choses individuelles ; puis il en est venu à détruire l'aspect concret de l'apparence naturelle par un processus de simplification. Arrivé à ce stade, il n'avait plus qu'à tirer les conséquences logiques de la conception de l'art à laquelle il avait abouti :

> Ainsi notre époque en est arrivée à la peinture *abstraite-réelle*. La nouvelle plastique est *abstraite-réelle* car elle se situe entre l'abstrait absolu et le réel concret naturel. Elle n'est pas aussi abstraite que l'abstraction conceptuelle [*gedachte-abstractie*], et elle n'est pas aussi réelle que la réalité tangible[57]

Ce paragraphe est évidemment fondamental, car il nous fait comprendre comment Mondrian s'est situé par rapport aux débats concernant la nature de l'art abstrait. Ma peinture, nous dit-il, est indubitablement abstraite, non pas au sens d'une abstraction à partir des formes naturelles, mais abstraite au sens de purs rapports de lignes et de couleurs, réduits, par abstraction, à la ligne droite et aux couleurs primaires. Et si elle est abstraite, ce n'est pas au sens où elle serait théorique ou immatérielle. Non, elle est aussi réelle. Bref, elle est abstraite-réelle.

Ce qui frappe est, me semble-t-il, la similitude avec le raisonnement que tenait Delaunay lorsqu'il qualifiait son art de « réalité, peinture pure », ou le raisonnement de tous ceux qui, par la suite, diront que la peinture abstraite est avant tout concrète. Un même souci les anime : revendiquer l'abstrait, certes, mais en précisant qu'il est aussi réel, qu'il constitue une nouvelle réalité, celle de la peinture et de ses rapports purs, et qu'à ce titre il est bien concret. En définissant son art comme « abstrait-réel », Mondrian coupe donc court, par avance, aux critiques qui furent adressées, en particulier aux cubistes, d'être trop abstraits, entendez trop « cérébraux », trop loin de la peinture, dans sa matérialité.

Installé à nouveau à Paris après la Première Guerre mondiale, Mondrian fut soucieux de faire connaître ses idées au public français ; aussi rédige-t-il un texte qui résume celui que nous venons de commenter, et qui sera publié grâce à l'aide du galeriste Léonce Rosenberg. Le premier titre était d'ailleurs une traduction fidèle du long texte néerlandais publié en feuilleton dans *De Stijl* : « Néoplastique dans les arts » ou « Une nouvelle expression plastique ». Finalement a prévalu la création du néologisme « néoplasticisme », incorporé, quatre ans plus tard, dans *Les ismes de l'art*. Le nouvel -isme est donc un autre nom pour celui qui prévalait jusque-là, « peinture abstraite-réelle », l'idée de nouvelle plastique étant sans doute trop générale pour qualifier autre chose que la nouveauté de la proposition. La substitution de noms est clairement indiquée dans le manifeste : « Le Néo-Plasticisme a ses racines dans le Cubisme. Il peut porter également le nom de Peinture Abstraite Réelle parce que l'abstrait (tout comme les sciences mathématiques, mais sans atteindre l'absolu comme elles) peut être exprimé par une réalité plastique[58]. » Dans ce texte, surtout consacré à montrer l'universalité, si l'on peut dire, du néoplasticisme, au sens où ses principes ne s'appliquent pas seulement en peinture, mais valent aussi pour tous les autres arts (architecture, sculpture, théâtre, musique, littérature, etc.), il est certes toujours beaucoup question de l'abstrait (traduction de l'adjectif substantifié en néerlandais, *het abstracte*), mais pas de l'*art* abstrait.

Il faudra pour cela attendre un autre texte important, celui donné à la revue lilloise *Vouloir* et publié sous le titre « Art/Pureté + Abstraction », alors que le titre original était « L'art purement abstrait ». Nous retrouvons d'ailleurs ici une logique que nous avons déjà vue à l'œuvre dans le cas de Kandinsky. L'expression d'art abstrait s'étant entre-temps généralisée, mais avec un sens qui faisait encore trop référence au modèle cubiste, il était essentiel de mettre les choses au net. Une bonne partie de l'article est donc consacrée à une mise au point concernant les rapports entre art abstrait et art *purement* abstrait.

Après s'être plaint d'une « régression vers un Art plutôt naturaliste » qu'il considère comme un fait incontestable, Mondrian ajoute, dès le second paragraphe de son texte :

> On ne saurait s'en étonner, beaucoup d'artistes n'ont-ils pas fait de l'art abstrait inconsciemment et d'autre part l'influence retardataire d'un public ignorant ne se fait-elle pas toujours sentir ? Malgré cela, la tendance de l'Art vers l'Abstrait continue à évoluer et à se manifester[59].

Dès le début, la tension est perceptible entre deux conceptions de l'abstrait qu'oppose Mondrian : d'une part, celle qui domine, que l'on nomme « art abstrait », et qui n'est pas le résultat d'une démarche consciente, réfléchie, volontariste, d'autre part, le véritable art abstrait, l'art abstrait réel, le néo-plasticisme. Deux conception de l'abstrait s'affrontent donc. Pour les distinguer, faute de mieux, et à titre provisoire, Mondrian utilise une majuscule pour l'Abstrait qu'il revendique. Mais ce n'est pas assez pour éviter la confusion. Car il y a en effet un véritable problème de vocabulaire dont il est parfaitement conscient puisqu'il s'en plaint plus loin :

> Il est déplorable que nous soyons obligés de nous servir d'une langue conventionnelle si usée, quand il s'agit pour elle d'exprimer des beautés nouvelles. En effet, pour parler des moyens et du but de l'art pure-ment abstrait nous voici contraints d'employer les mêmes mots dont on se sert pour parler de l'art natu-raliste. [...] Également les mots « équilibre, plastique

pure, abstrait, universel, individuel », etc., peuvent
causer des malentendus.

Il est ainsi nécessaire de distinguer soigneusement
entre l'abstrait qu'on rejette et l'abstrait qu'on
défend, afin d'éviter les malentendus. D'où le choix
de « purement abstrait », l'expression « l'art purement abstrait » revenant à de nombreuses reprises
sous sa plume. Mais pourquoi « purement » ? Parce
que, nous dit Mondrian, cette « Beauté purement abstraite », sur le plan plastique, « devra s'exprimer
purement, c'est-à-dire s'exprimer exclusivement par
des lignes, des plans, des volumes et des couleurs qui
se manifesteront par leurs qualités intrinsèques et non
par leurs capacités d'imitation représentative ». Voilà
donc ce qu'est l'art purement abstrait dont Mondrian
prend la défense. Pour autant, on n'en a pas encore
fini avec les malentendus liés à « abstrait », car d'un
côté il s'oppose à concret et, de l'autre, il peut être
pris pour « qui a été abstrait » et y renvoyer. D'où la
clarification nécessaire, dans la mesure où :

> l'on s'obstine à tout regarder du côté extérieur et à
> ne considérer comme réel et concret que le natura-
> lisme. Certainement, ce qui est naturel est concret,
> mais en opposition à l'énergie, à la force abstraite et
> cachée. Cette dernière pour s'exprimer a du reste des
> moyens plastiques différents, tels que l'apparition géo-
> métrique. Et c'est dans cette manifestation très con-
> crète que nous parlons de l'abstrait, bien que en art
> cette apparition géométrique soit trouvée par « abstrac-
> tion » ce n'est pas par elle que l'on fait uniquement de
> l'art abstrait. Celui-ci exige la « création ». Déjà dans

> l'œuvre de Picasso on peut apercevoir des lignes qui
> n'ont rien à faire avec une forme dénudée, réduite par
> désir abstractif mais qui ne se justifient que par l'esprit
> de création.

Ce passage est dense, très dense, trop dense,
même, car il condense au moins trois idées importantes : 1) l'abstrait lui aussi est concret ; 2) l'abstrait doit être distingué de l'abstraction ; 3) l'abstrait
est une création. J'ai déjà assez insisté sur les deux
premières. Quant à la troisième, je l'associerais
volontiers à la défense de l'abstrait contre une des
critiques qui lui étaient faites, à savoir d'être sec et
« intellectuel ». Déjà Apollinaire, nous l'avons vu,
pour défendre le cubisme, soulignait qu'il est un
« art de conception qui tend à s'élever jusqu'à la
création ». Et, au début des années trente, un groupe
de peintres abstraits, nous le verrons dans le chapitre suivant, accolera justement les deux termes
jusque dans son propre nom : « Abstraction-Création ». Quant à Mondrian, il voulait sans doute dire
que le travail véritablement créateur consiste dans
la composition, dans la construction, par laquelle
on trouve des *rapports* entre les éléments plastiques
(lignes, plans, volumes, couleurs), et que sans cette
organisation créative, on se contente, par abstraction,
de reproduire les rapports qui, telle la symétrie,
nous viennent de la nature. En effet, « toute représentation, même par des formes abstraites, est fatale
à l'art pur, c'est pourquoi l'art purement abstrait
s'exprime uniquement par des rapports ».

J'espère, par ce commentaire, avoir rendu claires les intentions de Mondrian. Car, à l'époque, il n'a pas été compris, pas même par celui qui lui avait demandé cet article, le peintre (abstrait) Félix Del Marle. Pour ce dernier, habitué au sens d'abstrait qui prévalait à l'époque, l'expression capitale dont faisait état le titre même de l'article, « L'art purement abstrait », cette expression, donc, paraissait un pléonasme. L'abstrait (cubiste) étant une purification des formes, « art purement abstrait » ne pouvait qu'être redondant. D'où sa décision, malheureuse, de dissocier pureté et abstraction dans le titre qu'il modifie : « Art/Pureté + Abstraction ». Par là, il se trompe deux fois, comme Mondrian le lui a fait savoir en lui manifestant son mécontentement, lorsqu'il a reçu la revue : « Le titre de mon article ne me plaît pas : pureté est pour les Puristes et "abstraction" n'est pas "l'art abstrait" — comme je crois même avoir exposé dans l'article[60]. » D'un côté, il est vrai, c'est bien « abstrait » que défend Mondrian contre « abstraction », et à ce titre Del Marle introduit un premier contresens fâcheux. De l'autre, « purement » n'a rien à voir avec la pureté, mais signifie avant tout « proprement ». Trois ans plus tard, Mondrian aura l'occasion de rétablir le titre originel, pour un article qui paraîtra à Zurich, en allemand : « Die rein abstrakte Kunst » (L'art purement abstrait)[61]. Rappelons que, dans un contexte tout autre, Kandinsky avait publié un article intitulé « Malerei als reine Kunst » (La peinture en tant qu'art pur). Quelles que soient les différences évidentes entre les deux peintres, différences qu'il ne s'agit pas de nier, les deux ont été structuralement obligés de faire valoir leur conception de l'art abstrait en le qualifiant d'art purement abstrait, afin de le distinguer de la conception dominante de l'art abstrait, contre laquelle ils s'élevaient.

La comparaison s'arrête cependant là. Si Kandinsky, à la fin de sa vie, a rebaptisé sa peinture « art concret », Mondrian quant à lui, n'avait pas besoin de cela : il avait dès 1917, avec une grande lucidité, défendu sa pratique comme étant « abstraite-réelle ». Aussi continuera-t-il au fil de ses interventions écrites et de sa pratique, à défendre l'art purement abstrait contre l'art « seulement » abstrait qui prévalait à l'époque, cet art que Vantongerloo, qui partageait son combat, nommait d'une belle formule : « le simili abstrait[62] ».

Malevitch

Ainsi, on le voit, tous les « grands » de l'art abstrait ont été confrontés d'une manière ou d'une autre à cette affaire de l'art « abstrait », et ont dû définir leur position par rapport à lui en refusant d'entériner la conception trop floue qui régnait à l'époque. Tous, sauf un, et c'est pourquoi il n'en a que fort peu été question jusqu'à présent : Malevitch. S'il n'a pas pris part à ces débats, c'est pour une raison bien simple qui est d'ordre linguistique. Dans l'univers culturel russe, dans lequel il a évo-

lué, il n'y a pas d'équivalent au terme « abstrait »
qui a donné lieu à tant de malentendus et de confusions dans les pays d'expression française, allemande ou anglaise. Il existe bien un terme russe,
abstraktnyi, mais il est emprunté à la tradition philosophique occidentale, et donc peu usité. Si Kandinsky s'en sert, c'est parce que, familier de la
langue allemande, il avait été confronté à l'usage
fréquent d'*abstrakt* dans les cercles munichois
avancés. En revanche, son emploi par Malevitch est
exceptionnel, et ne se rencontre que dans un contexte où son sens semble être philosophique, et
sous sa forme substantivée *(abstraktsia).* C'est
qu'il existe un autre adjectif en russe, *bespredmetnyi,* qu'utilisaient Malevitch et les constructivistes,
formé à partir du substantif *predmiet,* objet, (dans
le sens du latin *objectum*), et opposé à *predmietnyi* ;
ce dernier terme n'est guère facile à traduire, car
« objectif » a trop de connotations que ne contient
pas le mot russe. Quant à son antonyme, *bespredmetnyi,* il signifie littéralement « qui n'a pas d'objet », et donc, par extension, qui n'a pas de sens.
Dans le vocabulaire artistique, il acquiert le sens de
« sans objet ». (Notons à ce propos qu'« abstrait »,
dans son sens péjoratif de « difficile à saisir, à pénétrer », selon le *Littré,* a été utilisé par extension
pour qualifier d'incompréhensibles des œuvres abstraites.) Maintenant, comment traduire *bespredmetnyi* en français ? Il existe un équivalent en
allemand, *gegenstandlos,* qui présente la même extension sémantique que le russe : *eine gegenstan-*

dlose Frage, c'est une question sans objet ; par extension, le terme a été appliqué aux arts plastiques pour désigner une œuvre sans objet. En anglais, on traduit généralement par *non-objective*. En français, deux des principaux spécialistes de Malevitch sont en désaccord : l'un a proposé « non-objectif », et l'autre « non-figuratif »[63].

Comme il faut bien choisir, j'ai opté pour « non-objectif », en dépit des arguments qui s'y opposent et qui sont notamment que l'expression française est calquée sur l'anglaise, et présente les mêmes inconvénients que celle-ci, en particulier le fait que « non-objectif » pourrait être entendu dans le sens de « subjectif », s'il n'était déjà d'usage courant dans le vocabulaire de l'histoire de l'art, au sens de « sans objet ». Mais, en revanche, le couple figuratif/non-figuratif me semble présenter bien plus de désavantages. En effet, d'une part, il réduit abusivement la question bien complexe de l'abstraction à un seul critère, insuffisant : la présence ou l'absence de la figure. Or si la notion d'objet est compliquée, celle de figure l'est encore plus. Car rien ne dit qu'une œuvre abstraite ne présente pas de figures, ne serait-ce que celles que l'on nomme précisément les « figures » géométriques. De plus, « figure » ne doit pas être confondu avec « image », de sorte que Lyotard, par exemple, avait proposé de voir dans les *drippings* de Pollock, non pas certes une figure-image, mais bien une figure-forme[64]. D'autre part, l'expression « art non-figuratif » qui a surgi dans les années trente, comme nous le verrons dans le prochain chapitre, a une extension plus large que « non-objectif », et englobe des œuvres abstraites qui sont le résultat d'un processus d'abstraction et en portent donc la trace. Autrement dit, « non-figuratif » est une catégorie trop large (même si son sens s'est ensuite réduit) qui ne peut rendre compte de la spécificité des œuvres suprématistes ou constructivistes qu'en revanche « non-objectif » désigne très clairement. C'est si vrai qu'en qualifiant de non-figurative la peinture de Kandinsky, on est bien forcé d'introduire un autre terme pour nommer les œuvres qui s'y opposent, comme lorsqu'on écrit : « Kandinsky est le précurseur de toute une ligne *non-figurative* (non-figuratif s'opposant ici au sans-objet)[65]. » C'est ce « sans-objet » dont « non-objectif » rend compte.

Pour en revenir à Malevitch, il a donc privilégié le terme de *bespredmetnyi,* qui avait au moins le mérite d'être sans équivoque. Par contraste, notons que Kandinsky a plutôt préféré *abstrakt,* nous l'avons vu, et son correspondant russe, *abstraktnyi.* Cette clarification terminologique explique pourquoi Malevitch n'a pas eu à se situer par rapport à l'art abstrait. Il a néanmoins été un exemple, par la rigueur de sa démarche, aboutissant au *Carré noir* *(Fig. 8)* (1915, galerie Tretiakov), puis au *Carré blanc* (1918, New York, MoMA), rigueur remarquable et implacable qui en a fait un des plus purs exemples d'une démarche fondamentalement non-objective[66]. Mais outre sa démarche exemplaire, la publication en allemand de son livre *Die gegenstandlose Welt,*

par les Éditions du Bauhaus, en 1927, a fait beaucoup pour répandre l'adjectif *gegenstandlos,* au sens
sans équivoque. Ce qui n'a pas pour autant mis un
terme aux querelles autour de l'abstrait, le suprématisme n'étant qu'une des tendances de l'abstraction en peinture, même si elle a été une des plus
radicales. Au contraire, les querelles autour de l'art
abstrait allaient même s'intensifier dans les années
trente.

Les années trente

On considère en général qu'à partir du début des années trente Paris devient le centre du développement de l'art abstrait (à l'exception notable de l'art non-objectif polonais)[1]. Pour faire taire toute velléité chauvine, précisons que cette situation est due en grande partie à l'afflux d'artistes étrangers venus se réfugier à Paris à la suite de la montée du nazisme ou des conditions difficiles dans les pays de l'Est. Il est un fait qu'à l'époque vivent à Paris un grand nombre des pionniers de l'art abstrait, certains établis depuis longtemps (comme Kupka), d'autres venus plus récemment, comme Kandinsky arrivé en 1934, après la fermeture du Bauhaus l'année précédente ; d'autres y vivent depuis le début des années vingt, comme Mondrian, ou Van Doesburg, qui s'installe à Paris en 1923. Ajoutons encore Vantongerloo (qui quitte Menton pour Paris en 1927), sans oublier bien sûr les Delaunay. Ce qui fait au total une belle brochette de personnalités (qui ne sont d'ailleurs pas toutes en contact les unes avec les autres), parmi lesquelles dominent les membres du Stijl.

La situation de l'art abstrait à Paris dans les années trente est assez paradoxale. Nombre d'artistes se sont convertis à l'art abstrait, bien que le chiffre de 416 — trop exact pour être vrai —, qui a été souvent avancé, ait été revu à la baisse, car la statistique fournie par la revue *Abstraction-Création* recensait les peintres mais aussi les sympathisants[2]. Pour la petite histoire, sur 209 personnes inscrites à Paris vers 1935, c'est le XIVe arrondissement qui en regroupe le plus, avec à lui seul un quart des effectifs, puis le XVe avec 25 noms[3]. Parmi les étrangers, ce sont les Suisses qui l'emportent haut la main avec 68 personnes (sur un total de 207) suivis par les Américains (33), puis les Hollandais (12). Mais, même si l'on réduit leur nombre à une centaine, cela fait malgré tout beaucoup de peintres. Cependant, en dépit du nombre de ses adeptes, l'art abstrait connaît une situation difficile. Il doit trouver sa place entre le cubisme, maintenant accepté et célébré, qui fait un retour en force dans les années trente, et la montée en puissance du surréalisme qui apparaît comme le concurrent à éliminer.

C'est d'ailleurs justement pour lutter contre le surréalisme que s'opèrent les premiers regroupements de peintres non-figuratifs. Il s'agit là d'une donnée nouvelle, car jusqu'alors il y avait certes eu des groupes d'artistes constitués, mais autour d'un

-isme abstrait (suprématisme, constructivisme), plutôt que sous l'étendard de l'art abstrait en général. Or, à Paris, au moins trois groupes, chacun avec sa revue, se sont succédé. D'abord *Cercle et carré*, qui naît de la rencontre de Seuphor et de Torres García, et qui aura trois numéros. Ensuite, *Art concret*, dont nous avons déjà parlé, fondé par Van Doesburg, vexé, semble-t-il, de n'avoir pu prendre la direction de *Cercle et carré*. La revue, après un seul numéro, doit arrêter faute de fonds. De plus, Van Doesburg meurt en 1931, et Seuphor, gravement malade, doit quitter la direction de *Cercle et carré*. C'est dans ces circonstances que Vantongerloo et Herbin fondent *Abstraction-Création* (1931-1936), qui tente de faire une synthèse des différents courants de l'art abstrait représentés au sein des deux premiers groupes. La plupart des artistes ayant participé aux deux premières revues se retrouvent d'ailleurs dans la troisième.

L'histoire de ces groupes et de leurs revues étant bien documentée[4], je me m'y attarderai pas. Ce qui en revanche retiendra mon attention est ce que les artistes entendaient par « art abstrait » à cette époque, car, nous le verrons, une nouvelle terminologie voit également le jour, qui demande à être décryptée, afin de cerner comment dans ce panorama se redécoupent les catégories qui rendent compte des courants de l'art abstrait.

Cercle et carré

Dans le paysage culturel français des années trente, l'ennemi à abattre, pour les peintres abstraits, c'était le surréalisme. Dans la lutte pour l'hégémonie des avant-gardes, c'est là assurément un fait marquant de l'époque. Il n'en était évidemment pas question dans *Les ismes de l'art,* qui s'arrêtent en 1924, l'année même où Breton publie son premier *Manifeste.* Or, au début des année trente, le mouvement a le vent en poupe. Aussi est-il ce contre quoi les peintres abstraits se mobilisent. Dans une lettre datant du moment où il cherche à recruter pour son groupe, Art concret, Van Doesburg explique sans ambages que « les abstraits ont la majorité sur les modernes et forment un club contre les surréalistes qui ont déjà touché un grand public et qui ont leurs éditeurs et leurs galeries[5] ». On ne saurait être plus clair au niveau des rapports de pouvoir. Van Doesburg s'en prendra d'ailleurs directement aux surréalistes dans *Art concret :* « Lyrisme, dramatisme, symbolisme, sensibilité, inconscient, rêve, inspiration, sont des ersatz pour la pensée créatrice[6]. » Mondrian est également obligé de se positionner par rapport au surréalisme. Dans l'effort incessant qu'il opère pour distinguer sa pratique de celle des autres, il invente encore d'autres termes : la morphoplastique (encore liée à la forme) s'oppose ainsi à la néoplastique, c'est-à-dire au néoplasticisme. Dans sa contribution au numéro 2

de *Cercle et carré,* il rebaptise cette dernière opposition. Le titre de l'article signale d'ailleurs d'évidence que la nouvelle opposition vient se substituer
à l'ancienne : « L'art réaliste et l'art superréaliste (La morphoplastique et la néoplastique)[7]. » Or,
en expliquant que « la néoplastique est donc encore
mieux définie par *"peinture superréaliste"* », il se
plaçait sur le terrain de l'adversaire en le discrédi-
tant pour sa conception individualiste, et par conséquent limitée, de la vie. Le choix du terme n'était
certes pas innocent, et Mondrian s'en expliquera
l'année suivante : « Je tiens beaucoup à indiquer la
néoplastique comme le "superréalisme" en opposition avec le réalisme et le surréalisme[8]. »

Quant à Seuphor, il a toujours nettement indiqué
que le point de départ de *Cercle et carré* avait été
de créer un front contre le surréalisme, front que les
artistes appelaient joliment « antisur » dans leur
jargon. Cependant, si tout le monde était d'accord
pour penser qu'il fallait agir pour imposer l'art
abstrait face au surréalisme, les choses devenaient
bien plus difficiles dès qu'il fallait s'accorder sur
une position commune. Comme Seuphor l'a bien
rappelé : « L'antisurréalisme, ou l'antisur comme
nous disions, ne suffisait pas comme enseigne. Il
fallait trouver quelque chose de positif. Alors les
discussions allèrent bon train autour des notions de
néo-plasticisme, élémentarisme, constructivisme,
abstraction, géométrie, écriture directe[9]… » En réalité, deux conceptions principales s'affrontaient :
l'une, plus rigoureuse, représentée par Vantongerloo,

l'autre, plus souple, par Torres García. « Une grande bataille commença, expliquera Seuphor, dont la discrimination de l'abstraction et de la figuration était le centre[10]. » À en juger par le résultat, une telle discrimination n'eut jamais lieu, de sorte qu'on se mit plutôt d'accord sur une conception « soft » de l'art abstrait, qui n'excluait nullement la figuration. Dans les discussions, on tomba d'accord sur le terme de « structure », suffisamment vague pour entraîner un consensus. Seuphor parlera à ce propos de l'« importance primordiale d'une structure, et que celle-ci soit abstraite ou non[11] ». Torres García était encore plus clair, lui qui défendait une conception de l'art abstrait qui n'excluait nullement la figuration, comme le montre son œuvre, puisque l'essentiel était qu'il y ait « structure ». Il était même tellement explicite qu'il avait fallu le censurer. Le texte qu'il avait écrit pour le premier numéro de la revue parut en effet amputé de plusieurs paragraphes qui auraient fait bondir d'autres membres s'ils avaient été maintenus, en particulier celui-ci : « Nous ne nous engageons qu'à une seule chose : à construire. Construire ne veut pas dire abstraction (absence d'images), plastique pure. Nous pouvons être un groupe homogène, mais d'un seul point de vue : de l'estructure [*sic*] ou construction[12]. » Dans son texte « Vouloir construire », tel qu'il a finalement paru, avec tant de coupures qu'il eut le sentiment d'avoir été trahi, il reste cependant des indications, même tamisées, de ses idées. Par exemple, il affirme que la construction n'est pas opposée à l'image, à condition que celle-ci ne soit pas une simple copie de la réalité : « [...] dès qu'on dessine plutôt *l'idée* d'une chose et non la chose dans l'espace mesurable, commence une certaine construction. » En ce sens, une schématisation intégrée dans une composition est une construction. Ce qu'il dit de la forme le confirme : « En tant que représentation des choses cette forme n'a pas une valeur pour elle-même et on ne peut pas l'appeler plastique. Mais aussitôt que cette forme contient une valeur *en soi* — c'est-à-dire par l'expression abstraite de ses contours et de ses qualités — elle prend une importance plastique[13]. »

L'abstrait désigne donc pour Torres une certaine stylisation de la forme. Sans doute est-ce une conception semblable qu'avait le peintre Luc Lafnet, qui présente à l'exposition d'ensemble du groupe une toile dans laquelle on voit distinctement deux silhouettes, une blanche et une noire, dont les *(Fig. 9)* contours se superposent partiellement. Si l'on avait d'ailleurs la moindre hésitation, il suffirait de se reporter au titre : « Silhouettes ». Une autre illustration, de Willi Baumeister, va dans le même sens, qui montre des joueurs de tennis eux aussi stylisés. Seuphor devait du reste admettre plus tard qu'il avait dû accepter pour l'exposition des toiles « encore figuratives ou à peine abstraites[14] ». Mais il n'y a pas que l'exposition. On pourrait en dire de même concernant plusieurs articles, outre, évidemment, celui de Torres García. Par exemple concernant le cinéma abstrait, auquel est consacré un dossier dans le dernier numéro de la revue. L'un des auteurs, Eugen Deslaw (lui-même cinéaste), note que c'est le rythme qui rend un film abstrait, et il en donne notamment comme exemple une séquence fameuse du *Ballet mécanique* de Léger : « [...] la femme qui grimpe l'escalier après la troisième apparition devient complètement abstraite. » Ce n'est donc nullement l'absence de référence au monde extérieur qui caractériserait le film abstrait. Même son de cloche dans le long texte « Pour le film abstrait », de Brzekowski, très marqué par l'esthétique surréaliste, ce dont il convient d'ailleurs (« L'influence de l'anarchie surréaliste règne ici entièrement »). Ainsi, à ses yeux, ce qui permet de définir un film abstrait, c'est l'absence d'anecdote. Et c'est pourquoi il considère qu'il existe deux types principaux de films abstraits : ceux basés sur le hasard — les films surréalistes appartiennent de plein droit à cette catégorie —, et ceux qui reposent sur une autre méthode (sur laquelle il s'étend peu), consistant à « admettre l'existence d'une norme qui enchaîne les images dans une construction artistique ». Il propose lui-même un exemple de scénario « abstrait » après avoir suggéré plusieurs méthodes afin de supprimer l'anecdote, comme l'intervention du hasard, ou tout simplement le fait d'intervertir l'ordre des séquences. « L'essentiel, nous dit-il, est de suivre une logique de construction abstraite. »

Une première conclusion s'impose d'ores et déjà : pour plusieurs membres de Cercle et carré — et pas le seul Torres García, qui est loin d'avoir une position marginale — *l'abstrait n'est pas opposé à la figuration*. Cela est évidemment surprenant si l'on songe à la fameuse opposition entre figuration et non-figuration, mais il faut bien convenir du fait qu'il existait une conception très large de l'art abstrait dans les rangs de Cercle et carré[15]. Tout le monde, bien sûr, n'était pas d'accord. Et c'est justement la raison pour laquelle Van Doesburg ruera dans les brancards avec son manifeste de l'art concret, n'aura pas de mots assez durs pour critiquer la peinture « abstraite » et, afin d'éviter toute équivoque, adoptera, nous l'avons vu, l'expression d'« art concret ».

Abstraction-Création

Si Cercle et carré est resté dans le flou artistique, si l'on peut dire, concernant sa terminologie, et a beaucoup mis l'accent sur l'architecture, un domaine « neutre » en la matière, le groupe Abstraction-Création, en revanche, a fait un effort de clarification terminologique méritoire dans l'éditorial du premier numéro de son organe, ce qui devrait nous aider à y voir plus clair. Le texte débute en effet par l'énoncé de trois concepts : abstraction, création et non-figuration, qui sont tous trois définis. Commençons par le premier : « abstraction parce que certains artistes sont arrivés à la conception de non-figuration par l'abstraction progressive des formes de la nature[16] ».

« Abstraction », écrivent-ils, et non « art abstrait ». Par là, ils entérinent l'acception d' « abstraction » pour laquelle Mondrian et Van Doesburg avaient tant lutté. Mais, à la différence de ces derniers, ils n'excluent pas cette tendance ; bien au contraire, ils en font une des deux branches qui représentent les tendances au sein du groupe. Quant à l'autre, elle est définie par la création :

> Création parce que d'autres artistes ont atteint directement la non-figuration par une conception d'ordre purement géométrique ou par l'emploi exclusif d'éléments communément appelés abstraits, tels que cercles, plans, barres, lignes, etc.

Cette idée de création pourrait évoquer le pendant de l'abstraction, c'est-à-dire l'art concret de Van Doesburg. Il s'agit en tout cas d'une tendance opposée à la première, au sens où elle n'est pas obtenue par abstraction. Quant au terme de « création », c'est évidemment un mot passe-partout, un peu comme celui de structure pour Cercle et carré, qui donnera lieu à différentes lectures. C'est aussi un terme que nous avons déjà rencontré en cours de route, chez Apollinaire, puis chez Mondrian. Il répond ici au même objectif, celui d'indiquer que l'art « abstrait » n'est pas une tendance intellectualiste ou cérébrale qui serait pour cette raison coupée de la créativité.

Enfin, restait à définir le troisième terme, celui de non-figuration, qui revient déjà, on l'aura noté au passage, dans la définition des deux premiers, puisque les deux méthodes sont des manières d'aboutir

à la non-figuration, celle-ci étant donc définie
comme « non figuration, c'est-à-dire culture de la
plastique pure, à l'exclusion de tout élément expli-
catif, anecdotique, littéraire, naturaliste, etc. ». Cette
nouvelle catégorie, qui fait là son entrée officielle
dans le vocabulaire artistique — Kandinsky en
prendra acte en 1935[17] —, est donc un terme général, qui englobe les deux méthodes, sans qu'il soit
établi de hiérarchie entre les deux. La création n'est
pas meilleure que l'abstraction, au sens où elle serait
plus « pure » ; les deux sont mises sur un strict pied
d'égalité. L'éditorial est très clair là-dessus. C'est
que *la ligne de partage n'est pas entre abstraction
et création, mais entre ces deux formes, regroupées
sous le label commun de non-figuration, et ce qui
en est exclu pour se caractériser par l'usage de la
figure* :

> Nous ne jugeons pas, nous ne comparons pas, nous
> ne séparons pas les œuvres construites selon l'évo-
> lution abstractive ou selon la création directe. Nous
> nous efforçons de constituer un document de l'art non
> figuratif.
>
> La sélection opérée sous la responsabilité du comité
> de l'association Abstraction-Création est basée sur le
> fait de non-figuration ; toutefois ne sont invités à parti-
> ciper que les artistes qui se considèrent comme défi-
> nitivement non-figurateurs. Ceux qui produisent à la
> fois des œuvres contenant des formes d'êtres ou d'ob-
> jets plus ou moins apparentes et des œuvres sans pré-
> occupations de cet ordre, quelle que soit la valeur de
> ces dernières, ne sont pas invités.

Il s'agissait donc d'opérer une synthèse des différents types d'art abstrait, à l'exclusion des œuvres insuffisamment non-figuratives, comme celles qu'avait accueillies Cercle et carré. En ce qui concerne la synthèse, étant donné cette volonté de ne pas faire le partage réclamé par Mondrian et Van Doesburg, on comprend que le terme « non-figuration », tel qu'il s'est imposé, ne peut pas être un synonyme de non-objectif, qui à la rigueur, correspondrait à « création », mais sûrement pas à « abstraction ». C'est pourquoi, me conformant à cet usage, je continue d'appeler non-figuratif l'art abstrait qui n'est pas spécifiquement non-objectif, bien que le sens de non-figuratif se soit modifié dans les années quarante, comme nous le verrons dans le prochain chapitre.

Non-figuratif est donc en principe opposé à figuratif. C'est ainsi qu'un tableau de Valmier fut refusé, sous le prétexte qu'on pouvait y déceler un poisson, par l'aile dure du groupe (Vantongerloo et Herbin), ce qui irrita plusieurs membres, car en revanche des œuvres médiocres étaient acceptées, à partir du moment où elles étaient non-figuratives[18] Ce qui soulève la question de savoir pourquoi avoir adopté ce critère discriminatoire ? Et à ce propos surgit également une autre question : si on comprend bien que le groupe ait choisi d'appeler non-figurative la peinture résultant soit d'un processus d'abstraction, soit d'une forme de création, qu'en est-il alors de l'art « abstrait » ? Ou, en d'autres termes, comment la peinture non-figurative se positionne-t-elle par rapport à ce qu'on appelle la peinture « abstraite » ?

Car si une chose frappe dans la revue *Abstraction-Création,* c'est que la notion d'art « abstrait » brille par son absence, comme si les membres s'étaient mis d'accord pour éviter soigneusement d'y faire allusion. Un des rares à en parler n'est pas un peintre, mais un avocat, Paul Vienney, et son article est consacré à descendre en flèche l'art abstrait, en suivant la ligne du Parti communiste français, dont il était membre. Pour comprendre le lien entre art non-figuratif et art abstrait, c'est dans les statuts de l'association qu'il faut se plonger. Le deuxième alinéa de l'article premier nous apprend en effet que « Cette association prend la dénomination d'Abstraction-Création. Elle a pour objet l'organisation, en France et à l'étranger, d'expositions d'œuvres d'Art *non figuratif*, communément appelé Art Abstrait, c'est-à-dire d'œuvres qui ne manifestent ni la copie ni l'interprétation de la nature[19] ».

Ainsi, art non-figuratif et art abstrait, c'est blanc bonnet et bonnet blanc ! Mais alors, pourquoi diable avoir changé de label, jusque sur le papier à lettres, qui indique, sous le nom de l'association, « Art Non Figuratif » ? Si l'art non-figuratif est communément appelé art abstrait, pourquoi l'avoir remplacé par une expression moins commune ? Une réponse de bon sens est que « art non figuratif » était neutre, et pouvait donc s'appliquer plus facilement et à abstraction et à création, tandis que art abstrait, ayant été opposé à abstraction, pouvait prêter à confusion. Une telle réponse n'est cependant pas tout à fait satisfaisante, car imposer un nouveau label représente un effort énorme, tandis qu'il semblait pour ainsi dire naturel de rassembler toutes les tendances sous la bannière de l'art abstrait. Ou du moins, cela nous semble naturel aujourd'hui. Mais à l'époque ? Plus exactement, pour reposer encore inlassablement la même question : qu'entendait-on par art abstrait en France, dans les années trente ?

L'analyse de *Cercle et carré* nous a conduit à une conclusion à première vue surprenante : c'est que la conception de l'art abstrait qu'avaient certains de ses membres n'excluait pas nécessairement la figuration. Ce qui explique sans doute à la fois pourquoi le groupe Abstraction-Création a justement fait de la non-figuration un critère de sélection, et pourquoi il a délaissé l'expression « art abstrait », qui prêtait à confusion. Resterait alors à comprendre, si c'est possible, d'où vient cette conception de l'art abstrait à laquelle s'oppose Abstraction-Création.

L'intervention, au sein de la revue, de Léonce Rosenberg, nous mettra sur la piste. Il est en effet un des rares à utiliser l'expression d'art abstrait. Son texte commence ainsi : « L'art abstrait, *figuratif ou non*, point culminant de l'évolution spirituelle d'une civilisation...[20] ». Ce qui saisit ici est évidemment le début, dans lequel Rosenberg considère que l'art abstrait peut être figuratif ou non. Comment une idée aussi hétérodoxe a-t-elle pu s'affirmer dans les colonnes d'une revue dédiée au *non*-figuratif ? Chassez le figuratif, il revient au galop ! Il peut d'ailleurs paraître surprenant qu'un galeriste ait été invité à s'exprimer. Mais là se trouve la clé. Car la plupart des membres français du groupe venaient du cubisme et, durant les années vingt, hésitèrent « entre l'abstraction et un retour à la figuration (Gleizes, E. Hone et M. Jellett, Herbin, Valmier, Villon, Reth, Delaunay). Ce courant avait été défendu par la galerie et la revue "L'Effort moderne" de Léonce Rosenberg[21] ».

Si l'on regarde la présence du cubisme au sein des revues qui nous occupent, on se rend compte qu'elle est particulièrement forte, et surtout qu'elle affiche des points de vue souvent distincts des objectifs de ces revues. Ainsi, dans le premier numéro de *Cercle et carré,* Léger commençait son texte en affirmant : « L'événement le plus significatif de notre temps est la mise en valeur de l'objet, des objets. » C'était lancer un gros pavé dans la mare de l'art abstrait. Si l'on regarde à présent la participation des peintres cubistes à *Abstraction-Création,* on ne sera pas surpris de trouver des opinions plus cubistes que non-figuratives. Jacques Villon adopte du bout des lèvres le slogan « Abstraction-Création », autour duquel on avait sûrement suggéré aux artistes d'articuler leur intervention :

> Création, abstraction, aboutissement logique de tous les abandons successifs qui ont dépouillé la peinture de sa part documentaire, utilitaire, flagorneuse, sociale,

etc... Mais comme il est difficile de faire que ces abandons ne soient pas des remords[22]...

Quant à Gleizes, le dernier numéro de la revue publie des extraits d'une conférence qu'il avait donnée sur le groupe ; il n'a certes aucun mal à tirer la création artistique vers la création divine. Et, de l'abstraction, il explique qu'elle « implique le dépouillement des caractères individuels des images sensibles[23] ». Voilà encore une conception bien plus cubiste que non-figurative, celle qui considère l'abstraction comme une stylisation et une schématisation. *C'est même d'ailleurs la conception cubiste de l'abstraction.* On comprend dès lors pourquoi tant de peintres cubistes ont adhéré à Abstraction-Création : ils ont compris « abstraction » dans le sens cubiste d'un dépouillement, et non dans le sens de Mondrian et Van Doesburg, qui en faisaient une méthode pour arriver à la non-figuration.

On peut d'ailleurs pousser le raisonnement plus loin. Nous avons vu dans le troisième chapitre comment, juste avant la Première Guerre mondiale, les critiques étaient finalement tous d'accord pour qualifier le cubisme d'abstraction, certains pour le critiquer, d'autres pour le louanger. Ce sont ces derniers qui ont fini par gagner. Dans les années trente, le cubisme a été pleinement reconnu et célébré, mais l'association avec l'abstraction s'est maintenue. Mieux, comme l'écrit fort justement Marie-Aline Prat, « à la faveur d'un enchaînement

apparemment logique, prévalut en France l'idée
que, puisque les cubistes étaient abstraits, l'abstraction, c'était le cubisme[24] ». Le cubisme devait ainsi
fournir le modèle d'art abstrait, et ce jusque dans
les années trente. Les témoignages recueillis par cet
auteur sont à cet égard éloquents (et accablants),
qu'il s'agisse d'artistes comme le peintre belge
Marcel Baugniet, de critiques comme Maurice
Raynal ou Christian Zervos, le directeur de *Cahiers
d'art,* ou encore d'historiens d'art comme Dorival
ou Germain Bazin. La liste est impressionnante.
Rétrospectivement, il semble maintenant évident
que l'emprise du cubisme devait donner le ton d'une
compréhension de l'art abstrait (bien étrangère au
débat entre figuration et non-figuration), mais
encore fallait-il l'établir.

C'est donc un tout nouveau panorama qui se découvre à présent, dans lequel le cubisme est l'aune
à laquelle il s'agissait toujours de mesurer l'art
abstrait, lui-même essentiellement conçu soit comme
identifié au cubisme, soit comme une séquelle
regrettable du cubisme. Ainsi s'explique mieux la
position de Léonce Rosenberg, citée plus haut. Si
pour lui l'art abstrait peut être figuratif ou non,
c'est qu'il reste pensé sur le modèle du cubisme.
Interrogé par exemple sur l'avenir de la peinture, il
déclare que « la direction sera constructive et abstraite », mais il est clair qu'il songe au cubisme,
lequel, précise-t-il, « est le style de l'ère nouvelle[25] ».

D'ailleurs, même un artiste aussi averti que Arp partage l'idée que l'abstraction, c'est le cubisme. Dans sa fameuse déclaration sur l'art concret, la première phrase vaut d'être relue à la lumière de ce qui précède :

> Je comprends qu'on nomme abstrait un tableau cubiste, car des parties ont été soustraites à l'objet qui a servi de modèle à ce tableau. Mais je trouve qu'un tableau ou une sculpture qui n'ont pas eu d'objet pour modèle sont tout aussi concrets et sensuels qu'une feuille ou une pierre[26].

Cependant, cette déclaration prend du coup un autre relief : *n'est-ce pas justement parce que l'art abstrait était encore trop lié au cubisme qu'il fallait l'appeler autrement*, concret, par exemple, pour Arp (ou Van Doesburg, ou Kandinsky) ou encore… non-figuratif, pour revenir à Abstraction-Création. Autrement dit, la stratégie d'évitement de l'expression « art abstrait » par ce groupe ne serait-elle pas justement due à la nécessité de prendre nettement ses distances vis-à-vis d'une expression encore beaucoup trop marquée par le cubisme ? Et, du coup, à la nécessité complémentaire de séparer figuration et non-figuration. Voilà qu'à présent les choses s'éclairent enfin. Si tant d'artistes se sont acharnés avec tant d'opiniâtreté à refuser systématiquement de considérer que leur pratique relevait de l'art abstrait, dans la France des années dix, vingt et trente, alors que nous la considérons évidemment comme telle, c'est qu'à l'époque « art abstrait » n'avait pas encore l'acception qu'il a acquise depuis, mais restait massivement pensé sur le modèle du cubisme. Et tel est le point commun, en dépit de toutes leurs différences, entre Delaunay, Mondrian, Van Doesburg, Arp, et les membres d'Abstraction-Création. Dans un contexte différent, tel fut aussi le cas pour Kandinsky en Allemagne. Aussi l'histoire de l'art abstrait a-t-elle été pendant longtemps une suite de malentendus. Mieux, on pourrait même dire que l'histoire de l'art non-figuratif et non-objectif a été une longue lutte *contre* l'art abstrait, dans l'acception qu'il avait alors et dans laquelle aucun des grands peintres abstraits ne pouvait se reconnaître. Ainsi s'expliquerait le paradoxe de cette catégorie d'art abstrait, qui, n'ayant pu servir de point de ralliement commode aux diverses tendances, a été au contraire un repoussoir, mais a néanmoins servi, *a contrario,* puisque c'est contre cette idée d'art abstrait que l'art non-figuratif et non-objectif se sont construits.

Crises

Nous pouvons tirer de ce qui précède une autre conséquence : c'est que, en définitive, ce n'est pas le surréalisme qui a été l'ennemi de l'art abstrait, mais bien le cubisme. L'inverse est d'ailleurs tout aussi vrai : du point de vue du cubisme, l'art abstrait était aussi un ennemi, quoique plus facile à « absorber » que le surréalisme[27]. On considère en effet que si l'art abstrait a gagné de nombreux adhérents dans les années trente, il a aussi traversé une crise très importante. Cependant, l'assimiler à une « crise de maturité[28] » dans la croissance de l'art abstrait, c'est céder à une métaphore biologique qui, à vrai dire, n'explique rien. J'incline plutôt à penser, pour ma part, que cette crise est d'abord celle du cubisme lui-même, qui n'a que rarement franchi le pas et a toujours entretenu un rapport frileux à la non-figuration. En outre, il s'est également produit un mécanisme curieux. Nous avons vu que le cubisme dès ses débuts avait été pensé comme abstraction, et par ses partisans et par ses adversaires. Or, une fois le cubisme accepté, dans les années trente, et conçu — positivement — comme abstraction, les critiques qui lui étaient adressées d'être un art abstrait, c'est-à-dire cérébral, intellectuel, coupé de la sensibilité, etc., ces critiques, se sont reportées sur l'art abstrait. Mais ce sont les mêmes. La preuve en est la grande enquête menée par *Cahiers d'art* en 1931, et qui publiera les réponses de Mondrian, Léger, Willi Baumeister, Kandinsky, Alexandre Doerner (directeur du musée de Hanovre pour lequel il avait commandé à El Lissitzky son fameux Cabinet abstrait), ainsi que de Arp.

Le questionnaire mérite d'être reproduit *in extenso* :

Désireuse de ne pas manquer à la règle d'impartialité qu'elle s'est toujours imposée, la Rédaction de

Cahiers d'art a prié les chefs du mouvement d'art abstrait, de présenter à ses lecteurs la défense de cet art accusé :

1. d'être cérébral à l'excès et, par conséquent, de se trouver en contradiction avec la nature de l'art véritable qui serait essentiellement d'ordre sensuel et émotif.

2. d'avoir remplacé l'émotion par un exercice plus ou moins adroit et subtil, mais toujours objectif, de tons purs et de dessins géométriques.

3. d'avoir restreint les possibilités qui s'offraient à la peinture et à la sculpture, au point de réduire l'œuvre d'art à un simple jeu de couleurs et de formes purement ornementales qui conviendraient tout au plus à l'affiche et au catalogue de publicité.

4. d'avoir ainsi engagé l'art dans une impasse et d'avoir supprimé toutes ses possibilités d'évolution et de développement[29].

Ce questionnaire, on le voit, est un véritable acte d'accusation qui reflétait sûrement ce que pensait une partie du public, et même certains membres de Cercle et carré. Le ton implacable du réquisitoire fait au reste douter de la règle d'impartialité proclamée. On sait en effet que le directeur de *Cahiers d'art,* Christian Zervos, partageait entièrement les craintes dont faisait état le questionnaire. N'avait-il pas déclaré que « Léger a créé un grand malentendu, surtout en Europe septentrionale, dont il n'est point responsable. De ce malentendu est né le néo-plasticisme et l'abstractisme[30] ». Ainsi, l'art abstrait, voire l'« abstractisme » seraient des rejetons bâtards du cubisme et des importations du Nord. L'idée est d'ailleurs restée vivace bien au-delà des années trente chez nombres d'historiens d'art, et non des moindres.

La position de Zervos explique pourquoi il a fait appel à Fernand Léger pour défendre l'art abstrait, alors qu'il s'adressait en principe aux seuls « chefs du mouvement », parmi lesquels on ne saurait compter Léger. En fait de défense, Léger réitère ses craintes, déjà formulées auparavant[31], notant qu'il « est resté à la "frontière" » sans jamais s'engager « totalement dans leur concept radical ». Il rend certes « hommage à ces artistes nordiques pour leur foi et leur désintéressement » mais cet hommage, pour sincère qu'il soit (il appréciait Mondrian) n'en est pas moins ambigu, comme en témoigne la fin de son texte : « L'abstraction pure, poussée dans ce *nouvel esprit,* à ses extrêmes limites, est une partie dangereuse qu'il fallait jouer[32]. » Dans un paragraphe qui ne figure pas dans *Cahiers d'art,* Léger devait encore raidir sa position, notant de l'art abstrait qu'il s'agit d'une direction « dominée par ce désir de perfection et de libération totale qui fait les saints, les héros et les fous. C'est un état extrémiste où seuls quelques créateurs et admirateurs peuvent se maintenir. Le danger de cette formule est son élévation même[33]. »

Sous la contribution de Léger, la rédaction de *Cahiers d'art* a malicieusement placé une citation de Cézanne que nous avons déjà rencontrée, et dont voici la substance : « Le métier abstrait finit par dessécher, sous sa rhétorique qui se guinde en s'épuisant [...]. Il ne faut jamais avoir une idée, une pensée, un mot à sa portée lorsqu'on a besoin d'une sensation. » Placer les doutes concernant le métier abstrait sous l'autorité du Père du cubisme ne pouvait cependant se faire qu'au prix d'un malentendu doublé d'un contresens total. Malentendu, parce que cette phrase doit beaucoup plus à Gasquet qu'à Cézanne[34], et contresens ensuite parce que ces propos, si jamais il les a tenus, sont antérieurs aux débuts de l'art abstrait et ne peuvent donc s'y appliquer. Mais cela nous indique la continuité d'une argumentation qui, depuis le début du siècle, à la faveur du malheureux terme « abstrait », opposait la cérébralité et l'intellectualité à la sensibilité et à l'émotion, avec pour conséquences qu'un art abstrait, coupé donc des ressources des sens et de l'émotion, ne pouvait qu'être desséché, restreint, et mener finalement à une impasse, soit la trame argumentative de tout le questionnaire de *Cahiers d'art*…

Les craintes manifestées par Léger étaient d'ailleurs partagées par les autres cubistes du groupe (nous avons vu les réactions de Jacques Villon et de Gleizes), mais aussi par des artistes plus jeunes. Herbin s'en était fait l'écho au tout début de sa contribution à *Abstraction-Création* : « La crise, qui fait de terribles abstractions, avait amené l'un de nous, un soir, à poser la question : "Quelles raisons avons-nous encore de faire de l'art abstrait ?" La réponse jaillit, sans pitié : plus d'art ! ne parlons même plus d'art[35]. »

Cette crise de l'art abstrait présente diverses facettes. L'une concerne les artistes qui, par tempérament, ont besoin de puiser leur inspiration non seulement dans les apparences visibles du monde extérieur, mais plus précisément dans ses formes et leur organisation. Tel est le cas de Jean Hélion. Aussi les notes qu'il a prises en 1934, au début de la crise qui devait le conduire à abandonner l'art abstrait, sont-elles précieuses. En voici un extrait :

> Il est aisé de passer du compliqué au simple, réduire, condenser, abstraire. La nature est une source d'inspiration, d'éléments, de base. Mais partir de la surface nue pour y inventer ou y découvrir des chemins organisés est une ambition énorme. Je me demande où elle me mènera et s'il ne faudra pas que j'y renonce un jour.
>
> J'ai été conduit à l'abstraction par une concentration progressive des formes de la nature. Quand j'en suis arrivé à la danse de formes sans nom dans la surface, j'avais encore une accumulation d'images types venues de la nature et gardées en mémoire. Lorsque la collection s'est raréfiée, je suis entré dans une attitude voisine du néo-plasticisme : l'exploration des principes mêmes de la surface, la suppression des formes, l'adoption des éléments minimaux capables de définir des rapports sans y ajouter d'ornements ou de commentaires[36].

Un autre aspect de cette crise est l'angoisse face à la liberté d'exécution que l'on rencontre dès lors que l'on cesse de s'inspirer de la nature. Ici aussi, Hélion a touché le sujet :

> On croit que dès qu'on lâche la nature pour partir en pleine abstraction on est libre ! Cette liberté est comme

le vide. Ayant tracé un rectangle, choisi un point et
mis la pointe du crayon dessus, de quel côté aller ?
Pourquoi à droite, pourquoi à gauche, et que faire[37] ?

On peut comprendre que cette liberté ait pu avoir
pour certains artistes un effet paralysant, surtout si,
comme Hélion, ils étaient plutôt enclins à puiser
leur inspiration dans la nature. La question angoissée
du « que faire ? » présente aussi un autre aspect : la
peur de voir l'art abstrait dégénérer dans le décoratif, une peur qui a hanté l'art abstrait depuis ses
débuts, voire avant ses débuts, puisque Kandinsky
en faisait état dès *Du spirituel dans l'art.* Van
Doesburg l'a bien résumée dans une lettre dans
laquelle il exprime son refus de faire une forme d'art
qui serait comme celle à laquelle se livre le fleuriste
lorsqu'il compose un bouquet : « Cette façon un
peu plus ou un peu moins, ici ou là, un peu de
rouge là-bas, un peu de bleu ici, n'est pas sûre et
trop liée au goût, à l'arrangement et ne me satisfait
plus[38]. »

La solution qu'il a trouvée, nous la connaissons :
ce fut le manifeste de l'art concret, et la recherche
dans les mathématiques d'une méthode permettant
de légitimer sa pratique. Une solution semblable fut
aussi adoptée par Vantongerloo et ensuite une
partie du courant de l'art non-objectif qui est précisément l'art concret.

Une autre solution a été pour certains de chercher
refuge du côté du surréalisme, ce qui donna lieu à
d'heureuses formules de synthèse[39]. Ce qui offre

l'occasion de préciser que si, pour les groupes de peintres abstraits du début des années trente, le surréalisme était l'ennemi à abattre, c'était essentiellement en termes de lutte de pouvoir par rapport au système (revues, galeries, etc.). Car, en termes de fécondité, le surréalisme a joué pour les générations d'artistes des années quarante le rôle qu'avait joué le cubisme pour certains des pionniers de l'art abstrait : celui d'un tremplin qui a permis à leur œuvre abstrait de se développer de la façon la plus spectaculaire, tout en se dégageant de son emprise. C'est particulièrement vrai pour les peintres expressionnistes abstraits, comme nous le verrons. On sait d'ailleurs qu'André Breton a défendu, à leurs débuts, tant Gorky que Hantaï, entre autres[40].

L'effort de reconceptualisation opéré par le groupe Abstraction-Création n'aura pas été vain, car il a permis de sortir l'art abstrait de la zone d'influence du cubisme. La dénomination de « non-figuration » a donc joué son rôle, donnant lieu à une sorte d'intéressant chassé-croisé. Adoptée en lieu et place d'art abstrait, dévalorisé à cause de son manque de rigueur, l'idée de non-figuration a fait son chemin et a rejailli sur celle d'art abstrait, qui a pris assez vite, par contagion, le sens de non-figuration. Ainsi, par exemple, l'importante exposition *Cubism and Abstract Art* organisée au MoMA en 1936 par Alfred Barr Jr., si elle accorde toujours une place éminente au cubisme dans la genèse de l'art abstrait (l'autre filière étant le fauvisme), n'en considère pas moins que l'art abstrait (dont, à ses yeux, non-objectif et non-figuratif sont des substituts) se compose de deux espèces : des quasi-abstractions *(near-abstractions)* qui correspondent à l'abstraction au sens que critiquaient Van Doesburg et Mondrian, c'est-à-dire des œuvres qui ont été abstraites *(abstracted)* comme justement celles de ces deux artistes avant qu'ils ne radicalisent leur œuvre ; puis des pures-abstractions *(pure-abstractions)*, comme celles de Malevitch, Mondrian, Gabo et Kandinsky[41]. La différence, cependant, avec Abstraction-Création, est que, alors que ce dernier groupe ne faisait pas de hiérarchie entre abstraction et création, pour Barr, au contraire, comme au reste le choix des termes l'indique, sa préférence va aux abstractions pures. Une quasi-abstraction, en revanche, « approche d'un but abstrait mais ne l'atteint pas tout à fait[42] ». Cette hiérarchisation et la prééminence accordée aux abstractions « pures » engage toute l'affaire du lien entre art abstrait et modernisme, qu'il n'est pas possible de traiter ici.

VII

Après 1945

Après la Seconde Guerre mondiale, le panorama
de l'art abstrait et de ses conceptions apparaît très
différent de ce qu'il était à la fin des années trente,
aussi bien à Paris qu'à New York, qui s'impose
assez vite comme le nouveau centre de gravité
artistique au plan international. Examinons la situation dans ces deux villes.

À Paris

Parmi les profondes transformations intervenues
pendant la Seconde Guerre mondiale, indiquons
d'abord que la forme d'art abstrait revendiquée par
les Jeunes Peintres de tradition française (Bazaine,
Estève, Lapicque, Manessier, notamment)[1] était une
proclamation de liberté face à l'invasion allemande
et une courageuse revendication de l'art « dégé-
néré », de sorte que s'est consolidé un front d'artistes envisageant l'art abstrait comme la manifestation

publique de leur engagement dans le sens de la
liberté et de l'indépendance créatrices. Ce phénomène a contribué à faire de l'art abstrait la tendance
artistique dominante dans l'immédiat après-guerre[2].

Par ailleurs, qui dit domination dit mise en place
de tout un réseau. Or tel est bien ce qui se produit avec le courant d'abstraction géométrique, qui,
au sortir de la guerre, occupe assez vite le haut du
pavé, grâce à différents relais. Un nouveau Salon
voit le jour, le Salon des Réalités nouvelles, essentiellement consacré à l'art non-figuratif, qui ouvre
ses portes en 1946. Créé par un amateur d'art, Frédo
Sidès, il sera surtout dirigé par son vice-président,
Auguste Herbin, ainsi que Pevsner, Félix Del Marle
et Béothy[3]. Ce Salon se situe dans le prolongement
d'Abstraction-Création, dont il soutient les mêmes
artistes mais dont il radicalise les idées. À cela
s'ajoute la naissance de galeries, dont la galerie
Denise René, soutenant la même tendance, d'une
revue, *Art d'aujourd'hui* (1949-1955), principalement consacrée à la défense de l'art abstrait géométrique, puis la création d'une Académie d'art
abstrait, fondée par Dewasne et Edgar Pillet en 1950
à Montparnasse ; et enfin le soutien actif de Ray-
mond Bayer, professeur d'esthétique à la Sorbonne,
qui réunissait chez lui les principaux protagonistes
du Salon des Réalités nouvelles afin de discuter
avec des artistes invités de ce que devait être l'art
abstrait, ce qui aboutira à la publication des *Entretiens sur l'art abstrait*[4]. Toutes les conditions étaient
cette fois réunies pour favoriser l'hégémonie (mais

aussi l'académisation) de cette branche de l'art abstrait : galeries, Salon, Académie, revues, critiques,
et caution universitaire. Aussi un vent de fronde
n'allait pas tarder à se lever afin d'ouvrir des
espaces alternatifs pour d'autres tendances qui
reprochaient à celle-ci son dogmatisme et son intransigeance. Ce qu'ont été ces nouvelles conceptions
de l'art abstrait est ce qui nous retiendra ici.

Enfin, signalons que la plupart des premiers protagonistes de l'art abstrait sont décédés en moins
d'une décennie (Malevitch en 1935, Delaunay et
Lissitzky en 1941, Kandinsky et Mondrian en 1944)
et ceux qui demeurent (comme Kupka, Vantongerloo, ou Larionov) ne participent plus aux débats
publics, de sorte que le discours sur ce qu'est l'art
abstrait est pris désormais en charge soit par des
critiques, soit par des artistes plus jeunes dont les
idées ne coïncident pas nécessairement avec celles
de leurs aînés. Or ceux-ci avaient à cœur de défendre
une certaine idée de l'art abstrait au travers de leur
production plastique comme de leurs écrits. Une
fois leur voix éteinte, et avec elle l'exigence de clarification qu'ils s'efforçaient de faire entendre, on
se retrouve souvent face à une grande confusion.

L'abstraction et ses limites

Symptomatique est à cet égard la publication, au
sortir de la guerre, du volume dirigé par Gaston
Diehl, *Les problèmes de la peinture,* et dont l'importance se fera longtemps sentir, ne serait-ce qu'en
raison des artistes de premier plan qui y ont signé

des articles (Bonnard, Braque, Desnos, Gleizes, Matisse, Jacques Villon, pour n'en citer que quelques-uns). Un des chapitres de l'ouvrage est consacré à « L'abstraction et ses limites ». Ce titre appelle déjà un premier commentaire : d'abord, c'est le terme « abstraction » qui a été utilisé, plutôt qu'art abstrait, et ensuite, cette abstraction est assortie de limitations, ce qui donne le ton d'entrée de jeu. Dans son texte de présentation de ce chapitre, « Partage et limite de l'abstraction », Diehl commence par proposer une définition de l'œuvre d'art comme abstraction, en la liant à l'idée de généralisation, conformément à la tradition esthétique :

> Mais le vrai domaine de l'abstraction telle qu'on la découvre dans toute l'histoire de la peinture, aussi bien dans les manuscrits irlandais ou dans les fresques romanes que dans les dernières toiles de Picasso, n'est-il pas celui de la création ? Pour interpréter le temps et l'espace, pour définir sa position dans le moment et lui conférer une valeur, un équilibre qui soient éternels, pour [...] hausser son anecdote personnelle sur un plan suffisamment général, sans qu'elle perde rien de son absolu ni de son intensité, l'artiste est obligé de recourir sans cesse à l'abstraction. Peut-on dès lors lui imposer des bornes[5] ?

Plusieurs remarques s'imposent ici. En premier lieu, l'absence de rigueur terminologique, puisque, deux paragraphes auparavant, l'abstraction était considérée comme s'opposant à la généralisation. Par ailleurs, l'identification de l'abstraction à la création n'a plus rien à voir — faut-il le préciser ? —

avec la volonté de clarification dont faisait preuve Abstraction-Création quelques années plus tôt. Ici, « abstraction » a un sens tout à fait général, tellement général qu'il se confond dès lors avec la création artistique dans son ensemble. On peut supposer que ce choix terminologique a été conscient, ou s'est imposé dès lors qu'il fallait à la fois regrouper sous une même bannière des tendances abstraites très différentes, afin de mettre en avant la richesse de la création française, et en même temps pouvoir introduire le soupçon qui n'arrêtait pas de peser sur l'art abstrait depuis ses débuts.

L'idée d'« abstraction » rendait possible cette double opération. D'un côté, en effet, puisqu'elle se confond avec la création dans son ensemble, elle permet à plus forte raison de rassembler les différentes tendances abstraites. De l'autre, si elle est conçue comme une généralisation, il faut bien la limiter, car elle apparaît comme une opération plus intellectuelle que sensible — un des griefs qu'on lui a toujours adressés —, et risque dès lors de tomber dans une rhétorique dont Diehl peut aisément dénoncer les méfaits : « Mais cette interposition d'une conscience trop pénétrée d'elle-même, d'une intelligence trop volontaire — car il faut bien reconnaître qu'elles deviennent facilement maîtresses de l'élaboration artistique — n'est pas sans risque. On l'a trop vu ces dernières années où sévit tant d'inutile et prétentieuse rhétorique. L'abstraction n'a-t-elle pas ses limites propres, d'autant plus précises qu'elles semblent indiscernables[6]. »

Ce schéma mis en place allait par la suite faire maintes fois ses preuves, car il permettait d'éviter toutes les polémiques concernant la nature de l'art abstrait en se hissant à un niveau de généralité plus grand, celui de l'abstraction, assimilé à la création dans son ensemble. Cela explique aussi que ce chapitre contienne une matière hétérogène, c'est le moins qu'on puisse dire : un article de Gleizes sur la spiritualité, le rythme et la forme ; une interview de Braque, un texte de Paul Haesaerts, le spécialiste de l'expressionnisme flamand, sur les déformations dans l'art, etc. Bref, nous restons dans la mouvance de la conception cubiste de l'abstraction élargie aux dimensions de l'art tout entier.

Pour et contre l'art abstrait

Sans doute parce qu'il se rendait compte du fait que le sujet n'avait été qu'effleuré alors qu'il était d'actualité, Gaston Diehl devait deux ans plus tard consacrer un numéro de la revue qu'il dirigeait, *Cahier des amis de l'art,* à un débat sur la question, « Pour et contre l'art abstrait ». Le dossier est constitué par des articles généraux, des contributions de critiques et des témoignages d'artistes. Il s'agit donc d'un document précieux pour tenter de comprendre quelles nouvelles conceptions de l'art abstrait émergeaient à Paris en 1947.

Le numéro s'ouvre sur deux articles consacrés à l'abstraction dans l'art avant l'art abstrait, le premier brossant un vaste tableau, de la préhistoire aux arts primitifs (Afrique noire, Océanie), en passant par les arts précolombien, chinois, égyptien, byzantin et musulman, le second centré plus modestement sur les miniatures irlandaises. Ces articles appartiennent à un genre qui fleurira à partir des années cinquante : une conception élargie de l'abstraction, semblable à celle de Worringer, et procédant d'une découpe entre deux tendances universelles, la première réaliste, la seconde abstraite ou schématique[7]. « Abstraction » est donc encore pris ici au sens de schématisation, de stylisation et de géométrisation des formes, soit le sens « cubiste » si l'on veut, mais étendu à présent à l'ensemble de l'art.

Les avantages de cette attitude sont doubles. D'une part, il s'agissait de donner ses lettres de noblesse à l'art abstrait en montrant qu'il procède d'une tendance très ancienne et n'est pas simplement une mode passagère. D'autre part, en faisant remonter l'art abstrait aux origines de l'art, on coupait court aux arguments selon lesquels la figuration serait la manifestation artistique par excellence, tandis que l'art abstrait serait au mieux une sorte d'excroissance, et au pire une forme de décadence.

Mais si les avantages étaient clairs et permettaient en outre de ratisser large en regroupant sous le label d'abstraction toutes les tendances, les désavantages ne l'étaient pas moins. Car on perdait de vue tout l'effort de réflexion produit par Mondrian et Van Doesburg, qui avaient nettement condamné cette forme d'art, issue d'une abstraction progressive des formes de la nature.

Si la conception de l'abstraction mise en avant par Diehl et d'autres a sans doute eu des vertus heuristiques en aidant un public non informé à se familiariser avec l'art abstrait, elle n'en a pas moins faussé le débat en laissant entendre que l'art abstrait ne serait que la radicalisation d'une tendance à la schématisation abstraite déjà présente dans l'art depuis toujours. Cela donnerait raison *a posteriori* à ceux qui, tel Mondrian, avaient tant insisté sur l'importance de maintenir une distinction entre *abstraction* et *abstrait*, maintenant bien oubliée.

Dans sa propre contribution, Diehl n'apportait pas grand-chose de plus que la précédente. Se positionnant par rapport au débat entre figuration et abstraction, il choisit de prendre la tangente en invoquant la qualité : « Au risque de blasphémer j'avouerai que ce n'est pas le degré de plus ou moins grande abstraction pure qui compte pour moi dans un tableau et ses vertus de non figuratif absolu. Ce ne sont là que des moyens, ne l'oublions pas, et seule demeure la qualité même du langage[8]. » Par ailleurs, il affirme de façon quelque peu contradictoire que l'art abstrait forme « un vaste mouvement cohérent », mais en même temps, à propos de ses grandes figures, que « l'on ne peut plus, sans risquer la confusion, les aligner côte à côte, les classer ensemble ».

Cette contradiction vient de la double nécessité à laquelle il doit faire face : d'un côté, insister sur la force et la vitalité de « cet immense courant qui entraîne aujourd'hui peintres et sculpteurs plus ou moins près d'un art totalement abstrait[9] » ; de l'autre, « marquer des distinctions selon les tempéraments, et surtout les dominantes esthétiques[10] ». Cette volonté classificatoire est au reste l'un des traits marquants de cette époque. Jusque-là, en effet, en dépit des différences, on cherchait surtout à comprendre la nature de l'art abstrait, toutes tendances confondues. Or on a l'impression que cette volonté cède la place à celle d'en classifier les formes. À quoi tient ce changement ?

Pour une part, les pionniers avaient eu à cœur de réfléchir sur ce qu'ils inventaient en même temps, tandis que pour la génération suivante, l'art abstrait est désormais un fait accompli au sein duquel on cherche plutôt à se repérer. Et par ailleurs, l'importance des critiques est ici décisive. Non seulement parce qu'ils regroupent les artistes en fonction de leur propre sensibilité, mais parce qu'ils s'efforcent ensuite de défendre le groupe ainsi constitué, ce qui implique la nécessité de nouvelles étiquettes.

Ce n'est pas un hasard en ce sens si Diehl a donné la parole à des critiques représentant deux des principales tendances de l'art abstrait, l'abstraction géométrique et l'abstraction qui deviendra « lyrique », soit respectivement Léon Degand, l'un des fondateurs d'*Art d'aujourd'hui*, et Charles Estienne, fervent défenseur des peintres gestuels[11]. L'intervention de Degand, centrée sur la sculpture abstraite, est importante dans la mesure où il s'aligne sur l'aile « dure » d'Abstraction-Création. À ses yeux, en effet, est abstraite « toute œuvre qui ne témoigne d'aucune imitation, aussi ténue soit-elle, à l'égard d'un objet emprunté à la réalité du monde visible[12] ». Il y a donc radicalisation, au sens où Abstraction-Création, nous l'avons vu, maintenait côte à côte deux conceptions différentes qui sont accolées jusque dans le nom de l'association : « abstraction », « parce que certains artistes sont arrivés à la conception de non-figuration par l'abstraction progressive des formes de la nature », et « création » correspondant à « une conception d'ordre purement géométrique[13] ». Or, pour Degand, l'art abstrait se réduit désormais uniquement au second aspect. Le premier est donc clairement disqualifié, même dans le cas limite où un artiste s'est inspiré de la réalité, mais où cette inspiration est « imperceptible, même pour un œil averti » : « L'œuvre n'est complètement abstraite que si l'artiste est parti de données purement formelles[14]. » Conséquent avec lui-même, il devait critiquer la conception élargie du terme « abstraction », comme celle dont Diehl faisait usage, parce qu'elle était de nature à entraîner des confusions : « On a pris parfois l'habitude de parler d'*abstraction* toutes les fois que, dans une œuvre, la part de création de l'artiste est très évidente et qu'elle s'est établie au détriment de la fidélité au modèle. [...] Mais cette abstraction n'est pas celle qui nous occupe ici[15]. »

Parallèlement à l'élimination de l'« abstraction » du champ de l'art abstrait, la notion de « non-figuration » fait également l'objet d'un changement de sens. Pour Abstraction-Création, comme

la définition citée le rend manifeste, certains artistes sont arrivés à la non-figuration « par l'abstraction progressive des formes de la nature ». Or, à
partir du moment où cette méthode est exclue,
« non-figuration » voit aussi son sens se rétrécir,
Degand rejetant donc l'acception qui prévalait depuis les années trente : « Certains critiques usent de
ce terme [non-figuration] au sujet de peintures figuratives où la figuration, à force de simplifications et
de transpositions, est devenue quasi inintelligible.
Façon consolatrice et détournée d'assimiler à la
peinture abstraite celle qui ne l'est pas[16]. »

*Ainsi réduite, la non-figuration finit par devenir
un synonyme d'art abstrait, lui aussi réduit à l'art
non-objectif.* On en trouverait confirmation dans les
statuts du Salon des Réalités nouvelles, dont l'article premier précise que l'association « a pour objet
l'organisation en France et à l'étranger d'expositions d'œuvres d'art communément appelé : art
concret, art non figuratif ou art abstrait, c'est-à-dire
d'un art totalement dégagé de la vision directe et de
l'interprétation de la nature[17]. » L'annexion de l'art
concret faisait suite à l'exposition précisément intitulée *Art concret*, à la galerie René Drouin en juin
1945. Toutefois, à la différence de ceux qui, tel
Van Doesburg ou Arp, revendiquaient l'art concret
contre l'art abstrait, ils sont ici considérés comme
équivalents de l'abstraction géométrique.

Une question importante de terminologie se voit
donc éclaircie : *c'est seulement à cette époque que
« non-figuration » finit par se confondre avec art*

abstrait dans le sens de non-objectif. En fait, c'est l'art non-objectif qui prend le dessus, au point de vouloir y réduire tout l'art abstrait, en rejetant donc hors de son champ toutes les œuvres qui n'étaient pas rigoureusement non-objectives. Précisons une nouvelle fois à ce propos que je m'en tiens pour ma part à l'acception qu'avait « non-figuratif » dans les années trente, puisque le terme « non-objectif » rend compte sans risque de confusion de la tendance dominante de l'abstraction géométrique.

Cette nouvelle attitude n'allait cependant pas sans conséquences, surtout si l'on songe à l'ascendant qu'allait prendre Herbin, l'un des membres les plus radicaux d'Abstraction-Création, sur le Salon des Réalités nouvelles. En campant sur une position rejetant clairement la nature, même présente de façon allusive, ainsi que la figure, et en se montrant intransigeants sur ces principes, les tenants de l'abstraction géométrique ont contribué à la réputation de dogmatisme qui leur a été faite, ainsi qu'à la focalisation des débats à venir sur la « non-figuration », en tant qu'opposée désormais tant à la figure qu'à la nature. On comprend également que cette position ne pouvait pas faire l'unanimité, d'autant moins que jusqu'à présent les associations d'artistes abstraits (Cercle et carré, Abstraction-Création) avaient adopté une attitude plus ouverte. Aussi les conflits devenaient-ils inévitables.

Charles Estienne

Très différente est en effet la position de Charles Estienne, qui se pose en challenger vis-à-vis de l'abstraction géométrique et fait de Kandinsky son héros. Le fait en lui-même est intéressant car jusque-là la position de Kandinsky était un peu marginale. On ne lui niait certes pas la place de « Père fondateur » de l'art abstrait, mais une telle place servait plutôt à l'embaumer. Et si Abstraction-Création l'avait bien invité à participer à l'association, il semble qu'il ait décliné l'offre. Il n'avait d'ailleurs guère d'affinités avec les tendances géométrisantes de l'abstraction.

Estienne prend donc appui sur Kandinsky à la fois comme une référence incontournable, s'agissant de penser l'art abstrait, mais aussi et surtout comme un levier pour s'opposer à l'art abstrait géométrique. C'est donc la première fois, semble-t-il, que l'œuvre et les idées de Kandinsky sont mises au service non seulement d'une critique de l'art géométrique, mais aussi d'une apologie d'un courant d'art abstrait plus expressif et plus lyrique. Assez subtilement, Estienne fait fond sur les critiques adressées à l'art abstrait depuis longtemps, celles qui avaient été cristallisées dans l'enquête de *Cahiers d'art,* mais il les limite à l'abstraction géométrique et voit en Kandinsky un antidote contre ces critiques. La première d'entre elles, la plus massive, était, on s'en souvient, « d'être cérébral à l'excès et, par conséquent de se trouver en contradiction avec la nature même de l'art véritable qui serait essentiellement d'ordre sensuel et émotif ». Or justement Kandinsky est présenté comme l'artiste qui a su conserver ce rapport émotionnel aux choses, dans la mesure où il s'est « toujours gardé des interventions intempestives de la raison et de l'intellect — que souvent n'évitèrent pas d'autres chercheurs, néo-plasticiens et constructivistes — de s'être tenu d'instinct à égale distance, picturalement, du rationalisme et de l'expressionnisme, bref de s'être constamment borné, si l'on peut dire ainsi, à la mise en clair et en forme d'une chose *sentie*[18] ».

C'est en ce sens que Kandinsky a indiqué « la seule voie féconde », celle « de la nécessité intérieure et de la liberté créatrice ». Voilà le grand mot lâché, celui de liberté ou plutôt de *libération*, qui revient fréquemment sous la plume d'Estienne. Par rapport aux recherches formelles de l'abstraction géométrique, qui lui semblent bien étroites, Kandinsky apporte, selon Estienne, un vent de liberté ou, mieux, une libération, terme qui, deux ans après la Libération, a toujours une connotation politique. La revendication d'un courant d'abstraction lyrique apparaît donc comme d'autant plus impérieuse qu'elle répond à une nécessité non seulement intérieure mais aussi extérieure, si l'on peut dire, c'est-à-dire celle de soutenir un nouveau courant s'identifiant avec un renouveau de la peinture et une libération de ses moyens.

Quant à la définition de l'art abstrait, elle devait connaître une inflexion lourde de conséquences : « *Qu'est-ce donc une œuvre abstraite ?* se demande Estienne. C'est une œuvre qui ne représente rien — du monde extérieur, mais tout — si possible — du monde intérieur que porte en soi l'artiste[19]. » Voilà donc le monde intérieur de l'artiste qui fait son apparition par contraste avec le monde extérieur. En un sens, Estienne maintient fermement le cap, et met en garde contre la confusion entre abstraction et déformation :

> Ainsi Picasso n'est pas abstrait, ni à sa suite, Tal-Coat, Pignon, Fougeron, etc. Car dans leurs œuvres, on reconnaît toujours la figure humaine, si déformée (ou maltraitée) soit-elle. De même Braque, ou Matisse, ou Picasso lui-même encore ne sont pas abstraits, car pour s'être avancés parfois assez loin sur la voie de l'abstraction [...], ils n'en sont tout de même pas arrivés à faire le pas ou le saut décisif, à supprimer le modèle extérieur, à composer enfin des tableaux sans aucune référence naturaliste[20].

Mais s'il prend bien soin de refuser la conception cubiste, disons, de l'abstraction comme déformation, le basculement, comme par un jeu de vases communicants, du monde extérieur vers le monde intérieur peut entraîner la critique souvent adressée à l'art abstrait qu'il risque d'être réduit à l'intériorité de l'artiste et de s'appauvrir par là même. Aussi Estienne s'efforce-t-il de montrer qu'il n'en est rien, en puisant chez Kandinsky des exemples qu'il dédie de façon polémique « à tous ceux qui voient dans la conception abstraite un rétrécissement avare et inhumain du créateur à son propre moi, d'où il tirerait tout en se coupant de la nature[21] ». Le glissement du monde extérieur vers le monde intérieur n'implique donc pas que tout se réduise de façon stérile à ce dernier, qui doit au contraire être le point de départ d'une vision renouvelée du premier.

La conclusion quelque peu inattendue est que du coup les formes ne sont plus bannies, dès lors qu'elles procèdent de l'esprit : « Kandinsky a peint des tableaux où il est possible — et à mon sens légitime — de *reconnaître* des éléments ou une certaine atmosphère ayant appartenu, à un moment donné de leur existence, au monde extérieur[22]. » Et de donner comme exemple la dernière toile achevée du peintre, *L'élan tempéré* (1944), dans laquelle « l'œil et l'esprit peuvent voir dans la partie gauche supérieure "une sorte de poulpe mystérieux" ».

(Fig. 10)

C'est à nouveau l'idée de libération qui sert à cautionner la légitimation de la figure au sein de l'abstrait : si l'important est de « libérer » la figure de son asservissement à la représentation de l'objet, alors, une fois libérée, elle devient disponible pour d'autres significations. Klee et Miró lui semblent des exemples de cette conception élargie de l'abstrait dans la mesure où leur œuvre témoigne de « cette libération des formes vidées de leur contenu naturaliste, sorties de leur lourde gangue, et qui en acquièrent un pouvoir plastique et magique décuplé[23] ».

Estienne était bien conscient d'avoir proposé là une conception bien peu orthodoxe de l'art abstrait, et s'en est expliqué :

> Je ne dissimule pas ce qu'à première vue cette conception peut avoir d'hérétique. Mais l'explication est à la fois simple et subtile : Kandinsky a fait le pas, franchi la frontière séparant le monde extérieur du monde intérieur, et de là il découvre tout le monde, vu dans son esprit, dans son essentiel[24].

L'idée d'un dépassement de la frontière entre extérieur et intérieur fait fortement songer à la fameuse déclaration d'André Breton dans le *Second Manifeste,* qui venait d'être réédité en 1946, et qui assignait comme principal mobile à l'activité surréaliste la détermination d'un « certain point de l'esprit d'où la vie et la mort, le réel et l'imaginaire, le passé et le futur, le communicable et l'incommunicable, le haut et le bas cessent d'être perçus contradictoirement[25] ». Estienne prend certes soin de différencier le surréalisme de l'art abstrait tel qu'il l'entend : même Tanguy, celui qui, à ses yeux, s'est le plus approché de l'expression abstraite, « *représente* encore des choses ; l'artiste abstrait, lui, représente *l'esprit des choses*[26] ». Il n'empêche qu'il se sentait plus proche des surréalistes que de l'abstraction géométrique, de même d'ailleurs que Kandinsky, lequel, établi à Paris, avait plus d'affinités avec Arp et Miró qu'avec Mondrian[27]. De plus, l'idée de libération, chère à Estienne, était en phase avec celle prônée par Breton et ses amis :

libération de l'inconscient, de la créativité par l'écriture automatique, etc. Quant à sa façon d'envisager l'œuvre de Kandinsky, elle est aussi très proche de celle de Breton, dans la préface très élogieuse qu'il écrira pour son exposition londonienne (chez Peggy Guggenheim) en 1938 : on y retrouve l'éloge des formes pures, mais aussi une perception semblable du rapport entre monde extérieur et intérieur, comme lorsque Breton déclare de Kandinsky que « nul ne tend davantage, en distinguant autour de lui ce qui est essentiel de ce qui est accidentel, à nous faire retrouver dans la nature une simple image de nous-même[28] ».

La suite devait d'ailleurs confirmer cette alliance entre abstraction lyrique et surréalisme, car, au grand dam des tenants de l'abstraction géométrique, Estienne fera alliance avec l'« ennemi » : il organisera dans la galerie surréaliste À l'Étoile scellée, en mars 1953, un mois après l'exposition Hantaï, celle de « quatre hérétiques, abstraits ou semi-figuratifs : Degottex, Duvillier, Marcelle Loubchansky et Messagier[29] ». Une synthèse est donc en train de s'opérer entre la veine expressionniste, si l'on veut, de l'abstraction, celle inaugurée par Kandinsky, et le surréalisme, entraînant dans la foulée une attitude moins sectaire, en un sens, ou trop souple, suivant le point de vue adopté, puisque de l'aveu même d'Estienne, ces artistes étaient « abstraits ou semi-figuratifs ».

Un tel changement dans la posture vis-à-vis de la nature de l'art abstrait était déjà sensible à certains

autres signes, décelables jusque dans la présentation des témoignages d'artistes qui clôt le dossier
« Pour et contre l'art abstrait ». Denys Chevalier y
décrit certes un dilemme, mais suggère aussi la
façon de le dépasser : « [...] face au dilemme très
simple : art figuratif ou non figuratif, réalité ou
plastique, tout le monde a plus ou moins été obligé
de prendre parti [...]. Nous nous trouvons donc
bien en présence du sujet du siècle[30]. » En fait,
comme le curieux « plus ou moins » le suggère, il
n'est peut-être pas nécessaire de se laisser enfermer
dans une alternative aussi simpliste, ainsi que le
laisse entendre la suite :

> En effet, pendant un temps il a semblé que par la
> somme des talents l'art abstrait devait l'emporter.
> Cependant, actuellement certains peintres et parmi
> ceux-ci Léger et Bazaine ont été amenés sinon à révi-
> ser leur point de vue, du moins à le définir avec plus
> de rigueur. Le problème de l'abstraction se situe dans
> la position de l'artiste devant la nature. Celle-ci, sui-
> vant le mot de Delacroix, est un « dictionnaire ». Un
> aspect de la nature est à la fois poétique, musical, plas-
> tique. Le propre du peintre pur est d'en dissocier, d'en
> extraire les éléments seulement plastiques[31].

Il ressort d'abord de là que si l'art abstrait « a
semblé » l'emporter, il ne l'emporte plus, sauf à en
modifier radicalement la nature. En fait, l'essentiel
de cette posture se trouve dans une petite phrase clé,
qui, sous couvert de présenter le débat, en oriente
la solution de façon drastique : « Le problème de
l'abstraction se situe dans la position de l'artiste

devant la nature. » Tout est déjà dit là, simplement, et, par cette seule affirmation, les données du problème s'en trouvent irrémédiablement bouleversées. L'artiste est donc devant la nature et ne saurait être ailleurs. Il n'est plus question qu'il lui tourne le dos. L'alternative, ou le dilemme, n'est plus entre la nature et le plastique, mais bien : *devant* la nature, entre les objets figuratifs qu'elle nous présente, ou les éléments seulement plastiques qu'on choisit d'en *extraire*. Dame Nature fait donc un retour subreptice mais triomphal au sein même de la définition d'art abstrait. Finis les distinguos subtils de Mondrian, Van Doesburg et d'autres. L'art abstrait est donc à nouveau réduit à ce qu'ils critiquaient comme « abstraction », c'est-à-dire des formes tirées de la nature. Le reste, dès lors, c'est-à-dire les témoignages d'artistes, n'a plus guère d'importance puisque le tour est joué d'avance : le cadre mis en place avance la solution en même temps que la présentation du problème.

Il serait fastidieux de passer en revue l'ensemble des réponses des peintres vivants (Bazaine, Bonnard, Dewasne, Freundlich, Hartung, Léger, Matisse et Manessier) et des textes de ceux qui sont décédés (Delaunay et Kandinsky). Le plus intéressant pour notre propos immédiat est celui d'un des Jeunes Peintres de tradition française, Manessier, parce qu'il prend acte avec beaucoup de lucidité du changement sémantique intervenu dans l'expression « art abstrait », de sorte que son témoignage tout entier est construit autour du contraste entre les acceptions qu'il récuse et celles en lesquelles il pourrait se reconnaître :

> L'art abstrait comprend tellement d'idées et d'interprétations diverses que le peintre dit « abstrait » a tendance soit à refuser ce titre, soit à le porter comme le costume imposé du condamné. [...]
>
> S'il s'agit du terme « abstrait » en tant que création pure d'un « objet » indépendant (Arp, Kandinsky, Mondrian, etc.) et qu'eux-mêmes ont nommé avec raison « concret ». [...]
>
> S'il s'agit du terme « abstrait » en tant que montée de l'inconscient (surréalisme).
>
> La jeune école de peinture française dite « abstraite » ne me semble pas répondre à ces sens différents du terme.
>
> S'il s'agit d'ouvrir la réalité extérieure des choses pour laisser percevoir le monde intérieur qui s'y cache.
>
> S'il s'agit de mettre à nu par des moyens authentiquement plastiques les équivalences spirituelles du monde extérieur et d'un monde plus intérieur et rendre ces correspondances intelligibles par transposition et transmutation. [...]
>
> Peut-être alors, le terme « abstrait » correspondrait-il à plus de réalité à leur égard[32].

Il ressort de cette intelligente mise au point que le glissement sémantique qui s'opère tient avant tout à la posture adoptée face au réel : les jeunes peintres de tradition française ne se reconnaissent plus dans l'idée de la « création pure d'un objet indépendant » du peintre, et à cet égard Kandinsky et Mondrian sont mis dans le même sac. De ce point de vue, Manessier diffère d'Estienne, mais ils se rejoignent dans la même postulation d'une sorte d'osmose entre monde extérieur et monde intérieur, qui correspondrait mieux à la nouvelle réalité de l'art abstrait, telle qu'elle semble se dessiner à l'époque au travers de différents courants. (Ajoutons à ce propos que même le Salon des Réalités nouvelles a fait intervenir « réalités » dans son nom, comme pour couper court par avance aux critiques selon lesquelles l'abstraction géométrique serait « coupée » de la réalité.)

Les autres témoignages n'apportent, en gros, rien de nouveau. Un partisan de l'art abstrait (géométrique) comme Dewasne affirme clairement sa position, semblable à celle de Degand (« Il ne peut pas y avoir abstraction tant qu'il reste trace de figuration »), et met en garde contre l'amalgame qui est fait par de nombreux artistes : « Nombre de peintres encore figuratifs prétendent agir en abstraits lorsqu'ils peignent, hommage ainsi rendu à cette tendance puisqu'ils font coïncider "abstraction" avec "préoccupations essentiellement picturales". [...] Seulement, toute trace de figuration dans la peinture est la preuve palpable que l'activité créatrice n'était pas pure, n'était pas seulement plastique, n'était pas abstraite[33]. »

Quant aux adversaires de l'art abstrait, ils réitèrent leurs positions. C'est parmi ces témoignages que figure la réponse de Matisse, déjà citée : « L'abstraction n'est qu'un moyen éternel dont les artistes ont toujours usé[34] » et dont il ne faut pas être dupe[34]. Bonnard, lui, s'inquiète de la place prise par l'abstraction parmi les jeunes peintres, laquelle, dit-il, « n'a pas sa raison d'être, car l'art abstrait ne correspond pas à notre esprit occidental[35] ». Léger, enfin, réaffirme et raidit même sa position exprimée dans *Cahiers d'art* une dizaine d'années auparavant. Il considère toujours l'art abstrait comme « sorti de l'époque cubiste, je dirais presque tout naturellement par l'acheminement progressif vers une totale libération ». Or le « plafond » de la libération ayant été atteint, selon lui, par les œuvres de Duchamp, Mondrian et Kandinsky, il est désormais « impossible d'aller plus loin[36] ».

Bazaine

Un dernier témoignage nous retiendra plus longuement, celui de Jean Bazaine, d'abord à cause de sa place prépondérante au sein du groupe des Jeunes Peintres de tradition française, et ensuite par sa volonté de coucher ses réflexions par écrit, ce qui nous est ici fort utile. Il devait en effet profondément remanier sa réponse au débat sur l'art abstrait, qui deviendra un des principaux chapitres de ses *Notes sur la peinture d'aujourd'hui* (1948). Mais dès 1944 il s'était interrogé sur la nature de l'abstraction, à propos de Bonnard, développant une idée bien plus proche de celle de Matisse que de ce dernier, dont on vient de voir la position sans équivoque. Pour Bazaine, l'abstraction est caractéristique du développement d'une œuvre dans le temps, et c'est ce qu'il décèle chez Bonnard : « Cette concentration, cette pureté progressive des moyens,

cet effort de dépassement du concret, c'est ce qu'on
est convenu d'appeler "l'abstraction"[37]. » Cela nous
donne déjà une indication concernant la position de
Bazaine, lequel ne fait pas, bien au contraire, du
non-figuratif une condition pour penser l'abstrait.

Par ailleurs, il est bien forcé de prendre position
face aux deux grands courants du moment, surréalisme et art abstrait (ce qui sera aussi le cas, nous le
verrons, des peintres américains). Or il les renvoie
dos à dos, comme étant deux formes d'évasion. Au
surréalisme, auquel il rend un hommage mâtiné de
critique, il reproche de fuir le monde extérieur dans
le rêve ou l'exploration de l'inconscient ou encore
l'écriture automatique, dont il reconnaît l'importance capitale tout en dénonçant le mythe de la
spontanéité qu'elle recèle. À l'art abstrait il adresse
le même reproche, de fuir également le monde en
se réfugiant dans une intériorité stérile : « Quant à
cet art qu'on appelle abstrait, nommons-le simplement *irréalisme* s'il refuse de faire rentrer le monde
tout entier dans son jeu [...] ; c'est là une autre
évasion[38]. » Et comme s'il voulait poursuivre le
parallèle entre les deux formes d'évasion, surréaliste et abstraite, il qualifie la seconde d'irréaliste.

C'est que pour lui, d'une façon profonde, exis-
tentielle, voire politique, la peinture a besoin, non
d'une fuite hors du monde, mais d'une confrontation avec lui : « [...] ce n'est pas l'évasion qui nous
sauvera, mais une nouvelle forme d'engagement[39]. »
Le point de départ doit donc être la présence au
monde, l'engagement du corps et de l'esprit faisant

de la peinture une *incarnation*. C'est cette attitude face au monde, résumée à grands traits, qui commande toute sa critique de l'art abstrait, lorsqu'elle est conçue comme « le rejet absolu "de l'imitation, la reproduction et même la déformation de formes provenant de la nature". [...] C'est ce qu'en langage actuel on appelle le "non-figuratif"[40] ». Bazaine reprend ici une critique classique adressé aux peintres abstraits : en se privant des ressources du monde extérieur, ils se condamnent eux-mêmes à « la mort par inanition qui guette les plus sincères d'entre les "abstraits"[41] ». Ou encore : « Refuser systématiquement le monde extérieur, c'est se refuser soi-même : c'est une manière de suicide[42]. » À ses yeux, les ressources visuelles du monde extérieur restent le point de départ obligé de la création plastique.

L'exemple de l'art « primitif » lui sert à préciser ses idées. Bazaine s'insurge en effet contre la comparaison, dont nous avons vu qu'elle faisait florès, de l'art non-figuratif avec l'art primitif : la grande différence, pour lui, est que l'art non-figuratif est *désincarné*, donc desséché, tandis que l'art primitif est *incarné* : « [...] l'artiste noir est constamment dominé par cet univers (rêve et réalité à la fois) dans lequel il baigne, il en est l'instrument perméable, au point que signes et chose signifiée palpitent de la même vie[43]. » Or, pour l'homme primitif ainsi immergé dans son rapport au monde, « le dilemme concret-abstrait, figuration ou non ne se posait pas[44] ». Et il en va de même pour le peintre d'aujourd'hui, qui cherche lui aussi à se retremper dans le monde, à s'en imprégner, à y être perméable afin de laisser venir à lui cette Présence qu'il recherche. Aussi « la grande forme est-elle au-delà, dans ce domaine où la question du figuratif ou non ne se pose plus, mais où cette Présence essentielle est retrouvée[45] ». D'où la conséquence qu'en tire Bazaine, et qui déplace toute la question :

> Que la sensation s'incarne dans une réalité immédiatement reconnaissable ou qu'elle s'incarne dans une réalité équivalente, il n'y a pas en principe, entre ces deux « processus » de création, de différence de nature, ni même de degré. [...] Le destin du monde ne se joue pas entre le « figuratif » et le « non-figuratif », mais entre l'incarné et le non-incarné, ce qui est bien différent[46].

Bazaine propose ainsi une redistribution des cartes en fonction d'un autre découpage : l'incarné est ce rapport de contact entre monde extérieur et intérieur qui caractérise aussi bien l'art des primitifs que celui qu'il défend, tandis que l'art désincarné qualifie à ses yeux l'art non-figuratif, qui a perdu ce contact. C'est là une première critique adressée à l'art abstrait (au sens de non-figuratif). Une autre critique, déjà amorcée, vise plus particulièrement l'opposition figuratif/non-figuratif. Comme il l'a déjà indiqué, cette opposition ne lui semble pas pertinente, à partir de l'attitude qu'il adopte. Dans cette posture d'incarnation vis-à-vis du monde et de perméabilité, les formes que nous reconnaissons ne sont plus des formes du monde, mais des formes

que *nous* reconnaissons, et qui sont donc en nous :
« Et c'est pourquoi je me refuse à admettre qu'il y
ait déchéance ou mauvaise habitude dans le fait de
"reconnaître" une forme, puisque ce n'est pas la
nature que nous reconnaissons, mais une sensation,
mais nous-mêmes. Et cela ne diffère en rien de
cette *reconnaissance* que nous pouvons éprouver
en présence du plus abstrait des tableaux[47]. »

Dans cette perspective, il est conduit à « dissocier l'abstrait du non-figuratif ». Ce dernier est
donc deux fois disqualifié : parce qu'il est désincarné, et parce qu'il repose sur une opposition
(figuratif/non-figuratif) qui n'est pas pertinente. S'il
prend soin de séparer abstrait et non-figuratif, c'est
qu'à ses yeux on a tort de réduire le premier au
second. Les dissocier est donc pour lui une nécessité
afin de rendre à l'abstrait un sens qu'il n'a plus.
D'où la confusion qu'il s'efforce de dissiper :

> La première confusion est, sans doute, une confu-
> sion de mots. Abstrait, tout art l'est ou n'est pas. Il
> l'est dans la mesure où il n'est pas la nature, mais une
> contraction du réel tout entier. Que certains purs de
> l'art abstrait soient « retirés de », retirés du monde,
> retirés du même coup de l'homme dans ce qu'il a de
> plus riche, c'est là le contre-pied de l'abstraction et
> nommons cela si l'on veut de l'irréalisme. Voilà qui
> amorce déjà dans l'abstraction deux courant abso-
> lument opposés[48].

Ces deux courants sont donc l'art abstrait comme
non-figuration, qu'il disqualifie comme désincarné,
et l'abstrait (ou l'abstraction, pour lui les deux

termes semblent équivalents) comme « contraction » du réel tout entier. En un sens, ces deux courants, nous les connaissons : l'abstraction, comme tirée de la nature, que critiquaient un Mondrian ou un Van Doesburg, et l'abstrait, comme dégagé de tout rapport avec la nature. De ce point de vue, nous assistons ainsi à une volte-face car l'abstrait de Bazaine est bien tiré de la nature, tandis que pour lui l'abstrait de Mondrian est le fait de s'être re-tiré de la nature. Du point de vue de l'abstraction géométrique, il y a régression, et du point de vue de Bazaine (ou Manessier) il y a progrès lorsqu'on refuse de se laisser enfermer dans de faux dilemmes ou dans une position de retrait par rapport au monde, vécue comme asphyxiante.

Maintenant, une fois l'abstrait dissocié du non-figuratif, qu'est-il donc pour Bazaine ? Nous l'avons déjà indiqué plus haut, à partir de l'article sur Bonnard : il s'agit d'une caractéristique propre à tout art et à toute création, soit « ce pouvoir d'intériorité et de dépassement du plan visuel », lequel, précise Bazaine, « n'est pas fonction du plus ou moins grand degré de ressemblance de l'œuvre avec la réalité extérieure, mais avec un monde intérieur qui englobe le premier[49] ». La précision est importante, car elle permet de mesurer la différence avec la position des pionniers de l'abstraction géométrique : pour ces derniers, partir de la nature, c'était nécessairement accepter que l'œuvre soit structurée par un rapport de ressemblance. À l'époque, il ne pouvait en être autrement, car l'art abstrait n'en était qu'à ses débuts et la méfiance des pionniers vis-à-vis de la nature était parfaitement compréhensible. Mais si l'on veut défendre la position de Bazaine et d'autres, on pourrait dire que grâce au travail acharné effectué par les pionniers, l'art non-figuratif et non-objectif a pris naissance, s'est affirmé, diffusé et est devenu désormais une donnée incontournable, de sorte qu'il est sans doute possible, en ayant assimilé cet apport, de faire retour sur la nature sans plus y voir une source pour une copie mimétique, mais une source pour la sensibilité visuelle donnant lieu à une œuvre abstraite à partir des données visuelles de départ.

En ce sens, l'apport de cette nouvelle attitude consiste à avoir réconcilié le monde extérieur et l'abstraction. On ne peut pas dire qu'il y a confusion, puisqu'il s'agit d'une attitude clairement et sciemment assumée. Pour le formuler en d'autres termes, elle rejette ce qui avait été la conception d'un Worringer, opposant comme deux pôles irréconciliables *Einfühlung* et abstraction, comme s'il fallait, soit être immergé dans le monde et n'en retenir que des formes reconnaissables, soit être à distance et, grâce à cette distance, n'en retenir que des schémas abstraits. À présent, comme Bazaine l'assume pleinement, c'est à partir de notre immersion dans le monde, de notre incarnation en lui, que peuvent surgir des formes abstraites.

J'ai beaucoup insisté sur Bazaine, mais d'autres artistes, d'esprit et de parcours très différents, hormis, bien sûr, les partisans de l'abstraction géométrique, tenaient des propos semblables. Tel est notamment le cas de Nicolas de Staël, qui, en 1952, plaidait aussi, à sa façon, pour une réconciliation de l'abstrait et du figuratif : « Je n'oppose pas la peinture abstraite à la peinture figurative. Une peinture devrait être à la fois abstraite et figurative. Abstraite en tant que mur, figurative en tant que représentation d'un espace[50]. »

Abstraction lyrique, informel, etc.

On a beaucoup écrit sur les différentes catégories qui servent à classifier les courants de l'art abstrait à l'époque qui nous occupe. Il convient cependant de les relativiser. Les historiens d'art ont en effet tendance à hypostasier ces catégories dans l'oubli des conditions de leur émergence. Or elles ne sont pas issues d'une volonté descriptive ou classificatrice, mais des querelles de pouvoir entre critiques rivaux promouvant chacun un groupe d'artistes. De tels regroupements n'ont donc de valeur que relative aux choix faits par certains critiques et liés aux affinités personnelles qu'ils éprouvaient pour certains peintres. C'est si vrai que certains groupes d'artistes étaient nommés, dans le jargon d'alors, à partir de néologismes formés sur le nom du critique qui les défendait : « Deganerie » (de Léon Degand), « Estiennisme » (de Charles Estienne), « Tapiérisme » (de Michel Tapié), « Alvarisme » (de Julien Alvard), « Ragondins » (de Michel Ragon)[51].

La grande opposition du début des années cinquante est à cet égard celle entre « abstraction géométrique » et « abstraction lyrique ». Charles Estienne, qui défendait la seconde, écrivait dès 1947 à son propos que, « en tendant ainsi à l'expression la plus pure, et la plus individualisée, l'art abstrait rejoint les tendances profondes de notre époque vers l'expression, lyrique avant tout[52] ». La même année, le peintre Georges Mathieu — qui a d'ailleurs joué un rôle important d'organisateur et de théoricien, aujourd'hui recouvert par le souvenir de ses performances où dominait la vitesse d'exécution — avait proposé le titre « Vers l'abstraction lyrique » pour une exposition qui s'intitulera finalement « L'imaginaire », et qui réunissait, outre ses œuvres, celles d'Atlan, de Bryen, Hartung, Riopelle, Ubac et Wols, mais aussi d'Arp, de Picasso et Brauner.

La polarité entre abstraction géométrique et lyrique est aussi nommée « abstraction froide et abstraction chaude », ce qui semble lui donner un semblant de validité, l'opposition chaud/froid étant souvent utilisée par les peintres pour qualifier les couleurs. En réalité, l'abstraction géométrique a été rebaptisée « froide » par ses adversaires, soucieux de mieux la mettre en contraste avec le courant qu'ils défendaient. Notons cependant qu'à propos de son exposition *Cubism and Abstract Art*, Alfred Barr Jr. terminait son fameux schéma chronologique des tendances et courants ayant conduit à l'art abstrait par l'opposition massive entre un art *(Fig. 11)* abstrait géométrique et un art abstrait non-géométrique, opposition vers laquelle auraient convergé tous les mouvements précédents : du côté de l'abstraction géométrique confluent le suprématisme, le constructivisme, De Stijl et le néoplasticisme (eux-mêmes succédanés du cubisme), tandis que du côté de l'art abstrait, qualifié négativement de non-géométrique, se retrouvent les tendances abstraites de l'expressionnisme, du dadaïsme et du surréalisme (dérivant notamment du fauvisme et du futurisme).

Si ce schéma présente notamment l'inconvénient de se baser sur un critère stylistique (présence ou non d'une géométrisation), il reflète néanmoins une opposition présente dès les débuts de l'art abstrait, entre l'aspect plus « expressionniste » de Kandinsky et la rigueur géométrique d'un Mondrian ou du suprématisme malévitchien. Il est d'ailleurs frappant de constater que les histoires de l'art abstrait ne mettent en évidence que le fond « spiritualiste » qui serait commun à ces trois peintres, faute de leur trouver d'autres ressemblances. De plus, nous avons vu que dès les années vingt la mouvance constructiviste reprochait à Kandinsky que ces œuvres ne soient pas suffisamment non-objectives. De ce point de vue, Kandinsky a été isolé assez longtemps, comme représentant d'une tendance non-géométrique qui semble être restée minoritaire au regard de la poussée opérée par l'art abstrait géométrique (néoplasticisme, suprématisme, constructivisme, art concret).

Ce qui a changé dans l'après-guerre est d'abord l'apport des tendances plus ou moins abstraites du surréalisme venant alimenter le courant « lyrique » :

Barr avait d'ailleurs déjà incorporé des œuvres de Masson, Miró, Ernst et Tanguy à son exposition de 1936, *Cubism and Abstract Art*. L'apport du surréalisme à la libération du geste devait renforcer ce courant gestuel au sein des tendances abstraites (Hartung, Wols, Schneider, Soulages). Aussi l'opposition entre abstraction géométrique et abstraction lyrique peut-elle se comprendre historiquement comme le prolongement d'une opposition plus ancienne. Cependant, en se centrant sur un critère stylistique, on a vite perdu de vue les enjeux qui étaient ceux des pionniers au profit d'une polarisation liée à des effets de mode et renforcée par l'ensemble du système de l'art, au sens où la mise en évidence de l'abstraction lyrique a surtout été due à une réaction contre la domination qu'exerçait l'abstraction géométrique, grâce à ses galeries, son Salon, sa revue, et ses critiques attitrés. C'est contre l'hégémonie de ce courant, son dogmatisme et son intransigeance, qu'eurent lieu une série de réactions au tout début des années cinquante.

Il y eut le pamphlet de Charles Estienne, *L'art abstrait est-il un académisme ?*, dans lequel il s'en prenait violemment à l'Académie d'art abstrait (de Dewasne et Edgar Pillet, l'un des fondateurs d'*Art d'aujourd'hui*) qui venait d'ouvrir ses portes et prônait justement les principes du géométrisme : « Les éléments de base du nouveau code plastique, les voici : c'est la forme géométrique et la couleur dites pure — pure, c'est-à-dire pure de vitamines, impersonnelle au maximum, le plus dégagée possible des vibrations parasites de la modulation et de la matière. Bref, une esthétique picturale du plan coupé et de l'aplat[53]. » Estienne s'en prenait donc moins à l'académisation qui guettait l'art abstrait dans son ensemble qu'à la sclérose qu'entraînait à ses yeux l'enseignement des principes de l'abstraction géométrique, au regard de la libération gestuelle qu'il voulait mettre en avant au travers de l'abstraction lyrique.

En 1952, il devait d'ailleurs fonder avec les artistes qu'il soutenait le Salon d'Octobre (1952-1955), afin d'avoir pour ses poulains une tribune non inféodée à l'abstraction géométrique. On lui attribue aussi à tort la paternité du néologisme de « tachisme » ; en réalité, il n'a fait, comme souvent, que reprendre un sobriquet inventé par un critique de l'autre bord (Pierre Guéguen), en lui conférant une valeur positive. En ce sens, pour Estienne, « tachisme » ne signifie pas peindre par taches, pas plus, dit-il, que les Fauves n'étaient des habitants du zoo ou que les cubistes faisaient des cubes. Le terme qualifie plutôt « la liberté d'expression totale qui entend chaque fois repartir à zéro. La tache, si l'on veut, c'est le degré zéro de l'écriture plastique, le degré zéro de la naissance de l'œuvre[54] ». Les hostilités devaient se poursuivre sur différents fronts. Sur le plan des organes de diffusion, il fallait bien une revue pour faire contrepoids à *Art d'aujour-d'hui* ; c'est ainsi que *Cimaise* naquit en 1953, et prendra d'ailleurs plus d'ampleur après la disparition de sa rivale en 1955.

Enfin, un autre critique, Michel Tapié, devait lui aussi participer à l'offensive contre les tendances géométriques de l'abstraction en regroupant en 1951, sous le label de « Signifiants de l'informel », Fautrier, Dubuffet, Mathieu, Michaux, Riopelle et Serpan. Dans son livre, *Un art autre,* Tapié expose son propre rejet des catégories « officielles » : « Le problème ne consiste pas à remplacer un thème figuratif par une absence de thème, qu'on nomme abstrait, non-figuratif, non-objectif, mais bien à faire une œuvre, avec ou sans thème, devant laquelle [...] on s'aperçoit petit à petit que l'on perd pied, que l'on est amené à entrer en extase ou en démence [...] et que cependant, une telle œuvre porte en elle une proposition d'aventure, mais dans le vrai sens du mot aventure, c'est-à-dire quelque chose d'inconnu[55]. » Avec un tel flou artistique, il n'est pas surprenant que le terme « informel », promis à une longue destinée, ait aussi été mis à toutes les sauces. Son sens se verra encore élargi par Jean Paulhan jusqu'à devenir une catégorie fourre-tout, au sein de laquelle sont classées des tendances expressionniste (Hartung), intimiste (Wols), impressionniste (Bazaine), constructive (de Staël), naïve (Miró), calligraphique (Mathieu), etc[56]. Bref, sous une telle bannière se retrouvent toutes les tendances de l'abstraction non géométrique[57].

En conclusion, il est frappant de constater que l'omniprésence de l'art abstrait durant les années cinquante coïncide avec de nouveaux débats quant

au sens à donner à l'expression « art abstrait ». Car
toutes ces tendances ressortissent en gros de l'art
abstrait, dans lequel peu d'artistes acceptent pourtant de se reconnaître. Cette situation paradoxale a
été, d'une certaine façon, résumée par le peintre
Lanskoy : « [...] quand on ne cherchera plus dans
un tableau des pommes des arbres ou des jeunes
filles, le mot abstrait disparaîtra[58] ». Il est sûr que
l'art abstrait, une fois assimilé, et intériorisé dans
la pratique, n'avait peut-être plus besoin d'être
nommé comme tel, bien que l'expression reste fort
utile pour qualifier l'ensemble des différentes
tendances.

La même situation se répète donc, quoique dans
un autre contexte, qui en modifie le sens. Dans les
années trente, c'étaient les pionniers qui récusaient
l'appellation, afin de se démarquer à la fois de la
schématisation cubiste et de la foule des suiveurs.
Dans les années cinquante, la situation est plus
complexe. D'une part, « art abstrait » s'impose tant
bien que mal comme terme générique et généraliste, aux côtés d'« abstraction », pour qualifier
l'ensemble des tendances. D'autre part, les partisans de l'abstraction géométrique cherchaient à lui
donner un sens restreint correspondant à leur propre conception, tandis que les autres courants s'in-
surgeaient contre cette restriction, perçue comme
dogmatique, académique, et dominante, de sorte
que les challengers, soucieux d'imposer de nouveaux labels pour leur écurie, ne faisaient plus
appel à l'idée, discréditée, d'un art « abstrait ».

Quelles que soient les factions luttant contre
l'hégémonie de l'abstraction géométrique, tout le
monde semblait d'accord pour un au-delà de la non-
figuration, c'est-à-dire de l'opposition entre figuratif et non-figuratif. Symptomatique de cette volonté
de concilier abstraction et figuration — que l'on
retrouve chez des personnalités aussi différentes
que des peintres comme Bazaine et Manessier ou
des critiques comme Estienne et Tapié — est l'expression « paysagisme abstrait », forgée par Michel Ragon pour rendre compte d'une des formes
de synthèse opérée[59].

Le panorama de Cassou

Pour terminer ce tour d'horizon, j'évoquerai rapidement la somme qu'a été en son temps le *Panorama des arts plastiques contemporains* de Jean
Cassou, qui vient confirmer, en 1960, l'attitude
générale qui domine à l'époque. Au moment où le
Nouveau Réalisme en France et le Pop Art aux
États-Unis commencent à bousculer l'hégémonie
de l'art abstrait, pour Cassou, l'abstrait domine,
toutes tendances confondues, et assure ainsi le
triomphe, au moins terminologique, du label « art
abstrait » :

> L'Art Abstrait est le nom que l'on donne en général
> à la révolution artistique actuellement en cours. D'autres
> noms ont été mis en avant, celui de non-figuratif, voire
> celui de concret. On peut négliger ces querelles termi-
> nologiques pour entendre sous le nom d'Art Abstrait
> les tout derniers aspects de la création artistique

mondiale et pour, de leur diversité, dégager des traits communs et une volonté générale[60].

Ce vaste programme est malheureusement bien loin d'être rempli. Cassou fait fond sur un des lieux communs de la critique de l'art abstrait, sur lequel je n'ai pas attiré l'attention jusqu'ici, à savoir qu'il serait un art du Nord, que l'on retrouve jusque chez Léger, et qui prend parfois des accents racistes et xénophobes[61]. Ce partage géographique lui permet de négliger le constructivisme qui se situe « à l'extrême de l'Abstrait[62] », d'émettre des réserves à l'égard de Mondrian et Malevitch (« Ces deux esprits se sont tués en tuant la peinture[63] ») et de mieux faire ressortir la différence française : « Chez nous, l'Art Abstrait est une révolution parce qu'il s'oppose à toute une tradition. En Amérique, […] l'Art Abstrait est une œuvre de jeunesse et de nature. Il ne s'oppose à rien puisqu'il n'y a rien à quoi il puisse s'opposer[64]. »

Dans ce cadre, Cassou se fait l'écho des débats dont nous venons de rendre compte. En plaidant pour « l'humanité de l'abstraction » — un thème fréquent dans les années soixante, et que l'on retrouve aussi, mais incomparablement mieux traité, chez Meyer Schapiro ou Motherwell[65] —, il plaide en fait pour la réintroduction de la nature dans l'art abstrait en reprenant la vieille rengaine de toujours, qui a décidément la peau dure, comme quoi même au plus fort de la « révolution » abstraite l'ancienne antienne a toujours cours : « On peut donc s'étonner

que ces mêmes arts visuels se soient aujourd'hui
vidés de toute cette présence de la nature pour ne
plus nous apporter que des sensations *abstraites*,
c'est-à-dire coupées de leurs sources, privées de
tout pouvoir de suggestion associatrice [...]. L'univers tout entier affirme sa présence dans la peinture
et la sculpture qui se donnent à voir. Il peut paraître étrange qu'on s'efforce de l'en retrancher. Il
peut paraître plausible qu'on taxe l'Art Abstrait
d'appauvrissement[66]. » Ainsi, alors que l'art abstrait était pourtant qualifié de « révolution en cours »
tandis que son déclin s'amorçait, en tant que mouvement historique, il faisait toujours l'objet des
mêmes réticences qui l'ont marqué tout au long de
son histoire.

À New York

Qu'en est-il à présent de la situation à New York,
après la guerre ? Elle présente d'abord un certain
nombre de traits semblables à celle qui prévaut à
Paris, bien que les résultats (en termes de production artistique) aient été très différents. Un premier
point commun est l'impact de la guerre, qui a
entraîné les artistes vers le choix plus ou moins
conscient de s'exprimer par la voie de l'art abstrait.
On a reconstitué ce choix sous forme d'un syllogisme qui met en évidence le raisonnement (implicite) qu'ont pu tenir de nombreux peintres
américains : « [...] les dictatures persécutent les

artistes abstraits, nous nous battons contre les dictatures, donc nous devons être pour les artistes abstraits[67]. » Or un tel syllogisme vaut tout autant pour les Jeunes Peintres de tradition française.

En relation avec cette question, un autre point commun est celui de la liberté. Liberté politique, certes, mais aussi liberté créatrice et, d'une façon plus générale, identification des artistes américains avec la cause de la démocratie et la liberté qu'elle est censée impliquer. C'est en ce sens que les peintres de l'École de New York en sont venus à incarner une certaine idée ou, mieux, une idéologie américaine à laquelle le public a fini par s'identifier. Les pouvoirs publics ont d'ailleurs fait beaucoup pour imposer cette idée en faisant des peintres abstraits un instrument de propagande durant la Guerre froide[68].

Si l'idée de liberté a donc une forte composante idéologique, tant à New York qu'à Paris, elle a aussi beaucoup à voir avec l'importance du surréalisme qui a tant exalté la liberté créatrice. On sait en effet l'impact qu'a eu sur les peintres américains la présence à New York pendant la guerre de nombreux surréalistes exilés (notamment Masson, Ernst, Tanguy, Matta, Dalí) ainsi qu'André Breton[69]. Aussi la plupart des Expressionnistes abstraits sont-ils passés par une phase surréaliste dans leur cheminement vers l'abstraction[70]. On peut donc considérer à bon droit que l'abstraction américaine est issue d'une rencontre entre les tendances de l'abstraction géométrique et le surréalisme, de même que l'abstraction lyrique à Paris. Cette fusion entre abstraction et surréalisme, on sait que sur la scène new-yorkaise Peggy Guggenheim en fut une des plus ardentes propagatrices, au travers de sa galerie Art of this Century (1942-1947) qui était un des hauts lieux de rencontre de l'intelligentsia artistique. De plus, si à Paris on considérait souvent l'abstraction géométrique comme trop « septentrionale » et donc peu française, à New York on lui reprochait d'être trop européenne, c'est-à-dire d'être un produit d'importation, quand il s'agissait au contraire de créer une peinture moderne made in USA.

Le terme qui a fini par s'imposer pour qualifier la peinture abstraite new-yorkaise qui émerge après 1945, « Expressionnisme abstrait », indique clairement la nature hybride de ce courant pour lequel plaidaient à l'époque plusieurs auteurs[71], comme du reste un Charles Estienne à Paris. Le terme a été employé en 1946 par un critique du *New Yorker,* Robert Coates, dans un compte rendu d'exposition ; le même critique avait déjà noté deux ans auparavant qu'un « style pictural gagne du terrain dans ce pays, qui n'est ni abstrait ni surréaliste, mais emprunte à ces deux mouvements[72] », style pour lequel il fallait, ajoutait-il, forger un nouveau nom. Notons à ce propos que l'idée d'accoler « abstrait » et « expressionniste » n'était pas neuve. Dans un catalogue de 1929, Alfred Barr Jr. écrivait déjà de Kandinsky qu'il avait été le premier « Expressionniste "abstrait" », au sens où il s'est appuyé sur le style expressionniste de Gauguin, en éliminant ses aspects figuratifs[73]. L'épithète réapparaît d'ailleurs dans le fameux schéma de *Cubism and Abstract Art,* à propos de Kandinsky, toujours, pour qualifier *(Fig. 11)* d'« expressionnisme (abstrait) » la branche qu'il inaugure.

*

En 1951 eut lieu au MoMA une grande exposition consacrée à l'art abstrait aux États-Unis, *Abstract Painting and Sculpture in America,* organisée par A. C. Ritchie ; l'exposition entendait faire le point quinze ans après celle de Barr *(Cubism and Abstract Art).* On y trouve toutes les tendances, depuis l'abstraction géométrique jusqu'à l'« expressionnisme biomorphique » (le label « Expressionnisme abstrait » n'ayant pas encore pris le dessus) ; c'est dans cette dernière section que sont regroupés la plupart des peintres associés à l'Expressionnisme abstrait : Baziotes, De Kooning, Gorky, Pollock, Poussette-Dart, Rothko, Stamos ; d'autres, comme Hofmann, Motherwell et Reinhardt, étant plutôt classés parmi les « Expressionnistes géométriques ». Or, la même année, Alfred Barr faisait remarquer très justement que « malgré l'apparence abstraite de leurs toiles, ces artistes ne se considéraient pas eux-mêmes comme des peintres abstraits[74] ». Voilà donc le nouveau — et dernier — paradoxe qu'il nous faut comprendre, suivant une logique qui, décidément, se sera répétée tout au

lument sa dénégation de l'anecdote, de même que
je repousse sa dénégation de l'existence matérielle
de la réalité dans son ensemble[89] ». Le mot anecdote n'est pas à prendre ici dans un sens superficiel, mais profond, lié au sujet. Aussi ajoute-t-il
qu'à ses yeux « l'art est l'anecdote de l'esprit ». En
ce sens, une des deux critiques adressées à l'art
abstrait est l'élimination du sujet. C'est là un point
sur lequel les Expressionnistes abstraits étaient tous
d'accord. Deux ans plus tôt, Rothko l'affirmait déjà
dans une lettre au *New York Times*, cosignée par
Gottlieb (et à la rédaction de laquelle Newman avait
participé) : « Une idée largement acceptée parmi
les peintres est que peu importe ce qu'on peint à
partir du moment où c'est bien peint. Telle est
l'essence de l'académisme. Il n'existe pas quelque
chose comme une bonne peinture ne portant sur rien.
Nous affirmons que le sujet est crucial[90]. »

C'était évidemment là prendre le contre-pied de
la position de l'AAA, telle qu'on la trouve exprimée
par l'un de ses principaux porte-parole, le peintre
George L. K. Morris, l'un des plus fermes partisans
d'une orientation formelle de l'abstraction américaine. Pour lui, en effet, il y a dans toute œuvre du
passé un double aspect, d'un côté formel ou struc-
turel, de l'autre littéraire ou lié au sujet. Or c'est
en supprimant le second que l'on a le plus de chance
de voir apparaître le premier, en mettant au jour
une langue abstraite universelle[91]. Ainsi, selon cette
approche, c'était le sujet qui « voilait » l'aspect
plastique qu'il s'agissait de mettre en avant. Pour

Rothko et ses amis, en revanche, c'est justement parce que l'art abstrait s'est détaché du sujet qu'il est voué à l'échec.

La seconde critique, tout aussi forte, touche au rapport à la réalité que dénie l'art abstrait. D'ailleurs, avant même qu'il n'aborde la question de l'art abstrait, soit au tout début de cette déclaration — au sens fort —, Rothko commençait par affirmer : « J'adhère à la réalité matérielle du monde et à la substance des choses. J'élargis simplement l'extension de cette réalité, en l'étendant à des attributs égaux : les expériences de notre environnement plus familier. J'insiste sur l'existence égale du monde engendré par l'esprit et du monde engendré par Dieu en dehors de lui[92]. »

On sent que Rothko a pesé chaque mot utilisé, au point où son style en devient assez lourd. « J'adhère, écrit-il, à la réalité matérielle du monde. » Cette adhésion est aussi une adhérence qui s'oppose au détachement des peintres abstraits vis-à-vis de la nature. Quant à cette dernière, elle voit son statut étendu à la nature humaine. D'une façon parallèle à ce qui se passait en France, Rothko est donc conduit à mettre en question la « dénégation » de la réalité par les peintres abstraits. Il ne s'agit évidemment pas de restaurer les droits de l'imitation, mais d'affirmer l'importance du rapport à la nature, entendue comme l'ensemble du monde intérieur et du monde extérieur, mis sur un pied d'égalité. À cet égard, Rothko reconnaît clairement sa dette à l'égard du surréalisme, lequel, affirmait-il dans un

passage déjà évoqué, « a établi que les fantasmago-
ries de l'inconscient et les objets de la vie quoti-
diennes sont congruents ».

Cela nous aide à comprendre comment il a ren-
voyé pour ainsi dire dos à dos art abstrait et surréalisme afin de produire une œuvre qui, tout en étant
redevable à l'un et à l'autre, est cependant dissem-
blable et originale. Le surréalisme lui permet en ce
sens de mettre en question la dénégation de la nature par l'art abstrait, et de rendre ainsi possible
une conception ouverte qui accorde autant de place
au moi de l'artiste qu'au monde extérieur. D'autre
part, le surréalisme l'a aussi aidé par son insistance
sur le sujet, au détriment de la manière de peindre,
un point sur lequel Newman insistera tout particulièrement. Inversement, on pourrait dire que l'art
abstrait, en dévoilant de nouveaux mondes possibles, a mis l'accent sur les moyens picturaux que le
surréalisme a délaissés.

Cette position face à la nature, on pourrait penser
qu'elle est propre à Rothko et n'aurait pas été
partagée par les autres peintres du groupe. Or on
trouve des idées très semblables chez d'autres artistes, comme Hans Hofmann, souvent associé à l'Expressionnisme abstrait, bien qu'il ait eu un parcours
différent, ayant vécu en Allemagne jusqu'à la cin-
quantaine. Dans un schéma de la création artistique
qu'il a proposé, la nature est bien le point de départ
de la création, transformée par l'artiste en une œuvre
d'art. Il considère d'ailleurs la nature comme « la
source de toute inspiration[93] ». Quant à la réalité,

elle présente à ses yeux une nature double : « la réalité physique, appréhendée par les sens, et la réalité spirituelle, créée émotionnellement et intellectuellement par les pouvoirs — conscients ou subconscients — de l'esprit[94] ». Que se passe-t-il alors dans l'esprit de l'artiste ? Selon son schéma de la création, il y a d'abord un processus d'empathie qui engendre une interprétation tant de la vision que des moyens d'expression. Pour lui, l'empathie, en termes d'expérience visuelle, « c'est la faculté intuitive de sentir les qualités des relations formelles et spatiales, ou des tensions, et de découvrir les qualités plastiques et psychologiques de la forme comme de la couleur[95] ».

Ici encore (comme chez Bazaine), la notion d'empathie a changé de sens depuis Worringer, puisqu'elle ne s'oppose plus à celle d'abstraction, mais l'incorpore, d'une certaine façon. C'est très clair lorsque Hofmann distingue dans l'interprétation plastique ce qui vient de la vision et ce qui vient des moyens d'expression. Ajoutons que Hofmann n'est pas le seul à avoir plaidé pour un rapport à la nature. C'est sans doute aussi le cas de Gorky[96], voire de Pollock, même abstrait, au moins dans la série de 1946, *Sounds in the Grass*. Cela dit, le rapport de ce dernier à la nature était si peu évident que Hofmann, justement, s'en était inquiété lorsqu'il lui rendit visite en 1944, s'exclamant : « Vous ne peignez pas d'après nature. » On connaît la réponse de Pollock : « Je suis la nature. » Lee Krasner, la femme de Pollock — elle-même un excellent peintre expressionniste abstrait, trop long-temps éclipsée par la personnalité et l'œuvre de son mari —, rapportant ces propos, faisait remarquer qu'ils brisaient définitivement l'idée que l'on peut s'asseoir pour observer la nature au-dehors, comme quelque chose d'extérieur. Au contraire, dit-elle, Pollock revendique l'unité *(oneness)*[97]. Il est à noter que cette tendance à s'inspirer de la nature tout en peignant des toiles abstraites ne disparaîtra pas avec la génération suivante de peintres abstraits américains, loin de là ; il n'est que de penser à l'importance de la grisaille du ciel parisien pour Sam Francis, au début des années cinquante, ou du paysage de Vétheuil pour Joan Mitchell[98].

Une attitude différente mérite d'être signalée, qui ne relie pas l'abstraction nécessairement à la nature, mais au moins à la réalité : c'est celle adoptée par Motherwell, qui fait de l'art abstrait une réponse face au malaise du peintre dans la société moderne[99]. Cette position, sans doute inspirée par Meyer Schapiro[100], dont Motherwell avait suivi les cours à Columbia, a eu au moins le mérite, outre de proposer une analyse sociale de l'art abstrait, de disqualifier l'argument selon lequel ce dernier serait complètement « coupé » de la réalité.

Un autre thème délicat touché par Rothko concerne la question de la non-figuration, dont il considère qu'elle est un faux problème, dans un texte un peu plus tardif, qui, curieusement, est contemporain du « passage à l'abstraction » : « Je ne crois pas qu'il y ait jamais eu une question

d'être abstrait ou figuratif [*representational*][101]. » Il
y a là un paradoxe qui mérite d'être éclairci.
Comment donc, au moment où la figure humaine
disparaît et que se cherche un nouveau style en train
de devenir abstrait, le peintre pouvait-il affirmer
que la question n'était pas de choisir l'abstraction
plutôt que la figuration, ajoutant un propos quelque
peu énigmatique : « Il s'agit plutôt d'en finir vraiment avec ce silence et cette solitude, de respirer et
d'étendre ses bras à nouveau. »

Une première remarque ici, qui vaut pour tous
les Expressionnistes abstraits : bien qu'ils appartiennent à une génération plus jeune que celle des
pionniers de l'abstraction, et que l'art abstrait
existe déjà au moment où ils sont entrés dans la vie
professionnelle, ils ont tous commencé par faire de
la peinture figurative, et c'est par le biais du surréalisme qu'ils s'en sont peu à peu détachés, mettant à
profit plusieurs techniques, dont celle de la libre
association, dont Rothko avait une grande maîtrise,
selon Motherwell[102]. Chez aucun d'entre eux l'abstraction n'est venue comme une solution toute faite,
ni une solution facile. Elle a fini par s'imposer, peu
à peu, à la suite d'un travail acharné, mais à aucun
moment la question de la « non-figuration » ne
s'est posée comme une solution ou une alternative.
La première raison générale, nous l'avons vu, tient
au fait que pour eux l'abstraction était plutôt
l'exemple à ne pas suivre : ils craignaient avant
tout de sombrer dans un nouvel académisme, ce qui
était leur hantise, et refusaient le « formalisme » de

l'abstraction géométrique, si éloigné de leur quête d'un sujet.

Ce sujet, plusieurs d'entre eux le cherchaient au travers de la mythologie, une façon de se ressourcer auprès des Primitifs et de puiser dans leur rapport au mythe une nouvelle manière d'envisager des sujets modernes que l'art abstrait ne pouvait leur apporter. Rothko avait donc de bonnes raisons d'être méfiant vis-à-vis de l'art abstrait. Une raison supplémentaire était son attachement à la figure humaine, particulièrement sensible quand on voit que, parmi les milliers de ses dessins conservés à la National Gallery de Washington, l'écrasante majorité est constituée par des figures humaines. Il considérait d'ailleurs que « la grande réussite des siècles durant lesquels l'artiste a accepté de prendre comme sujet le probable et le familier a été les images de la simple figure humaine — seule dans un moment de totale immobilité[103] ».

On comprend que dans ces conditions il ait été extrêmement difficile à Rothko de se séparer de la figure. Comme il devait le déclarer dans la seule conférence qu'il ait donnée : « J'appartiens à une génération qui était concernée par la figure humaine et je l'ai étudiée. C'est avec la plus extrême répugnance que j'ai découvert qu'elle ne servait pas mes besoins[104]. » Cet attachement à la figure explique combien l'œuvre de Rothko est éloignée du mot d'ordre d'une abstraction conçue comme non-figuration. Comme il refusait également de « mutiler » la figure, j'ai suggéré ailleurs qu'il a dû la sacrifier, et qu'il existe à cet égard un lien fort entre le thème sacrificiel qui l'obsédait à l'époque (cf. notamment *Le sacrifice d'Iphigénie,* 1942) et le sacrifice de la figure humaine qu'il accomplit, ce qui lie directement le sujet tragique à la matière du tableau et lui permet de trouver le sujet de l'abstraction par le sacrifice de la figure[105].

En effet, le sujet tragique ne touchait plus suffisamment les contemporains ; d'où la nécessité de trouver une autre manière de le présenter, plus en phase avec l'époque actuelle. Et c'est là où l'abstraction a fini par s'imposer, à contrecœur. Le peintre, explique encore Rothko, progresse vers plus de clarté, c'est-à-dire « vers l'élimination de tous les obstacles entre le peintre et l'idée et entre l'idée et le spectateur ». Or, parmi ces obstacles, il mentionne la géométrie[106]. Si l'abstraction géométrique n'est pas à même de favoriser ce lien, parce qu'elle a, selon lui, rompu avec le sujet, en revanche, l'abstraction telle qu'il l'a pratiquée devrait, en principe, restaurer ce lien. Telle était du moins l'intention du peintre.

Son rapport à l'abstraction apparaît donc comme fort complexe, comme en témoigne encore le dialogue de sourds qu'il a eu avec Selden Rodman, dans les années cinquante. J'ai déjà évoqué plus haut la réponse tranchante qu'il avait faite à Rodman, lequel voyait en lui une des figures majeures de l'Expressionnisme abstrait ; voici la suite du dialogue :

ROTHKO : « Je ne suis *pas* un peintre abstrait. »

« Pour moi, vous l'êtes », dis-je. « Vous êtes un maître des harmonies chromatiques et des rapports, à une échelle monumentale. Pourriez-vous le nier ? »

« Oui, je le nie. Je ne suis pas intéressé par les rapports de couleur ou de forme ou de quoi que ce soit. »

« Alors qu'est-ce que vous exprimez ? »

« La seule chose qui m'intéresse est l'expression des émotions humaines de base — la tragédie, l'extase, le destin, etc. — et le fait que des tas de gens éclatent en sanglots et pleurent lorsqu'ils sont confrontés à mes toiles montre que je *communique* ces émotions humaines de base[107].

À première vue, on est donc dans un malentendu total puisque Rothko, considéré comme un des meilleurs peintres abstraits de sa génération, refusait d'être considéré comme tel et avait rejeté le terme « abstrait », lui préférant ceux de « non-objectif », « non-figuratif[108] ». Cependant, ce malentendu, pour le répéter, est dû avant tout à l'image qu'il avait de la peinture abstraite, telle qu'elle était pratiquée aux États-Unis, avec son orientation vers l'abstraction géométrique. Cela une fois précisé, nous pouvons tout à fait considérer Rothko comme un grand peintre abstrait, à condition de ne pas perdre de vue le sens fort qu'il donnait à sa pratique.

Abstraction/figuration :
Pollock, De Kooning

Nous avons vu plus haut que, pour Rothko, la question d'être non-figuratif plutôt que figuratif était un faux problème. Pour des raisons différentes, il en va sans doute de même concernant Pollock. On sait que son « retour » à la figuration en 1951 a pu être vu comme une « régression », voire une « trahison » de la cause abstraite, dans la perspective qui continue d'associer abstraction à non-figuration. Interrogée à ce sujet, Lee Krasner a répondu :

> J'ai vu ses peintures évoluer. Beaucoup d'entre elles, beaucoup parmi les plus abstraites, ont commencé par une imagerie plus ou moins reconnaissable — des têtes, des parties du corps, des créatures fantastiques. J'ai un jour demandé à Jackson pourquoi il n'arrêtait pas la peinture quand une image donnée était exposée. Il m'a répondu : « Je choisis de voiler l'imagerie. » Bon, voilà pour cette peinture. En ce qui concerne les noir et blanc [les œuvres figuratives de 1951], il a choisi principalement d'exposer l'imagerie[109].

Cette déclaration a fait couler beaucoup d'encre, car elle encourageait les spécialistes à chercher sous les toiles abstraites des reliquats de figuration. On a tenté d'en limiter la portée en faisant préciser à Lee Krasner que les propos de Pollock s'appliquaient avant tout à *There Were Seven in Eight* (vers 1945), de manière à laisser la période « classique » (les grands *drippings* de 1947-1950) non « contaminée ». De la même façon, on a voulu limiter la portée d'une autre remarque de Pollock : « Je suis parfois très figuratif [*representational*] et un peu tout le temps[110] », en la confinant aux dernières œuvres (1951-1956) afin de préserver, à nouveau, les grandes toiles abstraites « classiques » de tout rapport avec la figuration.

Cela pose un problème très délicat, car accepter l'idée de figures voilées recouvertes par l'abstraction risque d'engager le débat sur une voie de garage : faire de l'abstraction de Pollock une tentative de masquer des figures sous-jacentes. Ce fut le cas des interprétations jungiennes qui ont été proposées de son œuvre. Plus récemment, l'analyse des photogrammes des films de Hans Namuth montrant Pollock en train de peindre, ainsi que des reconstructions par des moyens technologiques sophistiqués de l'évolution des tableaux au cours des séances de photos a été mise au service de la même thèse : la présence de vagues silhouettes anthropomorphes ou zoomorphes ensuite recouvertes par des lignes abstraites[111].

L'ennui avec ce type d'interprétations est qu'on retombe dans les travers dénoncés, à savoir qu'on rabat l'art abstrait vers des motifs figuratifs, qui en seraient la source, puis qui auraient été plus ou moins délibérément camouflés. Rothko a aussi été victime de ce type de lecture[112]. Et plus généralement, on a tenté, suivant le même procédé, de réduire l'art abstrait des pionniers (Mondrian, Malevitch, Kandinsky, entre autres) en recherchant les motifs du monde visible qui auraient pu leur servir de point de départ[113]. Une telle attitude est difficilement acceptable, d'abord parce qu'elle va à contre-courant. Si tant de peintres ont dû fournir un effort extraordinaire pour se défaire de la figure (c'est en particulier le cas des Expressionnistes abstraits, mais aussi de Mondrian et de Van Doesburg à leurs débuts), à quoi bon adopter l'attitude mesquine qui consiste à chercher ce qui pourrait éventuellement demeurer de figuratif dans leurs œuvres abstraites ? De plus, une telle attitude suppose une bien piètre idée de l'art abstrait, réduit à une tentative d'effacer par différents procédés une figuration toujours présente, dans l'oubli total de l'objectif des peintres, bien plus noble et ambitieux qu'une entreprise de camouflage.

Cependant, il serait tout aussi erroné de vouloir nier qu'il y a bien souvent quelque chose comme de la « figuration » dans nombre d'œuvres abstraites. La question est d'éviter un double écueil : celui qu'on vient de décrire, et qui consiste à rabattre l'abstrait sur le figuratif, et son complément, qui est l'inverse, à savoir vouloir maintenir l'art abstrait dans une sorte de « pureté » non-figurative. Si l'opposition figuration/non-figuration a eu un sens historiquement, quand, dans les années trente, il a fallu poser l'art abstrait comme définitivement distinct des succédanés du cubisme encore partiellement figuratifs, force est d'admettre que la problématique s'est déplacée et que les préoccupations des Expressionnistes abstraits ne sont plus celles des membres d'Abstraction-Création. Bref, il faut maintenir fermement deux affirmations qui ne sont contradictoires que du point de vue d'une vision bornée de l'art abstrait : oui, il y a encore quelque chose comme de la figure au sein de bien des œuvres abstraites après 1945 (en France comme aux

États-Unis) ; oui, ces œuvres sont bien abstraites à part entière, bien qu'elles ne soient pas « non-figuratives ».

Autrement dit, il est parfaitement possible d'admettre la présence de « figures » chez le Pollock de la maturité, à condition de ne pas réduire l'abstraction à des figures camouflées, mais en voyant dans son œuvre un travail opéré *sur* l'opposition figuration/non-figuration, travail permettant de faire surgir le sujet qui est à l'œuvre dans la tension produite par cette opposition[114].

Ce qui est vrai de Pollock l'est à plus forte raison de Willem De Kooning, dont la fameuse série *Women,* commencée en 1950, est à la fois figurative et abstraite. Figurative, parce qu'on y reconnaît une femme, et abstraite par le traitement plastique des lignes, par l'intensité du geste, parfois presque agressif. De Kooning est aussi loué comme l'un des maîtres du « paysagisme abstrait ». C'est lorsqu'il travaillait à *Woman I* (qui lui a pris deux ans d'ef- *(Fig. 12)* forts) qu'il fut invité à participer à l'exposition du MoMA, *Abstract Painting and Sculpture in America* (1951), et à s'exprimer sur sa position vis-à-vis de l'art abstrait lors d'un colloque organisé à cette occasion. Comme on pouvait s'y attendre, il adopte une attitude fort critique. Des pionniers de l'art abstrait, il ne retient que l'aspect négatif ; non ce qu'ils ont fait, mais ce qu'ils ont rejeté : « La question à leurs yeux n'était pas tellement de savoir ce que l'on *pouvait* peindre, mais plutôt ce qu'on *ne pouvait pas* peindre. On ne pouvait pas peindre une maison, un arbre ou une montagne. C'est alors que le sujet est apparu comme quelque chose que l'on ne devait *pas* avoir[115]. » Dans ces conditions, il n'est pas surprenant qu'il se dise ennuyé par leurs écrits et fasse de Mondrian sa bête noire, comme d'autres (notamment Rothko et Newman). En réalité, il reconnaît que de tous les mouvements, c'est le cubisme qu'il préfère. S'il fallait à tout prix lui trouver une filiation, ce serait en effet celle de la déformation cubiste, mais qu'il mène, à sa façon très personnelle, jusqu'à l'abstrait.

Étant donné ces prémisses, il est compréhensible qu'il n'ait pas voulu s'enfermer dans une façon de peindre qu'il ressentait comme trop contraignante, puisqu'il y voyait une limitation à sa liberté créatrice. D'où le fait qu'il identifie l'art abstrait à ces contraintes qu'il refuse, y voyant un style contre lequel il se rebelle : « Il n'existe aujourd'hui aucun style en peinture. Il y a autant de naturalistes parmi les peintres abstraits que de peintres abstraits dans l'école dite "du sujet"[116]. » Il pensait sûrement en écrivant ces lignes à *Woman I*, auquel il était en train de travailler. Dix ans plus tard, il devait réitérer ce jugement, confiant lors d'une interview : « Je n'ai pas du tout l'impression d'être un peintre non figuratif. Certains peintres estiment qu'ils doivent revenir à la figure, et ce mot revêt une connotation ridicule. » Et il ajoute que si, de nos jours, il peut paraître absurde de peindre une image de l'homme, « il m'est apparu que c'était encore plus absurde de ne pas le faire[117] ». D'où sa position dans l'entre-deux qui l'a fait qualifier de champion d'un courant créé pour la circonstance en condensant les termes « réel » et « abstrait » : « Realstractionist[118] ».

Barnett Newman

À deux reprises, dans les passages cités plus haut, l'art abstrait a été associé par De Kooning au rejet du sujet en peinture. Si cette idée était partagée par les peintres expressionnistes abstraits, c'est Barnett Newman qui l'a affirmée le plus fortement dans ses écrits. Notons tout d'abord à ce propos que, comme Bazaine en France et son ami Rothko, Newman doit bien se positionner face au surréalisme comme à l'art abstrait. Et lui aussi montre l'insuffisance de ces deux mouvements.

Un de ses textes les plus fascinants à cet égard est « The Plasmic Image », écrit autour de 1945, une période cruciale dans l'évolution de ses idées comme de sa pratique. Il s'agit en fait d'une sorte de journal, dans lequel certains des thèmes qui lui étaient chers sont repris, répétés, transformés. La cohérence de la pensée permet d'en saisir le fil, mais l'écriture quelque peu répétitive, s'agissant d'une pensée qui se cherche, oblige à en redistribuer les idées d'une façon différente. Le livre du galeriste Sidney Janis, *Abstract and Surrealist Art in America* (1944), auquel il se réfère, a sûrement stimulé sa réflexion, très proche, à cet égard, de celle de Rothko, au sens où il ne peut s'agir pour lui d'une filiation directe par rapport à ces deux mouvements. Refusant d'endosser une étiquette, Newman parle plutôt de « nouveaux » peintres pour qualifier son art et celui de ses amis : « [...] très peu parmi les nouveaux peintres, écrit-il, dont certains pensent qu'ils combinent surréalisme et peinture abstraite, proviennent de l'un ou de l'autre[119]. » Il ne s'agit pas en effet d'une question d'influence, ou de source, mais de construire quelque chose de nouveau, non par une combinaison, mais par un jeu dialectique, en les renvoyant dos à dos, en prenant de chacun ce qui peut servir et en rejetant le reste. C'est pourquoi la réflexion de Newman est un constant va-et-vient entre surréalisme et abstraction : « [...] la nouvelle peinture n'est ni abstraite ni surréaliste, même si elle utilise des formes abstraites et un sujet imaginaire [*imaginative subject matter*][120]. » Qu'est-elle alors ? Pour le comprendre, il faut entrer dans le détail des aspects positifs et négatifs des deux mouvements en présence.

Le surréalisme, d'abord. Newman reconnaît son importance, qui est d'avoir développé l'imagination, mais encore s'agit-il de savoir à quoi elle doit servir :

> Le surréalisme s'intéresse à un monde de rêve qui vient pénétrer la psyché humaine. Dans cette mesure, il reste une expression mondaine. Il est encore concerné par le monde humain ; il ne devient jamais transcendant. Le peintre actuel est concerné, non par ses propres sentiments ou par le mystère de sa propre personnalité, mais par la volonté de pénétrer dans le

mystère-monde. Son imagination tente par conséquent de creuser les secrets métaphysiques[121].

Voilà donc la différence d'avec le surréalisme. En ce qui concerne l'art abstrait, les griefs sont bien plus importants. Le principal d'entre eux, on ne s'en étonnera pas, est l'élimination du sujet. Newman ne mâche pas ses mots en considérant que le responsable de tout cela est le « purisme fanatique » de Mondrian, qui est la « matrice de l'esthétique abstraite[122] ». L'image du fanatisme est d'ailleurs développée par une comparaison avec l'arabesque :

> L'insistance des artistes abstraits concernant l'élimination du sujet, et le fait que l'art doit être rendu pur, a servi à créer un résultat semblable à celui de l'art mahométan, qui insistait sur l'élimination des formes anthropomorphes. Les deux fanatismes, qui s'efforcent d'obtenir une pureté abstraite, ont obligé l'art à devenir une pure arabesque[123].

Tout le reste découle de là. Une fois le sujet éliminé, il ne reste plus que les préoccupations formelles sur lesquelles les abstraits concentrent leur attention, et qui engendrent par là même un nouvel académisme, soit ce que les Expressionnistes abstraits redoutaient au plus haut point : « La plupart des gens, quand ils parlent des qualités plastiques, plaident en faveur d'une idée académique. » D'où sa tirade contre les académiciens d'aujourd'hui « qui ont développé la théorie selon laquelle peu importe ce que vous peignez à partir du moment où vous obtenez de la "qualité"[124] ».

Ainsi, ni le surréalisme ni l'art abstrait ne permettent seuls de trouver une voie de sortie. Aussi une
synthèse s'avère-t-elle nécessaire en jouant l'un
contre l'autre. En effet, le surréalisme apporte justement ce qui manque à l'art abstrait :

> Le surréalisme a fait une importante contribution à
> l'esthétique de notre temps en mettant en évidence
> l'importance du sujet pour le peintre. L'art abstrait en
> Amérique a été dans une large mesure la préoccupa-
> tion des êtres bornés qui, en ignorant le sujet, se sont
> retirés eux-mêmes de la vie et se sont engagés dans un
> passe-temps d'art décoratif[125].

Inversement, l'art abstrait apporte ce qui manque
au surréalisme, un langage : « Le nouveau peintre a
une dette vis-à-vis de l'artiste abstrait, à qui il doit
de lui avoir donné son langage, mais la nouvelle
peinture est concernée par un nouveau type de pensée abstraite. [...] Tandis que le peintre abstrait est
concerné par son langage, le nouveau peintre est
concerné par son sujet, par sa pensée[126]. »

L'art abstrait, tant critiqué, a donc tout de même
quelque chose de bon qui vaut la peine d'être
repris. Reste alors à différencier la bonne abstraction de la mauvaise. Pour ce faire, il est nécessaire
d'en passer par l'art primitif, comme nous l'avons
vu chez Bazaine, mais c'est aussi vrai des autres
« faiseurs de mythes » *(Myth-Makers)* comme certains des Expressionnistes abstraits s'appelaient
eux-mêmes[127].

L'échec de la peinture abstraite, explique Newman, est dû à une confusion qui existe dans la compréhension de l'art primitif, ainsi qu'en ce qui concerne la nature de l'abstraction. C'est maintenant une notion très répandue que l'art primitif est abstrait et que la force de la position primitive provient de sa tendance vers l'abstraction. L'examen des cultures primitives montre cependant que beaucoup de traditions étaient réalistes. [...] On gagnera en clarté en définissant l'abstraction dans les termes stricts du peintre abstrait, comme le domaine de la peinture concerné par les formes géométriques, et si on sépare ce concept de celui de distorsion. Une des graves erreurs faites par les artistes et les critiques d'art a été la confusion concernant la nature de la distorsion, l'assomption facile que toute distorsion d'une forme réaliste est une abstraction de cette forme. [...] Le peintre du nouveau mouvement comprend clairement la séparation entre l'abstraction et l'art de l'abstrait. Par conséquent, il n'est pas intéressé par les formes géométriques en soi, mais par la création de formes qui, étant donné leur nature abstraite, apportent un certain contenu intellectuel abstrait[128].

Ce texte assez dense contient plusieurs idées qu'il convient de démêler. La première est le refus de réduire l'abstraction à son sens de « tiré de la nature », par déformation ou distorsion. Sur ce point, Newman suit la tradition européenne de Mondrian ou Van Doesburg et a tout à fait raison de s'opposer à cet amalgame qui fait de l'art des Primitifs — auquel soit dit en passant, il s'intéressait beaucoup, puisqu'il avait même organisé une exposition de l'art des Indiens de la Côte Ouest — un art abstrait,

par simplification, ou schématisation, ou déformation. Qu'est-ce alors que l'abstraction ? Il propose
sagement de lui donner le sens qui prévalait aux
États-Unis à la suite des activités du groupe des
Artistes Abstraits Américains (expositions, articles,
etc.). Bref, l'abstraction, c'est l'art abstrait géométrique. Mais on sait tout le mal qu'il en pensait.
Comment alors faire valoir la « nouvelle » peinture,
comme il l'appelle ? En distinguant entre l'abstraction, au sens qui vient d'être défini, et l'« art de
l'abstrait », pour qualifier l'art qu'il préconise avec
ses amis. Et si ce dernier est bien abstrait, c'est
parce qu'il apporte un contenu symbolique abstrait

Newman le formule en des termes presque semblables dans sa lettre à Jewell, critique du *New
York Times* : « Ce langage doit être abstrait car il
exprime une pensée abstraite. Ici réside la clé du
nouvel art, car il y a une profonde différence entre
un art abstrait et un art de l'abstrait[129]. » On conviendra cependant que, sans un commentaire adé-
quat, la distinction risque de passer inaperçue. Mais
à d'autres moments, face à cette question sémantique qui aura empoisonné toute l'histoire de l'art
abstrait, Newman pense plutôt qu'il y a une mauvaise conception de l'art abstrait, celle des abstraits
géométriques, et une bonne, celle qu'il défend et
qui est, écrit-il plus loin,

> un art abstrait dans le vrai sens du mot — c'est-à-dire
> qu'il utilise un langage artistique pour véhiculer une
> pensée abstraite. Il est une sorte de logique symboli-
> que. L'art abstrait de nos peintres abstraits convention-

nels est un usage impropre du mot, car par « abstrait »
ces peintres veulent seulement dire « tiré de la nature ».
Ils n'ont jamais essayé ou revendiqué de s'intéresser à
la pensée. L'art abstrait tiré de la nature n'a jamais
impliqué plus qu'un art simplifié[130].

L'art abstrait qu'il défend est donc tel parce qu'il
véhicule une pensée abstraite, « des symboles
abstraits, symboles qu'il crée à partir du langage pur
qu'est la peinture aujourd'hui[131] ». Aussi l'exemple
de l'art primitif est-il très important, car il fait comprendre aux « faiseurs de mythes » comment l'art
peut transmettre un contenu symbolique, bref,
abstrait[132]. Et c'est pourquoi « le nouveau peintre
est dans la position de l'artiste primitif ».

Voilà donc l'excellente synthèse que nous offre
Newman et qui contient par avance le programme
que lui et ses amis s'efforceront de réaliser dans
leurs œuvres. En conclusion, il pouvait alors affirmer tranquillement, revenant sur le parallèle entre
surréalisme et art abstrait qui avait nourri toute sa
réflexion :

> Les nouvelles peintures sont par conséquent philo-
> sophiques. En maniant des concepts philosophiques
> qui sont en soi de nature abstraite, il était inévitable
> que la forme des peintres [*painter's form*] devienne
> abstraite. Et dans la mesure où ces peintures essaient
> de dire quelque chose — c'est-à-dire qu'elles ont un
> sujet — il était tout aussi inévitable que la forme
> abstraite ait des accents surréalistes[133].

On comprend mieux à présent l'exigence et l'ambition de ces peintres qui allaient profondément
renouveler et transformer l'art abstrait. S'ils ont

récusé l'appellation de peintres abstraits, à cause du
sens qu'avait fini par acquérir l'expression aux
États-Unis, ils n'en ont pas moins été plus proches
qu'ils ne pensaient des idées des pionniers de l'art
abstrait. Rothko, nous l'avons vu, voulait un art
qui permette d'exprimer les émotions humaines.
Motherwell soutenait la même chose, qui y voyait
même le profond humanisme de l'abstraction,
puisqu'« il n'est pas nécessaire de peindre des formes humaines pour exprimer des sentiments
humains[134] ». Et Newman, ici encore, était sur la
même longueur d'ondes, lorsqu'il notait que « l'art
abstrait n'est pas quelque chose à aimer pour lui-
même, mais un langage à utiliser pour projeter d'importantes idées visuelles. Dans cette voie, l'art
abstrait peut devenir personnel, chargé d'émotions
et capable de donner forme aux plus hautes pers-
pectives humaines[135] ». Or, que l'art abstrait soit
un langage, et un langage capable d'exprimer des
idées et des émotions, voilà exactement ce qu'a
notamment revendiqué un Kandinsky... En quel
sens l'art abstrait peut être considéré comme un
langage, comment il peut véhiculer un sens et
exprimer des émotions, telle est la vaste question
qui fera l'objet de la seconde partie.

Retour à Paris :
le non-objectif — Seuphor, 1949

Il reste cependant un dernier point à éclaircir.
Pour intéressantes que soient les conceptions de

l'art abstrait développées par les Expressionnistes abstraits, ou par les tenants de l'abstraction lyrique, ou encore par Bazaine, Manessier et leurs amis, nous ne les partageons pas entièrement. Lorsque nous parlons d'art abstrait, n'est-ce pas en nous référant essentiellement aux pures-abstractions de Barr, ou aux idées du cercle du Salon des Réalités nouvelles ? C'est qu'entre-temps le modernisme aura fait son chemin et que désormais l'art abstrait, l'art vraiment abstrait, se limite au non-objectif. Mais d'où vient cette ultime étape, par laquelle l'art abstrait a vu son sens se rétrécir alors qu'il venait à peine de s'élargir ? Dans l'état actuel de mes connaissances, je crois qu'un des responsables, en Europe du moins, en est Michel Seuphor.

En 1949, la galerie Maeght organise en effet une double exposition sous le titre général : *Les premiers maîtres de l'art abstrait,* composée de deux volets, *I. Préliminaires à l'art abstrait,* et *II. Épanouissement de l'art abstrait.* Pour accompagner cette double manifestation, elle charge Seuphor d'écrire une histoire de l'art abstrait ; il était sûrement une des personnes les plus indiquées pour le faire, étant donné sa connaissance du sujet et le fait qu'il avait entretenu des liens d'amitié avec la plupart des pionniers. C'est dans cet ouvrage, publié par la galerie Maeght pour donner plus de poids historique aux œuvres vendues, qu'on trouve une petite note en apparence anodine, dès le début du texte, après une présentation de l'alternative « art

concret » proposée par Van Doesburg pour remplacer l'appellation « art abstrait ». Cette petite
note, la voici :

> Une fois pour toutes : j'appelle, ici, art abstrait tout
> art qui ne contient aucun rappel, aucune évocation de
> la réalité observée, que cette réalité soit ou ne soit pas
> le point de départ de l'artiste. Tout art que l'on doit
> juger, légitimement, du seul point de vue de l'harmo-
> nie, de la composition, de l'ordre — ou de la dis-
> harmonie, de la contre-composition, du désordre
> délibérés — est *abstrait*[136].

La solennité du ton adopté est à la mesure de
l'importance de la décision. *Exit* l'abstraction, au
sens de ce qui a été abstrait. Par ce geste tranchant,
tout un pan de l'art abstrait se trouve ainsi amputé,
pour ne plus contempler que le seul art non-objectif.
En tant que critique, Seuphor avait sans doute ses
raisons pour s'aligner sur la position d'un Degand
et de l'aile dure de l'abstraction géométrique (Herbin, Dewasne…). Ami et biographe de Mondrian, il
avait sans doute à cœur de maintenir le flambeau
d'une conception de l'art abstrait sans concessions.
Il était même important, contre l'attitude diploma-
tique d'Abstraction-Création qui avait bien dû,
dans les années trente, ménager la chèvre de l'abstraction et le chou de la création, de faire la part des
choses en mettant en évidence l'art non-objectif. Sa
position s'était donc nettement radicalisée depuis
Cercle et carré, qui, nous l'avons vu, avait adopté
une attitude très souple. C'est qu'entre-temps les
conditions avaient changé et qu'il était sans doute

plus aisé d'imposer l'art non-objectif comme seule forme légitime d'art abstrait.

Mais, en tant qu'historien, il se trompait, d'autant plus qu'il était — et s'en est glorifié avec raison — le premier historien de l'art abstrait. Or, à ce titre, il a fait un tort considérable, dont nous souffrons encore les conséquences aujourd'hui. Il a en effet rendu incompréhensible, et pour longtemps, l'histoire de l'art abstrait qu'il écrivait en même temps. Car une chose est d'être théoricien, une autre historien. Je ne veux certes pas dire que les historiens n'auraient pas de théorie (implicite ou explicite), mais seulement qu'un geste aussi radical que celui qui consiste à renommer l'art abstrait (en en soustrayant un pan entier) est difficilement compatible avec la démarche consistant à écrire une histoire de l'art abstrait. Cette histoire, en effet, a été écrite sur une base erronée, c'est-à-dire à partir d'un présupposé, d'un jugement de valeur, qui grevait par avance tout ce qu'il pouvait écrire, et faussait par conséquent la matière même qui faisait l'objet de son histoire. Les choses étant ce qu'elles sont, les historiens suivants ont bien dû se référer à son travail pionnier et calquer le leur sur le sien.

Pour montrer en quoi et comment le geste de Seuphor a faussé l'histoire de l'art abstrait, je prendrai le cas de Delaunay. Pourquoi ce dernier n'a-t-il toujours pas la place qui lui revient parmi les pionniers de l'abstraction? Pourquoi l'importance historique de son œuvre autour des années 1912 est-elle encore si peu reconnue ? C'est que, si l'on s'accorde à définir l'art abstrait comme le faisait Seuphor, « une fois pour toutes », alors il faudrait en toute logique exclure Delaunay, ce qui semblerait impensable. D'où la formule de compromis qu'adopte Seuphor, et qui trahit son embarras : « C'est entendu, les *Fenêtres* partaient encore de la réalité objective (la fenêtre ouverte en été, et le jeu du soleil sur le monde) mais la plupart aboutissaient à un pur lyrisme de la couleur. Et ces compositions-là sont bien de l'art abstrait[137]. »

On voit combien les prémisses adoptées par Seuphor le mettent dans une situation intenable, en tant qu'historien du mouvement, sauf à adopter une solution de compromis boiteuse dont personne n'aurait dû être dupe. Mais il a en quelque sorte donné le *la*, et d'autres lui ont emboîté le pas, dont Marcel Brion. Celui-ci, après avoir opposé dans l'art deux mouvements, les « représentations des objets extérieurs à l'homme » et l'« image de l'univers intérieur de l'artiste[138] », est bien embarrassé pour classer Delaunay. Et il s'en tire également par une formule hybride de compromis : « Il serait injuste de ne pas y ajouter l'apport de Robert Delaunay qui, dans ses *formes simultanées* a poursuivi la synthèse de la forme et du mouvement, de la couleur et de la lumière [...] en demandant à la lumière cette vertu de spiritualisation et d'animation des volumes, qui fait qu'il importe peu, à ce moment-là, que ces volumes soient tirés du répertoire des formes de la nature ou de la libre imagination de l'artiste[139]. »

C'est dans cette logique que s'est également située Dora Vallier. Dans l'introduction de *L'art abstrait,* elle explique en effet que Delaunay peint bien, dès 1912-1913, « plusieurs tableaux abstraits dont les *Formes circulaires* ou certaines de ses fameuses *Fenêtres simultanées* qui feront école, mais une volonté délibérée d'abstraction ne se manifestera dans son œuvre que dans les années trente[140] ». Conséquente avec elle-même, Vallier exclut donc Delaunay des pionniers auxquels elle consacre de longs développements (Kandinsky, Mondrian, Malevitch), et n'aborde son œuvre que dans le chapitre consacré à l'art abstrait des années trente. Dans ce chapitre précisément, elle revient à la charge, notant, dans un verdict sans appel : « On a tendance à situer Delaunay aux origines de l'art abstrait : il a en effet peint des tableaux abstraits en 1912-1913, mais sa passion pour la couleur, même si elle aboutit à l'abstraction, reste liée aux problèmes posés par le cubisme. [...] Son rôle de peintre abstrait, il le joue donc dans les années trente[141]. »

Autrement dit, le Delaunay historique des débuts de l'art non-figuratif ne peut être valablement considéré comme peintre abstrait, puisque peintre abstrait veut dire désormais non-objectif et que son œuvre des années 1912-1913 (à l'exception notable du *Disque*) s'inspire encore de la réalité. Mais comment justifier son exclusion ? Dora Vallier tente de s'en tirer, quant à elle, en expliquant que considérer le premier Delaunay comme abstrait est le résultat d'une confusion, laquelle, nous dit-elle,

« remonte, sans doute, au temps où le cubisme
était considéré comme un mouvement abstrait[142] ».
Cependant, nous avons vu dans le chapitre précédent que le cubisme était encore considéré comme
abstrait dans les années trente. Faudrait-il alors, en
toute rigueur, éliminer non seulement Delaunay,
mais une bonne part de l'art abstrait des années
trente, qui restait massivement non-figuratif, et
n'était donc pas non-objectif ? Et que dire alors de
tout l'art abstrait de l'après-guerre, qui récuse bien
souvent l'opposition figuratif/non-figuratif ? Faut-il
aussi le laisser de côté, sous prétexte qu'il n'est pas
non-objectif ? Là, l'historienne se garde bien de trancher, et bat prudemment en retraite en invoquant le
manque de distance historique, afin d'éviter de se
prononcer sur « ces transformations si profondes
dans la conception et dans l'exécution de l'œuvre
d'art qu'on a l'impression d'assister à un grand tournant où la forme a perdu de vue le passé et s'aventure, à tâtons, vers un avenir encore trouble[143] ». On
voit à quelles aberrations conduit, pour un historien,
une conception trop étroite de l'art abstrait !

C'est cette définition standard de l'art abstrait
comme rigoureusement non-objectif que j'ai ap-
prise ; c'est elle qui m'a nourri, que j'ai retrouvée
si souvent par la suite et qui a modelé ma façon de
comprendre l'art abstrait. Ou plutôt de n'y rien
comprendre. Car tel est le sentiment que j'ai eu
pendant si longtemps, celui de ne rien comprendre
à ce qu'était l'art abstrait. Et c'est pourquoi j'ai
commencé à noter systématiquement au fil des

lectures toutes les occurrences que je rencontrais des mots « abstrait », « abstraction » et « art abstrait », en espérant avoir un jour l'occasion de me plonger dans ce puzzle pour tenter d'y voir plus clair… J'espère à présent y être parvenu, au moins en partie.

Arrivé au bout de ce parcours du combattant, voici, en guise de résumé, un tableau récapitulatif des principales conceptions que nous avons rencontrées, pour ceux qui auraient la curiosité de se retourner pour voir le chemin parcouru en un siècle de discussions, de querelles et de réconciliations, au cours desquelles l'« art abstrait » aura vu son sens et ses appellations se transformer tant de fois, au point qu'il s'agit, sans grand risque de se tromper, du vaste mouvement artistique le plus souvent baptisé, débaptisé et rebaptisé de toute l'histoire de l'art.

Schéma récapitulatif

Terme	Signification	Valeur	Époque	Auteurs	Exemples	Antonymes
abstrait/action	Beau idéal	+	XVIIIe XIXe	Reynolds Quatremère Blanc	Statues grecques	
abstrait/action	Idéalisme en art	–	1860-1900	Courbet Y. Guyot		réalisme
abstrait/action	Peindre de mémoire	+	1880	Van Gogh	*La Berceuse*	
abstrait	Isolement du peintre, coupé de la réalité	–	1880	Van Gogh	Lui-même	
abstrait/action	— Personnification — Dessin et couleur s'éloignant de l'exactitude de la réalité — Incompréhensible	+	1880	Gauguin	Son auto-portrait *Les misérables*	
Abstrakte/tion	Motifs décoratifs et ornementaux	+	fin XIXe	Riegl	arabesques	

abstrait/action	Tendance trop littéraire et artificielle qui rend l'œuvre peu compréhensible	–	1900	Fontainas	Gauguin	*Gegen-ständlich*
abstrakt	Ornements *ungegenständliche*	+	1903	Arthur Roessler	Ornements d'A. Hölzel	
abstrait/action	Œuvre « théorique » réduite à l'acte pur de peindre	–	1905	Maurice Denis	Les Fauves	
Abstraktion	Tendance de l'art vers une ornementation géométrique	+	1908	Worringer	Pyramide égyptienne	*Ein-fühlung*
abstrakten Formen	Formes dans lesquelles le traitement plastique attire l'attention	+	1910-1912	Kandinsky	Segantini Cézanne	
abstrait/action	Géométrisation	+	1910	Roger Fry	cubisme	

Terme	Signification	Valeur	Époque	Auteurs	Exemples	Antonymes
abstrait/action	Stylisation, usage de formes abstraites	+	1912	Roger Allard Gustave Kahn	cubisme	
abstrakte Kunst	Art dans lequel dominent les éléments plastiques sans que la représentation de l'objet soit éliminée	+	1912	Kandinsky	F. Marc, *Le taureau* H. Matisse, *La musique*	
abstrait/action	Trop cérébral et intellectuel	–	1912-		cubisme	
abstrait/action	Formes et couleurs en soi	+	1913	Picabia	*Udnie*	
abstractie	Qui a été abstrait de la nature	–	1918	Mondrian	Ses œuvres de 1915-1917	*abstract*
abstract	Expression d'une relation entre éléments plastiques	+	1918	Mondrian	Ses œuvres après 1917	*abstractie*

abstrakte Kunst	Catégorie générale qui regroupe des œuvres encore partiellement figuratives, non-figuratives et non-objectives	– +	1925	Arp et Lissitzky		
abstraction	Œuvres qui ont été abstraites de la nature	– –	1926 1930	Mondrian Van Doesburg		abstrait concret
abstrait	Art purement abstrait	+	1926	Mondrian		abstraction
art abstrait	Art obtenu par un dépouillement des formes et qui n'exclut pas la figuration	+	Années 30		cubisme	
art abstrait	Art cérébral par lequel on se prive de puiser son inspiration dans le monde visible	–	Années 30 à 50	Matisse, Picasso, Miró, etc.		

Terme	Signification	Valeur	Époque	Auteurs	Exemples	Antonymes
art non-figuratif	Regroupe des œuvres qui ont été abstraites, à l'exclusion de celles encore figuratives, et des œuvres non-objectives	+	1931	Groupe Abstraction-Création		Art figuratif
abstrait/action	Art figuratif		1936	A. Kojève		concret
Abstract Art	Art non-figuratif et non-objectif	+	1936	A. Barr Jr.		Figurative Art
abstraction	Caractéristique de la création comme généralisation	+	1945	G. Diehl	Art irlandais Fresques romanes Picasso	
non-figuration	Sens limité à celui de non-objectif ; devient synonyme d'art abstrait dans ce sens restreint	+	1947	L. Degand	Abstraction géométrique	Art Figuratif

art abstrait	Représente le monde intérieur de l'artiste ; n'exclut pas certaines formes de figuration	+	1947	Ch. Estienne	Kandinsky Abstraction lyrique Tachisme	Art non-figuratif, désincarné, irréalisme
art abstrait	Art incarné, immergé dans le monde ; n'exclut pas certaines formes de figuration	+	1947	Bazaine	Art primitif Jeunes Peintres de tradition française	
abstract/action	Abstraction géométrique, art sans sujet	−	1945-	Expressionnistes abstraits	Œuvres des membres de l'AAA	
Abstract Art ou Art of the Abstract	Langage qui exprime une pensée symbolique abstraite, un sujet	+	1945	B. Newman	Art primitif Expressionnisme abstrait	
art abstrait	Ne comprend plus que l'art non-objectif	+	1949	M. Seuphor		

SECONDE PARTIE

Langage et art abstrait

Peut-être que l'impulsion la plus forte vers un changement dans la façon d'approcher le langage et la linguistique fut cependant — pour moi, du moins — le turbulent mouvement artistique du début du vingtième siècle. [...] La capacité extraordinaire de ces inventeurs [Picasso, Joyce, Braque, Stravinski, Khlebnikov, Le Corbusier] *à surmonter sans cesse leurs anciennes habitudes dépassées, ainsi que leur don sans précédent pour saisir et remodeler n'importe quelle tradition plus ancienne ou tout modèle étranger sans sacrifier leur propre individualité dans la stupéfiante polyphonie de créations toujours nouvelles, étaient intimement liés à leur sensibilité unique pour saisir la tension dialectique qui existe entre les parties et le tout unifiant, et entre les parties conjuguées, surtout entre les deux aspects de tout signe artistique, le* signans *et le* signatum.

ROMAN JAKOBSON.

À mon avis, la peinture dite « abstraite » n'est pas un « isme » comme il y en a eu

tant ces derniers temps, ni un style, ni une
« époque », mais un moyen d'expression
tout nouveau, un autre langage humain,
plus direct que la peinture précédente. Nos
contemporains ou les générations à suivre
apprendront à lire, et un jour, on trouvera
cette écriture directe plus normale que la
peinture figurative, ainsi que nous trouvons
notre alphabet — abstrait et illimité dans
ses possibilités — plus rationnel que l'écri-
ture figurative des Chinois.

HANS HARTUNG.

VIII

Peut-on parler de signes ?

Les rapports entre l'art abstrait et le langage
n'ont été que très peu étudiés, qu'on les entende au
sens des relations entre art abstrait et langage verbal, ou qu'il s'agisse de considérer l'art abstrait lui-
même comme un langage[1]. Ces deux aspects vont
nous retenir tout au long de cette partie. Commençons par le second. S'il n'existe que peu d'études
sur ce thème, c'est d'abord qu'il n'a pas été clairement établi que l'art abstrait pouvait être un langage. C'est plutôt l'idée contraire qui a longtemps
dominé et continue d'ailleurs de dominer dans l'esprit du plus grand nombre. Car qui dit langage dit
système de signes. Or l'opinion qui prévaut encore
trop souvent consiste notamment à penser que l'art
abstrait ne peut contenir des signes, car ceux-ci se
caractérisent par un renvoi à ce dont ils sont les
signes, faute de quoi il n'y aurait tout simplement
pas de signe. Or, entend-on dire, tel est précisément
le cas de l'art abstrait : ne renvoyant à rien, il ne
peut donc valoir comme signe. On trouve cette idée

exprimée dans un livre au demeurant excellent, bien qu'il date d'un demi-siècle, *L'esthétique de l'abstraction,* de Charles-Pierre Bru : « [...] les abstractions ne sont ni des schémas ni des signes, c'est-à-dire qu'elles ne renvoient ni à des choses ni à des idées ; elles ne renvoient à rien d'autre qu'à elles-mêmes. Or c'est cette vérité incontestable que traduit l'affirmation selon laquelle l'abstraction en peinture n'est rien d'autre que la non-figuration[2]. »

L'argument semble à première vue imparable : pas de renvoi à un élément extérieur, donc pas de signe. Pourtant, si on y regarde de plus près, la chose devient moins évidente. Pour le montrer, un détour par quelques notions élémentaires de sémiologie s'impose. (Le lecteur pressé ou familier de la linguistique et de la sémiotique visuelle peut sauter allégrement les pages qui suivent et poursuivre la lecture au chapitre suivant.) Qu'est-ce en effet qu'un signe ? Une des façons les plus commodes de le définir, même si elle ne fait pas l'unanimité, consiste à le comprendre comme une relation entre trois éléments : signifiant, signifié et référent[3]. Si je prononce le mot « arbre », pour prendre un exemple canonique, l'ensemble des sons que je prononce, a-r-b-r-e, forme le signifiant. L'idée d'arbre, ou le concept d'arbre est le signifié auquel renvoie le signifiant. Quant au référent, c'est l'arbre réel, concret, auquel le signifiant /arbre/ est censé renvoyer. Or il semble clair que ce qui caractérise l'art non-objectif, c'est l'élimination du référent. D'où d'ailleurs la question angoissée du public non éduqué face à ces œuvres : « Qu'est-ce que cela représente ? », et à laquelle il faut bien répondre que cela ne représente rien !

Mais si l'on se demande maintenant s'il y a encore un signe sans référent, la réponse est : oui. Dans le cas du langage verbal, on peut parfaitement comprendre ce qu'est une licorne sans en avoir jamais vu et même en sachant que cet animal n'existe que dans des récits ou des tapisseries. Le rapport entre le signifiant /licorne/ et l'idée de licorne suffit à en faire un signe à part entière tout à fait intelligible. L'objet ou le référent n'est donc en rien indispensable pour qu'il y ait signe. Comme l'a rappelé Saussure, « le signe linguistique unit non une chose et un nom, mais un concept et une image acoustique[4] », c'est-à-dire respectivement un signifié et un signifiant. On peut même aller plus loin et dire qu'en ce qui concerne la linguistique, elle s'est constituée en science dès lors qu'elle n'a plus étudié que les faits de langue, qui forment un tout en soi et peuvent être étudiés de façon autonome[5], à l'exclusion du référent qui est de nature extralinguistique et sort donc du domaine de compétence du linguiste. Les sémioticiens soutiennent une idée semblable en faisant remarquer que la prise en compte du référent implique la soumission de la valeur sémiotique du signifiant à sa valeur de vérité et oblige à déterminer quel est l'objet auquel le signifiant se réfère, ce qui entraîne des complications infinies, dont le cas de la licorne donne une idée[6].

Mieux, le grand linguiste Roman Jakobson, qui gravitait aussi dans les cercles futuristes à Moscou, et connaissait Kandinsky comme Malevitch, a reconnu l'impact qu'ont eu sur lui les débuts de l'art abstrait et l'abandon de l'objet en peinture, au moment où il réalisait l'importante distinction entre le signifié et le référent. Comme si l'abandon de l'objet en peinture l'avait aidé à abandonner l'objet en linguistique et à se consacrer dès lors aux liens entre signifiant et signifié : « À la conception structurale des signes verbaux, l'expérimentation de Picasso et des premiers et audacieux rudiments de l'art abstrait, sans sujet, ont donné un analogue sémiotique suggestif[7]. » Ce n'est là d'un aspect d'une formidable émulation entre poésie, linguistique et arts plastiques dont nous verrons par la suite d'autres exemples.

Lévi-Strauss et l'académisme du signifiant

Reposons alors notre question sur ces nouvelles bases : si donc il suffit d'un signifiant et d'un signifié pour faire un signe linguistique, et si, en outre, ce signe forme un tout d'autant plus autonome qu'il laisse de côté le référent, n'est-il pas dès lors légitime de considérer que l'art abstrait pourrait lui aussi être constitué de signes ? Là encore, on a souvent répondu de façon négative. Tel est notamment le cas de Lévi-Strauss. S'il a suivi en auditeur extrêmement attentif les cours de Jakobson à New York en 1942-1943, cours qui allaient bouleverser sa réflexion et rendre possible l'anthropologie structurale, il ne partage malheureusement pas les goûts artistiques du linguiste russe. La question de l'art abstrait a en effet été abordée à différentes reprises dans les entretiens qu'il a eus avec Georges Charbonnier, et dans lesquels il récuse catégoriquement la possibilité que je viens d'émettre : « […] s'il ne devait y avoir aucune relation entre l'œuvre et l'objet qui l'a inspirée, nous nous trouverions en face, non plus d'une œuvre d'art, mais d'un objet d'ordre linguistique[8]. » Or, aux yeux de Lévi-Strauss, réduite ainsi à un objet linguistique, l'œuvre d'art perdrait à la fois toute capacité de signifier, et toute capacité d'émouvoir, de sorte qu'on ne pourrait plus la qualifier d'œuvre d'art.

La raison en est que pour lui, et à la différence d'un fait de langue, le rapport à l'objet reste essentiel dans l'œuvre d'art : « […] le langage articulé est un système de signes arbitraires, sans rapport sensible avec les objets qu'il se propose de signifier, tandis que, dans l'art, une relation sensible continue d'exister entre le signe et l'objet[9]. » Voilà donc qui ruinerait notre hypothèse, car si Lévi-Strauss confirme bien que le signe linguistique est autonome par rapport à l'objet, une telle autonomie, en revanche, serait fatale à l'œuvre d'art. Mais pourquoi en serait-il ainsi, demandera-t-on ? La réponse est donnée dans l'entretien suivant, après une nouvelle série de questions visant à pousser l'anthropologue dans ses derniers retranchements afin qu'il s'explique sur sa position négative, c'est le moins qu'on puisse dire, vis-à-vis de l'art abstrait :

> Les matériaux dont se sert le poète sont déjà dotés de signification. Ce sont des mots ou des groupes de mots qui ont du sens, et, en les combinant, le poète cherche à infléchir le sens, à le moduler ou à l'enrichir, tandis que les matériaux dont se sert le peintre abstrait, qui sont des touches de couleurs, à partir du moment où elles n'ont plus expressément rapport avec le réel, ne sont pas des éléments qui possèdent en eux-mêmes une signification[10].

Bref, conclut le père de l'anthropologie structurale, ce qui fait défaut à l'art abstrait, c'est « l'attribut essentiel de l'œuvre d'art qui est d'apporter une réalité d'ordre sémantique[11] ». En ce sens, les lignes et les couleurs seraient des éléments qui ne possèdent pas en eux-mêmes une signification, mais qui sont les moyens permettant d'exprimer la signification des objets. Autrement dit, pour reformuler cette position en termes de signes linguistiques, les lignes et les couleurs seraient de purs *signifiants sans signifiés,* et c'est pour cette raison qu'ils seraient incapables de signifier. D'où le verdict sans appel de Lévi-Strauss pour condamner l'art abstrait (et, plus largement l'art contemporain) en une formule qui a fait date, à savoir que l'*académisme du signifié* a disparu, remplacé par un *académisme du signifiant.* L'académisme du signifié, c'est, nous dit Lévi-Strauss, l'académisme du sujet, c'est-à-dire le fait que les objets représentés « étaient vus à travers une convention et une tradition[12] ». L'académisme du signifiant, en revanche, est caractéristique des tentatives des peintres abstraits « où chacun essaye d'analyser son propre système, de le dissoudre, de l'épuiser totalement, et qui le vide alors de sa fonction significative, en lui retirant jusqu'à la possibilité de signifier[13] ». Ainsi, un académisme chasse l'autre et le signifiant (formes et couleurs), a remplacé le signifié, soit le sujet.

Finalement, cette critique rejoint celle que formulait déjà Maurice Denis à l'encontre des Fauves, soit l'accent mis sur les moyens, appelés maintenant signifiants, au détriment du sujet, le signifié. Formulée avec le prestige qui entoure la linguistique, la condamnation a fait néanmoins un tort considérable en détournant les chercheurs de l'art abstrait, au moment où la vogue du structuralisme aurait dû au contraire les encourager à y chercher des systèmes de signes. En ce qui concerne Lévi-Strauss, il n'est guère douteux qu'il ne faisait que rationaliser une aversion personnelle pour l'art abstrait. À une question expresse de son interlocuteur : « Vous êtes donc amené à ne pas considérer comme une expression artistique la peinture abstraite ? », le grand ethnologue fait état, dit-il, « je ne dirai pas de ma répugnance, mais plutôt de mon indifférence devant la peinture abstraite[14] ». Mais tout de même, on ne choisit pas ses mots au hasard, et c'est bien celui de « répugnance » qui lui est venu spontanément aux lèvres, bien qu'il ait ensuite tenté de le tempérer. Car il n'a jamais fait mystère de son peu d'intérêt pour l'art contemporain, d'où son diagnostic d'une impasse[15], qui fait écho, trente ans après, à l'enquête sur l'art abstrait dans *Cahiers d'art*.

Cependant, ses goûts artistiques personnels, qui, en matière de peinture ne vont guère au-delà de Joseph Vernet, dont il admirait les marines à côté du musée de l'Homme, ne doivent pas nous dispenser d'analyser son argumentation. Celle-ci devait d'ailleurs être réaffirmée et formalisée dans l'ouverture du premier tome des *Mythologiques, Le cru et le cuit*. On sait en effet la place qu'y joue la musique, au point où tout le découpage de la matière est structuré par le modèle musical. D'où l'objection possible, qu'il anticipe ainsi : « Les fanatiques de la peinture protesteront sans doute contre la place privilégiée que nous faisons à la musique. » Et il y répond à partir de l'exemple qui semble le plus à même de mettre en question sa position, celui de l'art non-figuratif : « Le peintre abstrait ne peut-il invoquer le précédent de la musique, et prétendre qu'il a le droit d'organiser les formes et les couleurs, sinon de façon absolument libre, mais en suivant les règles d'un code indépendant de l'expérience sensible, comme le fait la musique avec les sons et les rythmes[16] ? »

Lévi-Strauss explique pourtant que cette comparaison n'est pas fondée :

> En proposant cette analogie, on serait victime d'une grave illusion. Car s'il existe « naturellement » des couleurs dans la nature, il n'y existe, sauf de manière fortuite et passagère, pas de sons musicaux : seulement

des bruits. [...] Entre peinture et musique, il n'existe donc pas de parité véritable. L'une trouve dans la nature sa matière : les couleurs sont données avant d'être utilisées, et le vocabulaire atteste leur caractère dérivé jusque dans la désignation des plus subtiles nuances : bleu-nuit, bleu-paon, [...] etc. Autrement dit, il n'existe de couleurs en peinture que parce qu'il y a déjà des êtres et des objets colorés, et c'est seulement par abstraction que les couleurs peuvent être décollées de ces substrats naturels et traitées comme les termes d'un système séparé[17].

Mais, dira-t-on, Lévi-Strauss nous donne ici, et en quelque sorte malgré lui, la solution. « C'est seulement par abstraction », écrit-il. Or c'est justement en cela que consiste l'abstraction ! C'est même très exactement ce qu'expliquait Mondrian dans *De Stijl* : décoller ou détacher les couleurs, par abstraction, des couleurs naturelles, et se contenter ainsi des trois primaires qui sont dès lors « traitées comme les termes d'un système séparé », comme le note à nouveau très bien Lévi-Strauss, système qui, dans le vocabulaire de Mondrian est celui de l'abstrait en tant que distinct de l'abstraction. Le « c'est seulement », qui introduit comme une concession, décrit en fait une des formes de constitution de l'art abstrait dans le cas des couleurs.

On ne peut toutefois pas se contenter de cette concession, car ce serait admettre que pour l'art figuratif les couleurs seraient un donné naturel, position qui est inacceptable et avait d'ailleurs fait bondir Pierre Francastel. Elle suppose en effet que si les sons sont une élaboration culturelle d'un donné naturel, c'est-à-dire les bruits, la couleur, en revanche, serait entièrement du côté de la nature et pour cette raison ne serait pas de l'ordre du signe. Or aucun peintre ne peut transposer directement les couleurs naturelles sur sa toile : il y a toujours un travail d'élaboration culturelle, de mélange de teintes sur la palette, d'agencement des couleurs entre elles en fonction de règles. Par rapport à la complexité de ce travail de la couleur à laquelle se livre tout peintre, même figuratif, il est d'une incroyable ingénuité de supposer non seulement que la tâche du peintre serait uniquement de transposer sur la toile les couleurs de la nature, mais en plus et surtout, que cette opération se ferait elle-même de façon naturelle, transparente. C'est là une formidable régression aux conceptions du XVIIIe siècle cher à Lévi-Strauss, qui opposaient les signes arbitraires du langage aux signes naturels de la peinture[18].

Peut-être Lévi-Strauss a-t-il senti qu'il s'avançait là sur un terrain miné ? Toujours est-il qu'il change de niveau pour assener un dernier argument, définitif à ses yeux, afin de débouter l'art abstrait de ses prétentions, et qui mérite d'être cité presque *in extenso* :

> Il nous semble que cet asservissement congénital des arts plastiques aux objets tient au fait que l'organisation des formes et des couleurs au sein de l'expérience sensible [...] joue, pour ces arts, le rôle de premier niveau d'articulation du réel. Grâce à lui seulement, ils sont en mesure d'introduire une seconde

articulation, qui consiste dans le choix et l'arrangement des unités, et dans leur interprétation conformément aux impératifs d'une technique, d'un style et
d'une manière : c'est-à-dire en les transposant selon
les règles d'un code, caractéristiques d'un artiste ou
d'une société. Si la peinture mérite d'être appelée un
langage, c'est pour autant que, comme tout langage,
elle consiste en un code spécial dont les termes sont
engendrés par combinaisons d'unités moins nombreuses et relevant elles-mêmes d'un code plus général
[…]. On comprend dès lors pourquoi la peinture
abstraite, et plus généralement, toutes les écoles qui se
proclament « non figuratives », perdent le pouvoir de signifier : elles renoncent au premier niveau d'articulation
et prétendent se contenter du second pour subsister[19].

Lévi-Strauss s'appuie ici sur Benveniste, qui
avait montré que la communication animale, ne
bénéficiant pas des deux niveaux d'articulation qui
conforment le langage humain, n'était pas un langage, mais « un code de signaux[20] ». Le même
linguiste devait d'ailleurs par la suite appliquer ses
idées aux arts plastiques, en leur déniant tout caractère de langage[21]. Lévi-Strauss tente ici assez habi-
lement de justifier l'« asservissement congénital »
de la peinture à l'objet en invoquant la nécessité,
pour tout langage, d'une structure impliquant une
double articulation, faute de laquelle la peinture
serait incapable de signifier. Un des premiers à réagir assez vigoureusement contre cette conception
fut Umberto Eco, dénonçant ce qu'il appelait le
« dogme » de la double articulation, en montrant
justement qu'il n'est pas un dogme et qu'on peut

donc très bien le contourner[22]. En effet, Lévi-Strauss part d'un présupposé courant dans les années soixante (et qu'un linguiste comme Benveniste aura contribué à créer) : l'idée selon laquelle la langue est le modèle de tout langage et que, sans double articulation, il n'y a pas de langage. Pour sortir de cette contrainte, il suffit pourtant d'éviter l'ambiguïté du mot « langage » en parlant plutôt de codes, comme Eco nous y invite. En ce cas, la langue est un code particulier, disposant d'une double articulation, au sein d'un ensemble plus vaste de systèmes de signes où elle n'a plus valeur de paradigme, et à côté de laquelle il existe d'autres types de codes, certains à double articulation (comme les numéros de téléphone, où chaque groupe de chiffres décomposables — en général deux — renvoie au pays, à la région, au département, à la ville, au secteur, etc.), d'autres à simple articulation, comme l'art abstrait.

Cette précision nous aide à comprendre qu'en réalité Lévi-Strauss n'a pas montré en quoi l'art abstrait n'était pas constitué de signes, mais seulement qu'il n'était pas un code à double articulation, ce qu'on concédera volontiers, à condition d'ajouter que cela ne signifie pas pour autant qu'il faille renoncer à chercher des signes dans l'art abstrait. Pour ce faire, il faut entrer un peu plus en détail dans la question complexe et controversée de la nature de ce qu'on a appelé le « signe visuel ». Il y a en effet chez Lévi-Strauss, comme d'ailleurs chez tous les sémioticiens à l'époque, une certaine idée du « signe visuel » que l'on pourrait expliciter ainsi, même si elle ne l'a pas toujours été de façon aussi claire dans les années soixante : les lignes et les couleurs correspondent au niveau du signifiant, et c'est la raison pour laquelle elles « ne sont pas des éléments qui possèdent en eux-mêmes une signification[23] ». Celle-ci provient de leur association avec l'objet, car, dans cette conception, seule cette association permet d'accéder au niveau sémantique. Autrement dit, l'importance de l'objet est qu'il permettrait d'assurer, seul, le niveau signifié. Ce qui donnerait sens à une œuvre d'art est donc le fait qu'on puisse reconnaître l'objet représenté. Et c'est pourquoi Lévi-Strauss insiste tellement sur la comparaison entre la langue et l'art figuratif : de même que nous comprenons le sens d'un mot, nous comprenons dans une œuvre figurative ce qu'elle représente, et cette compréhension est ce qui lui donne sens. D'où le fait que faute de la présence de l'objet, on tomberait dans un « académisme du signifiant ».

Cette conception du « signe visuel » qui a régné longtemps présente au moins deux inconvénients majeurs[24]. L'un est de lier le sens à la reconnaissance de l'objet représenté : c'est la question très débattue du « signifié iconique » : on définit en général l'icône, depuis Peirce, comme un signe qui renvoie à son objet en vertu d'une ressemblance, comme une photocopie ou une œuvre figurative. Et, de même que le signifié linguistique d'un signifiant comme /arbre/ est l'idée ou le concept d'arbre, de même le signifié iconique de l'image d'un arbre se confondrait avec le signifié linguistique. Or cela signifie rabattre le domaine visuel sur le linguistique, ce qui simplifie outrageusement des mécanismes visuels assez complexes. De plus, la dimension du signifié n'est que partiellement identifiable au renvoi du signe iconique à ce dont il est signe.

Le second grand défaut de ce modèle est que les *éléments plastiques* (lignes, couleurs, textures, la *faktura* des Russes) *sont réduits au rang de signifiants d'un signifié iconique*. Ils sont donc des moyens en vue d'une fin ; ils servent à véhiculer un signifié iconique et n'ont pas de valeur en eux-mêmes. C'est là justement un reproche qui a souvent été adressé à la peinture abstraite, celui d'être un moyen valant par lui-même en s'affranchissant de la nécessité qui serait la sienne d'être au service du « signifié » iconique. Derrière cette sujétion des éléments plastiques à l'iconique, on retrouverait de vieux schémas mentaux qui subordonnent le sensible à l'intelligible, la matière à l'esprit, la forme au contenu, bref le signifiant au signifié. Et ce sont ces schémas que l'art abstrait a contribué à faire éclater en rendant leur dignité aux signifiants plastiques.

Exemplification et expression selon Nelson Goodman

En ce sens, l'art abstrait impose que l'on repense un certain nombre de ces schémas afin de cesser de

considérer comme allant de soi que seul l'art figuratif est digne de signifier. Au plan philosophique,
Nelson Goodman a fait une avancée méritoire dans
cette direction, en appelant notamment à distinguer
dénotation et exemplification. Cela dit, sa pensée
étant assez complexe, on ne peut la résumer qu'en
la simplifiant, ce que je me propose de faire ici. Le
plus important pour notre propos est d'abord de
faire remarquer que, pour Goodman, il existe différentes formes de symbolisation. De ce point de vue,
le lien entre l'image et l'objet qu'elle représente,
qui restait pour Lévi-Strauss la seule façon d'envisager l'œuvre d'art, n'est pour Goodman qu'une
des formes de symbolisation, qu'il appelle *dénotation,* par laquelle l'image fait référence à l'objet
qu'elle représente[25]. Or l'image n'a pas nécessairement pour fonction de représenter ou de décrire un
objet. Aussi est-ce à d'autres formes de symbolisation qu'est consacré le second chapitre des *Langages de l'art,* dont le titre (« La sonorité des
images ») est emprunté à Kandinsky ; l'épigraphe
qui ouvre le chapitre est d'ailleurs la légende d'une
des planches de *Point et ligne sur plan* : « Sonorité
double — tension froide des lignes droites, tension
chaude des courbes. Contrastes : rigide — souple,
conciliant — ferme[26]. » Tout le chapitre est en effet
consacré à proposer des catégories permettant de
rendre compte d'œuvres comme celles de Kandinsky, même s'il y est en définitive peu question
de l'art abstrait.

Mais l'essentiel est que, à côté de la représentation, d'autres formes de symbolisation soient
conceptualisées, comme l'exemplification et l'expression. Par exemple, une tache rouge ne dénote
pas nécessairement un objet, elle peut exemplifier
la qualité d'être tel ou tel rouge, ce qui est évidemment le cas des échantillons, comme les nuanciers
de couleur. On touche ici à des problèmes directement liés à l'abstraction des concepts, si l'on
considère que l'échantillon rouge « exemplifie la
rougeur[27] ». Le cas de la couleur, sur lequel je
reviendrai, est l'exemple canonique d'abstraction
selon Locke, c'est-à-dire le fait qu'à partir d'échantillons particuliers de couleur rouge, on tire l'idée
générale de rougeur, qui est bien abstraite,
puisqu'elle n'appartient à aucun objet rouge en particulier. C'est sans doute en ce sens que Goodman
considère que « ce qui est exemplifié est abstrait[28] ».
Toutefois, sa position est plus nuancée, car l'exemplification ne porte pas nécessairement sur une
propriété générale, littéralement abstraite de l'échantillon. Pour lui, l'exemplification porte sur ce qu'il
appelle des « étiquettes », et qui sont liées aux pré-
dicats du langage verbal. Ainsi, la tache rouge fonc-
tionne comme exemplification si nous lui associons
le prédicat « (être) rouge » (et pas nécessairement
« rougeur »)[29].

Cependant, la même tache rouge peut aussi fonc-
tionner comme une *expression*. Comme on pourrait
penser ici que l'expression est une forme de représentation, Goodman prend bien soin de préciser

quelle est leur différence : « [...] la représentation porte sur des objets ou des événements, tandis que l'expression porte sur des sentiments ou d'autres propriétés[30]. » En ce sens, notre tache rouge peut exprimer une émotion comme la joie, ou un sentiment comme la force, la plénitude ou la richesse. Cela est évidemment tout à fait capital pour l'art abstrait, qui trouve donc par ce biais non seulement une légitimation théorique, à côté d'autres formes de symbolisation, mais aussi un sens. Or tel était justement l'objectif de Goodman, qui note à ce sujet : « Une page, ou une image, peut même exemplifier ou exprimer sans décrire ni représenter, et même sans être du tout une description ou une représentation — comme cela se rencontre dans certaines pages de James Joyce ou certains dessins de Kandinsky[31]. » Le but de cette redistribution des fonctions symboliques de l'art est donc atteint, dès lors que Goodman peut conclure ce chapitre en faisant remarquer que « Rien dans la présente analyse des fonctions symboliques ne fournit le moindre argument à des manifestes qui proclameraient que la représentation est un réquisit indispensable à l'art, ou qu'elle lui est une barrière insurmontable[32] ».

Il ressort également de cette analyse que la distinction entre représentation, exemplification et expression n'est pas toujours facile dans la pratique car il s'agit non pas de catégories rigides, mais de tendances qui ne sont pas nécessairement exclusives :

L'accent mis sur le dénotatif (représentatif ou descriptif), l'exemplificatoire (« formel » ou « décoratif »)
ou l'expressif dans les arts varie selon l'art, l'artiste et
l'œuvre. Parfois l'un des aspects domine au point
d'exclure pratiquement les deux autres ; comparez *La
Mer* de Debussy, les *Variations Goldberg* de Bach et
la *Quatrième Symphonie* de Charles Ives, par exemple ;
ou bien une aquarelle de Dürer, une peinture de Jackson Pollock et une lithographie de Soulages. Dans
d'autres cas, deux aspects, voire les trois, fondus ou en
contrepoint, sont presque entièrement saillants[33].

C'est ainsi que, pour reprendre notre exemple, la
même tache rouge peut être vue simultanément
comme représentant une tache de sang, comme
exemplifiant le prédicat rouge ou comme exprimant
la joie, ce qui ne facilite pas l'analyse. Aussi faut-il
se tourner vers la sémiotique afin de voir si elle peut
nous fournir des éléments plus précis pour rendre
compte de l'art abstrait.

Le signe plastique du Groupe μ

Un groupe de rhétoriciens de l'université de
Liège, le Groupe μ, a fait faire un pas de géant à la
sémiotique visuelle en renonçant à l'idée de signe
visuel, dont nous avons vu combien, en assimilant
les éléments plastiques au signifiant et l'icône au
signifié, il mettait les premiers au service de la
seconde. Pour en finir avec cette subordination du
plastique à l'iconique, ils ont proposé de substituer

au « signe visuel » deux signes à part entière, le signe iconique et le signe plastique, les deux — et cela est évidemment capital — étant pourvus et d'un signifiant et d'un signifié (ou si l'on préfère, d'un plan de l'expression et d'un plan du contenu)[34]. Il s'agit donc de deux signes autonomes, bien qu'ils soient souvent en interaction, en particulier dans la peinture figurative.

En quoi consiste la différence ? Les auteurs admettent qu'il n'est pas toujours facile de les distinguer dans la pratique. Ainsi une tache bleue, pour changer de couleur, peut être vue comme plastique ou iconique suivant l'attitude de celui qui la regarde (ce qui montre, soit dit en passant, combien l'abstraction est souvent liée à la forme d'attention que l'on porte aux choses). Si on la voit simplement comme une tache bleue et si l'on s'intéresse à ses propriétés intrinsèques — la forme de la tache, la nuance de bleu, la différence entre la densité de la couleur au centre et sur les bords de la tache —, alors on la considère dans sa dimension plastique. Si, en revanche, on la voit comme une portion de ciel, alors elle représente cet objet reconnaissable qu'est le ciel par le biais de sa ressemblance chromatique et, dès lors, c'est l'aspect iconique de la tache qui est mis en avant. Il en va de même concernant les figures géométriques. Face à l'image d'un cercle, on peut voir simplement un cercle et l'apprécier comme tel, c'est-à-dire être attentif à son diamètre par rapport à l'espace où il est tracé, sa régularité, l'épaisseur du trait, etc. En ce cas, c'est l'aspect plastique qui domine. Si, par contre, on voit dans ce cercle la représentation d'un ballon, du soleil, d'une pièce de monnaie, etc., on est alors plus sensible à son aspect iconique.

Malgré les problèmes que pose cette distinction, et que le Groupe μ n'a d'ailleurs pas cherché à occulter, elle n'en est pas moins opératoire. Elle correspond d'ailleurs, *mutatis mutandis,* à des distinctions similaires faites auparavant dans les théories de la communication, puisqu'un message peut toujours, soit être pris pour sa valeur référentielle, soit considéré pour lui-même, ce qui correspond alors à la fonction poétique du langage selon Jakobson, ou à la fonction esthétique selon Eco[35]. Plus généralement, il s'agit de l'attitude esthétique de détachement et de focalisation qui permet, comme l'avait déjà noté Panofsky, de percevoir un objet, aussi bien naturel que créé par l'homme, « sans aucune référence (intellectuelle ni émotive) à quoi que ce soit d'extérieur à lui[36] ».

Cette idée d'attitude esthétique est certes liée à l'abstraction, mais ne se confond pas avec cette dernière, car elle vaut aussi pour l'art figuratif. Elle aide en tout cas à comprendre que l'art abstrait implique cette sorte d'attention esthétique qui consiste à mettre l'accent sur les aspects plastiques, sur lesquels Kandinsky insistait déjà dans son article de *L'Almanach du Blaue Reiter,* et qu'il repérait chez des peintres aussi différents que Segantini, Franz Marc ou Matisse.

Néanmoins, ce qui me semble être l'apport le plus important du Groupe μ est d'avoir dissocié signe iconique et signe plastique en ayant fait de ce dernier un signe à part entière. Or qui dit signe à part entière dit relation entre expression et contenu, ou entre signifiant et signifié. Au niveau du signifiant plastique, le Groupe μ place les formes et les couleurs, certes, mais aussi les textures, normalement négligées par les sémiotiques visuelles, en dépit de l'importance qu'avait la *faktura* pour les théoriciens russes. Les choses ne s'arrêtent évidemment pas là et le plus intéressant est que, s'agissant de signes, *les signifiants plastiques sont liés à des signifiés*, qui sont pourtant moins aisés à repérer que les signifiants plastiques. Notons en effet tout d'abord que ces signifiés ne sont pas aussi stables que ceux de la langue. Cependant, la référence à la langue pourrait être trompeuse car il existe des codes non linguistiques dont les signifiés sont parfaitement stables, comme le code de la route : dans ce cas, le rouge des feux de la circulation a un signifié parfaitement codifié, qui est « stop ». C'est ce que Eco nomme la « *ratio facilis*[37] ». Une tache rouge dans un tableau, en revanche, n'a pas un signifié stable et codifié par l'usage ; ce signifié, lié avant tout au contexte énonciatif de l'œuvre dans laquelle il apparaît, relève d'une « *ratio difficilis* ». On ne peut donc pas en décider par avance, mais on doit analyser les autres éléments qui coexistent avec cette tache (formes, couleurs, textures) pour

pouvoir le dégager ; aussi est-il relationnel et topo-
logique :

> [...] une plage /rouge/ peut entrer à titre d'élément
> dans une opposition /vif/-/sombre/ (où elle occuperait
> le pôle /vif/), dans une opposition /pur/-/composé/, et
> ainsi de suite ; on peut même prévoir qu'en fonction
> des autres éléments du syntagme, le même élément
> peut occuper tantôt l'une tantôt l'autre des positions
> dans un couple (le /rouge/ de tout à l'heure pouvant
> occuper une position /sombre/)[38].

Ajoutons également que ce type de fonctionnement sémiotique a droit de cité parmi les signes.
Un des apports de la sémiotique, de ce point de
vue, est bien d'avoir montré que ce n'est pas parce
qu'un code est instable qu'on doit le disqualifier, ce
qui confère par là une légitimité sémiotique au signe
plastique. Mais qu'en est-il alors du signifié plastique ? Nous venons de voir qu'il est instable, qu'il
n'est pas prédéterminé mais directement lié aux
oppositions que chaque œuvre particulière institue.
Mais encore ? Le Groupe μ le définit comme « un
système de contenus psychologiques postulés par
le récepteur, et qui n'ont pas nécessairement de
correspondant dans la psychologie scientifique » ;
ainsi, « les traits formés, ou la couleur, ou la texture peuvent en effet être interprétés comme le
produit d'une disposition psychique ou physique
particulière supposée[39] ». En ce sens, une des voies
pour l'étude des signes plastiques consiste à les
analyser, non pas comme des icônes, puisqu'il s'agit
justement de les distinguer des signes iconiques et

de la ressemblance qu'ils impliquent, mais comme des indices, c'est-à-dire, suivant la classification de Peirce, des signes qui entretiennent un lien physique avec ce dont ils sont le signe ; exemples classiques : la fumée par rapport au feu, ou la trace de pas dans le sable. Au niveau des signes plastiques, on peut interpréter de cette façon l'expressivité de la touche, qui est aussi une trace physique laissée sur la toile par le peintre, et qui peut, dans le cas d'une œuvre de Mathieu, par exemple, avoir pour signifié l'idée de rapidité.

En dehors des index, c'est incontestablement du côté des symboles qu'il faut chercher nombre de signifiés plastiques, notamment en ce qui concerne les couleurs. Ici encore, l'important est de bien séparer le signifié plastique de toute contamination par le signe iconique. Beaucoup de peintres, même en dehors de l'abstraction, ont été attentifs à cette question. Ce qui intéressait Matisse, par exemple, était la force expressive et émotionnelle de la couleur ; or celle-ci, qui exprime bien un contenu ou un signifié, est rigoureusement indépendante des renvois iconiques : « [...] quand je mets un vert, explique en effet Matisse, ça ne veut pas dire de l'herbe, quand je mets un bleu, ça ne veut pas dire du ciel[40]. » La valeur expressive du bleu et du vert est donc indépendante de son contenu iconique, c'est-à-dire lorsque la valeur plastique des teintes est rabattue sur la couleur « locale » de l'herbe ou du ciel. En proposant ces outils méthodologiques, le Groupe μ était bien conscient du fait qu'il s'agissait de développer une sémiotique visuelle « qui puisse prendre en charge le non-figuratif[41] », et pas seulement la peinture figurative, comme tel était presque toujours le cas avant leurs travaux.

Aussi les développements qui précèdent avaient-ils un triple objectif. En premier lieu, mettre en évidence que l'approche consistant à traiter de l'art abstrait comme d'un système de signes est parfaitement légitime, même si elle a longtemps été décriée. Ensuite, proposer des outils théoriques pour mieux comprendre la genèse de l'art abstrait. Je voudrais en effet montrer dans les chapitres suivants combien le langage verbal a servi de modèle pour penser la possibilité d'un art abstrait, et combien cette possibilité s'est peu à peu concrétisée par l'effort des Symbolistes d'abord, puis des pionniers de l'art abstrait ensuite, pour tenter de dégager des signes plastiques, même s'ils ne pouvaient les nommer ainsi faute d'en posséder le concept. Enfin, l'idée de signifié plastique revêt aussi une grande importance, dans la mesure où elle permet de rendre compte de la finalité revendiquée par de nombreux peintres abstraits : exprimer par leurs œuvres des sentiments, des émotions ou des idées — bref d'être expressifs, au sens de Goodman —, ce que les histoires de l'art abstrait ont largement négligé.

La langue poétique comme modèle

Si l'on ouvre l'*Encyclopédie* de Diderot et d'Alembert à l'article « Abstraction », on sera peut-être surpris de découvrir que cet article est entièrement consacré à la question du langage :

> L'*abstraction* est une opération de l'esprit, par laquelle, à l'occasion des impressions sensibles des objets extérieurs, ou à l'occasion de quelque affection intérieure, nous nous formons par réflexion un concept singulier, que nous détachons de tout ce qui peut nous avoir donné lieu de le former [...] et parce que nous ne pouvons faire connaître aux autres hommes nos pensées autrement que par la parole, cette nécessité et l'usage où nous sommes de donner des noms aux objets réels, nous ont portés à en donner aussi aux concepts métaphysiques dont nous parlons[1].

La chaîne du raisonnement est assez claire : l'abstraction consiste à se former un concept détaché de ce qui nous a amené à le former ; or comment exprimer ce concept si ce n'est avec des mots ; d'où l'importance considérable des termes abstraits dans le vocabulaire. Cet article « Abstraction » a en fait été rédigé par le spécialiste des questions de grammaire au sein de l'*Encyclopédie,* Dumarsais, dont la postérité a surtout retenu le *Traité des tropes* (1730). Réfléchissant à la nature du langage et à l'importance non seulement des concepts (abstraits) mais des mots et des expressions dont souvent nous ne percevons plus la nature abstraite, il utilisera cette jolie formule : « Nous habitons, à la vérité, un pays réel et physique : mais nous y parlons, si j'ose le dire, le langage du pays des *abstractions,* et nous disons, *j'ai faim, j'ai envie, j'ai pitié, j'ai peur, j'ai dessein,* etc., comme nous disons *j'ai une montre*[2]. »

En fait, l'entrée « Abstraction » est caractéristique de l'époque des Lumières, où la réflexion sur le langage passe nécessairement par la question centrale de l'abstraction[3]. L'origine de cet intérêt, tant pour Dumarsais[4] que pour les autres, est à chercher chez Locke, à qui l'on doit le renouveau d'intérêt philosophique pour l'abstraction. C'est lui qui a conçu l'abstraction dans le cadre d'une pensée empiriste (à laquelle Berkeley s'opposera vivement), en la liant à la question des mots. Voici sa célèbre définition :

> Or comme on n'emploie les mots que pour être des signes extérieurs des idées qui sont dans l'esprit, et que ces idées sont prises des choses particulières, si chaque idée particulière que nous recevons, devait être marquée par un terme distinct, le nombre de mots serait infini. Pour prévenir cet inconvénient, l'esprit

rend générales les idées particulières qu'il a reçues par l'entremise des Objets particuliers, ce qu'il fait en considérant ces idées comme des apparences séparées de toute autre chose [...]. C'est ce qu'on appelle *Abstraction*, par où des idées tirées de quelque Être particulier devenant générales, représentent tous les Êtres de cette espèce, de sorte que les noms généraux qu'on leur donne, peuvent être appliqués à tout ce qui dans les Êtres actuellement existants convient à ces idées abstraites[5].

Or, non seulement l'abstraction est indissociable du langage, mais elle est aussi inséparable d'une sémiotique. Locke notait en effet au début de sa définition que les mots sont les *signes* des idées : les mots deviennent généraux parce qu'on en fait les signes des idées générales, et les idées deviennent générales grâce au phénomène de l'abstraction[6]. D'où l'importance considérable que revêtent les signes, à tel point que dans sa division tripartite de la science, Locke forge le terme de *sémiotique (sêmeiôtikê)* pour qualifier la troisième branche de la science, celle qui a pour objet l'étude des signes dont nous nous servons, à la fois pour comprendre les choses, et transmettre cette connaissance aux autres[7]. Il est d'ailleurs à noter que si les mots sont des signes des idées, celles-ci aussi sont des signes. Cette conception sémiotique de l'abstraction de la pensée et du langage jouera un rôle non négligeable dans la réflexion philosophique postérieure sur le langage[8].

L'art et l'histoire de l'art devaient d'ailleurs aussi

en tirer parti. Nous avons vu combien la doctrine
du beau idéal s'appuyait sur l'idée philosophique
d'abstraction telle que Locke l'a formulée. Mieux,
cette idée d'abstraction du langage a justement servi
de modèle pour penser ce que devait être le beau
idéal en peinture. Le chevalier de Chatellux rapporte
ainsi une conversation qu'il eut avec le peintre
Anton Raphael Mengs, l'un des fondateurs du néo-
classicisme et vigoureux partisan du Beau idéal :

> J'avais peine à concevoir, explique Chatellux, sur-
> tout comment les anciens et Raphaël leur rival, avaient
> pu trouver ces modèles parfaits dont ils nous retraçaient
> l'image. Alors M. Mengs continua, et me demanda si
> les idées que nous avions des choses en général
> n'étaient pas des idées abstraites ? si lorsque nous nous
> rappelons celle d'un homme, celle d'un cheval, nous
> avons tel homme en particulier, tel cheval présent à
> notre imagination ? Il semble au contraire, ajouta-t-il,
> que nous ayons rejeté de notre mémoire tout ce qui est
> particulier à telle nation, à telle classe d'hommes, à tel
> objet isolé. Or, c'est cette idée abstraite que l'artiste
> doit consulter plutôt qu'aucun souvenir individuel ;
> c'est elle qu'il doit s'efforcer d'exprimer sur la toile ou
> sur le marbre[9].

À la fin du XIXᵉ siècle, ce panorama s'est singu-
lièrement déplacé. Il y a certes toujours des artistes
et des critiques qui proclament la nécessité de
l'abstraction que constitue le Beau idéal, mais le
rapport au langage devient autre. Ce qui intéresse
les milieux d'avant-garde, ce n'est plus désormais
que les mots soient les signes des idées, ni qu'ils

soient les signes des choses, mais qu'ils se referment sur eux-mêmes, qu'ils valent non pour ce qu'ils représentent ou désignent, mais pour leurs propres potentialités plastiques, leur force expressive et signifiante. Et c'est cette idée-là qui devait donner lieu à une formidable émulation entre peintres, poètes et écrivains.

René Ghil

Exemplaire de cette attitude face au langage est l'œuvre de René Ghil, dont le *Traité du verbe,* qui connaîtra de nombreuses rééditions à partir de sa première publication en 1886, connaîtra un considérable retentissement, au-delà même des cercles symbolistes. La matière elle-même subira de profondes transformations au fil des différentes éditions, passant d'une vision symboliste, également liée aux théories de l'audition colorée, à une approche positiviste, d'abord marquée par Helmholtz, puis par Spencer. Au centre figure l'idée d'instrumentation verbale : les mots sont comme des instruments, instruments de musique au service de leurs capacités sonores. Dans le dernier état de son traité, Ghil inscrira cette fonction instrumentale de la langue dans une perspective évolutionniste. La langue a en effet une double fonction : celle, traditionnelle, d'être constituée par des signes des idées (ce que Ghil appelle « idéographique ») et celle, poétique, qui est liée à la sonorité des mots, à leur valeur phonétique. Or, au cours de l'évolution du langage, la première a prévalu au détriment de la seconde qu'il appartient aux poètes de restaurer. On en est donc venu à privilégier « des idéogrammes de plus en plus dédaigneux de leurs phonétismes correspondants et que venaient ensuite asservir de mutilations ou d'augments d'empiriques règles de grammaire qui ne se doutent plus, maintenant, du sens primordial des langues : ainsi, le langage eût pu demeurer en organisme intégral, sous la double valeur phonétique et idéographique[10] ». A ainsi prévalu la fonction « idéographique » du langage, bien commode, note Ghil, « pour la matérielle activité des humanités surmenées ne demandant au langage quotidien que transmettre vite des idées à moitié devinées par le regard ». À cette évolution s'oppose le langage poétique, qui,

> de plus en plus s'éloigne du langage des Foules : l'un ne pouvant être, ainsi que nous le disions, qu'un rapide intermédiaire, de quotidien et précis usage et aux seules qualités de concision, — et l'autre exigeant, de par son origine double, tous les apports de musique verbale, et picturaux et plastiques — et RYTHMIQUES[11].

On l'aura noté au passage, il s'agit donc de redonner au langage sa valeur non seulement musicale, mais aussi *picturale* et *plastique*. Dans les versions antérieures, Ghil avait déjà insisté sur cette valeur plastique des mots qu'il s'agit de restaurer. Mieux, il s'agira même, pour anticiper sur la suite, de considérer le mot comme un *signe plastique*. L'expres-

sion la plus claire de tout son projet, Ghil la
formulera en notant de son instrumentation verbale
qu'elle prétend

> à la réintégration de la valeur phonétique en la langue.
> Et si le poète pense par des mots, il pensera désormais
> par des mots redoués de leur sens originel et total, par
> des mots-musique d'une langue-musique. — Donc,
> devons-nous admettre la langue poétique seulement
> sous son double et pourtant unique aspect, phonétique
> et idéographique, et n'élire au mieux de notre re-
> créateur désir que les mots où multiplient les uns ou
> les autres des timbres-vocaux : les mots qui ont, en
> plus de leur sens précis, la valeur émotive en soi, du
> Son, et que nous verrons spontanément exigés en tant
> que sonores par la pensée, par les Idées, qui naissent
> en produisant de leur genèse même leurs musiques
> propres et leurs rythmes[12].

Si l'on se souvient des analyses du chapitre précédent sur le signe iconique et le signe plastique,
on pourrait dire que Ghil, en insistant sur la double
fonction du langage, brise en quelque sorte le signe
linguistique : le signifiant n'a plus seulement pour
fonction de véhiculer l'idée (le mot comme
« signe » de l'idée), il a aussi sa valeur expressive
propre. Le mot a donc une valeur plastique, et —
cela est très important — cette valeur constitue un
signe à part entière, c'est-à-dire que le signifiant
phonétique a lui aussi un signifié, ou une idée, le
lien entre les deux étant évidemment moins stable à
nos yeux qu'il l'était pour Ghil. C'est en effet juste
après le long paragraphe qui vient d'être cité que

Ghil ajoute : « [...] nous voulons maintenant nous trouver en droit de relier à tel et tel ordre de ses sons, de ses timbres-vocaux, — tel et tel ordre de sentiments et d'idées[13]. » Suit alors un long tableau de correspondances entre voyelles, couleurs, consonnes, instruments de musique et « sensations, sentiments et idées ». En voici la seconde colonne :

> ô, o, io, oi
> Rouges
> P, R, S
> La série grave des Sax
> Domination, gloire.
> – Instinct de prévaloir, d'instaurer.
> – Vouloir. Action[14].

Il ne s'agit pas de porter un jugement sur ce « symbolisme phonétique », comme on l'a parfois appelé[15], sauf pour signaler à nouveau le caractère instable des liens entre expression et contenu, qui ne devrait cependant pas suffire à disqualifier ces recherches. Au reste, lorsque Ghil fait état de « l'origine émotive du son-articulé[16] », il anticipe les recherches de Fónagy sur les bases pulsionnelles de la phonation[17]. Car il y a bien un niveau plastique de la langue, trop négligé, sauf justement par les poètes —Baudelaire ne parlait-il pas de la « plastique de la langue » ? C'est bien cette dimension plastique qui est commune aux poètes et aux peintres et a donné lieu, nous le verrons, à une féconde stimulation réciproque.

Au départ de la réflexion poétique de Ghil se

trouve la fervente admiration qu'il éprouvait pour Mallarmé, qu'il considéra longtemps comme son maître avant de s'en éloigner. Aussi n'est-il pas étonnant que Mallarmé ait parfaitement bien saisi la pensée de Ghil pour laquelle il sentait une profonde affinité. Dans la préface qu'il écrivit pour le *Traité du verbe* de 1886, il notait déjà cette double fonction du langage dont Ghil ne fera explicitement état que dans la dernière version, celle que j'ai longuement citée et qui date de 1904 : « Un désir indéniable à l'époque est de séparer, comme en vue d'attributions différentes, le double état de la parole, brut ou immédiat ici, là essentiel[18]. » Le premier est la « fonction de numéraire facile et représentatif, comme le traite d'abord la foule », le deuxième « le parler qui est, après tout, rêve et chant » et il condamne l'artifice de leur séparation « en le sens et la sonorité ». Si Mallarmé a donc parfaitement saisi les enjeux de la poétique de Ghil, il vise sans doute au-delà en deux paragraphes de sa langue admirable, dont le second est souvent cité hors contexte :

> À quoi bon la merveille de transposer un fait de nature en sa presque disparition vibratoire selon le jeu de la parole, cependant, si ce n'est pour qu'en émane, sans la gêne d'un proche ou concret rappel, la notion pure ?
>
> Je dis : une fleur ! et, hors de l'oubli où ma voix relègue aucun contour, en tant que quelque chose d'autre que les calices sus, musicalement se lève, idée radieuse ou altière, l'absente de tous bouquets[19].

Ce que Mallarmé met si bien en évidence, c'est la transformation qu'opère le langage poétique par rapport à l'objet ou au référent, un problème dont Ghil n'a pas directement traité même s'il est sous-jacent à son approche. Dans la fonction ordinaire du langage, représentative, le mot renvoie à l'objet qu'il nomme. En revanche, si « un fait de nature » se trouve transposé dans le langage poétique, cette fonction disparaît ; grâce à l'évocation poétique cesse d'opérer ce qui est pratique dans le langage courant, mais devient une « gêne » dans la poésie : le « concret rappel » de la chose que désigne le mot. Et c'est dans la mesure où, disons, cette fonction sémantique du mot s'atténue que peut surgir la « notion pure[20] ». On saisit donc ici très clairement le sens de cette idée d'art pur qui sera ensuite reprise par Apollinaire pour rendre compte de la peinture qui émergeait avant la Première Guerre mondiale, une peinture qui mettait également l'accent plutôt sur la valeur plastique de ses éléments que sur leur valeur iconique.

Le second paragraphe, très connu, illustre cette conception d'un exemple : /une fleur/ peut très bien cesser de renvoyer à l'idée de fleur ou à une fleur concrète, dès lors que la sonorité des phonèmes, leur musicalité, peut évoquer une idée « radieuse ou altière » qui éclipse la fleur comme telle. L'exemple a peut-être été inspiré par Ghil lui-même qui, dans la toute première version de son essai, qui n'était pas encore intitulé *Traité du verbe* (mais *Sous mon cachet,* 1885), avait corrigé le fameux *Sonnet des voyelles* de Rimbaud : « Très regardées, il semble que les Voyelles se colorent ainsi : A NOIR, E BLANC, I BLEU, O ROUGE, U JAUNE, dans la simplesse très belle de cinq fleurs incueillies[21]. »

Jakobson a synthétisé en une formule percutante le langage fleuri de Mallarmé : « Aucun mot poétique n'a d'objet. C'est à quoi pensait le poète français qui disait que la fleur poétique est *l'absente de tous bouquets*[22]. » Il n'est d'ailleurs pas indifférent que cette remarque, Jakobson l'ait faite dans son tout premier texte (rédigé en 1919), un article sur le poète Khlebnikov, l'un des principaux protagonistes du futurisme russe. On commence ainsi à avoir une idée des interférences entre poésie et peinture, à partir de leur intérêt commun pour les valeurs plastiques du langage poétique ou pictural, dès lors que leur valeur référentielle s'estompe.

Maeterlinck et Kandinsky

En ce qui concerne Kandinsky, le fait qu'aucun mot poétique n'ait d'objet l'a aidé à imaginer une peinture sans objet, alors que l'art non-objectif n'existait pas encore. C'est ce que je souhaiterais montrer à présent. L'intérêt pour la valeur poétique des mots, ce n'est pas chez Ghil qu'il le prendra, mais chez Maeterlinck. Le poète, écrivain et dramaturge belge connaissait d'ailleurs bien l'œuvre de Ghil, car il était très lié au groupe bruxellois La Wallonie, qui avait beaucoup soutenu Ghil à ses débuts. Cependant, ce n'est pas tant dans le sens de l'instrumentation verbale qu'il s'est dirigé, mais vers une utilisation du langage radicalement distincte de son usage quotidien. Dans *Serres chaudes,* recueil qui a vivement frappé Kandinsky, les adjectifs de couleur sont traités de façon plastique, pour créer des images fortes, et non de façon iconique : l'herbe y est rarement verte et le ciel rarement bleu. En revanche, on y trouve des cloches vertes, de l'herbe mauve, des tiges rouges, des deuils verts, de l'ennui bleu, de blanches inactions, des serpents violets, des fouets bleus, des flèches jaunes, etc. Il y a aussi des associations incongrues qui feront les délices des surréalistes, comme dans le poème en vers libre « Serre chaude » qui ouvre le recueil, et dont voici deux strophes :

Les pensées d'une princesse qui a faim,
L'ennui d'un matelot dans le désert,
Une musique de cuivre aux fenêtres des incurables.

Allez aux angles les plus tièdes !
On dirait une femme évanouie un jour de moisson ;
Il y a des postillons dans la cour de l'hospice ;
Au loin, passe un chasseur d'élans, devenu infirmier[23].

Kandinsky consacre plusieurs pages à Maeterlinck dans le chapitre clé du « Tournant spirituel » dans *Du spirituel dans l'art.* Il était sans doute aussi intéressé par le mysticisme religieux incontestablement présent dans certains poèmes. Mais c'est

1

2

1 P. GAUGUIN,
*Autoportrait
(Les Misérables)*,
septembre 1888,
huile sur toile,
45 x 55 cm.,
musée Van Gogh
(Fondation Vincent Van
Gogh), Amsterdam.

2 F. PICABIA,
Danses à la source I,
1912, huile sur toile,
120,6 x 120,6 cm.,
Philadelphia Museum of
Art, Philadelphie.

3 R. DELAUNAY,
La ville n°2,
1910-1911,
huile sur toile,
146 x 114 cm.,
Centre Georges-
Pompidou-MNAM-CCI,
Paris.

4 F. MARC,
Le taureau,
1911, huile sur toile,
101 x 135 cm.,
Solomon R.
Guggenheim Museum,
New York.

3

4

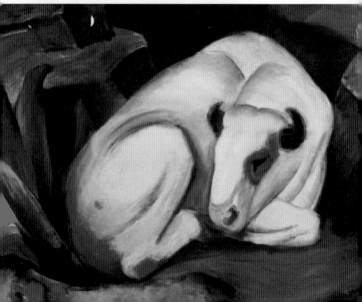

5

5 TH. VAN DOESBURG,
transformation
esthétique de l'objet
par abstraction
successive, vers 1918,
reproduit d'après
A. BARR JR., *Cubism
and Abstract Art*.

6

8

6 TH. VAN DOESBURG, *Composition arithmétique*, 1930, collection particulière, Bâle.

7 Planche extraite des *Ismes de l'art*, Œuvres de JEAN ARP et ARTUR SEGAL illustrant l'« abstractivisme ».

8 K. MALEVITCH, *Carré noir*, 1915, huile sur toile, 79,5 x 79,5 cm, galerie Tretiakov, Moscou.

ABSTRAKTIVISMUS

ARP
1915

SEGAL
1922

WILL¹ BAUMEISTER

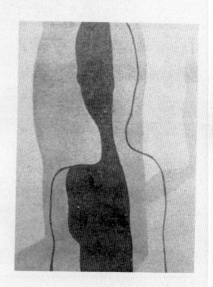

LUC LAFNET

9 Œuvres de
WILLI BAUMEISTER et
LUC LAFNET figurant à
l'exposition organisée
par Cercle et carré,
Paris, 1930.

10 W. KANDINSKY,
L'élan tempéré, 1944,
huile sur carton,
42 x 58 cm., Centre
Georges-Pompidou-
MNAM-CCI, Paris.

10

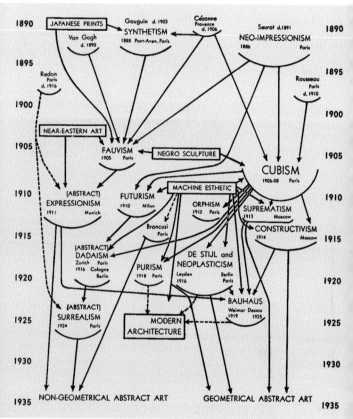

1890	JAPANESE PRINTS	Gauguin d. 1903 Cézanne Seurat d.1891 1890
		SYNTHETISM Provence NEO-IMPRESSIONISM
	Van Gogh	1888 Pont-Aven, Paris d. 1906 1886 Paris
	d. 1890	
1895	Redon	1895
	Paris	Rousseau
	d. 1916	Paris
1900		d. 1910 1900
	NEAR-EASTERN ART	
1905		1905
	FAUVISM	NEGRO SCULPTURE
	1905 Paris	CUBISM
1910	(ABSTRACT) FUTURISM MACHINE ESTHETIC 1906-08 Paris	1910
	EXPRESSIONISM 1910 Milan ORPHISM SUPREMATISM	
	1911 Munich Brancusi 1912 Paris 1913 Moscow	
1915	Paris CONSTRUCTIVISM	1915
	(ABSTRACT) 1914 Moscow	
	DADAISM DE STIJL and	
	Zurich Paris PURISM NEOPLASTICISM	
1920	1916 Cologne 1918 Paris Leyden Berlin	1920
	Berlin 1916 Paris	
	BAUHAUS	
1925	(ABSTRACT) MODERN Weimar Dessau	1925
	SURREALISM ARCHITECTURE 1919 1925	
	1924 Paris	
1930		1930
1935	NON-GEOMETRICAL ABSTRACT ART GEOMETRICAL ABSTRACT ART	1935

11

11 Schéma des tendances ayant conduit à l'art abstrait et à ses développements jusqu'en 1935, reproduit d'après A. Barr Jr., catalogue de l'exposition *Cubism and Abstract Art*, 1936.

12

12 W. De Kooning, *Woman I*, 1950-1952, huile sur toile, 192,8 x 147,3 cm., The Museum of Modern Art, New York.

13 K. Malevitch, *Victoire sur le soleil*, « *Carré* », projet de décor pour le premier tableau du deuxième acte de l'opéra, 1913, crayon sur papier, 21 x 27 cm., Musée théâtral, Saint-Pétersbourg.

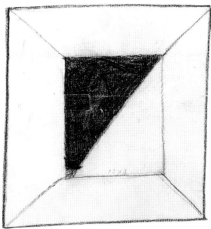

13

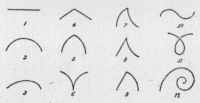

PREMIÈRE PARTIE

L'ALPHABET GRAPHIQUE ET LA CONJUGAISON

———

CHAPITRE PREMIER

L'ALPHABET GRAPHIQUE

1. Le tableau suivant réunit les traits élémentaires qui composent toutes les lignes, et les traits figurés ou les affections linéaires qui en caractérisent les involutions. C'est précisément l'alphabet graphique au moyen duquel on écrit toutes les formes.

14

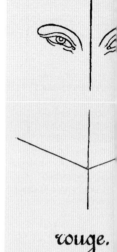

14 Page extraite de l'ouvrage de J. BOURGOIN, *Grammaire élémentaire de l'ornement*, Paris, Delagrave, 1880.

15 Planche extraite de l'ouvrage de HUMBERT DE SUPERVILLE, *Essai sur les signes inconditionnels dans l'art*, La Haye, 1839.

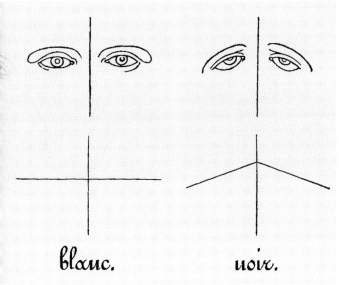

blanc.   noir.

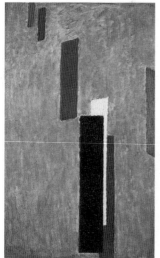

16

17

16 F. Kupka,
Plans verticaux I, 1912,
huile sur toile,
150 x 94 cm.,
Centre Georges-
Pompidou-MNAM-CCI,
Paris.

17 P. Stämpfli,
Diagonal, 1978,
mine de plomb
sur papier,
157 x 108 cm.,
Centre Georges-
Pompidou-MNAM-CCI,
Paris.

avant tout son usage des mots qui retient son attention. Or, et cela est évidemment capital, *c'est à partir d'une analyse du mot chez Maeterlinck qu'est introduite la notion de sonorité intérieure.* Et c'est pourquoi il convient ici de le citer longuement :

> La grande ressource de Maeterlinck est le mot. Le mot est une *résonance intérieure* [*Das Wort ist ein innerer Klang*]. Cette résonance intérieure est due en partie (sinon principalement) à l'objet que le mot sert à dénommer. Mais si on ne voit pas l'objet lui-même, et qu'on l'entend simplement nommer, il se forme dans la tête de l'auditeur une représentation abstraite, un objet dématérialisé qui éveille immédiatement dans le « cœur » une vibration. Ainsi, *l'arbre vert, jaune, rouge* dans la prairie n'est qu'un cas matériel, une forme matérialisée fortuite de l'arbre que nous ressentons au son du mot, arbre. [...] De même se perd parfois le sens devenu abstrait de l'objet désigné, et seul subsiste, dénudé, le *son* du mot[24].

On lit en général ce passage dans un sens spiritualiste, parce que, dans le contexte où il apparaît, il suit immédiatement des considérations sur la théorie théosophique. Il offre pourtant une étonnante similitude avec la théorie linguistique que Saussure développait exactement au même moment (1907-1911). Rappelons sa célèbre définition du signe :

> Le signe linguistique unit non une chose et un nom, mais un concept et une image acoustique. Cette dernière n'est pas le son matériel, chose purement physique, mais l'empreinte psychique de ce son, la représentation que nous en donne le témoignage de nos sens ; elle est sensorielle, et s'il nous arrive de

l'appeler « matérielle », c'est seulement dans ce sens
et par opposition à l'autre terme de l'association, le
concept, généralement plus abstrait[25].

Ce n'est qu'à la page suivante que Saussure
propose de rebaptiser « signifiant » l'image acoustique et « signifié » le concept. *Or le signifiant, ou
l'image acoustique, n'est-ce pas exactement le son
intérieur de Kandinsky ?* Pour préciser son idée
d'image acoustique, Saussure ajoute : « Le caractère psychique de nos images acoustiques apparaît
bien quand nous observons notre propre langage.
Sans remuer les lèvres ni la langue, nous pouvons
nous parler à nous-mêmes ou nous réciter mentale-
ment une pièce de vers. [...] Les mots de la langue
sont pour nous des images acoustiques[26]. » N'est-ce
pas exactement ce que dit Kandinsky : le mot est un
son *(Klang)* intérieur. Et il donne au reste le même
exemple de la lecture intérieure : « L'emploi habile
(selon l'*intuition* du poète) d'un mot, la répétition
intérieurement nécessaire d'un mot, deux fois, trois
fois. » Quant au fait qu'en nommant un objet, dit
Kandinsky, « il se forme dans la tête de l'auditeur
une représentation abstraite », il s'agit là de désigner le concept, ou le signifié, dont Saussure dit
également qu'il est « généralement plus abstrait ».
Ajoutons enfin que l'exemple de signe linguistique
que donne Saussure est celui du mot... arbre et que
dans son fameux schéma il matérialise le concept
d'arbre par le dessin d'un arbre.

Je ne veux certes pas insinuer que Kandinsky

aurait lu Saussure, ce qui est impossible car le *Cours* ne sera publié qu'en 1916. Et s'il a rencontré Jakobson à Moscou, ce n'est qu'en 1919[27]. Le parallèle n'en est pas moins significatif et montre que des idées semblables étaient dans l'air du temps. L'importance de Maeterlinck, en ce sens, est d'avoir aidé Kandinsky à se débarrasser de l'objet dans la compréhension du fonctionnement du mot. Autrement dit, c'est parce que Maeterlinck a dissocié le signifiant du référent que Kandinsky a pu prendre conscience de l'importance du signifiant sonore ou, si l'on veut, de la résonance intérieure. Comme il nous le dit à la fin du texte déjà cité : « [...] de même se perd parfois le sens devenu abstrait de l'objet désigné et seul subsiste, dénudé, le *son* du mot. »

Cette compréhension de l'usage poétique du mot est tout à fait déterminante pour la pensée de Kandinsky et pour l'analogie qu'il établira entre le mot et la couleur. Aussi conclut-il son analyse du mot chez Maeterlinck en notant : « Et le *mot* qui a ainsi deux sens — le premier, direct, et le second, intérieur — est matériau pur de la *poésie* et de la littérature[28]. » Or c'est dans ce même paragraphe qu'il ajoute en note : « C'est là également un exemple de l'évolution des procédés artistiques du matériel vers l'abstrait. » En effet, le matériel correspond au sens direct, référentiel du mot et l'abstrait à la sonorité intérieure du signifiant, une fois qu'il n'est plus utilisé dans sa seule fonction référentielle. On voit donc combien la fonction du mot poétique sert à structurer l'idée d'un art abstrait.

Qu'en est-il maintenant de cette sonorité intérieure ? Kandinsky l'a bien expliqué :

> Sous une forme embryonnaire, cette puissance du mot a déjà été employée par exemple dans les *Serres chaudes*. Lorsque Maeterlinck en use, un mot, neutre au premier abord, peut prendre une signification sinistre. Un mot simple, d'usage courant (par exemple cheveux), peut, dans une application convenablement *ressentie*, donner une impression de désespoir, de tristesse définitive. Et c'est là le grand art de Maeterlinck[29].

Autrement dit, le mot, une fois dégagé de son signifié usuel, et utilisé pour sa force signifiante, acquiert une nouvelle résonance, et se trouve associé à d'autres signifiés ou, comme dirait Ghil, à des sensations, des sentiments ou des idées ; ici /cheveux/ acquiert le sens de « tristesse ». En outre, l'idée de résonance intérieure ayant été dégagée à partir du mot, il n'est pas étonnant que, s'agissant d'images, Kandinsky parle plus facilement de leur sonorité en les comparant aux mots. « De même que chaque mot prononcé (arbre, ciel, homme), chaque objet représenté éveille une vibration[30]. »

C'est donc par analogie avec le mot qu'est abordée la couleur : de même que le mot a deux sens, l'un matériel et l'autre intérieur, ainsi la couleur peut produire sur nous un effet matériel, physique, et un effet psychique, intérieur, spirituel. C'est évidemment le second qui retient toute l'attention de Kandinsky, la vibration de l'âme que produit cette sonorité intérieure de la couleur. Mais qu'est-ce qu'une telle résonance intérieure ? J'ai suggéré plus haut qu'elle correspondait à l'image acoustique de Saussure. Les choses sont cependant un peu plus compliquées, car pour Saussure l'image acoustique était le signifiant, tandis qu'à ce signifiant Kandinsky attache un signifié. L'important est que ce signifiant évoque en nous quelque chose, une sensation, un sentiment, une idée, dirait Ghil, ou qu'il soit l'expression, au sens de Goodman, d'un sentiment.

La recherche de ces signifiés constitue donc une partie importante des analyses de Kandinsky et c'est pourquoi il cite Delacroix (d'après Signac) pour légitimer son entreprise : « Chacun sait que le jaune, l'orange et le rouge donnent et représentent des idées de joie, de richesse[31]. » Cette tentative, fréquente chez les Romantiques et les Symbolistes, consiste à dégager la couleur de ses liens avec les objets afin de l'envisager seule, pour ses propriétés plastiques, puis de lui chercher un ou des signifiés.

On comprend peut-être mieux à présent où je veux en venir : pour le dire un peu brutalement en termes sémiotiques, *la sonorité intérieure de Kandinsky est déjà une ébauche de ce que le Groupe µ appelle le signe plastique*, c'est-à-dire un signifiant plastique (ligne ou couleur) auquel est associé un signifié, lui aussi plastique. C'est si vrai que Kandinsky se montre extrêmement soucieux d'éviter les *associations iconiques* qui rabattraient le signifiant plastique sur un signe iconique. Qu'en est-il

en effet de cette résonance intérieure que produit
sur nous une couleur ?

> L'âme étant, en règle générale, étroitement liée au
> corps, il est possible qu'une émotion psychique en
> entraîne une autre, correspondante, par *association*.
> Par exemple, la couleur rouge peut provoquer une
> vibration de l'âme semblable à celle produite par une
> flamme, car le rouge est la couleur de la flamme. Le
> rouge chaud est excitant, cette excitation pouvant être
> douloureuse ou pénible, peut-être parce qu'il ressem-
> ble au sang qui coule. Ici cette couleur éveille le sou-
> venir d'un autre agent physique qui, toujours, exerce
> sur l'âme une action pénible.
>
> Si c'était le cas, nous trouverions facilement par
> l'association une explication des autres effets physi-
> ques de la couleur, c'est-à-dire non plus seulement sur
> l'œil mais également sur les autres sens. On pourrait
> par exemple admettre que le jaune clair a un effet
> acide, par association avec le citron. Mais il est à peine
> possible d'accepter de telles explications[32].

De telles explications ne sont pas admissibles,
parce qu'elles rabattent le plastique sur l'iconique.
Or, si l'art abstrait a un sens, c'est bien celui de
posséder des signifiés qui ne soient plus inféodés à
l'iconique. J'espère avoir ainsi établi combien la
sonorité intérieure de Kandinsky, sur laquelle on a
tant écrit, peut légitimement se comprendre dans
une perspective sémiotique, comme la recherche de
signes plastiques. Je montrerai en ce sens dans le
chapitre suivant combien le symbolisme avait préparé la voie.

Reste à dire un mot concernant le privilège du verbal. J'ai déjà indiqué combien la réflexion sur le mot avait aidé Kandinsky à structurer sa notion de nécessité intérieure, et partant, son approche de l'abstraction, puisqu'en définitive il s'agit de penser les lignes et les couleurs comme des propriétés plastiques auxquelles sont liés des signifiés, plastiques, eux aussi. Cependant, si le mot sert de modèle, il possède également une prérogative supplémentaire. Kandinsky distingue, nous l'avons vu, deux effets de la couleur : un effet purement physique et un effet psychique. Or, si l'on contemple une plage de couleur, on risque d'être plus sensible à l'effet physique qu'elle produit sur nous : les qualités propres de cette plage de couleur (la nuance qu'elle montre, ses propriétés plus ou moins chaudes ou froides) risquent de nous faire manquer l'effet psychique. D'où la conséquence paradoxale qu'en tire Kandinsky : pour être sensible à la résonance intérieure du rouge, par exemple, *mieux vaut partir du mot « rouge »,* beaucoup moins limité qu'une tache de rouge :

> La couleur ne se laisse pas étendre sans limite. On ne peut que penser ou se représenter mentalement le rouge sans limite. Lorsqu'on entend le mot « rouge », ce rouge n'est pas limité dans notre représentation. La limite doit être ajoutée par la pensée, de force s'il le faut. Le rouge qu'on ne voit pas matériellement, mais qu'on se représente dans l'abstrait, éveille par ailleurs une certaine image intérieure précise et imprécise, d'une résonance physique purement intérieure. Ce

rouge qui résonne à partir du mot même n'a pas en lui
de vocation particulière au chaud ou froid. [...] C'est
pourquoi je dis que cette vision de l'esprit est impré-
cise. Mais cependant, elle est également précise parce
que seule demeure la résonance intérieure, dépouillée
de ses tendances fortuites qui amèneraient à tenir
compte des détails, au chaud et au froid, etc.[33].

Cette importance décisive accordée aux mots permet d'expliquer des propos qui, sinon, ne laisseraient
pas de surprendre. Ainsi, par exemple, dans les
commentaires de toiles qui terminent *Regards sur
le passé,* il explique à propos de *Composition VI*
(1913) que ses essais en vue de cette toile lui ont
longtemps paru insatisfaisants : « Et cela venait
seulement du fait que j'échouais devant l'expression du déluge lui-même, au lieu d'obéir à l'expression du *mot* "déluge". Ce n'était pas la résonance
intérieure qui me dominait mais l'expression
extérieure[34]. » Ajoutons par parenthèse que ceci
montre aussi que l'art abstrait de Kandinsky en
1913 est encore loin d'être non-objectif.

Marinetti

Si les idées concernant la fonction poétique du
mot ont eu un impact considérable sur Kandinsky
via la pratique poétique (mais aussi les scénogra-
phies) de Maeterlinck, ces idées toucheront d'autres
pionniers de l'art abstrait au travers du futurisme.
René Ghil est en effet une des sources de Marinetti[35].

Prenant connaissance des manifestes futuristes, il en revendiquera, d'ailleurs, en son nom et en celui de Verhaeren, la priorité[36]. Il faut cependant remarquer que, relativement aux questions qui nous intéressent ici, la position de Marinetti vis-à-vis des mots est quelque peu régressive. Si l'on cherche en effet à comprendre l'importance de l'abandon de l'objet ou du référent pour les débuts de l'art abstrait, Marinetti ne va guère dans ce sens, c'est le moins qu'on puisse dire. Les mots en liberté ne sont pas des mots devenus autonomes par rapport à leur sens usuel, mais des mots, qui, sans la syntaxe, sont mieux à même d'exprimer une émotion, comme quelqu'un qui vient nous raconter en un récit justement hachuré, saccadé et en sautant du coq-à-l'âne, une scène qu'il vient de vivre lorsqu'il est encore sous le coup de l'émotion. La suppression de la syntaxe obéit donc pour Marinetti à une meilleure adéquation entre l'émotion et les « vibrations » que nous ressentons[37]. Ce qui est vrai du rapport entre les idées et les mots l'est aussi du rapport entre les mots et la vie quotidienne. S'il faut déformer les mots, c'est afin d'en faire des onomatopées qui colleront beaucoup mieux au réel et en rendront compte plus efficacement : « D'où la nécessité d'introduire courageusement des accords onomatopéiques pour donner tous les sons et tous les bruits, même les plus cacophoniques de la vie moderne[38]. » Les déformations qu'il faut faire subir aux mots n'ont donc pas pour but de rendre le langage autonome. Au contraire, explique Marinetti :

« Cette déformation instinctive des mots correspond à notre penchant naturel vers l'onomatopée[39]. » Or l'onomatopée est, on le sait, le contre-exemple le plus fréquemment donné à la nature arbitraire ou immotivée du signe linguistique[40], puisqu'elle suppose une lien de ressemblance entre le mot et ce qu'il désigne, comme le tic-tac d'un réveil.

Ainsi conçue, l'onomatopée, qui vise à ce que le mot colle au réel, est à l'opposé de l'idée d'abstraction. Les rythmes, comme par exemple le « tatata-tata » des mitrailleuses, « perdraient une grande partie de leur vitesse s'ils étaient exprimés d'une façon plus abstraite avec un plus grand développement, c'est-à-dire sans l'onomatopée[41] ». D'une façon plus générale, « l'onomatopée directe, imitative, élémentaire, réaliste, ajoute au lyrisme une réalité brutale et le garde des excès d'abstraction[42] ». Cependant, dans sa typologie des onomatopées, Marinetti envisage, à côté des onomatopées réalistes, des « onomatopées abstraites » : « expression sonore et inconsciente des mouvements plus complexes et mystérieux de notre sensibilité (Ex. : Dans mon poème "Dunes", l'onomatopée abstraite *ran ran ran* ne correspond à aucun bruit de la nature, ou du machinisme, mais exprime un état d'âme)[43] ». De la même manière, il distingue une « verbalisation abstraite » qu'il définit comme « l'expression de nos divers états d'âme moyennant des bruits et des sons sans signification précise, spontanément organisés et combinés[44] ». On le voit, les onomatopées, même abstraites, ont encore la même fonction d'exprimer le plus adéquatement possible les états d'âme en étant en quelque sorte des signes naturels, d'autant plus efficaces qu'ils miment de façon onomatopéique les mouvements de l'âme et ses vibrations (le vocabulaire est ici le même que celui dont use Kandinsky).

Mondrian et l'Art du verbe

Parmi les pionniers de l'art abstrait, Mondrian est sans doute celui qui s'est le plus intéressé au futurisme italien. Toutefois, la place conférée au mot n'a pas pour lui l'importance qu'elle a eue pour Kandinsky. À ses yeux, en effet, la peinture néo-plastique a réussi à se libérer des contraintes de la forme, naturelle et individuelle, pour atteindre directement l'universel, ce qui n'est pas encore le cas, pour lui, de l'« Art du verbe », ainsi qu'il l'appelle. C'est dans son texte de 1920, « Le Néo-Plasticisme : Principe Général de l'Équivalence Plastique », qu'il s'est le plus longuement exprimé sur ce point, puisqu'il y procède à une comparaison systématique de la peinture avec les autres arts : « Dans le verbe actuel, l'apparition purement abstraite est voilée, troublée par le son matérialisé, l'extériorisation plastique traditionnelle et l'idée abâtardie. L'Art du verbe ne peut donc pas être l'expression plastique immédiate de l'universel par le moyen plastique dont il dispose aujourd'hui[45]. » Ainsi, loin d'être un modèle, le mot est plutôt à la traîne : « La Plastique Verbale se libérera beaucoup plus lentement que la Peinture de la forme, c'est-à-dire du délimité dominateur. »

Les raisons alléguées sont diverses, notamment celle-ci : « Le verbe, en effet, beaucoup plus que l'apparition naturelle de la chose qu'il exprime, évoque en nous l'individuel : le verbe est devenu notre représentation de la réalité sensible [...] le langage trouve sa base principale dans l'individuel. » Curieusement, Mondrian est resté étranger aux théories du langage dont j'ai fait état au début de ce chapitre et qui voyaient justement dans le langage la manière idéale de signifier l'abstrait, et non plus le particulier. Il considère également que, le langage nous étant nécessaire pour communiquer, l'utiliser dans sa fonction poétique le couperait trop de la vie, un thème auquel il était très sensible : « Néanmoins, le verbe en tant qu'élément de langage reste nécessaire pour dénommer les choses. La séparation entre le verbe-en-tant-que-langage et le verbe-en-tant-que-art mettrait probablement ce dernier trop en dehors de la vie. » Il devait par la suite donner un nouvel argument contre l'affranchissement poétique du mot : « Le mot ou la phrase, tout comme la forme dans le Cubisme, gardent toujours une signification individuelle. Si on la supprime en réduisant le mot à un simple son, la littérature perd de ce fait son sens propre et bascule dans le domaine musical[46]. » Mondrian était à l'évidence plus sensible à la musique qu'à la poésie et son souci de mettre en avant la primauté de la peinture dans la mise en œuvre des principes de la plastique pure l'a sans doute empêché d'être attentif aux transformations poétiques de l'usage du mot. Ajoutons cependant qu'il a commencé à produire des textes théoriques vers 1917, à un moment où il y avait déjà des exemples de peinture abstraite, de sorte que la situation n'était plus celle de Kandinsky, lequel avait bien dû s'appuyer sur le modèle linguistique pour conceptualiser une forme d'art qui, lorsqu'il rédigeait *Du spirituel dans l'art,* n'existait pas encore.

Il y a pourtant une idée commune à plusieurs des conceptions de l'abstraction dont nous venons de faire état : l'idée d'une libération des moyens propres à chaque art afin d'atteindre à une expression pure. Suivant une des formulations de Mondrian, « La Musique tend vers la libération du son, la Littérature vers celle du verbe. Ainsi, en épurant les moyens plastiques, ils arrivent à la plastique pure des rapports[47] ». Or c'est à peu de chose près (car il n'est pas question de rapports entre éléments) ce que disait Kandinsky à propos de Maeterlinck : grâce à l'usage poétique du mot « se perd parfois le sens devenu abstrait de l'objet désigné et seul subsiste, dénudé, le *son* du mot. Inconsciemment, nous entendons peut-être ce son « pur » en consonance avec l'objet, réel ou ultérieurement devenu abstrait. Dans ce dernier cas toutefois, ce son pur passe au premier plan et exerce une pression directe sur l'âme[48] ». La pureté est donc la sonorité du mot, dégagé de sa fonction référentielle. C'était déjà en ce sens que l'entendait Mallarmé lorsqu'il notait qu'en émane alors la « notion pure ».

Peut-être comprend-on mieux à présent la nature de l'analogie entre les mots et les images qui a tant fasciné Kandinsky : de même que les poètes ont réussi à dégager les mots de leur valeur référentielle pour qu'il ne soient plus qu'une pure sonorité, de même les peintres pourront eux aussi dégager les images de leur valeur iconique pour faire advenir leur valeur plastique pure. D'où la forte puissance suggestive de cette analogie, que l'on retrouve aussi chez Apollinaire dans un texte d'octobre 1912, déjà cité dans la variante reprise dans *Les peintres cubistes*. Soucieux de dégager la nouveauté radicale qu'il pressent notamment chez Picabia, Duchamp et Delaunay, il a recours au même terme d'art ou de couleur pure, puisé à la même analogie avec la musicalité du mot poétique : « On s'achemine ainsi vers un art entièrement nouveau qui sera à la peinture, tel qu'on l'avait envisagé jusqu'ici, ce que la musique est à la poésie. Ce sera de la peinture pure[49]. » Les choses ne devaient d'ailleurs pas en rester là dans la mesure où Delaunay, au milieu des années vingt, prendra appui sur la querelle de la poésie pure, qui faisait rage, pour infléchir l'idée de peinture pure afin de rendre compte de sa propre pratique, figurative à cette époque : « On a assimilé à la *peinture pure* ce préjugé de la non représentation des choses de la nature. » Or il lui semble que « des moyens anti-descriptifs et tout à fait expressifs dans le sens du mot n'interdisent pas, au contraire, la représentation objective des choses de l'Univers[50] ». Ce sont en particulier les aspects concrets de l'énonciation poétique qui lui serviront à faire valoir que sa peinture, elle aussi, était plus concrète qu'abstraite[51].

Cubo-futurisme russe

Le cas le plus fascinant d'une relation entre poètes et peintres autour d'un rejet commun de l'objet afin de mettre en avant les potentialités plastiques du matériau tant verbal que visuel est sans conteste celui de l'avant-garde futuriste russe. Le cas est d'autant plus intéressant que, pour la plupart d'entre eux, les activités de peinture et d'écriture n'étaient pas complètement séparées : on sait que Malevitch, Rozanova (et aussi Kandinsky) ont écrit des poèmes ; David Bourliouk était peintre, poète et théoricien ; le grand poète Khlebnikov a aussi réalisé de nombreux dessins ; Matiouchine, peintre et théoricien était également violoniste et compositeur ; quant à Maïakovski, il a commencé par étudier dans une école d'art[52]. On pourrait allonger la liste. Les peintres et les poètes devaient d'ailleurs travailler en osmose à des livres d'artistes dans lesquels les rapports entre mots et images étaient particulièrement soignés afin de produire une interdépendance et nullement une subordination de l'une des composantes à l'autre[53].

Le plus intéressant, cependant, pour notre propos,

est l'extraordinaire émulation qui eut lieu entre eux
dans la recherche réciproque d'une libération du
mot, pour les uns, des formes et des couleurs, pour
les autres, vis-à-vis de l'objet. De ce point de vue,
l'année 1913, si importante à tant d'égards, et cruciale pour l'art abstrait, devait être déterminante.
Elle donna lieu à une intense activité (débats, expositions) et à la publication de nombreux manifestes
dont les titres sont déjà évocateurs : « Le mot en
tant que tel » (Kroutchenykh et Khlebnikov[54]), « La
lettre en tant que telle », « La libération du mot »
(Livchits), ainsi que le texte du théoricien de la littérature Chklovski, « Résurrection du mot » (publié
début 1914). À cette activité théorique il convient
d'ajouter au moins la réalisation commune d'un
opéra, *Victoire sur le soleil*, dû à la collaboration
de Khlebnikov (prologue), Kroutchenykh (livret),
Malevitch (décor et costumes) et Matiouchine
(musique)[55]. Le thème de cet opéra futuriste est
d'ailleurs d'un grand intérêt pour notre propos puisque la mise à mort du soleil est une façon de supprimer un des objets extérieurs les plus symboliques
qui soient pour le remplacer par la lumière intérieure, de sorte qu'il existe une remarquable complémentarité entre le thème abordé, le travail sur le
langage dans le prologue et le livret, et le décor
dans lequel apparaissent déjà des éléments non-
objectifs (notamment un triangle noir inscrit dans
(Fig. 13) un carré). Aussi a-t-on pu dire que le spectacle « ten-
dait à l'abstraction[56] ». La réalité extérieure, en
effet, a fait place à celle produite par le spectacle

lui-même : « L'unique réalité était la forme abstraite qui avait englouti, sans qu'il en restât rien, toute la vanité luciférienne du monde[57]. »

Les principes qui guident les poètes futuristes russes ont notamment été formulés dans un manifeste signé par les principaux d'entre eux (deux des frères Bourliouk, David et Nicolaï, Maïakovski, Khlebnikov, Livchits, Kroutchenykh), et qui s'inspire jusqu'à un certain point des manifestes de Marinetti[58]. Il commence ainsi :

> 1. Nous avons cessé de considérer la construction et la prononciation des mots selon les règles grammaticales, et nous avons commencé à ne voir dans les lettres que *l'orientation du discours*. Nous avons brisé la syntaxe.
> 2. Nous nous sommes mis à attribuer un sens aux mots selon leur *caractère* graphique et *phonique*[59].

Un des points communs aux différents poètes est l'idée qu'il s'agit de fonder le « mot autonome [*samovitoe*] à valeur autonome ». Cette autonomie est avant tout celle du mot comme *matériau plastique* par rapport à son sens usuel. La « résurrection » du mot dont parle Chklovski porte donc sur la forme des mots qui retrouve toute son importance dès lors qu'on y prête attention, tandis qu'elle est complètement gommée dans le langage ordinaire, où ils servent, « pour ainsi dire, de signes algébriques[60] ». Et cette forme du mot est double, à la fois « interne (imagée) et externe (sonore)[61] ». La résurrection concerne donc l'extraordinaire créativité qui s'empare des poètes, dès lors que les mots sont triturés et transformés de différentes façons afin de donner lieu à une poésie radicalement autre et qui puise sa matière dans le maniement de leur forme. En ce sens, le travail sur le matériau signifie que le mot devient la fin en soi du travail poétique et non plus un moyen au service de la poésie.

Ce travail opéré sur les mots a cependant une finalité différente suivant les poètes. Pour Khlebnikov[62], en libérant les mots de la tutelle de l'usage quotidien, il s'agit de retrouver une langue universelle basée sur l'alphabet, qu'il a parfois comparée à la loi de Mendeleïev en chimie : une sorte de tableau de la matérialité des sons qui, parce qu'ils sont en deçà d'une langue particulière, toucherait à la racine de toute langue. Il y a là une dimension utopique présente dans de nombreuses avant-gardes du début du XXe siècle. « Ces mots n'appartiennent à aucune langue, mais cependant ils disent quelque chose qui n'est pas saisissable, mais qui est cependant existant [...]. Mais comme justement ils ne donnent rien à la conscience (qu'ils ne conviennent pas pour le jeu de poupée), alors ces assemblages libres sont appelés "langue zaoum" [laquelle] est un jeu sur *l'alphabet expliqué par nous* vers l'art nouveau au seuil duquel nous nous tenons[63]. »

Kroutchenykh, de son côté, s'est attaqué très fortement aux liens entre signifiant et signifié en dénonçant la soumission du premier au second et en revendiquant par conséquent son autonomie. Il l'a très clairement exposé dans « Les nouvelles voies du mot » :

> La preuve flagrante et décisive de ce que le mot était jusqu'à présent aux fers est sa *soumission au sens* on a affirmé jusqu'à ce jour :
> « la pensée dicte les lois au mot et non le contraire ».
> Nous avons signalé cette erreur et offert une langue libre, transrationnelle et universelle.
> C'est par la pensée que les artistes du passé s'acheminaient vers le mot ; c'est à partir du mot que nous allons vers la connaissance immédiate. [...]
> En art nous avons déclaré :
> LE MOT DÉPASSE LE SENS
> Le mot (et les sons qui le composent) n'expriment pas seulement une pensée étriquée, pas seulement une logique, mais essentiellement le transrationnel[64].

Cette déclaration nous permet au passage de mieux comprendre une des différences entre les futuristes italiens et russes. Pour Marinetti, nous l'avons vu, les onomatopées sont au service du sens et visent à le rendre de manière plus adéquate que par la syntaxe traditionnelle. En revanche, pour Kroutchenykh, c'est tout le contraire : si le mot dépasse le sens, c'est qu'il constitue un matériau à partir duquel travailler en le triturant, sans plus être dépendant *a priori* du sens. Resterait à comprendre quelles sont les techniques utilisées pour produire cette langue transrationnelle ou zaoum. Kroutchenykh s'en explique un peu plus loin, et, ce qui est du plus haut intérêt, donne la source des techniques de transformation et de déformation du matériau

verbal. Cette nouvelle langue qu'il s'agit de former
sera « l'association des mots en fonction de leurs
lois internes que découvre le verbo-créateur et non
selon les règles de la logique ou de la grammaire,
comme cela se pratiquait avant nous. Les peintres
modernes ont percé ce secret[65] ». Et d'expliquer
que les règles découvertes par les peintres sont au
nombre de deux : 1) [...] le mouvement donne le
relief « et inversement » ; 2) « la perspective incor-
recte donne la nouvelle quatrième dimension (essence du cubisme)[66] ».

Nous sommes ainsi renvoyés au cubisme, en tout
cas tel qu'il était compris en Russie. En effet, le
chef du groupe, David Bourliouk, avait publié en
1912 un important article sur le cubisme, étant
donné la posture adoptée vis-à-vis de l'art de la peinture : « Hier il s'agissait d'un moyen, aujourd'hui il
est devenu un but. La peinture s'est mise à ne poursuivre que des objectifs picturaux. Elle s'est mise à
ne vivre que pour elle-même[67]. » D'où l'étude des
« principales bases de la peinture contemporaine » :
la ligne, la surface, la couleur, la facture. Dans sa
contribution, la même année, à *L'Almanach du
Blaue Reiter*, il ira même jusqu'à parler d'un certain nombre de « lois » régissant la nouvelle peinture : loi de construction décalée, loi du libre
dessin, loi de dissonance chromatique, etc.[68]. Cette
approche rigoureuse de la peinture comme une entité
en soi, susceptible d'être analysée dans ses composantes, devait marquer les poètes et les inspirer pour
pratiquer la transformation du mot. C'est en ce sens

que Vladimir Markov, l'une des principales sources pour l'étude du futurisme russe, considère que la peinture de l'avant-garde russe est, avec le symbolisme, l'influence majeure qu'a subie le futurisme littéraire ; il fait en outre remarquer que plusieurs des concepts importants du futurisme littéraire sont empruntés au vocabulaire pictural *(sdvig, faktura)* [69]. Il en va de même pour l'idée de *déformation*, si essentielle pour le travail sur le mot : ce que David Bourliouk, qui « découvrit » et édita Maïakovski et Khlebnikov, retrouvait chez ce dernier, c'était l'affirmation du principe cubiste de déformation des objets, c'est-à-dire l'idée semblable que la création poétique, loin de refléter la réalité, en est au contraire une distorsion délibérée qui dès lors s'affirme elle-même au lieu d'être au service de cette réalité. Plusieurs auteurs ont souligné qu'un des procédés de Khlebnikov — le mélange brusque de catégories poétiques qui s'excluent (vers libres ou accentués), le mélange de rimes, de mètres, de rythmes, de genre, d'intrigue, voire de niveaux de langage — est donc, à coup sûr, emprunté à la peinture cubiste [70].

Un autre littéraire, Livchits, dont les souvenirs constituent une source de première main sur le cubo-futurisme russe, a lui aussi expliqué à plusieurs reprises combien la nouvelle peinture lui a permis de bouleverser sa propre pratique de l'écriture en lui apportant ce qu'il ne pouvait trouver dans l'expérience qu'il avait de la poésie symboliste russe ou française (Mallarmé, Rimbaud, Laforgue) : la compréhension des « *rapports et mutuelle dépendance fonctionnelle des éléments*[71] ». Il raconte d'ailleurs combien la différence éclate dans *Victoire sur le soleil,* où le zaoum pictural devançait de très loin le zaoum littéraire :

> La mise en scène de Malevitch avait montré de façon évidente quelle importance a, dans le traitement de la forme abstraite, la logique intérieure de l'œuvre artistique conçue avant tout comme sa composition. [...] La peinture (cette fois elle n'était même pas de chevalet, mais théâtrale) menait de nouveau par la bride à sa suite les créateurs de langage aveniristes, en déblayant, à leur place, les catégories fondamentales de leur poétique inachevée encore insuffisamment claires[72].

Or, là où les choses deviennent tout à fait fascinantes, c'est qu'à cet intérêt des poètes pour la peinture répond un intérêt réciproque des peintres pour la poésie. Malevitch devait en effet consacrer un texte à la poésie, en bonne partie centré sur le rapport entre les formes de la nature et les matériaux plastiques. Et tout l'intérêt de la poésie, selon Malevitch, consiste en la capacité qu'elle a (quoique pas toujours) de s'affranchir de sa tendance à vouloir rendre compte des formes de la nature :

> Il est une poésie où le poète anéantit les objets au nom du rythme en ne laissant que des lambeaux déchirés de juxtapositions de formes inattendues.
>
> Il est une poésie où, tels le mouvement et le temps, le rythme et le tempo demeurent purs ; le rythme et le tempo prennent alors appui sur les lettres comme sur

des signes renfermant tel ou tel son. Mais il arrive que la lettre, incapable d'incarner la tension du son, doive se dissocier. Le signe, la lettre dépendent du rythme et de la cadence. Le rythme et la cadence créent et utilisent les sons qui naissent d'eux en forgeant la nouvelle image à partir de rien[73].

Cet intérêt pour la poésie vient donc de sa différence d'avec la peinture. Car « le poète n'agit pas comme le peintre ou le sculpteur. Il ne restitue pas à la nature ce que les formes de cette nature lui ont donné[74] », puisque son matériau est le mot, et que, nous dit Malevitch, quand bien même il voudrait parler de la nature, il ne nous parle que du mot. Cela nous met sur la piste d'une des raisons principales de la fascination réciproque des peintres et des poètes futuristes russes, ainsi que de l'extraordinaire émulation que cette fascination a entraînée. Des poètes comme Khlebnikov, soucieux de créer un langage universel, enviaient les peintres, qui croyait-il, utilisaient d'emblée une telle langue universelle :

> Le but est de créer une langue écrite générale, commune pour tous les peuples du troisième satellite solaire, d'obtenir des signes écrits qui soient compréhensibles et acceptables pour toute l'étoile qui est peuplée d'hommes [...]. La peinture a toujours parlé dans une langue qui est accessible à tous [...]. Il serait possible d'avoir recours au moyen de la couleur et de désigner M avec du bleu sombre, V avec du vert, B avec du rouge, S avec du gris, etc.[75].

Ainsi, c'est la nature ressemblante du signe iconique qui fournirait la base de cette langue universelle dont rêve le poète (bien que ce soient des éléments plastiques comme les couleurs qui devraient servir d'équivalent à l'alphabet). Inversement, ce que Malevitch envie, semble-t-il, aux poètes, c'est le caractère arbitraire ou immotivé du langage, le fait que le poète, même s'il veut exprimer son sentiment face à la nature, utilise des mots et dès lors ne nous parle que du langage. D'où la formidable stimulation que représente la poésie pour le peintre soucieux de s'affranchir de l'imitation des formes et des couleurs naturelles : en ce sens, si la poésie futuriste a pu prendre exemple sur la peinture, celle-ci, en revanche, s'est appuyée sur l'exemple de la poésie pour aller plus loin, et aboutir, dans le cas de Malevitch, au suprématisme.

Aussi pourrait-on dire que s'il y a un modèle linguistique pour Malevitch, ce n'est pas tant au sens d'un parallèle entre l'analyse phonologique et celle des couleurs[76], mais au sens où c'est le caractère non motivé du signe linguistique et la production par les futuristes russes d'une langue transrationnelle, sans objet, qui a encouragé le peintre à se dépasser lui-même pour produire des œuvres qui sont, elles aussi, tout à fait non-objectives, et dont *(Fig. 8)* le célèbre *Carré noir* constitue un des accomplissements les plus spectaculaires. Sans doute parce que le mot lui a justement servi de modèle, Malevitch a bien noté le parallèle entre le caractère non-objectif de la peinture suprématiste et celui de la poésie cubo-futuriste : « À côté de la peinture le mot a été aussi brisé et a vaincu son monde de représentations anciennes, de la raison et du sens et est devenu réalité. Le mot lui aussi devient sans-objet, devient le "rien" libéré[77]. »

Les choses ne devaient pourtant pas en rester là dans cet étonnant chassé-croisé, car la peinture abstraite en général et suprématiste en particulier devait à son tour stimuler les études sur le langage poétique. Tel est notamment le cas de Jakobson, qui nous a servi de point de départ pour cette partie. C'est en effet, nous l'avons vu, grâce à l'exemple de la peinture abstraite qu'il a pu formaliser son approche de la nouveauté poétique de Khlebnikov :

> Si la peinture est une mise en forme du matériau visuel à valeur autonome […], alors la poésie est la mise en forme du mot à valeur autonome, du mot « autonome », comme dit Khlebnikov. La poésie c'est le langage dans sa fonction esthétique. Ainsi, l'objet de la science de la littérature n'est pas la littérature mais la littérarité, c'est-à-dire ce qui fait d'une œuvre donnée une œuvre littéraire[78].

Cette notion de littérarité devait connaître une grande fortune dans les études littéraires, de même que ses équivalents en histoire de l'art (« picturalité »). Il en va de même de l'idée corollaire de dénudation du procédé. Que signifie en effet l'autonomie du mot, sinon que la poésie, désormais « indifférente à l'égard de l'objet de l'énoncé », devient un « matériau dénudé *canonique*[79] », c'est-à-dire immotivé. On tient là une des clés de l'analyse jakobsonienne de la poétique de Khlebnikov, qu'il applique aussi bien à l'enchaînement des motifs — dénudé parce

qu'y manque le fil justificatif — qu'à la rime :
« dénuder la rime, c'est émanciper sa puissance
sonore du lien sémantique[80] ». Tout à fait conscient
de l'importance de ce concept, il devait aussitôt,
dès 1919, l'appliquer à l'analyse de la peinture futuriste russe, laquelle a utilisé de façon systématique
« la dénudation du procédé. Ainsi la facture dont
on a pris conscience n'a plus besoin d'aucune
justification, elle devient autonome, elle exige de
nouvelles méthodes de formation, de nouveaux
matériaux[81] ».

Chez Chklovski, l'autre grand théoricien de la
littérature également lié aux futuristes, on trouve
une démarche en tout point parallèle. Pour lui aussi,
la mise en question de l'objet a pour corollaire la
mise à nu du procédé :

> Mais seuls les suprématistes, qui, par un long travail
> effectué sur l'objet en tant que matériau, ont pris
> conscience des éléments de la peinture, seuls les supré-
> matistes ont pu s'affranchir de la servitude de l'objet
> et, en mettant à nu le procédé, présenter au spectateur
> des tableaux qui sont des surfaces colorées, et rien
> d'autre[82].

Cette mise à nu du procédé n'est sans doute
nulle part aussi éclatante et démonstrative, dirai-je,
que dans le *Carré noir* de Malevitch, qui affirme
brutalement sa nature non-objective, ou immotivée,
si l'on veut, puisqu'il ne repose plus sur l'imitation
d'aucune forme « naturelle », et donne à voir, noir
sur blanc, que la peinture n'est rien d'autre qu'une

surface peinte, sans référent extérieur, mais pouvant renvoyer à la logique purement picturale du rapport entre surface, plan, carré et cadre, ainsi que texture et facture[83]. Même la couleur a été éliminée afin d'éviter toute association iconique, afin que ne demeure rien d'autre que la picturalité comme telle, ou la pure plasticité de signifiants plastiques d'autant plus énigmatiques qu'en ce cas ils ne sont pas explicitement liés à un ou des signifiés.

En reconnaissant ma dette à l'égard de théoriciens de la littérature comme Jakobson ou Chklovski, je puis boucler la boucle, puisqu'ils ont rendu à l'analyse de la peinture ce que la peinture leur avait apporté dans leur compréhension de la poétique littéraire futuriste, elle-même redevable à la peinture cubiste russe, laquelle s'était à son tour appuyée sur la poésie pour aboutir à la non-objectivité…

Grammaire élémentaire

Le langage poétique ne s'est pas limité à être un modèle pour penser ce que pourraient être des formes abstraites alors qu'elles n'existaient pas encore, ou pour en stimuler la pratique, lorsqu'il fallait encore passer du non-figuratif au non-objectif. Le langage verbal a aussi servi de modèle pour la mise en place d'un grand projet qui a hanté plusieurs des pionniers de l'abstraction : celui de la constitution d'une grammaire élémentaire des formes et des couleurs. En effet, à partir du moment où les éléments plastiques s'autonomisent, une des principales tâches qui devaient accaparer l'attention est celle de l'exploration détaillée de ce matériau plastique. D'où la nécessité d'une grammaire comprenant au moins un vocabulaire et une syntaxe et, éventuellement, une sémantique.

C'est Kandinsky qui devait expliciter le plus clairement un tel projet, auquel il songeait dès *Du spirituel dans l'art*[1], et qu'il mettra partiellement en œuvre dans *Point et ligne sur plan*. Condensant en quelques pages certains des acquis de ce dernier ouvrage, il écrira en 1928, dans un article au titre explicite : « Analyse des éléments premiers de la peinture », que

> La théorie [picturale] devra :
> 1. établir un vocabulaire ordonné de tous les mots actuellement épars et désorbités,
> 2. fonder une grammaire qui contiendra des règles de construction.
>
> Tels les mots de la langue, les éléments plastiques seront reconnus et définis. Ainsi que dans la grammaire, des lois de construction seront établies. En peinture, le traité de composition répond à la grammaire.
>
> La peinture abstraite cherche donc à grouper ces éléments, soit :
> 1. préciser les éléments premiers et dénommer ceux qui en émanent, plus divers et plus compliqués — partie analytique,
> 2. les lois possibles de l'ordonnance ce ces éléments dans une œuvre — partie synthétique[2].

On aura remarqué au passage combien cette grammaire est encore pensée analogiquement par rapport au mot. De ce vaste programme, seul l'aspect « analytique » a été en partie réalisé, et notamment dans *Point et ligne sur plan*. Pourtant, cette grammaire élémentaire de l'art abstrait a été largement préparée à la fin du XIXe siècle par de nombreuses grammaires, précisément, tant de l'ornement que de la couleur, qui constituent un précédent par rapport aux recherches des peintres abstraits. La première de ces grammaires est sans doute celle de George Field, *Rudiments of the Painter's Art ; or a*

Grammar of Colouring, 1850. Significativement, dans la nouvelle édition publiée un quart de siècle plus tard, le sous-titre est devenu le titre : *A Grammar of Colouring applied to Decorative Painting and the Arts,* 1875. C'est qu'entre-temps de telles grammaires s'étaient généralisées, surtout dans le domaine des arts décoratifs. Owen Jones avait en effet fait paraître en 1856 sa monumentale *Grammaire de l'Ornement,* qui devait marquer les études sur la question. En France, Charles Blanc publie sa *Grammaire des arts du dessin* en 1867 (c'est d'ailleurs cette date que donne le *Petit Robert* pour l'apparition du sens figuré du mot « grammaire » en français). Bourgoin publie en 1880 sa *Grammaire élémentaire de l'ornement* ; Charles Blanc récidive en 1881 avec sa *Grammaire des arts décoratifs.* L'année suivante voit la publication de la *Grammaire de la couleur* de Guichard, puis paraîtront à la fois des ouvrages plus spécialisés portant sur des motifs ornementaux particuliers (comme *The Grammar of the Lotus,* de W. H. Goodyear, 1891), ainsi des synthèses plus vastes et plus ambitieuses, telle la *Grammaire historique des arts plastiques* d'Aloïs Riegl (1897-1898).

Or ces multiples grammaires présentent bien des points communs avec le programme de Kandinsky, ou celui que Van Doesburg appelait de ses vœux, celui d'une élémentarisation de la peinture[3] : recherche de la plus petite unité signifiante par la décomposition de motifs complexes en leurs éléments simples, puis par la décomposition des motifs simples en traits discrets qui constituent l'alphabet. Et, cet alphabet une fois constitué, démarche progressive : combinatoire des éléments simples engendrant les motifs (« conjugaison »), agencement syntagmatique des motifs en dispositions (« syntaxe »), enfin, classement des motifs par thèmes.

Principes de l'ornement

C'est sans doute dans la *Grammaire élémentaire de l'ornement* de Bourgoin que l'on trouve ces principes exprimés le plus clairement. La décomposition consiste donc à réduire les ornements à des figures, les figures à des lignes, puis les lignes à des traits. Une fois arrivé aux traits, il s'agit d'analyser les règles de « conjugaison » des traits entre eux, c'est-à-dire d'examiner comment cet alphabet donne naissance aux différentes figures qui s'agencent et s'assemblent en formant des dispositions qu'étudie la syntaxe. C'est donc une méthode qui est proposée, assortie de concepts, méthode analytique comme Kandinsky l'avait bien noté, afin de dégager des éléments généraux, par analogie avec l'alphabet. Pour Bourgoin, « Les formes naturelles […] s'offrent à nous avec des caractères de forme réductibles à un petit nombre d'éléments généraux […] [qui] constituent ce qu'on peut appeler l'alphabet des formes. Ces éléments généraux, qui écrivent les formes, comme les lettres écrivent les mots, rendent un compte précis de l'infinie variété

(Fig. 14)

des formes de la nature et de l'art[4] ». Ainsi, sous cette variété des formes « se cachent un certain nombre de données et de principes généraux qu'il importe de dégager pour les considérer à part[5] ». Et, pour ce faire, il importe qu'ils soient « nettement définis, et formulés dans toute leur abstraction » Voilà donc lâché le mot qui revient à plusieurs reprises sous la plume de Bourgoin, et c'est bien normal, si l'on considère que la méthode analytique en science consiste justement à produire des abstractions, en isolant un aspect ou une propriété de l'ensemble auquel il appartient. En ce sens, dégager les traits élémentaires de l'ornement, c'est déjà produire des éléments abstraits. Tel est très précisément le programme annoncé par Kandinsky dans *Point et ligne sur plan* : la méthode pour découvrir les « éléments de base » de l'art consiste tout d'abord en « l'examen minutieux de chaque phénomène — isolé » :

> Le but de ce petit livre, ajoute-t-il, est de démontrer d'une façon générale les principes des éléments « graphiques » de base, et cela :
>
> 1. Dans l'« abstrait », c'est-à-dire isolés de l'entourage réel de la forme matérielle de la surface matérielle, et
>
> 2. Sur la surface matérielle — l'effet des caractéristiques de cette surface[6].

Or n'est-ce justement pas en considérant les éléments de base « dans l'abstrait » qu'on fait de l'art abstrait ? C'est du moins ce que j'aimerais suggérer, à savoir que de ce point de vue, *l'art abstrait*

*est d'abord une syntaxe basée sur les éléments de
la peinture, points, lignes, surfaces, plans, couleurs, considérés dans l'abstrait, c'est-à-dire isolés
et détachés de leur fonction iconique dans l'art figuratif.* Et à cet égard les grammaires de l'ornement ont joué un rôle important en apportant aux
artistes cette méthode de réduction des figures, par
abstraction, en leurs éléments premiers.

Aussi n'est-il pas étonnant que Bourgoin, pour
pouvoir retrouver ces principes généraux « dans
toute leur abstraction », soit obligé de distinguer, à
propos de chacun des éléments, entre leur aspect
concret et leur aspect abstrait. Ainsi des surfaces,
parmi lesquelles il faut distinguer « 1° les surfaces
concrètes des formes corporelles et des solides ;
2° les surfaces abstraites figuratives ou géométriques[7] ». Il en va de même pour les lignes : « Il y
a trois sortes de lignes : 1° les lignes concrètes ou
de contour des surfaces et des solides ; 2° les lignes
abstraites, figuratives ou géométriques ; 3° les por-
tions de lignes ou les traits[8]. » À nouveau, c'est
bien en examinant les lignes comme abstraites
qu'on peut dégager leurs constituants, leurs traits
constitutifs qui sont justement les traits, totalement
abstraits, quant à eux. Enfin, une dernière distinction est introduite entre figure (abstraite) et forme
(concrète). Jugeons-en : « Les traits et les lignes,
puis les combinaisons et assemblages de traits […]
forment ce qu'on doit appeler des *figures,* par
opposition au mot *forme,* qui a un sens concret […].
Les figures abstraites sont figuratives ou géomé-

triques selon qu'elles relèvent du dessin qui traduit
la vue ou la vision des choses ou qu'elles relèvent
du trait qui traduit sèchement les constructions géométriques adéquates aux vues de l'esprit[9]. »

Cela nous aide aussi à comprendre, soit dit en
passant, le privilège de la géométrie dans un art
abstrait soucieux de délaisser le particulier au profit
de l'universel. C'est que, comme le note Bourgoin,
l'une des trois sources auxquelles nous empruntons
nos figures et nos formes est « la géométrie avec
ses abstractions très générales et d'une application
universelle[10] ». D'où l'intérêt marqué pour les figures géométriques (abstraites) plutôt que pour les
formes (trop concrètes) chez plusieurs des pionniers
de l'art abstrait.

D'où aussi l'importance de la géométrie pour
structurer l'approche qui va du point à la ligne puis
de la ligne au plan, soit ce que fera Kandinsky dans
Point et ligne sur plan. Aussi la comparaison
s'avère-t-elle instructive. Dans son bref « rappel de
notions géométriques fondamentales », Bourgoin
explique en effet que « le point fixe se subordonne
l'espace environnant[11] », tandis que pour Kandinsky
« le point s'incruste dans le plan originel et s'affirme à tout jamais[12] ». Pour le premier, « un point
en mouvement décrit la ligne droite dans une seule
direction de l'espace[13] », et pour le second « la
ligne géométrique [...] est la trace du point en
mouvement, donc son produit[14] ». On pourrait mul-
tiplier ainsi les comparaisons terme à terme concernant l'importance de la ligne droite, ou celle de la

surface comme plan (ce que Kandinsky qualifie de plan originel), ou encore la façon dont les courbes sont produites. Mais qu'importe. Il ne s'agit pas de rechercher une « source » de Kandinsky, quand nombre de manuels de géométrie font l'affaire, comme l'un de ceux qu'avait sans doute consultés David Bourliouk pour son important article de 1912 sur le cubisme, et qui commençait ainsi : « La peinture est un espace coloré. Le point, la ligne et la surface sont les éléments des formes de l'espace. C'est de leur lien génétique que découle l'ordre dans lequel ils sont inclus. L'élément le plus simple de l'espace est le point. Sa trace est la ligne. La trace de la ligne est la surface. Toutes les formes de l'espace sont puisées dans ces trois éléments[15]. »

Il convient donc de remarquer qu'une bonne partie de *Point et ligne sur plan* se trouvait déjà dans les grammaires des arts décoratifs à la fin du XIXe siècle, qui avaient constitué le plan de l'expression en système, c'est-à-dire en oppositions bien marquées au niveau des traits, des figures ainsi que de leurs assemblages dans des dispositions, puisque l'analyse syntaxique du rythme oppose l'alternance à la répétition, et la récurrence à l'alternance. On comprend mieux, dès lors, pourquoi Kandinsky (il n'était d'ailleurs pas le seul) se méfiait tant des arts décoratifs : ceux-ci sont en effet très proches de l'art abstrait, à cette nuance près, mais qui est de taille, qu'il y manque la dimension spirituelle, ou celle du signifié. Pour le reformuler en termes sémiotiques, je dirai que la grammaire élémentaire constitue l'ornement en *système,* mais que lui fait défaut un *code,* c'est-à-dire une mise en relation de ce système de l'expression (ou signifiant) avec un système du contenu (ou signifié)[16].

Donnons un exemple de cette différence capitale. Dans son texte « Sur la question de la forme », qui a été commenté dans la première partie, ce n'est plus le mot en tant que tel qui sert de modèle à Kandinsky pour expliciter la sonorité intérieure, mais la *lettre,* qui, comme le mot, produit un effet double :

> La lettre produit un certain effet et cet effet est double :
>
> 1. il agit en tant que signe ayant une fin,
> 2. il agit, d'abord en tant que forme, puis en tant que résonance intérieure de cette forme, par lui-même et de manière complètement indépendante[17].

Dans le premier cas, il y a signe pour Kandinsky, car la lettre a une finalité qui est, nous dit-il, « la désignation d'un son déterminé ». Le second cas, en revanche, est explicité comme suit : « Si le lecteur considère avec des yeux neufs n'importe quelle lettre de ces lignes, autrement dit s'il ne la regarde pas comme un signe connu faisant partie d'un mot, mais comme une *chose* », elle acquiert alors une valeur propre.

Jusqu'ici, on est au plus près de la façon dont Bourgoin définit la conjugaison de l'alphabet graphique : « Si nous considérons les figures de l'alphabet, non plus comme des signes ou des figurations graphiques destinées à écrire les formes comme les lettres écrivent les mots, mais bien comme des figures ou des objets distincts existant en propre et par eux-mêmes […] nous serons amenés à étudier les lois de la conjugaison[18]. » Or toute la différence est que Bourgoin s'en tient à la conjugaison ou à la syntaxe, tandis que Kandinsky y ajoute une *sémantique*. À ses yeux, l'autonomisation de la lettre est la condition de la mise au jour de sa résonance intérieure :

> En ce sens, la lettre se compose
> 1. d'une forme principale — son aspect global — apparaissant (très grossièrement dit) comme « gaie », « triste », « dynamique », « languissante », « provocante », « orgueilleuse », etc. ;
> 2. de différentes lignes orientées de diverses manières, produisant à leur tour une impression « gaie », « triste », etc.[19].

On voit donc la ressemblance poussée jusqu'au point où Kandinsky décompose la lettre en ses traits constituants, fidèle à la démarche de Bourgoin, et donne comme exemple suivant le *tiret*, dont s'occupait également Bourgoin deux pages après la citation qui vient d'être faite, en considérant le tiret comme le « trait écartelé ». Mais la différence apparaît de façon tout aussi claire, puisque Bourgoin n'est intéressé que par la « conjugaison » des différents traits, tandis que Kandinsky leur attribue une valeur sémantique, celle de produire une impression, gaie ou triste, etc. Kandinsky vise donc à constituer la lettre, dans ce cas, en signe plastique autonome, et il s'agit bien d'un signe à part entière, puisqu'à sa forme globale (ainsi qu'aux traits qui la constituent) viennent s'associer des signifiés plastiques : gai, triste, dynamique, etc. On peut dire ainsi que les grammaires de l'ornement ont accompli la moitié de la tâche. Pour comprendre l'autre moitié, c'est du côté du symbolisme qu'il faut se tourner pour en trouver l'origine, symbolisme qui apparaît à cet égard comme une source trop souvent négligée de l'art abstrait.

Apport du symbolisme à une sémiotique des signes plastiques

Il peut paraître surprenant de mentionner ici le symbolisme, qui a plutôt mis l'accent sur l'idée que sur les moyens de la transmettre. À cela on répondra d'abord que le terme de « symbolisme » recouvre des pratiques si diverses qu'il est d'un emploi malaisé dès lors que l'on cherche à en préciser le sens. Et, ensuite, qu'on gagnerait beaucoup à ne pas se focaliser d'emblée sur l'« idée ». Car si le symbolisme est une sémiotique, comme je voudrais le montrer brièvement, alors il se compose bien d'une face signifiée, certes, mais aussi d'une face signifiante, qu'on délaisse d'ordinaire. Pourtant, s'il y a signe, il faut bien que ces deux aspects soient coprésents. Or le plus intéressant pour notre propos n'est pas la symbolique iconique, qui confère un sens — symbolique — aux objets, mais la *sémiotique plastique* élaborée par un remarquable effort théorique au XIXe siècle, et dont les peintres abstraits recueilleront les fruits.

Humbert de Superville

Un des auteurs qui a eu le plus d'influence à cet égard est Humbert de Superville, dont l'*Essai sur les signes inconditionnels dans l'art* a profondément marqué la réflexion sur le sens des lignes parmi les théoriciens ; Mondrian y fera référence[20]. On connaît son schéma, popularisé par Charles Blanc, des trois types de lignes du visage : ascendantes, horizontales et descendantes, et le sens qui leur est conféré, soit respectivement rire, calme et pleurs. Humbert précise bien à ce sujet que l'important n'est pas le visage (trop particulier) mais les signes que constituent les trois directions, c'est-à-dire « la *valeur* attachée, non point aux organes de la face comme tels, mais à leurs *directions* comme *signes esthétiques,* c'est-à-dire comme éléments visibles et constants de tout le jeu non convulsif de la physionomie[21] ».

Ce qu'Humbert produit, en effet, est ce qu'il appelle lui-même sa « théorie des *signes élémentaires*[22] », et parmi lesquels figurent les lignes, certes, mais aussi les couleurs. C'est pourquoi, après avoir associé les directions des lignes du visage à des sentiments, en en faisant des signes *inconditionnels*, c'est-à-dire premiers et ne pouvant être décomposés en éléments plus simples, il ajoute : « [...] il manquerait cependant quelque chose à un pareil principe du côté de la clarté, si, dans la

valeur linéaire des signes qui le constitue, nous ne
sous-entendions et ne comprenions encore en même
temps leur *valeur colorée*[23]. » S'ensuit une discussion passionnante sur la possibilité de dégager
de tels signes pour la couleur et qui mérite d'être
longuement citée, car c'est une des tentatives les
plus précoces de penser la couleur comme un signe
abstrait :

> Toute la question se réduirait à ses moindres termes
> s'il nous était possible de considérer les couleurs *abs-
> tractivement,* de même que nous venons de considérer
> et d'interpréter, jusqu'ici, de simples tracés linéaires,
> indépendamment de toute idée d'accident ou de qualité
> concrète. [...] Un cercle rouge, un triangle bleu, cesse-
> ront-ils un seul instant d'être un cercle, un triangle
> pour nous offrir, par abstraction de toute limite, que
> des *signes colorés* d'un langage esthétique, intellectuel
> ou moral ? Qui dit *couleur* ne dit-il point *aire, surface,*
> *figure,* et cette définition, si elle est juste, n'établit-elle
> pas l'impossibilité de jamais pouvoir séparer dans les
> objets deux propriétés qui leur sont essentiellement
> adhérentes [...] ? Sans m'arrêter à tout ce que cet
> argument, dirigé contre moi-même, présente de spé-
> cieux ou de plausible, [...] il se pourrait très bien que
> ces dernières (les *couleurs*), départies, comme pêle-
> mêle, à tant de substances diverses, nous parussent, à
> la longue, n'appartenir identiquement ni exclusivement
> à aucune, et que de cette manière, détachées qu'elles le
> seraient souvent de leur sujet, et *transmuées,* pour
> ainsi parler, en *conceptions* ou *perceptions abstraites,*
> elles nous servissent quelquefois de *signes* tantôt *abso-*
> *lus* (n'importerait alors des limites), et tantôt de *signes*
> *supplémentaires* ou *identiques,* là, où tout autre signe

ne pourrait le leur disputer en éloquence, ni les couleurs elles-mêmes se remplacer indifféremment les
unes les autres : ce dont nous avertirait toujours le sentiment, soit en exigeant dans tel ou tel objet une *association plus analogue* entre les formes et les couleurs,
soit en applaudissant à celle qui existe déjà ; et pareil
arrêt, *c'est l'emploi absolu des couleurs* qui nous le
dicte[24].

Ce qui me semble remarquable dans ce texte est
l'effort, que l'on peut suivre sur le vif, de tenter de
produire une sémiologie abstraite des couleurs en
les arrachant, pour ainsi dire, du monde des formes
afin de les considérer *abstractivement*, comme le
dit bien Humbert. Or cette démarche, là encore, a
ceci d'admirable que l'opération qui permet de
considérer les couleurs comme des « conceptions
ou perceptions abstraites » est justement l'abstraction conceptuelle, la méthode (revendiquée comme
telle par les savants) par laquelle on isole la couleur
en faisant précisément abstraction de la forme
qu'elle revêt.

Le résultat pourra sembler décevant puisqu'on
retombe dans une symbolique des couleurs assez
traditionnelle. Humbert isole en effet trois couleurs
fondamentales à partir desquelles les autres pourraient être déduites : blanc, noir et rouge, et leur
associe une symbolique *iconique* : blanc = neige =
pureté ; noir = nuit = solitude, tristesse et mort ;
rouge = sang = vie et éclat. Plus intéressante est la
remarque selon laquelle « ni la clarté, ni les ténè-
bres, ni la flamme, ni le sang ne se conçoivent sous

une forme quelconque distincte et déterminée[25] », de sorte « que c'est par les couleurs seules que tous ces phénomènes se distinguent entre eux », formant ainsi des « signes colorés ». La triade des signes colorés est alors corrélée à la triade des signes linéaires, le rouge correspondant aux obliques montantes de la joie, le blanc à l'horizontale du calme *(Fig. 15)* et le noir aux obliques descendantes de la tristesse.

Si la symbolique associée aux couleurs reste iconique et non pas plastique, Humbert n'en a pas moins mis en évidence un important *système de l'expression chromatique,* la triade blanc-noir-rouge, que l'on retrouve au cœur d'un grand nombre de symbolismes chromatiques, en particulier dans les pays d'Afrique noire. Le blanc et le noir forment une première opposition entre eux, et ils s'opposent en bloc, comme non-chromatique, au rouge, marqué comme chromatique (par excellence), ainsi que plusieurs anthropologues l'ont fait remarquer[26]. Humbert a donc bien repéré un système, mais il a eu le tort de lui associer une symbolique iconique, dont il croyait en plus qu'elle était universelle.

Albert Aurier

Afin de cerner d'encore plus près l'apport de l'approche symboliste à la constitution du signe plastique, il peut être utile d'évoquer Albert Aurier, l'un de ceux qui ont le mieux défini le rôle du symbolisme en art. Mort prématurément (il avait vingt-sept ans), il a eu le temps d'écrire le premier article important sur Van Gogh, ainsi que sur Gauguin,

notamment, et des considérations théoriques du plus
haut intérêt. Dans « Les peintres symbolistes », il
synthétise remarquablement tout ce que j'ai essayé
de montrer dans ce chapitre :

> Les objets, c'est-à-dire abstraitement, les diverses
> combinaisons de lignes, de plans, d'ombres, de cou-
> leurs, constituent le vocabulaire d'une langue mysté-
> rieuse mais miraculeusement expressive, qu'il faut
> savoir pour être artiste. Cette langue, comme toutes les
> langues, a son écriture, son orthographe, sa grammaire,
> sa syntaxe, sa rhétorique même, qui est : le style.
>
> Dans l'art ainsi compris, la fin n'étant plus la repro-
> duction directe et immédiate de l'objet, tous les élé-
> ments de la langue picturale, lignes, plans, ombres,
> lumières, couleurs, deviennent, on le comprendra, les
> éléments abstraits qui peuvent être combinés, atténués,
> exagérés, déformés selon leur mode expressif propre,
> pour arriver au but général de l'œuvre : l'expression de
> telle idée, de tel rêve, de telle pensée.
>
> Il y aurait certes, sur cette question de la symbolique
> des éléments abstraits du dessin, sur la possibilité de
> leurs déformations suivant leur mode expressif, bien
> des choses à écrire[27].

Aurier ne croyait pas si bien dire : oui, il y a
énormément de choses à écrire sur ce sujet, et
d'autant plus qu'il ne pouvait prévoir combien
l'art abstrait redonnerait à son propos une étonnante actualité. D'abord, les objets sont traités
abstraitement comme des lignes, des couleurs,
des plans, etc. Autrement dit, ils sont déjà conçus
comme des *signes*, ainsi qu'Aurier le dit très explicitement ailleurs : les objets « ne peuvent lui

apparaître [à l'artiste] que comme des *signes*. Ce
sont les lettres d'un immense alphabet que l'homme
de génie seul sait épeler[28] ». Où l'on retrouve encore
la métaphore de l'alphabet, comme d'ailleurs de
tous les autres termes liés au langage : vocabulaire,
orthographe, grammaire et syntaxe.

Ces signes abstraits sont obtenus, à nouveau, par
la méthode de l'abstraction, en réduisant et en
décomposant les éléments jusqu'à leurs unités
minimales. Dans le second paragraphe, le balancement est significatif, puisque tout découle du fait
que la fin de l'œuvre d'art n'est plus la reproduction de l'objet. En effet, c'est dans la mesure où
cette fin disparaît que les éléments plastiques —
« les éléments de la langue picturale » — s'autonomisent et deviennent des éléments abstraits. Tout
le reste s'ensuit également. Car, dès lors que l'accent est mis sur ces éléments abstraits, en quoi
consiste l'œuvre, si ce n'est en une combinaison de
ces éléments, du type de celle dont les grammaires
de l'ornement ont fourni le modèle ? Mais les choses n'en restent pas là, puisque cette syntaxe est
mise au service d'une nouvelle fin dévolue à l'œuvre
d'art, celle d'exprimer une idée ou un sentiment. Et
c'est là où le plan de l'expression et celui du
contenu se rejoignent pour former un signe plastique à part entière. Même s'il est vrai que le matériau plastique est dès lors soumis à l'idée[29], il n'en
reste pas moins que l'importance conférée à l'idée
est contrebalancée par la prise en compte du signifiant plastique, faute duquel il n'y aurait pas de

signe, ni par conséquent de mise en évidence du signifié.

Si j'ai insisté sur cette sémiotique issue du symbolisme, c'est qu'elle me semble avoir joué un rôle largement négligé dans la genèse de l'art abstrait. Non seulement plusieurs de ses pionniers sont passés par une phase symboliste, ou sont venus à l'art abstrait à partir du symbolisme (comme Kandinsky et Kupka), mais ils ont continué de raisonner dans le cadre qui vient d'être esquissé en s'efforçant de donner un contenu sémantique ou expressif à leurs lignes comme à leurs couleurs. Or il me semble qu'une approche, disons, « formaliste », pour aller vite, peut difficilement prendre en compte cet aspect capital pour la compréhension de l'art abstrait, dans la mesure où la dimension du signifié plastique s'en trouve généralement évacuée[30]. D'où mon insistance sur cette dimension, qui est aussi une façon de prendre au sérieux les écrits des peintres tout en en retraçant la filiation. À cet égard, beaucoup d'artistes abstraits, et parmi eux les Expressionnistes abstraits, auraient sans doute souscrit à la manière dont Aurier caractérisait les peintres symbolistes : « Ils n'ont pas cherché les belles formes pour la seule jouissance des belles formes, les belles couleurs pour la seule jouissance des belles couleurs, ils se sont efforcés de comprendre la mystérieuse signification des lignes, des lumières et des ombres, afin d'employer ces éléments, pour ainsi dire alphabétiques, à écrire le beau poème de leurs rêves et de leurs idées[31]. »

La ligne et la couleur

Lontemps, une petite phrase de Baudelaire n'a cessé de me trotter dans la tête comme une énigme ou un point de mire, commentant, condensant et relançant à la fois mon propos. Elle figure dans l'article nécrologique sur Delacroix, et son audace m'a paru terrifiante : « Pour parler exactement, il n'y a dans la nature ni ligne ni couleur. C'est l'homme qui crée la ligne et la couleur. Ce sont deux abstractions qui tirent leur égale noblesse d'une même origine[1]. » C'est bien sûr, au départ, la présence insolite du terme « abstraction » qui avait attiré mon attention, mais il y a bien plus : l'association de la ligne et de la couleur, ces deux mamelles de l'art abstrait, unies dans une même distance vis-à-vis de la nature, et considérées donc comme des abstractions. On comprend sans doute pourquoi cette phrase n'a cessé de me hanter tant elle résume brillamment tout ce autour de quoi je tourne ici.

Que la ligne soit une abstraction, on peut le comprendre, au moins rétrospectivement, en songeant au contour, bien pratique, dont le dessinateur cerne les objets et dont on a fini par découvrir qu'il ne se trouve pas dans la nature. Mais la couleur ? Comment peut-on dire qu'il n'y a pas de couleur dans la nature ? Si c'était vrai, l'argument de Lévi-Strauss (et d'autres) s'effondrerait, selon lequel résiderait là « l'asservissement congénital des arts plastiques ». Mais ce serait trop beau. Non, la nature est pleine de couleurs. Baudelaire lui-même ne commençait-il pas le chapitre sur la couleur dans le *Salon de 1846* en les exaltant : « Supposons un bel espace de nature où tout verdoie, rougeoie, poudroie et chatoie[2] » ? Dira-t-on alors que pour créer une symétrie entre le dessin et la couleur, d'égale noblesse, il aurait forcé la note en imaginant qu'à l'instar de la ligne, la couleur non plus n'existerait pas dans la nature ? Ce serait un subterfuge un peu grossier. En fait, l'explication la plus convaincante se trouve sans doute dans le même *Salon de 1846,* lorsqu'il note que « l'analyse, qui facilite les moyens d'exécution, a dédoublé la nature en couleur et ligne[3] ». Ainsi, Baudelaire a sans doute voulu dire que la nature est un tout, de sorte que la distinction entre ligne et couleur procède de l'analyse, de la décomposition de la nature en ses parties, et que ligne et couleur constituent en ce sens deux abstractions.

Ainsi comprise, la petite phrase perd peut-être un peu de son charme, mais pas de son intérêt. Car finalement, pour le dire un peu abruptement, cela revient à considérer que la ligne et la couleur sont des signes conventionnels, créés par l'homme. Dès lors que ces signes sont considérés comme tels et non plus comme l'imitation de ce dont ils sont le signe, ils acquièrent une autonomie. Et qui dit autonomie dit aussi qu'ils possèdent un sens à eux, indépendamment de ce qu'ils représentent. Or c'est là très exactement ce que dit Baudelaire deux paragraphes plus loin : « La ligne et la couleur font penser et rêver toutes les deux ; les plaisirs qui en dérivent sont d'une nature différente, mais parfaitement égale et absolument indépendante du sujet du tableau[4]. » Voilà donc l'autonomie affirmée sans ambages. Reste à décrire le signifié plastique, tant de la couleur que de la ligne, ce que Baudelaire s'empresse de faire dans la foulée, en une page souvent citée :

> Un tableau de Delacroix, placé à une trop grande distance pour que vous puissiez juger de l'agrément des contours ou de la qualité plus ou moins dramatique du sujet, vous pénètre déjà d'une volupté surnaturelle. [...] Sombre, délicieuse, pourtant, lumineuse, mais tranquille, cette impression, qui prend pour toujours sa place dans votre mémoire, prouve le vrai, le parfait coloriste. [...]
>
> Je puis inverser l'exemple. Une figure bien dessinée vous pénètre d'un plaisir tout à fait étranger au sujet. Voluptueuse ou terrible, cette figure ne doit son charme qu'à l'arabesque qu'elle découpe dans l'espace[5].

Libérées de la charge de représenter, la couleur comme la ligne considérées en elles-mêmes ont alors une « résonance intérieure » à laquelle il est

désormais plus facile d'être attentif. D'où la mise
en évidence des signifiés plastiques de la couleur,
auxquels Baudelaire, instruit par Delacroix, était
sensible dès le *Salon de 1846* : « Il y a des tons gais
et folâtres, folâtres et tristes, riches et gais, riches
et tristes, de communs et d'originaux. Ainsi la
couleur de Véronèse est calme et gaie. La couleur
de Delacroix est souvent plaintive et la couleur de
M. Catlin souvent terrible[6]. » D'où aussi, dans le
même sens, cette autre phrase, dans l'article sur
Delacroix, qui avait vivement marqué Kandinsky
quand il l'a lue citée par Signac : « Tout le monde
sait que le jaune, l'orangé, le rouge, inspirent et
représentent des idées de joie, de richesse, de gloire
et d'amour[7]. »

Tous les ingrédients théoriques sont donc déjà en
place dès l'époque romantique. Il n'empêche que le
chemin reste encore long, qui va de l'affirmation de
Baudelaire à la mise en pratique, dans l'art abstrait,
de l'abstraction de la ligne et de la couleur. Une
histoire de cette abstraction progressive reste encore
à écrire. Donnons-en quelques éléments concernant
la ligne[8] d'abord, puis la couleur.

La ligne abstraite

On fait en général remonter à l'*Analyse de la
beauté* (1753) de Hogarth la mise en évidence de
l'autonomie des lignes. Ses analyses de la ligne ser-
pentine sont en effet restées fameuses. Mais s'il a

beaucoup insisté sur la valeur expressive des lignes en soi, il ne s'agit pas encore de la ligne abstraite, car pour lui le contour existe bel et bien dans la nature : « L'usage constant que les mathématiciens font, ainsi que les peintres, des lignes en traçant les figures des objets sur le papier, a fait supposer que ces lignes existent réellement à la surface des corps. Je vais faire ici la même supposition[9]. » La tournure de phrase est intéressante, car même s'il s'agit d'une supposition, Hogarth lui accorde le bénéfice du doute. Un siècle plus tard, telle n'est plus la position d'un Baudelaire, d'autant moins que, partisan de la couleur, il ne s'est pas fait faute de souligner, à différentes reprises, le caractère abstrait du dessin et de la ligne : « Les coloristes dessinent comme la nature [...]. Les purs dessinateurs sont des philosophes et des abstracteurs de quintessence[10]. »

Cézanne

L'idée selon laquelle la ligne est une abstraction peut donc être comprise en différents sens. Elle est évidemment négative pour ceux qui, tel Baudelaire, considèrent, ici en tout cas, que la couleur est plus « naturelle » que le dessin. Telle sera aussi la position de Cézanne qui tire de l'abstraction de la ligne un argument pour « moduler » par la couleur, dans un des aphorismes qui lui sont attribués : « Le dessin pur est une abstraction. Le dessin et la couleur ne sont point distincts, tout dans la nature étant coloré[11]. » C'est exactement ce que disait déjà Baudelaire. Dans le même sens, Gasquet fera dire à

Cézanne : « Le dessin, lui, est tout abstraction. Aussi ne faut-il jamais le séparer de la couleur. C'est comme si vous vouliez penser sans mots, avec de purs chiffres, de purs symboles. Il est une algèbre, une écriture. Dès que la vie lui arrive, dès qu'il signifie des sensations, il se colore[12]. » Voilà encore une pièce à verser au dossier d'une analyse derridienne : dans le renversement qui s'opère ici de la sujétion traditionnelle de la couleur au dessin, c'est ce dernier qui est cette fois qualifié d'écriture, de symbole, d'algèbre, bref de signe, par rapport à la couleur qui entretiendrait une relation plus directe, plus vraie, à la vie, à la sensation, au mot, comme présence immédiate.

Il est une autre approche, plus positive, des conséquences que l'on tire de la nature abstraite de la ligne. Chez Odilon Redon, par exemple, souvent considéré comme un « précurseur » de l'art abstrait. Il explique ainsi qu'à l'École des Beaux-Arts (dans l'atelier de Gérôme) il n'arrivait pas à cerner les formes d'un contour, comme on le lui apprenait : « Je ne sens que les ombres, les reliefs apparents : tout contour étant sans nul doute une abstraction[13]. » Il n'en conclut cependant pas qu'il faille pour autant abandonner la ligne, mais au contraire l'utiliser pour ce qu'elle est, un élément abstrait : « [...] j'y insiste, tout mon art est limité aux ressources du clair-obscur et il doit aussi beaucoup aux effets de la ligne abstraite, cet agent de source profonde, agissant directement sur l'esprit[14]. »

Charles Henry

Quant aux « effets de la ligne abstraite », ils ont
été étudiés par Charles Henry, lequel s'inspirait
d'Humbert de Superville, d'une façon qui se voulait
« scientifique ». Henry considérait que « le livre de
Humbert de Superville marque l'éveil d'une accé-
lération des tendances scientifiques[15] ». On sait que
la fameuse phrase d'Henry, « la ligne est une abstraction », a vivement frappé Seurat et l'a conduit à
utiliser les préceptes d'Henry pour la construction
de certains tableaux, dont *Chahut* et *Le cirque*.
Comme l'avait noté Fénéon, « M. Seurat sait bien
qu'une ligne, indépendamment de son rôle topogra-
phique, possède une valeur abstraite évaluable[16] ».
Seurat était intéressé au plus haut point par la valeur expressive des lignes (et des couleurs), ainsi
que des émotions qui pouvaient leur être associées.
Le critique symboliste Téodor de Wyzewa a laissé
en ce sens un témoignage précieux des moments
qu'il avait passés en compagnie de Seurat :

> […] Puis c'était l'expression des couleurs qui l'avait
> attiré. Il voulait savoir pourquoi telles alliances de tons
> produisaient une impression de gaîté ; et il s'était fait,
> à ce point de vue, une sorte de catalogue où chaque
> nuance était associée avec l'émotion qu'elle suggérait.
> L'expression des lignes, à son tour, lui était ensuite
> apparue comme un problème capable d'une solution
> définie ; car les lignes aussi ont en elles un secret pou-
> voir de joie ou de mélancolie, et tous les peintres le
> sentent d'instinct, dans l'usage qu'ils en font[17].

Le même critique avait d'ailleurs, dans un article du plus haut intérêt, « Notes sur la peinture wagnérienne et le Salon de 1886 », donné la raison du caractère abstrait des lignes, qu'avait proclamé Henry, comme des couleurs :

> Car les couleurs et les lignes, dans un tableau, ne sont pas la reproduction des couleurs et des lignes, tout autres, qui sont dans la réalité. Elles ne sont que des signes conventionnels, devenus adéquats à ce qu'ils signifient par le résultat d'une association entre les images ; mais aussi différents, en somme, des couleurs et des lignes réelles, qu'un mot diffère d'une notion ou un son musical de l'émotion qu'il nous suggère[18].

Et, en effet, Wyzewa fit partie des critiques symbolistes, qui, comme Aurier, nous l'avons vu, ont le plus insisté sur la nature de *signes* des lignes et des couleurs. On voit le saut qualitatif accompli, dès lors que les lignes et les couleurs sont considérés comme des signes (plastiques, ajouterais-je), affirmant ainsi leur nature abstraite. L'abstraction de la ligne et de la couleur est dès lors reformulée par les symbolistes en termes présémiotiques : les lignes et les couleurs sont des signes abstraits de la nature et diffèrent aussi profondément de ce dont ils sont signes que le signifiant verbal du référent.

Cette belle interprétation du fait que la ligne est une abstraction repose pourtant sur un malentendu. Car la phrase d'Henry, qui avait vivement frappé ses contemporains — au point où Seurat devait la recopier —, n'avait pourtant pas ce sens. La voici,

replacée dans son contexte, l'article « Introduction
à une esthétique scientifique », de 1885 :

> Le problème de l'Esthétique des formes revient évi-
> demment à celui-ci : quelles sont les lignes les plus
> agréables ? Mais un peu de réflexion nous prouve bien
> vite que la ligne est une abstraction : c'est la synthèse
> des deux sens parallèles et contraires dans lesquelles
> elle peut être décrite : la réalité est la direction[19].

On le voit, Henry ne voulait pas dire du tout que
la ligne est une abstraction par rapport à la nature.
Il raisonne ici en scientifique habitué aux abstractions, qui pour lui, justement, n'en sont pas : la
direction, qui nous semble un concept plus abstrait
que la ligne, était à ses yeux de savant la réalité
concrète, tangible, celle sur laquelle il travaillait, et
à l'aune de laquelle il jugeait la ligne trop abstraite.
Ce n'était certes pas si simple, et, parmi les contemporains, Jules Laforgue, qui entretenait avec lui
une solide amitié, est l'un des seuls à l'avoir compris.
Dans son compte rendu de l'article d'Henry, il écrivait : « On connaît les trois faces humaines, expressives par simples traits droits, de Humbert de
Superville, que la *Grammaire* de Charles Blanc a
popularisées. Les lignes ont donc une physionomie.
Mais, dit M. Charles Henry, la *ligne* n'est qu'une
abstraction, c'est la *direction* qui a un sens, qui
vit et nous affecte esthétiquement, ce sont ses
changements[20]. »

Peu importe au fond ce que voulait dire Henry.
L'essentiel pour notre propos est ce que les artistes

en auront retenu. En effet, dès lors que la ligne est une abstraction, au sens de signes conventionnels, ces signes commencent à vivre leur vie de façon autonome et c'est à ce titre que l'œuvre de Seurat a pu servir d'exemple pour la génération suivante, celle des pionniers de l'abstraction. Dans sa monographie sur l'art abstrait, Marcel Brion notait en 1956 ce que beaucoup d'artistes avaient ressenti face à Seurat, à savoir que « l'esprit d'abstraction est donc ce qui apparaît comme l'essentiel de l'œuvre de ce peintre[21] ».

Il ne restait plus, dès lors, qu'à mettre en pratique ces principes. Au seuil de l'art abstrait, en 1913, Henri Valensi, qui deviendra le chef de file des peintres abstraits « musicalistes », résumait bien la situation, préparée par l'exemple d'œuvres comme celle de Seurat, mais aussi par les nombreuses réflexions sur la ligne au sein du Jugendstil, tel l'article « La ligne » de Henry van de Velde (qui avait attiré l'attention de Kandinsky)[22] :

> La ligne n'étant plus l'expression conventionnelle de la limite d'un corps avec l'espace, aura une expression personnelle qui prendra sa force en elle-même. Elle redeviendra un trait. Il est évident qu'une ligne courbe, exclusivement considérée comme trait, vous produira une impression, puis une sensation différente, en un mot, vous suggérera une idée autre que celle suggérée par une ligne brisée. Ainsi, la ligne, considérée en elle-même, devient, comme la couleur, un élément *nouveau et créé* par le peintre, pour lui permettre d'exprimer le mouvement de sa pensée, d'en dérouler le rythme[23].

Trois K : Kandinsky, Klee, Kupka

On comprend mieux, dès lors, l'extraordinaire exaltation des pionniers de l'abstraction, confrontés tout à coup au champ considérable qui s'ouvrait devant eux : celui de l'exploration de toutes les potentialités plastiques de la forme et de la couleur. Aussi seront-ils nombreux à se lancer dans cette aventure inouïe, celle de forger ce vocabulaire et cette syntaxe nouvelle. Chacun réagira en fonction de sa formation comme de sa sensibilité. Certains se limiteront à expérimenter ce potentiel signifiant de la ligne et de la couleur pour ses capacités expressives, sans vouloir y rattacher des signifiés, d'autres, tel Kandinsky, seront au contraire extrêmement attentifs à découvrir la sonorité intérieure des matériaux plastiques. On comprend aussi la nécessité qu'ils ont ressentie de coucher par écrit leurs observations. Certains l'ont fait pour les besoins de l'enseignement : les artistes russes, suprématistes et constructivistes, dans divers instituts et ateliers, (Inkhouk, Vkhoutemas, Ounovis, Ghinkhouk)[24] ; Kandinsky et d'autres au Bauhaus ; Mondrian, en 1938, lorsqu'il envisageait d'enseigner[25]. D'autres, comme Kupka, ont été mus par le besoin de mettre au clair leurs idées. Il est en tout cas saisissant qu'on trouve chez la plupart d'entre eux des réflexions sur le point, la ligne et la surface. Kandinsky est le cas le plus connu, mais son collègue au Bauhaus, Paul Klee, consacrait dès 1921, soit cinq ans avant la publication de *Point et ligne sur* *plan*²⁶, des cours aux rapports dynamiques entre point, ligne et surface, et s'intéressait en particulier aux différents types de tensions que leurs combinaisons peuvent engendrer²⁷. Mais le premier à avoir systématiquement réfléchi sur ces questions est Kupka. Si son ouvrage *La création dans les arts plastiques* ne fut publié en hongrois qu'en 1923, on considère que le manuscrit en a été rédigé entre 1910 et 1913. Et ce volume contient déjà de longs développements sur cette grammaire élémentaire de l'art abstrait qu'il appelait lui aussi de ses vœux : le point, la ligne, le trait, la tache, les plans, le volume, etc.²⁸.

Quant à la signification donnée à ces différents éléments, elle diffère souvent d'un peintre à l'autre. Pour Kandinsky, la verticale étant associée à la position debout, et donc à la vie, est considérée comme « chaude », tandis que l'horizontale, liée à la position couchée, et par extension à la mort, est « froide »²⁹. Pour Kupka, en revanche, « l'horizontale, c'est Gaïa, la grande mère. De son sein pourront s'élancer des verticales³⁰ ». Elle devrait ainsi être plutôt chaude, alors que la verticale a « la majesté de la statique » ; utilisée en série de parallèles (comme dans ses *Études pour le langage des verticales* (1911), « la verticale devient une attente angoissante et muette³¹ ».

Ce qui est saisissant chez de nombreux peintres abstraits (comme déjà chez les Symbolistes) est la volonté de trouver des significations stables et universelles aux éléments plastiques (la verticale,

c'est… ; l'horizontale, c'est… ; le bleu, c'est… ou
le rouge, c'est…), volonté qui court évidemment à
l'échec car de telles significations sont presque toujours relatives et non absolues, et relatives à la
position qu'occupe tel élément par rapport aux
autres et à la portion de l'espace qu'il occupe. Le
plus curieux est que les peintres, suffisamment sensibles pour réaliser à quel point ces significations
sont relatives, n'en étaient pas moins obsédés par la
recherche d'invariants. Kupka, par exemple, notait
bien que « l'horizontale placée dans le haut d'une
toile n'est pas à confondre avec celle qu'on trace
au milieu ou en bas[32] », mais cela ne l'empêchait
pas de continuer à y voir la même signification
générale (« c'est chaque fois, ajoute-t-il, une autre
manière de dire le silence »).

   Les raisons de cette attitude sont diverses.
Certaines sont sans doute d'ordre philosophique,
comme la croyance en l'existence de signifiés
transcendantaux stables et universels. D'autres sont
sûrement pratiques : comment en effet forger un
système (pour ceux qui ont eu cette ambition) sinon
en s'appuyant sur des règles (notamment tirées de
la géométrie) auxquelles se tenir afin de conférer
une cohérence à sa pratique. La droite, par exemple,
cette reine des lignes. Bourgoin, dans sa *Grammaire
de l'ornement,* après avoir distingué les lignes
concrètes et les lignes abstraites, considère qu'« entre toutes les lignes il y en a une qui est absolue, et
il n'y en a qu'une, la ligne droite, ou brièvement la
droite[33]. » Aussi n'est-il pas surprenant que Kupka

fasse de la droite, opposée à la courbe, la ligne abstraite par excellence : « La droite, telle une corde
tendue, élégante, énergique, surnaturelle, évoque le
monde abstrait. [...] À côté des droites, jamais
exemptes d'une certaine abstraction, il y a les courbes, d'autant plus matérielles qu'elles sont plus
sinueuses. [...] Plus elles sont régulières, plus
elles s'éloignent du contingent, se rapprochent de
l'essence[34]. » Cet « essentialisme » de la droite, et
du « langage » de la verticale en particulier, jouera
un rôle important dans le cheminement de Kupka
vers l'abstraction, entre 1910 et 1913, pour aboutir
à la série des *Plans verticaux*[35]. Par ailleurs, c'est *(Fig. 16)*
très précisément en radicalisant un argument sem-
blable que Mondrian décida pour sa part de supprimer les courbes de son système, parce qu'elles sont
trop contingentes, afin de s'en tenir aux seules
droites, parfaitement abstraites, et coupées à angle
droit.

Les peintres cependant, bien qu'ils aient encore
considéré isolément les lignes (ou les couleurs) en
leur cherchant *un* signifié plastique, dans l'ignorance
des relations syntaxiques qu'elles entretiennent
avec les autres éléments coprésents, ont justement
été sensibles en même temps à l'importance des
rapports entre éléments sur lesquels Mondrian a
beaucoup insisté. Il nous faut donc prendre en
compte deux exigences contradictoires : celle, sémantique, de conférer aux éléments un signifié
stable et universel, quelles que soient leurs occurrences dans des œuvres données, et celle, syntaxique,

qui concerne l'agencement des éléments entre eux. Mondrian n'est d'ailleurs pas le seul à avoir mis l'accent sur ce dernier aspect, puisque c'est justement par les rapports que Klee définissait, quant à lui, l'abstraction en peinture :

> Pour un peintre, être abstrait ne signifie pas transformer en abstraction des correspondances éventuelles entre des objets naturels, mais consiste à dégager, indépendamment de ces correspondances éventuelles, les rapports créateurs purs qui existent entre ces objets. [...] Exemples de rapports créateurs purs : rapports entre clair et obscur, couleur et clair-obscur, couleur et couleur, long et court, large et étroit, pointu et émoussé, gauche et droite, bas et haut, avant et arrière, cercle, carré et triangle, etc.[36].

On a là une belle définition, structurale, si l'on veut, des relations sémiotiques qu'entretiennent les éléments entre eux et qui permet de les constituer en *système* de l'expression afin d'y lier un système du contenu. C'est parce que bas s'oppose à haut au plan de l'expression, qu'on peut y corréler, par exemple, l'opposition entre matériel et spirituel, au plan du contenu. Ce qui ne laisse pas de poser problème, car si l'idée de rapport entre éléments est fondamentale pour la mise en œuvre sémiotique du signe plastique, Klee identifie la mise en évidence de ces rapports purs au fait d'être un peintre abstrait. En un sens, il n'a pas tort, puisque toute structure est, strictement, une abstraction, dans la mesure où elle prend en compte, non les éléments, mais leurs *rapports*. Comme Van Doesburg l'avait noté pour son compte : « À la base de l'œuvre d'art, on trouve toujours le rapport des éléments, et non le rapport des formes. Ce sont les formes individuelles qui ont caché les éléments et leurs rapports réciproques[37]. » Toutefois, pour Van Doesburg ou Mondrian, c'est justement dans la mesure où les formes figuratives masquent les rapports qu'il est nécessaire de les dégager dans des œuvres non-figuratives. Telle n'était pas l'opinion de Klee, qui n'en tirait pas cette conclusion, puisque pour lui de tels rapports existent aussi dans l'art figuratif. Il en résulte que sa définition de l'art abstrait est nécessaire mais non suffisante.

Conséquent avec lui-même, il devait d'ailleurs s'en prendre vivement à l'art abstrait. À ses yeux, il ne suffit pas, en effet, de donner dans le non-figuratif pour produire une œuvre abstraite : si les rapports n'y sont pas, alors, en toute logique, l'œuvre ne peut être considérée comme abstraite :

> L'abstraction d'une image est absolue et, comme telle, sans doute uniquement perceptible sur le mode psychique. De même le caractère abstrait d'un morceau de musique ou d'une poésie ne réside pas dans la structure théorique, mais il existe en tant que tel et il est perçu isolément. C'est pourquoi il peut être totalement faux de parler d'art abstrait. Ce type d'abstraction est construit, fabriqué[38].

À charge de revanche, les historiens de l'art abstrait ont confiné Klee dans une position marginale, étant donné les partages qui restent de mise : n'étant pas entré en abstraction comme on entre en religion, c'est-à-dire étant resté figuratif, il est dès lors exclu de l'art abstrait. Sa position fait d'ailleurs penser, *mutatis mutandis,* à celle de Torres García, qui, définissant son œuvre par rapport à l'idée de structure, n'excluait pas non plus la figuration.

Rodtchenko

Jusqu'à présent, je n'ai considéré la ligne abstraite que comme inscrite sur la surface du tableau. Pour nombre de peintres abstraits, il ne pouvait en être autrement. Radicalement distincte est la posture qu'a adopté Rodtchenko au début des années vingt. En s'émancipant de la surface du tableau, la ligne en vient à mettre en question et la couleur, et la peinture[39]. Rodtchenko s'est expliqué là-dessus dans son texte précisément intitulé « La ligne » :

> La signification de la ligne s'est enfin complètement révélée : d'une part, son aspect arête, bord extrême ; et d'autre part, en tant que facteur essentiel de la construction de tout organisme en général, le squelette, pourrait-on dire (ou l'assise, l'armature, le système). La ligne est le premier et le dernier élément, aussi bien en peinture que dans toute construction en général. La ligne est voie de passage, mouvement, heurt, limite, fixation, jonction, coupure. Ainsi la ligne a vaincu, elle a anéanti les dernières citadelles de la peinture : couleur, ton, facture et plan[40].

D'une certaine façon, Rodtchenko adopte une position inverse à celle de Cézanne. Ce dernier refusait la ligne parce que trop abstraite, et privilégiait la couleur. Rodtchenko, en revanche, récuse la couleur parce que encore trop picturale. Dans la dynamique de surenchère dans laquelle il s'était engagé, son fameux triptyque monochrome peint des trois couleurs primaires devait mettre un terme à la couleur en peinture. Comment dès lors aller plus loin, sinon en utilisant la ligne pour rendre caduques les « dernières citadelles de la peinture ». C'est aussi l'affirmation d'un parti pris constructiviste, contre l'attitude suprématiste qu'il avait adoptée jusque-là (Malevitch est particulièrement visé) :

> En mettant l'accent sur la ligne, comme seul élément à l'aide duquel on puisse construire et créer, nous rejetons par là même toute esthétique de la couleur, la facture et le style, parce que tout ce qui masque la construction est style (par exemple le carré de Malevitch). Avec la ligne apparaît une nouvelle idée de la construction ; il s'agit véritablement de construire et non pas de figurer, de façon concrète ou abstraite, il s'agit de construire de nouvelles structures constructives fonctionnelles, dans la vie et non pas depuis la vie et en dehors de la vie[41].

Avec une telle déclaration, on atteint évidemment une limite. Limite, d'abord, de notre problématique, puisque le fait que la ligne soit abstraite ou concrète n'a plus guère d'importance, alors qu'auparavant là résidait l'enjeu du débat. Limite, ensuite, de l'art lui-même, puisque l'option constructiviste vise à abolir la sphère autonome de l'art, afin de la reverser dans la vie. Ce qui renforce d'ailleurs la comparaison, à première vue déplacée, avec

Cézanne. Car c'est au nom de la vie et des sensations que le peintre d'Aix disqualifiait la ligne, trop abstraite, en privilégiant la couleur. Et c'est au nom de la vie que Rodtchenko, dans sa phase constructiviste, disqualifie la couleur et, partant, la peinture, au nom de la ligne. Finalement, les deux cas de figure constituent des avatars de l'éternel conflit du dessin et de la couleur, comme Matisse se plaisait à l'appeler.

La couleur abstraite

Tout ce qui a été dit de la ligne s'applique aussi à la couleur. De même que les grammaires de l'ornement ont donné le ton concernant la recherche des éléments abstraits de la forme, de même les grammaires de la couleur ont habitué les artistes à isoler la couleur de la représentation des objets, à la décomposer en ses éléments premiers (les couleurs dites « primaires ») et à étudier la structure des rapports des couleurs entre elles. Il y a cependant une différence importante entre la ligne et la couleur. Dans le premier cas, les peintres ont été vite persuadés du fait que la ligne est une abstraction, parce que le contour n'existe pas dans la nature, ce qui les a aidés à voir dans la ligne un signe conventionnel, et, par conséquent, un moyen autonome d'expression. Mais la couleur ? Peut-on dire pareillement que la couleur est une abstraction, parce qu'elle n'existe pas dans la nature ? Certes pas. Les plus avisés, comme Wyzewa, nous l'avons vu, considéraient que les couleurs en peinture sont un signe conventionnel des couleurs dans la nature, ce qui était déjà un grand pas en avant, mais reste le problème de la nature iconique (au sens de Peirce) du signe chromatique, c'est-à-dire la « ressemblance » entre les couleurs représentées et les couleurs qu'elles représentent, problème dont on se défait pas si facilement.

Pourtant, la couleur est souvent considérée comme une abstraction, voire comme l'abstraction par excellence. Et ce en divers sens. Dans le *Petit Robert,* l'abstraction, au sens philosophique, est notamment définie comme une « qualité ou relation isolée par l'esprit » ; puis surgit tout de suite l'exemple : « la couleur, la forme sont des abstractions ». C'était d'ailleurs, souvenons-nous-en, ce que voulait dire Baudelaire dans la phrase qui nous a servi de point de départ pour ce chapitre. Ainsi, dans le continu de la nature, nous isolons une propriété des autres, celle par exemple de refléter et d'absorber les rayons lumineux. En ce sens, technique, la couleur est bien une abstraction. Mais il y en a un autre. Dans le *Littré,* après une définition semblable (« opération par laquelle, dans un objet, on isole un caractère pour ne considérer que ce caractère »), vient l'exemple de la blancheur : « La blancheur considérée en soi est une abstraction, puisqu'il y a dans la nature, non la blancheur, mais des choses blanches. » Un siècle plus tôt, la blancheur était déjà le premier exemple donné à l'entrée « Abstraction » de l'*Encyclopédie* : « Or il y a en effet des objets réels que nous appelons *blancs* ; mais il n'y a point hors de nous un être qui soit *la blancheur*. Ainsi, *blancheur* n'est qu'un terme abstrait : c'est le produit de notre réflexion à l'occasion des uniformités des impressions particulières que divers objets blancs ont faites en nous[42]. » La source où a puisé Dumarsais est bien connue : il s'agit de Locke. C'est lui qui, philosophe empiriste, développa l'exemple paradigmatique de la blancheur, exemple dont l'éclat est tel qu'il éclipse tous les autres, rendus dès lors inutiles, tout premier exemple après la définition de l'abstraction citée plus haut :

> Ainsi, remarquant aujourd'hui dans la craie ou dans la neige, la même couleur que le lait excita hier dans mon esprit, je considère cette idée unique, je la regarde comme une représentation de toutes les autres de cette espèce, et lui ayant donné le nom de *blancheur,* j'exprime par ce son la même qualité, en quelque endroit que je puisse l'imaginer ou la rencontrer ; et c'est ainsi que se forment les idées universelles, et les termes qu'on emploie pour les désigner[43].

Ce beau texte, qui a marqué la réflexion pour plusieurs siècles, confirme, si besoin en était, combien l'abstraction a trait au langage, et combien l'exemple de la couleur y joue un rôle central. Il nous permet aussi de mieux distinguer les limites des analogies entre le langage et le monde de l'image. Car si la couleur est un exemple privilégié d'abstraction, c'est d'abord du *concept* de couleur qu'il s'agit, lorsque nous isolons dans un objet la couleur de ses autres propriétés (forme, texture, poids, matière, etc.). Il en va de même pour la blancheur : elle n'existe pas dans le monde phénoménal, et ce n'est qu'au plan conceptuel qu'elle acquiert une valeur universelle. Quant au peintre, sa tâche est tout autre. Car si ce qui est abstrait, c'est le concept de couleur ou de blancheur, comment les représenter en peinture ? Aucune représentation picturale, à première vue, ne peut facilement dépasser la représentation d'objets blancs : on peut peindre un bâton de craie, un champ de neige, un verre de lait, voire appliquer du blanc sur une surface, comme Robert Ryman, mais comment peindre la blancheur ou l'idée de couleur ?

À cet égard, on a considéré, un peu vite, à mon sens, que l'image était incapable d'exprimer une idée générale, ou un concept, bref, une abstraction. Ainsi Gombrich, qui affirme : « Ce n'est pas seulement le degré d'abstraction du langage qui échappe à la technique visuelle. [...] On ne peut exprimer par une illustration si l'on entend signifier "le chat" (un animal particulier) ou "un chat" (un membre de cette famille)[44]. » Mais si c'était vrai, l'art abstrait serait tout simplement impossible. Ce n'est certes pas un hasard si Gombrich a précisément exprimé les plus grandes réserves concernant l'art abstrait qu'il a traité sur un ton railleur[45]. Même dans l'art figuratif, les exemples abondent. Il suffit de penser à l'art néoclassique qui a toujours cherché à représenter le type plutôt que l'occurrence du type, pour parler comme les sémioticiens. Ou encore les vignettes du *Petit Larousse illustré* qui ont — sans doute pour cette raison — fasciné nombre d'artistes.

Néanmoins, il faut reconnaître qu'il est sans doute plus aisé de représenter des lignes abstraites que des couleurs abstraites, pour les raisons déjà évoquées : l'idée qu'il n'y a pas de lignes dans la nature est plus facilement acquise, tandis que les couleurs en peinture tendent souvent à renvoyer aux couleurs de la nature. Aussi la difficulté à laquelle les peintres abstraits ont été confrontés était-elle très ardue : comment manifester clairement en peinture que la couleur peinte est non seulement un signe conventionnel, mais qu'elle peut ne plus renvoyer à rien d'autre qu'à elle-même, qu'elle est désormais sans objet, sans référent, et sans références iconiques (le vert de la verdure, le bleu du ciel, le rouge du sang). Le défi était même plus grand encore, étant donné le goût pour l'absolu qui animait plusieurs des pionniers : comment peindre des couleurs qui ne soient plus particulières (le blanc de la craie, de la neige ou du lait) mais d'emblée universelles. Bref, comment peindre quelque chose comme la blancheur ou l'idée de couleur ?

Kandinsky

Donnons brièvement une indication de la manière dont les trois « grands » s'en sont tirés. Très préoccupé par la création d'une grammaire de la peinture, nous l'avons vu, Kandinsky a proposé dès *Du spirituel dans l'art* une grammaire abstraite de la couleur. Abstraite en quel sens ? Au sens où il a voulu fonder un *système de rapports entre couleurs*. Dès lors en effet que ce système est détaché de la fonction iconique ou imitative et ne contemple plus que les relations des couleurs entre elles, il devient abstrait. C'est presque une sémiotique qu'il a mis en place, car ce système repose, au plan de l'expression, sur un jeu élaboré d'oppositions structurales (comme celles dont Klee, plus tard, réclamera la présence pour qu'il y ait abstraction) ; pour Kandinsky ces oppositions sont : chaud/froid, clair/foncé, excentrique/concentrique, blanc/noir, mouvement/immobilité, etc. Il convient d'insister là-dessus, car c'est bien une *grammaire* de la couleur qu'il a voulu fonder, et non une mystique de la couleur, comme on l'écrit encore trop souvent, et il s'est d'ailleurs basé sur les approches scientifiques de la couleur, auxquelles il a notamment emprunté l'idée de contrastes de couleurs complémentaires[46]. Sur le plan du contenu, en revanche, il a cherché à donner aux couleurs un signifié plastique fixe, comme s'il lui avait fallu compenser le caractère instable des contrastes colorés en conférant aux teintes une valeur universelle, et indépendante des infinies variations qu'entraînent leurs mises en relation au sein d'une œuvre. Sans doute est-ce par le biais de ces signifiés plastiques qu'il a cherché, quant à lui, à renouer avec l'universel. Les couleurs sont donc bien abstraites, puisqu'il s'agit d'un pur jeu de relations internes entre teintes, et elles ne sont plus particulières puisqu'elles possèdent un signifié universel. Ainsi, pour en donner un exemple, son système chromatique s'appuie sur Goethe qui, partant de l'opposition fondamentale entre clarté et obscurité, considérait comme couleurs principales le jaune (la couleur la plus lumineuse et donc la plus proche du pôle de la clarté) et le bleu (la couleur la plus obscure et donc assimilée au pôle de l'obscurité). Le contraste fondamental des couleurs est donc celui entre jaune et bleu, couleurs qui sont respectivement chaude et froide, terrestre et céleste, excentrique et concentrique, claire et foncée[47]. Leurs propriétés découlent de leur rapport avec les pôles dont elles se rapprochent : la grande luminosité du jaune fait qu'il « énerve l'homme, le pique, l'excite et manifeste le caractère de violence exprimée dans la couleur[48] » ; il est donc lié à la rage, au délire aveugle, à la folie furieuse. Par contre, le bleu est lié au calme et, plus il est profond, « plus il attire l'homme vers l'infini et éveille en lui la nostalgie du Pur et de l'ultime suprasensible[49] ». Maintenant, si on mélange ces couleurs qui sont diamétralement opposées, le résultat, le vert, sera donc l'équilibre idéal, puisqu'en lui toutes ces qualités opposées s'annulent : il représentera le calme, le repos, voire la passivité. C'est là la conclusion logique du raisonnement. Il va cependant de soi qu'à mes yeux une telle conclusion n'a rien de logique et que les valeurs assignées par Kandinsky sont très relatives et pas du tout universelles, comme il le prétend. Une preuve parmi d'autres est qu'en partant des mêmes prémisses, on peut aboutir à des conclusions

exactement inverses. C'était par exemple le cas
pour Charles Henry, qui écrivait à propos du vert :
« Le vert étant un mélange de jaune et de bleu,
deux couleurs contradictoires par l'expression, doit
être fatigant. C'est précisément ce que nous apprend
l'expérience[50]. » Et il cite alors une autorité en
matière de couleurs, le physicien Rood (que Kandinsky avait d'ailleurs lu). Le raisonnement est tout
aussi valable : car si on mélange deux couleurs
diamétralement opposées, on peut considérer que
leurs propriétés s'annulent dans le mélange, ou au
contraire qu'elles s'exacerbent. Dans le premier
cas, le résultat donnera une sensation de repos,
dans l'autre de fatigue. Ce qui confirme combien
les signifiés plastiques de la couleur doivent être
maniés avec précaution, et surtout sans chercher à
leur conférer une valeur absolue, c'est-à-dire une
valeur qui ne tiendrait pas compte de leur actuali-
sation dans une œuvre donnée.

Mondrian

Mondrian, quant à lui, a adopté une attitude
différente. Son point de départ est la théorie des
trois couleurs primaires du peintre (rouge, jaune et
bleu) que Van der Leck avait introduite au Stijl[51].
On les appelle primaires parce qu'elles ne sont
pas décomposables en couleurs plus simples et
parce qu'en les mélangeant deux par deux ou les
trois ensemble, on obtient toutes les autres
teintes[52]. Les trois primaires constituent de ce fait
la base naturelle des grammaires de la couleur, car

l'aubaine est tout de même extraordinaire : elles sont élémentaires, puisqu'elle ne sont pas décomposables en couleurs plus simples et constituent donc littéralement les individus chromatiques, à partir desquels il est possible de reconstituer pratiquement toute la gamme, c'est-à-dire au moins les trois couleurs dites secondaires (violet, orangé et vert), leurs dérivés et, sinon le noir, du moins la gamme des gris.

D'une manière intéressante pour notre propos, cette élémentarisation de la couleur était présentée dans la grammaire de la couleur de George Field de façon analogique par rapport à celle de la géométrie, comme pour la légitimer en s'appuyant sur une méthode largement reconnue :

> De même que par la déclinaison d'un *point dans l'espace* peuvent être engendrées toutes les figures élémentaires et complexes, ainsi que les formes de la science géométrique et constructive, de même à partir de la déclinaison semblable d'une *tache en un lieu* peuvent être engendrées toutes les teintes et les couleurs tant élémentaires que composées, dont la science a pour nom la Chromatique[53].

Les trois couleurs élémentaires sont bien sûr ici le rouge, le jaune et le bleu. Et de même que la grammaire de l'ornement se basait sur les lois de la géométrie dégagées antérieurement, la grammaire de la couleur s'appuie sur cette règle des trois primaires du peintre, qui remonte au moins au début du XVIIIe siècle[54]. Si donc Van der Leck, puis Mondrian, se sont appuyés sur les règles du mélange des couleurs qui s'étalaient dans tous les manuels à destination des peintres, il y a cependant plus, car le choix de s'en tenir aux trois primaires avait aussi des raisons, disons, philosophiques, puisqu'il s'agissait de choisir des couleurs universelles et non plus particulières, comme celles que nous présente la nature. À cet égard, le choix de Mondrian était parfaitement légitime, car les trois primaires ne se rencontrent pas pures dans la nature. De plus, en s'en tenant à elles, il touchait bien à des teintes plus « fondamentales » que les autres, puisqu'à partir d'elles on peut en théorie engendrer toutes les autres. Enfin, en insistant sur les *rapports* qui s'établissent entre formes et couleurs, il établissait un système de relations qui n'empruntait plus rien au monde des formes et des couleurs telles qu'on les rencontre dans ladite nature.

Notons à ce propos que des peintres figuratifs étaient déjà arrivés à des conclusions semblables. Je songe par exemple à Anton Raphael Mengs, dont il a déjà été question, car il cherchait dans l'abstraction linguistique des concepts une inspiration pour le Beau idéal en peinture. Dans ses réflexions sur la beauté, qui ont fait beaucoup pour former le goût néoclassique, ses propos sur la couleur méritent d'être relus à la lueur de l'œuvre de Mondrian. Partant de prémisses semblables — comment fonder une beauté par-delà l'imperfection de la matière ? —, il en tirait déjà des conclusions comparables (qui n'enlèvent rien au mérite de Mondrian), à savoir la nécessité, au plan chromatique, de s'en tenir aux trois primaires, et en les utilisant le plus pures possibles :

> Si, maintenant, ces premières formes visibles [des couleurs] et les plus délicates sont en elles-mêmes uniformes, on les dit *pures*, car le rayon lumineux ne fait en elles qu'un seul effet, et cet effet produit la *Beauté*. Qu'il en est ainsi, c'est-à-dire que les couleurs proviennent de la forme d'une matière uniforme, c'est ce que l'on voit à travers le prisme : Que l'uniformité fait la beauté est chose évidente, puisque le plus beau rouge gâte le meilleur jaune, comme le bleu gâte le rouge ; mais si tous les trois, le bleu, le jaune et le rouge sont mélangés ensemble, alors tous les trois sont gâtés. [...] Les trois couleurs parfaites ne peuvent jamais être autrement que jaune, rouge ou bleu, et il n'y a qu'un concept de leur perfection, c'est lorsqu'elles sont également éloignées de toutes les autres couleurs[55].

Malevitch

Pour évoquer à présent Malevitch, ce dernier a caractérisé ainsi le développement du suprématisme : « Le suprématisme se divise en trois stades correspondant au nombre des carrés, noir, rouge et blanc : période noire, période de couleur et période blanche[56]. » Il est tentant de comprendre la dynamique de ces stades à la lumière de la triade blanc-noir-rouge, dont il a été question dans le chapitre précédent à propos d'Humbert de Superville[57]. En ce sens, la première période, le *Carré noir,* correspondrait à une volonté de table rase, formelle et chromatique. Dans la petite brochure publiée à l'occasion de l'exposition *0,10,* où cette œuvre fut

présentée pour la première fois au public, Malevitch affirmait : « Je me suis transfiguré en *zéro des
formes*[58]. » Or le noir correspond chromatiquement
au zéro des formes, c'est-à-dire à l'absence de toute
couleur et de toute lumière ; il est le zéro de la couleur et de la lumière, voire l'éclipse de la lumière,
si l'on prend en compte l'importance de la *Victoire
sur le soleil*[59]. Le rouge serait, en revanche, le symbole de la recherche chromatique qui inaugure la
phase d'expansion du suprématisme. Pourquoi le
rouge ? Parce qu'il est pour l'œil humain la couleur
qui frappe le plus, qui s'approche le plus de la couleur comme telle, de l'idée de couleur. Au reste,
dans le texte cité plus haut, Malevitch identifie
purement et simplement couleur et rouge, lorsqu'il
note que la seconde période est la « période de couleur ». Si le suprématisme a été le « sémaphore de
la couleur », alors le rouge est celle qui convenait
le mieux. Enfin, cette exploration de la couleur ne
peut être une fin en soi, car on risque de la fétichi-
ser. Aussi est-ce un stade qu'il convient de dépasser : « Dans le mouvement pur des couleurs, les
trois carrés indiquent encore l'extinction de la couleur là où elle disparaît dans le blanc[60]. » Indépendamment des valeurs symboliques qu'on peut
donner au blanc[61], celui-ci peut être considéré
comme l'origine et la fin de toutes les couleurs, s'il
est vrai qu'elles sont toutes contenues dans la
lumière blanche. D'où sans doute l'idée selon
laquelle « Le blanc suprématiste infini donne au
rayon visuel la possibilité de passer sans rencontrer

de limites[62] ». Cette prérogative du blanc, de contenir toutes les couleurs et d'être pour ainsi dire illimité, éclaire peut-être aussi une phrase très lyrique
et quelque peu énigmatique : « J'ai percé l'abat-jour
bleu des restrictions des couleurs, j'ai débouché
dans le blanc[63]. » Le bleu étant associé par lui au
ciel, on peut comprendre ce dépassement comme la
volonté à la fois d'aller au-delà des couleurs qui
rappellent trop la nature, puis, dans une sorte de
surenchère, au-delà des restrictions des couleurs en
général, qui restent trop particulières. De ce point
de vue, la triade du blanc-noir-rouge ainsi que la
dialectique de son mouvement dynamique rend
bien compte, me semble-t-il, de la dimension philosophique revendiquée par Malevitch dans son traitement de la couleur : « Il faut construire dans le
temps et l'espace un système qui ne dépende
d'aucune beauté, d'aucune émotion, d'aucun état
d'esprit esthétiques et qui soit plutôt le système
philosophique de la couleur où se trouvent réalisés
les nouveaux progrès de nos représentations, en
tant que connaissance[64]. »

Du langage des signes
à la rhétorique

À partir de 1945, lorsqu'il s'agit de parler de l'art abstrait à Paris, un mot revient sur toutes les lèvres, sous toutes les plumes, qu'il s'agisse d'artistes ou de critiques. Un seul mot semble apte à qualifier, décrire, analyser et synthétiser l'art abstrait : celui de signes. Effet de mode ? Sans doute. Relisant à distance ses *Notes sur la peinture d'aujourd'hui* (1948), Bazaine s'excusera de ce tic d'écriture qui lui a fait utiliser tant de fois le mot « signe » qui prête, dit-il, comme celui d'écriture, « à tant d'équivoques et de facilités[1] ». Mais, s'il s'est imposé à tous, quelle que soit la tendance soutenue, c'est bien qu'il apportait quelque chose, outre la caution de scientificité qu'octroyait le recours à une terminologie linguistique.

Relisons à cet égard ce qu'écrivait Georges Limbour à propos de ce qu'on a appelé la Nouvelle École de Paris (Bazaine, Estève, Manessier, etc.) :

À partir de la Libération, un grand nombre de peintres, et parmi les plus remarquables, s'éloignent de la figuration et ont recours, pour évoquer le monde, à des *signes* personnels, donc fort abstraits, où risquent de s'obscurcir l'évidence et la précision de la signification. Qui pourrait dire que les cubistes, par exemple, aient jamais employé des *signes* ? Si différents que les objets qu'ils peignent soient de ceux qui leur ont servi de modèle ou de prétexte, il y a présence d'une réalité et non signe. Le signe remplace une réalité absente et ne procède plus que par allusion. […] Ajoutons que le signe significatif a fini par conquérir une certaine indépendance à l'égard de la chose qu'il représente et tend à devenir sa propre fin, et donc à perdre son caractère de signe pour devenir une chose en soi. Et c'est alors que commence ce que l'on a appelé la peinture abstraite[2].

Passons sur les erreurs que contient ce texte, car la peinture figurative est elle aussi constituée de signes, comme Léon Degand, nous le verrons, l'avait bien remarqué ; et, par ailleurs, l'indépendance du signe à l'égard de ce dont il est signe ne signifie pas qu'il perde son caractère de signe, car si telle était la caractéristique de l'art abstrait, alors ce dernier ne pourrait, en toute rigueur, être constitué de signes. Mais qu'importe. L'essentiel est que « le signe remplace une réalité absente » et convienne donc à ce titre pour parler de l'art abstrait (même si le propos reste valable pour l'art figuratif) ; d'autre part, les peintres abstraits, s'éloignant de la réalité, ont recours à des « signes personnels » ; ici aussi le terme s'impose pour qualifier la manière idiosyncrasique qu'ont les peintres de transposer ce qui fait l'objet de leur perception dans leur propre univers.

Aussi est-ce en effet en ces termes que s'expriment certains d'entre eux. Pour Bazaine, « On part toujours d'une réalité, et dans celle-ci il s'agit de trouver un certain rythme, de l'amener jusqu'au signe, jusqu'à l'épure vivante. C'est cette transposition essentielle, aussi bien dans la forme que dans la couleur, qui vous entraîne très loin de l'initial[3] ». Le signe est donc pour lui ce travail de décantation, qui est à proprement parler le travail artistique, par lequel le vécu visuel se trouve transformé en un « langage » personnel. Manessier tenait des propos semblables en envisageant l'art abstrait comme « la recherche d'un langage ou signe plastique retenant à la fois le monde sensoriel comme émotion de départ et le monde spirituel comme révélation finale[4] ». Dans ce cas, le signe est donc bien le lien à établir entre le signifiant visuel et le signifié spirituel.

On voit donc combien est utile le recours à la notion de signe pour qualifier ces opérations de transposition et de transformation des éléments de départ en signes picturaux. De plus, comme il s'agissait pour ces peintres de réclamer le rôle de la nature comme point de départ tout en récusant la peinture seulement figurative, l'idée de signe était là aussi bienvenue, puisqu'elle incluait, au moins implicitement, l'idée que ces signes sont conventionnels et non « naturels » (comme le seraient ceux de la peinture figurative ?). L'idée de signe incluait donc tout à la fois la distance prise par rapport au donné naturel, l'élaboration de ce donné plutôt que sa supposée transcription passive, et l'obtention d'un résultat personnel, comme le signalait Limbour dans le texte cité plus haut.

Il n'en est que plus frappant de constater que le recours au signe pour caractériser l'art abstrait n'est pas l'apanage de ceux qui revendiquent le droit à la nature contre les tenants de l'abstraction géométrique et de la non-figuration. On le retrouve aussi chez ces derniers. Le plus clair à cet égard est sans conteste Léon Degand, qui distingue bien les signes picturaux figuratifs et abstraits, afin de mieux faire ressortir ces derniers :

> En peinture figurative, l'élément premier ne devient signe pictural qu'en devenant signe de représentation du monde extérieur, et par le truchement obligé de cette représentation. La pensée plastique se manifeste, en quelque sorte, par ricochet.
>
> En peinture abstraite, l'élément premier devient signe pictural sans passer par cet intermédiaire. Sa signification ne dépend en rien de l'interprétation optique de quelque chose de visible, dont il serait l'évocation plane et dont il importerait d'avoir reconnu la signification dans la réalité à trois dimensions visibles. Pour devenir signe pictural abstrait, l'élément premier ne doit être rien d'autre, d'abord, que ce qu'il est sous nos yeux, c'est-à-dire l'objet d'une perception visuelle *directe*[5].

Ici encore, quoique d'une façon différente, la notion de signe se révèle d'une grande utilité, dès lors qu'il s'agit de mettre en avant les caractéristiques de l'art comme langage, puis de l'art abstrait.

En ce qui concerne l'art comme langage, il ne fait pas de doute à mes yeux que l'un des apports, et non le moindre, de l'art abstrait aura été de convaincre les artistes que tout art est un langage, et est donc composé de signes. Comme le dira également Georges Mathieu : « L'art étant langage, le signe est son élément premier[6]. » Or cela vaut pour l'art figuratif comme pour l'art abstrait, ce qui coupe court à toute tentative de faire de l'art figuratif un art plus « naturel », plus « authentique » dans la mesure où les deux sont constitués de signes, et de signes conventionnels. De ce point de vue, se placer au niveau du signe permet, d'après Degand, de faire ressortir la supériorité de l'art abstrait puisque la pensée plastique s'y manifeste de façon directe et non pas indirecte comme dans l'art figuratif, où l'élément premier « ne devient signe pictural qu'en devenant signe de représentation du monde extérieur ».

Par ailleurs, il est intéressant de noter que Degand prend aussi position par rapport à la question de savoir si l'on doit considérer que le signe pictural abstrait, puisqu'il ne renvoie à aucune représentation du monde visible, ne renverrait par conséquent à rien. Il répond par la négative en donnant l'exemple d'une tache de bleu :

> Pour acquérir une signification picturale quelconque — comme le *la,* une signification musicale — il faut que ce bleu devienne élément d'un langage, s'intègre à une logique. Logique de la représentation du monde extérieur, en peinture figurative. Logique déduite

directement — sous-entendu : sans intermédiaire d'une
représentation figurative — d'activités et de manières
d'être de notre esprit, en peinture abstraite. Le bleu —
ou n'importe quel élément premier — devenu signe
pictural abstrait, renvoie donc, à l'aide du langage et
de la logique auxquels il s'est incorporé, à un fait ou à
des faits psychologiques, et non à rien[7].

Degand avait bien pressenti que s'il y a signe, il
faut bien qu'il y ait signifiant et signifié, ou expression et contenu, de sorte qu'il est en effet erroné de
tirer du fait que le signe plastique abstrait ne renvoie à aucun référent la conclusion qu'il ne renverrait à rien. C'est donc bien l'idée d'un signifié
plastique qu'il devait avoir en tête sans avoir pu le
formuler en ces termes. Et il avait en ce sens esquissé, dès les années cinquante, les « bases du langage pictural abstrait », soit cette grammaire que je
me suis efforcé de ressaisir.

Si l'approche suivie dans cette seconde partie a
pu permettre d'aborder les débuts de l'art abstrait
sous un angle qui renouvelle la compréhension
de ses moyens et de ses fins, peut-être éclaire-t-
elle également ses développements. Car si l'art
abstrait a été l'invention d'une grammaire plastique, avec son vocabulaire, sa syntaxe, et sa
sémantique, on peut comprendre qu'après la période d'effervescence et de bouillonnement des
débuts, d'autant plus passionnants qu'ils répondaient à des enjeux précis (créer cette grammaire
contre les signes iconiques renvoyant à la nature

par le biais d'une ressemblance), cette recherche ait donné lieu à un ensemble de « styles » reconnus qui se sont affermis puis ont fini par dégénérer en une rhétorique, à laquelle reste lié le nom d'École de Paris, même si c'est injuste pour certains de ses membres. Or qu'est-ce qu'une telle rhétorique, sinon la conséquence d'une grammaire devenue fin en soi, un répertoire de formes qui se sont figées dès lors que les peintres n'étaient plus mus par la volonté inventive qui animait les pionniers, de telle sorte qu'il n'est bientôt plus resté qu'un vocabulaire et une syntaxe tournant pour ainsi dire à vide, bref, un ensemble de formules ? Et l'on retrouve ici l'idée de signe. Car lorsque la grammaire se fige en des signes stéréotypés, ceux-ci forment bien un langage, mais c'est un langage sclérosé de signes convenus qui n'émeuvent plus personne. Il perd alors sa force vive et devient un langage connu et reconnu, un langage académique, qui était dans les années cinquante la hantise des abstraits, européens comme américains[8]. Et, à l'époque postmoderne, la grammaire de l'art abstrait n'est plus précisément qu'un style auquel on vient puiser pour le citer dans une œuvre, au même titre que n'importe quel autre style.

La façon dont l'art abstrait est devenu chez tant d'épigones une rhétorique, au sens négatif du terme, sans doute parce qu'elle était de mode dans l'Europe des années cinquante, est sans doute pour beaucoup dans son déclin en tant que mouvement historique. Mais cet académisme de l'art abstrait, dénoncé comme tel dès les années quarante, ne doit pas servir de prétexte pour discréditer l'effort des pionniers, pas plus que celui de tous ceux qui, loin de se contenter de reproduire des formules toutes faites, se sont au contraire proposé de renouveler la grammaire de l'art abstrait, que ce soit aux États-Unis, où il a connu un essor exceptionnel après la Seconde Guerre mondiale, ou sur le sol de la Vieille Europe, où certains ont tenté de maintenir haut le flambeau de l'expérimentation contre les recettes académiques. C'est ce que l'un de ceux-là, Bazaine, exprimait en 1948 :

> Le succès évident de celui-ci [l'art abstrait] — le fait que des centaines de peintres dans le monde lâchent brusquement la fabrication plus ou moins innocente des pommes et des couchers de soleil, pour se lancer dans ce qu'ils croient être l'aventure —, cela ne suffit pas à le justifier. Mais sans doute l'art abstrait mérite-t-il mieux que son faux nom, que tous les malentendus qu'il a fait naître et que cet académisme d'avant-garde dont il porte en lui le germe[9].

Était-ce le destin inéluctable des signes dans la grammaire de l'art abstrait que de sombrer dans l'académisme ? Le pamphlet publié par Charles Estienne en 1950, *L'art abstrait est-il un académisme ?*, prenant prétexte d'une académie de l'art abstrait qui venait d'ouvrir ses portes, traite moins de la sclérose qui guette toute forme d'art abstrait que de l'académisation de l'abstraction géométrique. Il est certes vrai qu'il est « plus facile de copier un carré qu'une femme nue[10] » et l'on peut admettre par ailleurs qu'un atelier enseignant la technique de l'art abstrait « met l'accent sur le mécanisme d'un art plutôt que sur sa poétique[11] ». Mais il n'en est pas moins vrai qu'Estienne ne jetait de l'huile sur le feu qu'afin de mieux mettre en relief l'abstraction lyrique qu'il défendait et qui, elle, n'était pas, selon lui, menacée d'académisme, puisqu'elle incarnait au contraire la liberté créatrice retrouvée.

Différente est la position du peintre Georges Mathieu, qui avait proposé une « Esquisse d'une embryologie des signes », en s'inspirant des histoires de l'art conçues comme des cycles organiques. Chaque cycle comporte à ses yeux six stades principaux :

> 1. Le premier est celui de la recherche des signes, en tant que signes. C'est celui d'une aventure dirigée vers l'actualisation des moyens et le premier temps de la structuration.
>
> 2. Le second est celui de la reconnaissance des signes, c'est-à-dire de l'incarnation. Les signes sont là à leur efficacité maxima. C'est le temps de la signification et du style.
>
> 3. Le troisième est celui où les signes étant chargés de ces significations reconnues donc convenues, on en est arrivé à leur identification totale avec leur signification. C'est le formalisme ou l'académisme. (La fin est obtenue sans aventure par utilisation de moyens connus et saturés)[12].

Voilà donc comment, en trois stades, l'on passe de l'invention des signes à l'académisme. La suite, il n'est guère difficile de l'imaginer. Le quatrième stade est celui « du raffinement des signes, de l'addition d'éléments inutiles pour la signification », bref le baroque succédant au classique. Le cinquième est celui « de la déformation poussée jusqu'à la destruction même des signes. (L'œuvre de Picasso en est une illustration) ». Enfin le sixième stade clôt le cycle et prépare le suivant ; Mathieu l'identifiait à l'époque avec l'informel, « c'est-à-dire l'utilisation de non-moyens ou de moyens sans signification possible ». Il s'agit donc d'une période intermédiaire : « C'est le moment qui précède et prépare les nouvelles voies et les tournants dans la mesure où l'on est en plein point mort, en plein terrain vague, en pleine anarchie, en plein vide, en pleine liberté. »

Dans une telle vision cyclique, l'académisme est donc loin de marquer la fin des signes dans l'art abstrait, leur décadence ou leur dépérissement, puisqu'à un cycle en succède un autre. Aussi laisserons-nous à Mathieu une conclusion optimiste : « L'Art est dépassement des signes[13]. »

CONCLUSION GÉNÉRALE

Les pages qui précèdent sont le résultat d'un choix : privilégier l'analyse des conceptions de l'art abstrait qu'avaient les principaux artistes engagés dans cette longue aventure plutôt qu'une discussion des théories, pas toujours explicites, qui sous-tendent les études sur l'art abstrait. Le lecteur devrait ainsi avoir tous les éléments nécessaires pour juger du dossier sur pièces. La démonstration n'est pas pour autant dépourvue d'intentions. Aussi, parvenu au terme de cet ouvrage, il est sans doute temps d'en expliciter les présupposés. Il repose en fait sur deux partis pris, l'un historique, l'autre théorique.

Historiquement, j'ai voulu montrer qu'il est rigoureusement impossible de comprendre quoi que ce soit à l'art abstrait si on le fait débuter vers 1913, c'est-à-dire si l'on fait coïncider l'histoire de l'art abstrait avec les débuts de la non-figuration. En ce sens, ce livre est le prolongement d'un ouvrage antérieur et le résultat d'une réflexion de plusieurs années sur les sources de l'art moderne. Formé à l'art

contemporain, il m'a fallu du temps pour réaliser que
la compréhension des systèmes chromatiques dans
l'art du XXe siècle était tout à fait impossible sans
l'étude de l'origine de ces systèmes dans la réflexion
scientifique sur la couleur menée tout au long du
XIXe. C'est d'ailleurs à l'occasion de cette réflexion
sur la loi du contraste simultané des couleurs de
Chevreul que j'ai réalisé à quel point cette loi avait
été directement utile à certains des pionniers de l'art
abstrait, comme Delaunay, mais aussi à Matiouchine,
Itten et Albers, entre autres[1]. La raison en est que
cette loi, fournissant des règles d'agencement syntaxique des couleurs entre elles, a constitué un formidable moyen pour les peintres justement soucieux
de structurer de purs rapports de couleurs. Cette
étude m'avait donc convaincu du fait que les racines
de l'art abstrait se trouvent dans une série de bouleversements qui se sont produits à la fin du XIXe siècle, et c'est la raison pour laquelle je me suis efforcé
d'en restituer ici certaines filières.

Les artistes sont sans doute partiellement responsables de la situation qui continue de prévaloir, en
ayant longuement insisté sur le caractère de rupture,
de *tabula rasa,* qu'aurait constitué l'avènement de
l'art abstrait. Les historiens leur ont emboîté le pas
en considérant eux aussi que l'histoire de l'art abstrait devait débuter avec la non-figuration, comme si
toute tentative de retracer les origines de l'art abstrait revenait à en atténuer la nouveauté, à en émous-
ser la force de rupture. Je crois au contraire que son
originalité ressort renforcée de l'étude que j'en ai

proposée et qui a consisté à l'inscrire dans une problématique largement ancrée dans le XIXᵉ, qu'il
s'agisse des débats autour de l'idée d'abstraction
(première partie) ou de la constitution d'une grammaire élémentaire (seconde partie). Si j'ai réussi,
comme je l'espère, à éclaircir l'évolution du sens
des termes « abstrait » et « abstraction », c'est bien
parce que je ne me suis pas contenté des débats qui
ont fait rage parmi les peintres abstraits, mais que
j'en ai retracé les antécédents dans le vocabulaire
artistique et les discussions critiques, seuls à même
de nous aider à saisir le sens de querelles (notamm-
ment celle entre abstrait et concret) qui n'ont fait
que s'aiguiser avec l'art abstrait. Pareillement, la
volonté de construire une grammaire de la ligne et
de la couleur ne s'éclaire que si on la replace dans le
contexte de l'intérêt marqué de la fin du XIXᵉ pour
les arts décoratifs. Plus précisément encore, le
modèle du langage poétique, qui a permis d'envisager des formes d'art abstrait quand celui-ci n'existait
pas encore, ce modèle, provient des milieux symbolistes, dans les années 1880. Reconnaître et analyser
ces filières n'enlève rien à la valeur de l'art abstrait
ni au courage dont ses pionniers ont fait preuve en
se lançant, non sans appréhension, dans l'inconnu.
J'ai donc choisi d'exposer ces différentes voies
d'accès à l'art abstrait, mû par le sentiment qu'il
valait mieux procéder ainsi afin d'en éclairer la
genèse, plutôt que refouler ses origines afin de
maintenir intacte l'image d'un mouvement radicalement autre qui aurait surgi *ex nihilo*.

Le parti pris théorique nécessiterait de plus amples explications qui sortiraient du cadre de cet ouvrage ; j'espère avoir l'occasion de m'exprimer plus longuement ailleurs sur ce sujet. Pour le dire succinctement, et, j'en suis bien conscient, de façon trop rapide et presque caricaturale, j'ai voulu renvoyer dos à dos les deux principaux types d'approche d'ordinaire mobilisées pour rendre compte de l'art abstrait, et que j'appellerai, pour aller vite, les *théories formalistes* et les *théories absolutistes*.

Formalismes

Les théories formalistes mettent l'accent sur les matériaux plastiques, presque exclusivement, en négligeant dès lors la dimension du sens, parfois de façon provocatrice, comme lorsque Clement Greenberg déclare que « La peinture ou la statue s'épuise elle-même dans la sensation visuelle qu'elle produit. Il n'y a rien à identifier, à associer ou à réfléchir, mais tout à sentir. La poésie pure s'efforce de nous suggérer une infinité de choses, l'art purement plastique un minimum. [...] Les qualités purement plastiques ou abstraites de l'œuvre d'art sont les seules qui comptent[2] ».

D'où vient cette tendance de tant d'approches formalistes — mais pas toutes, heureusement[3] — à évacuer la dimension du sens ? De plusieurs présupposés, rarement explicités. L'un concerne la fameuse affaire de l'« autonomie » des moyens d'expression. La ligne, la couleur, la texture, la *fak-tura* des Russes, bref, tous les moyens d'expression plastique ont longtemps été au service de l'image, suivant ce schéma de pensée (que l'on retrouve du reste aussi chez certains artistes). Ils s'en sont libérés avec l'art abstrait et sont devenus « auto-nomes », ne valant plus que pour eux-mêmes, au lieu de véhiculer le sens de l'image (ressemblance, imitation etc.). L'idée d'autonomie des moyens plastiques, qui de moyens sont devenus fins en soi, a fait à cet égard un tort considérable. Le défaut principal de cette approche, qui n'est qu'une méta-phore biologique (la croissance de l'être devenu indépendant et autonome, et se libérant dès lors de ses tutelles), est d'évacuer la dimension du sens, occulté par le mythe romantique de la « libération » : les moyens plastiques se sont libérés de la tyrannie de la figure et de la représentation, et valent désor-mais par et pour eux-mêmes. Or cette idée des moyens devenus autonomes, confusément liée à l'« art pour l'art » dans la mesure où ces moyens plastiques perdent leur « utilité » puisqu'ils ne ser-vent plus l'image, a entraîné une conséquence par-ticulièrement pernicieuse : en se libérant de la tutelle de l'image, *on a jeté le bébé sémantique avec l'eau du bain iconique.*

La raison de cet état de choses tient à une confu-sion durable entre *image* et *sujet*, comme si ce qui confère à une toile son sujet était seulement le sujet représenté dans et par l'image. Caractéristique de cette attitude est la démarche de Alfred Barr dans le catalogue de l'exposition *Cubism and Abstract Art* : pour lui, dans des quasi-abstractions, comme *Violon* de Picasso, le sujet — qui se confond donc avec l'objet représenté — n'est plus reconnaissable que par des « vestiges », qui sont comme des indices laissés par le peintre, ainsi que… par le titre. Si ces indices figuratifs et textuels disparaissent, que reste-t-il alors du sujet ? La réponse doit bien être : rien ! Pour Barr, en effet, « l'art abstrait, dans la mesure où il est abstrait, est sans doute dépourvu d'intérêt pour le sujet[4] ». La seule nuance apportée à ce jugement concerne les mouvements encore figuratifs, les seuls donc où le sujet reste identifiable et reconnaissable : futurisme, dadaïsme, surréalisme et purisme, ce qui confirme, si besoin était, combien le sujet reste lié à l'image reconnaissable. Même Kandinsky « est passé au-delà du sujet, sauf lorsqu'il apparaît sans l'intention consciente de l'artiste[5] », dans l'oubli total de tout ce que ce peintre a pu écrire. Celui-ci devait d'ailleurs protester contre le peu d'intérêt que Barr marquait pour son œuvre dans cette exposition ; c'est que le formalisme de Barr, qui devait marquer durablement l'approche de l'art abstrait, pouvait difficilement faire bon ménage avec l'intérêt de Kandinsky pour la dimension du sens. Au reste, dès 1937, dans son analyse du catalogue de *Cubism and Abstract Art*, Meyer Schapiro dénonçait cette conception d'« un art de la forme pure sans contenu[6] ». Schapiro a certainement été un des historiens d'art les plus attentifs à cette question. On sait que Barnett Newman se

plaisait à citer à ce propos la distinction qu'il faisait, et qui est difficilement traduisible, entre sujet
(subject matter) et « objet » *(object matter)*, faisant
remarquer que pour beaucoup de gens (parmi lesquels il faut aussi compter des historiens d'art avisés comme Barr) le sujet d'un tableau se confondait
avec son *object matter*, comme si le « sujet » d'une
toile de Cézanne était son « objet », c'est-à-dire les
pommes qu'il peignait[7].

Qu'une peinture abstraite puisse avoir un sujet,
et que ce sujet soit la peinture elle-même, voilà ce
dont les approches formalistes ont beaucoup de mal
à rendre compte. C'est aussi la raison pour laquelle
il est si aisé et si fréquent de rabattre le plastique
sur l'iconique, à la recherche d'un supposé « sujet »
iconique caché dans l'art abstrait[8]. Motherwell a été
très clair en récusant ce type de lecture :

> Il est parfaitement possible de voir dans mon œuvre,
> disons des fenêtres, ou une vague déferlant dans la
> mer, ou un ours en peluche, si vous voulez, ou le ciel ;
> mais ce n'est pas le sujet « réel ». Le sujet « réel » est
> un postulat selon lequel la peinture, c'est la pression
> d'un pinceau trempé dans un liquide coloré sur une
> surface plane, c'est déterminer le degré souhaité de
> recul dans l'espace, c'est choisir jusqu'à quel point on
> peut condenser et tasser, ou voir large et amplifier, ou
> si l'on souhaite irradier une certaine tendresse de sen-
> timent ou faire un geste agressif, ou toute autre chose[9].

J'ai épinglé le formalisme américain, mais les
théories en vigueur en Europe ne valaient guère
mieux. Je pense en particulier à celles des peintres

et critiques liés à *Tel quel* et à *Peinture cahiers théoriques,* et qui ont marqué mes années de formation. Leur grille de lecture ne permettait pas non plus d'entendre les écrits des peintres abstraits. Il y avait en effet une incompatibilité entre leur façon d'envisager la pratique des artistes et leurs textes. Face à ce problème plutôt gênant, il a bien fallu forger une explication *ad hoc* pour justifier le décalage entre l'interprétation des œuvres comme « autonomes » et les écrits des artistes parlant du sens : on a alors dissocié la pratique des peintres de leur théorie, en retenant la première et en rejetant la seconde. Dans le jargon des années soixante-dix, la pratique « révolutionnaire » des peintres s'opposait à leur « idéologie réactionnaire ». Ce décalage, érigé en théorie du décalage, a été dès lors une grille de lecture valant pour l'ensemble des artistes modernes : « [...] ce *décalage,* entre la pratique et la théorie est significatif de tous les mouvements d'avant-garde de l'art moderne[10]. »

Une telle démarche repose sur une attitude schizophrénique : du tout que constitue l'œuvre d'un artiste, on garde ses toiles et on ignore ses textes. Résultat : un formidable refoulement de tout ce que tant d'artistes (Kupka et Kandinsky, Mondrian et Malevitch) ont clamé sur les toits, et qui devenait du coup illisible. Les pionniers de l'art abstrait ne sont d'ailleurs pas les seuls à en avoir fait les frais : les abstraits américains aussi, bien qu'on s'en soit pourtant beaucoup occupé. Rothko, entre autres. On donnait certes à lire ses textes — ce qui était tout de même méritoire, car encore fallait-il les retrouver et les traduire — mais assortis d'une présentation qui encadrait et limitait par avance l'intérêt que pouvait susciter leur lecture, en soulignant « le décalage entre une pratique picturale chromatique et le texte qui, essayant de la justifier subjectivement, laisse s'installer dans son vide théorique un aveuglement idéologique réducteur[11] ».

Bref, quelle que soit la position adoptée, à New York ou à Paris, le résultat a été le même. D'une part, il rendait impossible la compréhension de l'art abstrait, dont la quête du sens était systématiquement négligée par une lecture de l'« autonomie » des œuvres. D'autre part, et surtout, l'incapacité des formalismes à prendre en compte la dimension sémantique présente dans l'art abstrait a créé une brèche dans laquelle s'est engouffrée l'approche absolutiste, qui tient aujourd'hui le haut du pavé, au moins quant au nombre de publications.

Absolutismes

Par théories absolutistes, j'entends toutes les lectures de l'art abstrait qui en font la recherche d'un signifié transcendantal. Le vide sémantique laissé par les formalistes a fourni une magnifique entrée en matière à Maurice Tuchman, dans son introduction au catalogue de l'exposition *The Spiritual in Art — Abstract Painting 1890-1985,* exposition qui a fait beaucoup pour entraîner nombre d'historiens d'art dans cette voie, où ils sont aujourd'hui nombreux. Aussi peut-il commencer en affirmant triomphalement :

> L'art abstrait reste incompris de la majorité du public. La plupart des gens le considèrent en effet comme dépourvu de sens [*meaningless*]. Pourtant, vers 1910, quand des groupes d'artistes se sont éloignés de l'art figuratif en allant vers l'abstraction, préférant la couleur symbolique à la couleur naturelle, les signes à la réalité perçue, les idées à l'observation directe, la signification [*meaning*] n'a jamais été catégoriquement congédiée. Bien au contraire, les artistes se sont efforcés de faire appel à des niveaux de signification plus profonds et plus variés, le plus important et le plus répandu étant celui du spirituel[12].

Après cette tirade, il n'aura aucun mal à épingler dans la foulée Barr et Greenberg, tous deux incapables de prendre en compte la dimension du sens qu'il entendait restaurer. Mais, obnubilées par le spirituel, ces approches en font leur centre d'attention exclusif, et négligent de ce fait les œuvres, sauf pour y chercher des symboles occultes et occultés qui viendraient conforter leurs vues. Les écrits des peintres, boudés par les formalismes, sont donc bien pris en compte par les absolutistes, mais soumis à des opérations massives de réduction, car ils deviennent des pièces à conviction « prouvant » les supposées visées spiritualistes, occultistes, théosophiques des artistes. Mondrian est ainsi lu comme un émule du théosophe Schoenmakers, Kandinsky comme celui de Mme Blavatsky, qu'il a eu le malheur de citer au début de *Du spirituel dans l'art*, c'est-à-dire *une seule fois* en un bon millier de pages d'écrits théoriques, et Malevitch est rabattu sur Ouspenski. Que les courants spiritualistes et mystiques aient eu une grande importance pour les peintres au début du XXᵉ siècle est un fait. Mais de là à en faire un filtre de lecture unique, il y a un pas qu'il ne faut pas se hâter de franchir. Car ces interprétations sont aussi absolutistes au sens où elles réduisent l'artiste à une seule dimension. Le comble est atteint quand même Gauguin, pourtant le jouisseur par excellence, est analysé dans le cadre d'une pensée essentialiste, comme influencé par le néoplatonisme !

On se croit dès lors dispensé de voir les œuvres. Les choses vont d'ailleurs de pair, car je soupçonne que tel est justement le but de l'opération. Comme il est extrêmement difficile, d'abord de décrire, puis d'analyser des œuvres abstraites — les méthodes d'analyse et les outils conceptuels nous font encore cruellement défaut —, alors on se rabat sur le travail d'archive pour retrouver qu'en telle année Mondrian était membre d'une société théosophique (ce qui ne prouve en rien que son œuvre peint ait pu en être affecté), et on se centre sur les « sources » textuelles, théosophiques, occultes ou autres, auxquelles les artistes auraient puisé, ce qui dispense désormais de regarder les œuvres.

Bref, pour gauchir encore cette opposition trop grossièrement esquissée, les approches formalistes mettent formellement l'accent sur le signifiant, tandis que les approches absolutistes mettent absolument l'accent sur le signifié. On comprend dès lors pourquoi j'ai tant insisté, dans la seconde partie, sur la nécessité de comprendre l'art abstrait comme *signe*, s'il est vrai que dans un signe les deux aspects sont rigoureusement indissociables, pour rappeler un lieu commun.

En ce sens, l'approche sémiotique que j'ai suivie a au moins le mérite, me semble-t-il, de tenter de concilier les deux types d'approche que je viens de caractériser trop schématiquement, car les premières ont évacué les textes qui parlent du sens en les disqualifiant pour leur idéalisme, et les secondes ont négligé les œuvres au profit d'un sens qui les transcenderait. On peut même articuler un peu plus finement leurs défauts réciproques. La grande difficulté des approches « formalistes » tient à une conception implicite du signe « visuel », qui réduit les éléments plastiques au rôle de signifiants d'un signifié « iconique ». Autrement dit, ce qui assure la dimension du sens, dans cette perspective, est la présence de l'objet, de la figure, et c'est la raison pour laquelle elle restait indispensable pour un Lévi-Strauss. Supprimez l'objet, il ne reste que de purs signifiants incapables de signifier seuls. D'où la difficulté à prendre en charge la dimension sémantique de l'art abstrait et la tentation de se rabattre sur des considérations purement formelles, en mettant par exemple l'accent sur l'opticalité. Inversement, les approches absolutistes voudraient faire du signifié un signe à part entière, et négligent dès lors les signifiants plastiques. Car, selon ces approches, les formes sont ce dont les peintres abstraits auraient voulu s'affranchir, selon un vieux jeu d'oppositions métaphysiques qui disqualifient le corps au profit de l'âme, le matériel au profit du spirituel. Là où règnent les idées, les œuvres sont toujours en trop, comme une carcasse contingente et périssable qui est un frein dans la voie vers l'universel et l'absolu.

Comme les extrêmes se rejoignent, les deux approches sont des essentialismes, mais elles diffèrent quant au statut qu'elles accordent à la forme : pour les premières, l'art abstrait est l'aboutissement d'une *purification des formes* qui vise à les libérer de tout ce qui est vu comme étranger aux moyens propres à la peinture afin de s'approcher ainsi de son essence. Pour les secondes, l'art abstrait est aussi l'aboutissement d'une *purification des formes,* mais au sens où l'abstraction consisterait à purifier les formes elles-mêmes afin d'aboutir à leur dématérialisation, à l'essence des idées. De mon insistance sur ce parallèle, on pourrait cependant déduire que je mets ces deux types d'approche sur un pied d'égalité. Précisons qu'il n'en est rien. S'il fallait choisir, j'opterais sans hésiter pour les approches formalistes, qui ont au moins le mérite de se colleter avec les œuvres.

*

En proposant une analyse sémiotique des lignes et des couleurs dans l'art abstrait, j'ai ainsi fait une sorte de synthèse : j'ai pris en compte et la dimension signifiante et la dimension signifiée. Si les éléments plastiques sont des signes, on rend compte ainsi de la volonté de tant d'artistes abstraits d'échapper au *décoratif,* considéré comme un repoussoir à cause de son absence de sujet. Prendre en compte l'existence de signifiés plastiques, même s'il n'est pas toujours facile de les déterminer, c'est rendre justice aux peintres qui ont revendiqué cette dimension sémantique, bien qu'il soit nécessaire de tempérer quelque peu certaines de leurs prétentions, notamment celles selon lesquelles les signifiés de la couleur ou de la ligne seraient universels.

Un dernier point mérite d'être éclairci. L'approche sémiotique permet peut-être aussi d'expliquer l'intérêt des artistes pour les théories spiritualistes et autres. Ils étaient à la recherche du sens, soit. Mais comment le formuler, alors que la linguistique n'en était qu'à ses débuts ? Je voudrais suggérer plus fortement que je ne l'ai fait dans les pages qui précèdent que, faute du concept de signifié, ils se sont parfois appuyés sur ces théories spiritualistes pour signifier leur quête spirituelle, c'est-à-dire l'idée d'un sens, émotionnel, affectif ou autre, lié aux formes et aux couleurs qu'ils maniaient dans leurs œuvres, et qu'ils ne pouvaient exprimer autrement, faute de posséder les concepts adéquats. Les théories absolutistes ont donc pointé du doigt un problème réel, mais lui ont donné une signification transcendantale qui ne lui convient pas toujours. Aussi ai-je cherché à lire les textes sans les réduire ou à une idéologie réactionnaire ou à une quête spiritualiste. En ce sens, parler de signifié permet de rendre compte de la volonté exprimée par les peintres abstraits de donner une dimension sémantique à leurs œuvres, en la réduisant à de plus justes proportions : celles de la constitution d'une grammaire de signes plastiques pour les pionniers, celle d'un sujet abstrait pour les peintres de l'École de New York. Ainsi, dans la plupart des cas, cette dimension du sens est immanente et non transcendante, elle est engendrée par les œuvres elles-mêmes au lieu de s'imposer à elles, pour ainsi dire d'en haut.

On comprend dès lors pourquoi il n'a pas été question dans ces pages des approches absolutistes : c'était de propos délibéré. C'est qu'il aurait fallu de longues analyses pour les réfuter pas à pas, insister encore, par exemple, et bien que cela ait déjà été fait, sur la confusion à laquelle le mot *das Gestige* (le spirituel) a donné lieu chez Kandinsky. J'ai donc choisi de les ignorer, et j'ai pu le faire parce que je rendais compte de la dimension sémantique des œuvres abstraites sur laquelle ces approches ont à juste titre attiré l'attention, quoi-qu'elles l'aient tirée dans une direction qui me semble erronée, « spirituel » ne signifiant nullement « spiritualiste ». Autrement dit, j'ai voulu montrer qu'il était parfaitement possible — et légitime — de consacrer un ouvrage à l'art abstrait sans devoir sacrifier aux analyses théosophiques et autres, de rigueur dans cette perspective. Si le résultat a été une approche cohérente et consistante dans le cadre ainsi proposé, je serai parvenu à mes fins.

On considère en général que le déclin de l'art abstrait en tant que mouvement historique est dû à la montée en puissance du Pop Art en Angleterre et aux États-Unis, ainsi que du Nouveau Réalisme en France. Il est un fait que l'hégémonie de l'art abstrait au début des années cinquante a suscité parmi la nouvelle génération le désir d'en écorner l'influence et de faire valoir les droits d'une tendance de « retour à l'image ». Il y avait visiblement un malaise face à l'omniprésence de l'abstrait, souvent ressenti comme une contrainte et non plus comme une libération, même d'ailleurs chez de nombreux peintres abstraits. Que le Pop Art ait constitué une menace contre l'Expressionnisme abstrait, on en verra pour preuve, *a contrario*, le fait que deux des critiques qui ont le plus appuyé l'Expressionnisme abstrait, Clement Greenberg et Harold Rosenberg, n'ont pas mâché leurs mots pour condamner le jeune mouvement. Il est vrai que les œuvres qui s'en prenaient aux Abstraits le faisaient dans une

perspective ouvertement critique et souvent clairement parodique. Parmi les premières, signalons au
moins le fameux dessin de Rauschenberg, *Erased
De Kooning Drawing* (1953), ayant consisté, comme
son titre l'indique, à effacer à la gomme un dessin
de De Kooning ou, en France, les premières machi-
nes de Tinguely, les *Méta-matic* (1959), permettant
de produire mécaniquement des œuvres abstraites
qui singeaient l'art tachiste ou l'abstraction lyrique.
Il y a visiblement dans les deux cas une intention
sacrilège, une volonté de critiquer l'hégémonie de
l'art abstrait, mais aussi son caractère d'art noble
ou majeur. En ce sens, la force critique du Pop Art
a consisté à mettre en question tous les aspects qui
faisaient de l'art abstrait un art majeur : le style
personnel caractérisé par un « coup de brosse » —
que Lichtenstein a parodié dans sa série des *Coups
de brosse* —, le culte de l'individualité créatrice et
son corollaire, l'originalité, l'authenticité, le caractère unique de l'œuvre d'art, etc. Ce sont toutes ces
caractéristiques qui seront systématiquement mises
en question par le recours à une imagerie populaire
(bande dessinée, annonces publicitaires), ainsi qu'à
des techniques « mineures » permettant la reproduction en série (sérigraphie)[1].

C'est bien sûr le recours à une imagerie populaire qui est un des principaux aspects par lesquels
le Pop Art et le Nouveau Réalisme se sont érigés
contre l'art abstrait : certes, l'image s'oppose à la
non-figuration, mais il s'agit avant tout de l'image
banale, triviale, qui provient de notre environnement

quotidien et, de surcroît, d'une image déjà existante, qui n'est donc pas « inventée » par le génie créateur de l'artiste, mais reprise et transformée, parfois de façon mécanique, c'est-à-dire sans qu'intervienne la « main » du peintre. C'est en ce sens qu'on a pu parler d'un « retour » triomphal de l'image mettant fin à l'hégémonie de l'art abstrait.

Une autre précision s'impose, concernant en particulier l'opposition massive entre art abstrait et Pop Art. Le Pop n'est pas seulement un retour à la figure ; il contient aussi ou encore de l'art abstrait, ce qui est particulièrement clair chez des figures majeures du pré-Pop comme Jasper Johns. Aussi est-ce un épisode de ces rapports complexes entre imagerie pop et art abstrait que je voudrais évoquer, à partir d'une personnalité tout à fait particulière, dont le cas ne saurait être généralisé, mais qui a néanmoins une valeur révélatrice. Je veux parler de l'artiste suisse Peter Stämpfli et de son parcours singulier mais exemplaire.

Stämpfli commence sa vie de peintre actif à Paris où il arrive en 1959, à un moment où domine l'art abstrait, de sorte que, bien évidemment, il commence par peindre des toiles abstraites, quoique avec un sentiment d'insatisfaction. Comme il s'en expliquera plus tard :

> Je savais en fait que l'abstraction était terminée et que les artistes de ma génération devaient s'orienter vers autre chose. [...] Et ma question était : quelle peut être cette nouvelle peinture qui est en train de naître ;

comment réintroduire l'objet, la figuration, dans une
peinture qui était devenue totalement abstraite[2] ?

Il devait s'orienter dans une voie personnelle
parallèle à celle du Pop américain, mais distincte. Il
commença par vouloir « faire une sorte de dictionnaire des objets, des gestes quotidiens[3] » : et en effet
il peint des sortes de constats froids, neutres, asep-
tisés, en noir et blanc le plus souvent, de gestes
quotidiens mis en évidence par un cadrage serré :
mettre de la poudre à lessive dans une machine à
laver, prendre une cigarette en main, ou un verre,
ou saluer en retirant son chapeau. Assez vite, il
devait restreindre son univers à un seul objet de
consommation : la voiture. C'est par le geste quotidien qu'il montre d'abord, en un gros plan, deux
mains tenant un volant, dans une toile de 1964
significativement intitulée *James Bond,* et peinte un
an après une vue du volant et du tableau de bord de
sa propre voiture (*Ma voiture,* 1963). L'automobile
devait dès lors devenir son sujet principal, puis
exclusif, montrant toujours des objets partiels, des
fragments agrandis de morceaux de carrosserie,
souvent des phares. À partir de 1967, il choisit de
se fixer sur la partie de la carrosserie qui laisse
voir les roues, toujours en gros plan, et une seule
roue à la fois, de face ou de profil.

L'étape suivante consistera à détacher le pneu de
la voiture pour en faire ce qui deviendra désormais
son unique motif, au point où les critiques le dési-
gneront comme « le peintre du pneu ». D'abord la

roue, objet partiel, est encore présentée entière avec son enjoliveur, mais sur un grand panneau découpé aux dimensions de la roue, qui en fait un immense *tondo* de près de deux mètres de diamètre (*SS 396 n° 2,* 1969). Le pneu devait ensuite lui-même se détacher de la roue et donner lieu à des vues partielles, fragmentaires, formant souvent un arc de cercle montrant de biais la texture du pneu, son dessin. Le pneu reste toujours reconnaissable dans ces œuvres du début des années soixante-dix, ne serait-ce que par sa forme, sa matière, et sa texture particulière.

C'est sur cette dernière que Stämpfli devait ensuite concentrer son attention, faisant surgir de l'uniformité de l'objet « pneu », sans cesse représenté, une extraordinaire diversité, différemment déclinée suivant les marques et les modèles. Le pneu se trouve ainsi réduit, par un processus de sélection et d'élimination successives, à de riches textures. Si l'on s'approche de très près du pneu, apparaissent en effet des volumes engendrés par le dessin et les *(Fig. 17)* sillons. Ce sont ces dessins très « décoratifs » sur lesquels l'artiste a fini par jeter son dévolu, et qu'il a notamment représentés dans de remarquables pastels, où il a réintroduit la couleur.

Insensiblement, mais de façon frappante dans ces pastels, nous avons basculé dans un univers qui semble bel et bien abstrait, si l'on ignore l'origine de ces traces. Cette tendance devait encore s'accentuer dans une série de très grandes toiles que Stämpfli a poursuivie jusqu'au seuil des années 2000, et

dans lesquelles l'exploration des traces du pneu
suppose un angle de vue encore plus serré. Si l'on
s'approche encore davantage, on voit surgir toute
une architecture ; on perd de vue la régularité du
dessin, la récurrence de certains schémas géométriques, pour ne plus voir que des volumes, d'immen-
ses volumes peints de couleurs très vives, d'étranges
blocs séparés les uns des autres par de courts inter-
valles et dont la perspective est parfois volontaire-
ment faussée par le jeu des couleurs, de sorte qu'on
se perd en conjectures pour déterminer le tracé exact
ainsi que la fonction de certaines arêtes.

Bref, au terme de ce parcours rigoureux et implacable, Stämpfli, parti de l'idée que le temps de l'art
abstrait était révolu et qu'il fallait réintroduire
l'objet et la figuration en peinture, a abouti à l'abstraction, et il est maintenant reconnu comme un
peintre de l'abstraction géométrique à part entière[4].
Chassez l'abstrait, il revient au galop ! Ce parcours
soulève un certain nombre de questions embarras-
santes mais combien passionnantes. Il montre
d'abord, à partir d'un cas, très particulier il est vrai,
que les rapports entre l'imagerie du Pop et celle de
l'abstrait sont plus complexes qu'on ne le dit d'ordinaire, au sens où l'on peut, en partant de l'image,
aboutir à de l'abstrait. Par ailleurs, il confirme ce
que de nombreux artistes ont affirmé dès les années
cinquante, à savoir que l'opposition entre figuration
et non-figuration n'est plus pertinente pour rendre
compte d'œuvres qui choisissent sciemment de
brouiller les pistes. Comment en effet caractériser

ces toiles de Stämpfli ? S'agit-il d'œuvres figuratives ? Oui, assurément, puisqu'elles figurent des
dessins de pneu, stylisés, dont certains détails sont
agrandis démesurément. S'agit-il d'œuvres non-
figuratives ? Oui, bien sûr, car le spectateur qui les
aborde sans connaître le parcours de l'artiste serait
bien en peine d'y reconnaître le motif de départ,
d'autant que les couleurs n'ont plus rien à voir
avec celle d'un pneumatique. De plus, on a fait
remarquer que ces œuvres présentent d'« évidentes familiarités[5] » avec l'abstraction géométrique,
parfaitement non-figurative, quant à elle, d'un
Dewasne.

Reposer la question en termes sémiotiques ne
permet pas davantage de trancher. A-t-on affaire ici
à des signes iconiques ou à des signes plastiques ?
Ils sont iconiques si l'on pense que ces signes renvoient à des dessins de pneu, plastiques, si on les
regarde pour eux-mêmes, sans penser à ce qui en a
été le point de départ, ou tout simplement sans le
savoir. Ils sont enfin des indices, au sens de Peirce,
si on les voit comme des traces laissées par un pneu
sur une surface meuble, traces auxquelles Stämpfli
a aussi consacré plusieurs œuvres.

Voilà donc un travail qui déjoue les catégories
auxquelles on peut avoir recours pour le décrire.
Du moins jusqu'à un certain point. Car si le trouble demeure quant à sa nature figurative ou non-
figurative, il n'en reste pas moins qu'il est obtenu
par abstraction et ne saurait être, de ce fait, non-
objectif.

Enfin, l'intérêt de ce singulier parcours est aussi de nous aider à mieux comprendre la nature de l'abstraction, entendue comme le fait de tirer de, et que Mondrian, comme d'autres, critiquait pour cette raison même. Qu'est-ce en effet que l'abstraction ? Suivant le *Littré*, c'est l'« opération intellectuelle par laquelle, dans un objet, on isole un caractère pour ne considérer que ce caractère ». Cette définition est d'ailleurs conforme à la façon dont les savants du XIXe siècle l'envisageaient. Or cette opération d'*isolement* est sans doute la principale caractéristique de l'œuvre de Stämpfli depuis ses débuts. Les premiers objets quotidiens qu'il a représentés étaient déjà isolés, décontextualisés, présentés sur un fond blanc, neutre, qu'il s'agisse d'un téléphone, d'un lavabo, d'un réfrigérateur, ou, d'une façon encore plus significative, de sa propre personne : son autoportrait est une silhouette noire, de trois quarts, qui se déplace sur le même fond neutre, mais flottant dans l'espace, faute de la moindre indication d'un espace — pas même de ligne d'horizon.

Voilà d'ailleurs qui relance la question du sujet de l'abstraction, dans une perspective sociale, qui n'a pu être abordée ici de manière frontale : n'est-ce pas l'isolement de l'artiste dans la société, son anonymat — le visage, dans cet autoportrait, n'est pas reconnaissable — qui le conduit à l'abstraction, d'abord par la mise en œuvre de l'isolement des figures, puis par le fait que, d'isolement en isolement, on aboutit à des œuvres non-figuratives ?

Car l'isolement, caractéristique du processus d'abstraction, l'est aussi de la démarche de Stämpfli : isolement de la figure et de l'objet décontextualisé, on l'a dit, mais aussi isolement du geste d'une séquence de mouvements. Quant à la voiture, elle est tout aussi isolée, détachée de tout contexte — pas de ville ou de rue ni même de route —, puis un fragment en est isolé, phare ou carrosserie, et enfin la roue. La roue, aussi, est isolée : elle ne repose jamais sur aucun sol. Puis le pneu est isolé de la jante et, pour finir, le dessin est isolé du pneu.

D'isolement en isolement, d'abstraction en abstraction, on est passé d'une peinture figurative à une peinture non-figurative. En ce sens, cette évolution sur quarante ans fait songer aux schémas *(Fig. 5)* pédagogiques de Mondrian, Van Doesburg ou Vantongerloo, montrant le passage progressif, par abstraction successive, de la figuration à l'abstraction, à cela près qu'ici, et c'est ce qui rend le cas si intéressant, les œuvres les plus abstraites restent encore et toujours figuratives, du fait de leur origine.

Un dernier point vaut d'être signalé : la façon dont cette œuvre nous oblige à réfléchir quant à la nature de la réalité. Car à quelle réalité se réfère-t-on pour dire d'une œuvre abstraite qu'elle n'y fait plus aucune allusion ? Un grand mathématicien, que la théorie des « fractales » a mis à l'honneur, nous indiquera la voie en faisant remarquer que la dimension physique est une question de degré de résolution. En effet, une pelote constituée de fils possède plusieurs dimensions différentes suivant la distance à partir de laquelle on la regarde :

> Au degré de résolution de 10 mètres, c'est un point, donc une figure zéro-dimensionnelle ; au degré de résolution de 10 cm, c'est une boule tridimensionnelle ; au degré de résolution de 10 mm, c'est un ensemble de fils, dont une figure unidimensionnelle ; au degré de résolution de 0,1 mm, chaque fil devient une sorte de colonne, et le tout redevient tridimensionnel ; au degré de résolution de 0,01 mm, chaque colonne se résout en fibres filiformes et le tout redevient unidimensionnel[6].

D'une certaine façon, c'est ce qui se passe avec Stämpfli : à une certaine distance, la roue, vue de biais, est tridimensionnelle. Si l'on s'approche d'elle de face, d'assez près, le dessin devient un graphisme bidimensionnel. Mais si l'on s'approche davantage, alors ce qui était graphisme devient volume, avec un jeu de pleins (la trame) et de creux (les sillons) et l'on entre alors dans un univers sculptural — l'artiste a d'ailleurs réalisé des objets tridimensionnels avec des traces de pneu démesurément agrandies. Ce qui paraît abstrait n'est ainsi qu'une affaire de degré de résolution. C'est donc toujours la réalité, mais vue sous un angle et à une distance inhabituels.

Cela éclaire aussi les nombreuses comparaisons qui ont été faites entre des vues aériennes ou microscopiques et des tableaux non-figuratifs. Certaines similitudes formelles, assez frappantes, ne doivent cependant pas leurrer : ce qui les fonde, ce sont des degrés de résolution qui diffèrent de notre échelle normale des distances. C'est pourquoi ces comparaisons ont été faites tant par les partisans que par les détracteurs de l'art abstrait. Les premiers entendaient montrer que l'art abstrait n'est pas artificiel et arbitraire, puisqu'on le rencontre aussi dans la nature ; les seconds croyaient dénigrer l'art abstrait, en le déboutant de ses prétentions d'être radicalement distinct de la nature, puisque des images semblables se rencontrent au sein de la nature.

Si les distinctions — parfois laborieuses — analysées dans la première partie de cet ouvrage ont présenté un intérêt, c'est au moins celui de nous avoir offert des critères nous permettant d'y voir plus clair à ce sujet. On peut donc considérer que des vues aériennes, ou microscopiques, et les œuvres de Stämpfli sont bien des abstractions, comme résultant d'un processus d'abstraction à partir de la nature, abordées à partir de degrés de résolutions différents. Mais toutes les abstractions ne sont pas artistiques : certaines sont philosophiques, scientifiques, etc. Et enfin, les abstractions artistiques ne constituent pas la seule forme d'art abstrait : à côté d'elles, il faut maintenir opiniâtrement, contre ceux et celles qui s'acharnent à les discréditer, qu'il existe bel et bien des formes d'art abstrait qui n'empruntent plus rien à la nature. Elles existent, et méritent d'être acceptées comme telles.

NOTES

INTRODUCTION

1. Kandinsky, 1974, p. 109.
2. Gage, 1999, p. 241.
3. Stelzer, 1964.
4. Cf. Didi-Huberman, 1990. L'auteur situe explicitement l'origine de son livre dans la découverte de ces taches.

PREMIERE PARTIE

1. Il en existe une en revanche pour l'art abstrait aux États-Unis ; cf. Chassey, 2001.

CHAPITRE I

1. Desaive, 1995, p. 39.
2. V. Van Gogh, lettre à Théo n° 133 F (juillet 1880), in Van Gogh, 1990, vol. I, p. 306.
3. « Qui n'a d'attention que pour l'objet intérieur qui le préoccupe ; qui rêve. C'est un homme fort abstrait ; il est abstrait, rêveur. »
4. V. Van Gogh, lettre à Théo n° 479 F (s. d.), in Van Gogh, 1990, vol. III, p. 90.
5. *Id.,* lettre à Théo n° 586 F (s. d.), in *ibid.*, p. 479.
6. *Id.,* lettre à Théo n° 504 F (s. d.), in *ibid.*, p. 185.

7. *Id.,* lettre à Émile Bernard n° B 19 F (première quinzaine d'octobre 1888), in *ibid.,* p. 349.

8. *Id.,* lettre à Émile Bernard n° B 21 F (décembre 1889), in *ibid.,* p. 614-615.

9. Cf. Rewald, 1988, vol. I, p. 243. Pourtant, Van Gogh faisait déjà état, dans la lettre à Émile Bernard citée plus haut, de ses « études abstraites » avant la venue de Gauguin à Arles.

10. V. Van Gogh, 1990, vol. III, lettre à Théo n° 562 F (s. d.), p. 406. Sur les rapports complexes entre Van Gogh et Gauguin, cf. Van Gogh, 2002, et sur la question des peintures faites de mémoire, p. 196 sq.

11. « Si je continue, certes je suis d'accord avec toi que peut-être il vaut mieux attaquer les choses avec simplicité, que de chercher des abstractions », lettre à Théo n° 614 F (novembre 1889), in Van Gogh, 1990, vol. III, p. 602.

12. *Id.,* lettre à Théo n° 590 F (mai 1889), in *ibid.,* p. 499.

13. P. Gauguin, 1984, lettre à Van Gogh n° 165 (fin septembre 1888), p. 230.

14. Cf. par exemple Cachin, 1989, p. 24 ; cf. aussi Van Gogh, 2002, p. 147 sq.

15. P. Gauguin, 1984, lettre à Schuffenecker n° 168 (8 octobre 1888), p. 249. L'orthographe originelle a été respectée.

16. Reproduit dans Gauguin, 1984, p. 249.

17. *Id.,* lettre à Van Gogh n° 166 (1ᵉʳ octobre 1888), in *ibid.,* p. 234.

18. Cf. Kearns, 1989, p. 2 sq. Dans une lettre à Daniel de Monfreid, il écrivait : « Vous connaissez mes idées sur toutes ces fausses idées de littérature symboliste ou autre en peinture », in Gauguin, 1950, lettre de novembre 1901, n° LXXVIII, p. 185.

19. P. Gauguin, lettre à Van Gogh n° 166 (1ᵉʳ octobre 1888), in Gauguin, 1984, pp. 234-235. V. Merlhès a montré que Gauguin semble s'être inspiré directement de la description que donne Hugo de Jean Valjean, Merlhès, 1989, p. 103.

20. P. Gauguin, lettre à Van Gogh n° 166 (1ᵉʳ octobre 1888), in Gauguin, 1984, p. 234.

21. *Id.,* lettre à Schuffenecker, n° 168 (8 octobre 1888), in Gauguin, 1984, p. 249.

22. *Id.,* lettre à Van Gogh n° 158 (24 ou 25 juillet 1888), in Gauguin, 1984, p. 200.
23. *Id.,* lettre à Schuffenecker n° LXVII (14 août 1888), in Gauguin, 1946, p. 134. (J'ai suivi ici la transcription de la lettre donnée par V. Merlhès dans Gauguin, 1984, lettre n° 159 p. 210.)
24. Je suis ainsi en complet désaccord avec les idées de Cheetham, 1991, p. 1 sq., qui tente de raccrocher Gauguin au néoplatonisme. D. Morgan, pour sa part, tente également de situer Gauguin dans le cadre d'une pensée idéaliste, Morgan, 1992a, en particulier pp. 683-685.

CHAPITRE II

1. P. Gauguin, lettre à André Fontainas n° CLXX (mars 1899), in Gauguin, 1946, p. 293.
2. Fontainas, 1899, p. 238.
3. P. Gauguin, lettre à André Fontainas n° CLXXII (août 1899), in Gauguin, 1946, p 297.
4. V. Van Gogh, lettre à Théo n° 615, in Van Gogh, 1990, vol. III, p. 606.
5. P. Gauguin, lettre à André Fontainas n° CLXX (mars 1899), in Gauguin, 1946, p. 293.
6. Cité par Cachin, 1968, p. 315.
7. Mirbeau, 1891.
8. Cf. sur ce point Morgan, 1994.
9. Reynolds, 1991, p. 59 (troisième discours).
10. *Ibid.,* p. 62.
11. Blanc, 1880, p. 12.
12. *Ibid.,* p. 11.
13. Castagnary, 1864, p. 177.
14. G. Courbet, « Lettre à un groupe de jeunes artistes de Paris » (1861) in *ibid.,* pp. 180-182 ; souligné par Courbet.
15. *Ibid.,* pp. 195-197.
16. *Ibid.,* p. 197.
17. G. Courbet « Lettre à un groupe de jeunes artistes de Paris » (1861) in *ibid.,* p. 183.
18. *Ibid.,* p. 199.
19. Cf. Morgan, 1990, p. 90.
20. *Ibid.,* p. 92.

21. P. Adam, « Peintres impressionnistes », *Revue contemporaine,* avril 1886, repris dans Riout, 1989, p. 383 ; les citations suivantes correspondent à la même page.

22. Guyot, 1887, p. 138.

23. *Ibid.,* p. 139.

24. *Ibid.*

25. Ce fut également le cas aux États-Unis. Cf. sur ce point Chassey, 2001, p. 20.

26. P. Cézanne, lettre à Émile Bernard, 26 mai 1904, in Cézanne, 1937, p. 262.

27. É. Bernard, in Cézanne, 1978, p. 50.

28. J. Gasquet, in Cézanne, 1978, p. 114.

29. P. Cézanne, notes recueillies par L. Larguier, in Cézanne, 1978, p. 16.

30. P. Cézanne, lettre à Émile Bernard, 23 octobre 1905, in Cézanne, 1937, p. 277.

CHAPITRE III

1. Cf. Oppler, 1976.

2. Dagen, 1994. Cf. également Vallès-Bled, 1999.

3. L. Vauxcelles, « Le Salon des "Indépendants" », *Gil Blas,* 20 mars 1906, in Dagen, 1994, p. 74.

4. *Id.,* « Le Salon d'Automne », *Gil Blas,* 30 septembre 1907, in Dagen, 1994, p. 109.

5. Ch. Morice, « Le XXIIᵉ Salon des Indépendants », *Le Mercure de France,* 15 avril 1906, in Dagen, 1994, pp. 82-83.

6. *Id.,* « Art moderne », *Le Mercure de France,* 1ᵉʳ novembre 1908, in Dagen, 1994, pp. 165-166.

7. G. Apollinaire, « Le Salon des Indépendants », *La Revue des lettres et des arts,* 1ᵉʳ mai 1908, in Dagen, 1994, p. 159.

8. L. Vauxcelles, « Au Grand-Palais. Le Salon d'Automne », supplément de *Gil Blas*, 5 octobre 1906, in Dagen, 1994, p. 79.

9. A. Derain, lettre à Vlaminck du 28 juillet 1905, in Derain, 1955, p. 157.

10. Cassagne, 1997.

11. L. Vauxcelles, « Au Grand-Palais. Le Salon d'Automne », *op.cit.*, p. 78.

12. Dont Gide, « Promenade au Salon d'Automne », *Gazette des Beaux-Arts,* 1er décembre 1905, in Dagen, 1994, p. 68.

13. M. Denis, « De Gauguin, de Whistler et de l'excès des théories », *L'Ermitage,* 15 novembre 1905, in Dagen, 1994, pp. 59-60.

14. Cf. Libera, 1999.

15. Cf. Paulhan, 1889.

16. Cf. Ribot, 1897.

17. M. Denis, « De Gauguin, de Whistler et de l'excès des théories », *op. cit., p.* 60.

18. M. Denis, in Dagen, 1986*, p.* 60.

19. Denis, 1920, p. 142.

20. *Ibid.*, p. 144.

21. *Ibid.*

22. *Ibid.*, pp. 142-143.

23. Rappelons-la pour mémoire : « Se rappeler qu'un tableau — avant d'être un cheval de bataille, une femme nue ou une quelconque anecdote — est essentiellement une surface plane recouverte de couleurs en un certain ordre assemblées », in Denis, 1964, p. 33.

24. Denis, 1920, p. VII.

25. Pour une analyse différente de la position de Maurice Denis, cf. Bouillon, 1993.

26. H. Matisse, propos rapportés par Duthuit, 1949, p. 119.

27. « En somme, je ne vois d'avenir que dans la composition, parce que, dans le travail d'après nature, je suis l'esclave de choses si stupides que mon émotion en reçoit un contrecoup », A. Derain, lettre à Vlaminck, sans date (probablement de 1906), in Derain, 1955, p. 146.

28. H. Matisse, « Entretien avec Tériade », in Matisse, 1972, pp. 94-96.

29. A. Derain, lettre à Vlaminck, sans date (datée de l'automne 1903 par Oppler, 1976*,* p. 257), in Derain, 1955, p. 27.

30. M. Puy, « Les Fauves », *La Phalange,* 15 novembre 1907, in Dagen, 1994, p. 144.

31. Cf. Matisse, 1972, p. 44 (in Dagen, 1994, p. 175).

32. G. Apollinaire, « Le Salon des Indépendants », *La Revue des lettres et des arts,* 1ᵉʳ mai 1908, in Dagen, 1994, p. 160.

33. Ch. Morice, « Art moderne », *Le Mercure de France,* 1ᵉʳ novembre 1908, in Dagen, 1994, p. 167.

34. Leymarie, 1987, p. 8.

35. « La peinture fauve m'avait impressionné par ce qu'elle avait de nouveau [...]. Cela a duré le temps des choses nouvelles. J'ai compris que le paroxysme qu'il y avait en elle ne pouvait pas durer », G. Braque, in Vallier, 1982, p. 32. Pour d'autres propos semblables de Braque, cf. Duthuit, 1949, p. 68 : « On ne saurait toujours rester dans le paroxysme. »

36. Cf. notamment Elderfield, 1976, pp. 141 et 147.

37. Cf. Oppler, 1976, p. 342 sq.

38. D. Vallier, 1982, p. 33.

39. « Ce qu'il y avait de faux dans notre point de départ, c'était comme une crainte d'imiter la vie qui nous faisait prendre les choses de trop loin et nous menait à des partis précipités. S'il y a tempérament, il ne peut y avoir imitation. Il a donc fallu revenir à des partis plus discrets », A. Derain, propos rapportés par Duthuit, 1949, p. 139. On en dirait d'ailleurs autant de Friesz ; cf. *ibid.*, p. 68, et Oppler, 1976, p. 339.

40. Matisse, 1972, p. 128.

41. *Ibid.,* p. 199.

42. Duthuit, 1949, p. 175.

43. Matisse, in *Pour et contre l'art abstrait,* 1947, p. 57 ; repris in Matisse, 1972, p. 252, avec une coquille et une référence erronée, le texte originel étant une réponse à une enquête du *Cahier des amis de l'art,* et non des *Cahiers d'art.*

44. Apollinaire, 1965, p. 119.

45. *Ibid.*, p. 56 (in Apollinaire, 1991, p. 16).

46. Apollinaire, 1965, p. 51 (in Apollinaire 1991, p. 10).

47. Cité par Rosenthal, 1996, p. 43, qui cite également un texte de 1912 dans lequel le même auteur considère le cubisme comme « le langage abstrait de la forme ».

48. Repris dans le dossier « Le cubisme et la critique — 1908-1912 », in Apollinaire, 1965, p. 166.

49. *Ibid.*, p. 177.

50. J. Nayral, repris dans le dossier « Le cubisme et la critique — 1908-1912 », in Apollinaire, 1965, p. 183.

51. Repris dans le dossier « Le cubisme et la critique — 1908-1912 », in Apollinaire, 1965, p. 176.

52. R. Allard, « Les signes du renouveau en peinture », in Kandinsky et Marc, 1987, p. 140.

53. Cabanne, 1967, pp. 74-75. Notons cependant que, contrairement à ce qu'affirme Duchamp, Picabia n'est pas le créateur du néologisme ; on le trouve par exemple déjà sous la plume de Lescluze, 1900, pour qualifier les coloristes après l'impressionnisme.

54. Apollinaire, 1965, p. 90 (in Apollinaire, 1991, p. 46).

55. Apollinaire, 1965, p. 123.

56. Gleizes et Metzinger, 1980 p. 49 ; dans des commentaires postérieurs d'une trentaine d'années à la rédaction de *Du cubisme,* Metzinger dira que c'est la peinture non-figurative qu'ils envisageaient sous le vocable de peinture d'« effusion pure », p. 79.

57. Apollinaire, 1960, p. 343.

58. Delaunay, 1957, p. 162.

59. Apollinaire, 1965, p. 50 (in Apollinaire, 1991, p. 9).

60. Picabia, 1975, pp. 21-22.

61. Buffet-Picabia, 1957, p. 24.

62. Picabia, 1975, p. 26.

63. *Ibid.*, p. 25.

CHAPITRE IV

1. Cf. Morgan, 1990, pp. 118 sq., et Morgan, 1992b.

2. Riegl, 1992, p. 212.

3. Cf. Weiss, 1979, qui montre l'importance de Obrist, Endell et Hölzel pour Kandinsky, pp. 28 sq. ; sur Hölzel, pp. 40 sq. ; certains de ses ornements abstraits sont reproduits pl. 32. Le chapitre « Ornament and an Art without objects », pp. 107 sq., contient également plusieurs occurrences intéressantes du terme « abstrait » dans le vocabulaire artistique de langue allemande avant les débuts de l'art non-figuratif.

4. Roeßler, 1903 ; cet article sera intégré deux ans plus tard à son livre *Neu-Dachau*.

5. Roeßler, 1903, p. 6.

6. Cf. Roque, 1997, p. 383.

7. Cf. Vallier, 1980, p. 21, et de nombreux auteurs à sa suite.

8. Cf. notamment Selz, 1974, pp. 8-9, et Stelzer, 1964, p. 211. Sur cette fausse relation de Kandinsky à Worringer, cf. l'intéressante et utile mise au point de Dora Vallier, « Présentation » de Worringer, 1978, p. 23 sq. On continue cependant de penser que Worringer aurait influencé Kandinsky ; cf. notamment Moszynska, 1990, p. 39.

9. Worringer, 1978, p. 75.

10. *Ibid.,* p. 69.

11. Cf. sur ce point Morgan, 1990.

12. Pour n'en donner qu'un exemple, on trouve dans le *Grand Robert* (2ᵉ édition revue par A. Rey) la définition suivante d'abstraction (5ᵉ sens) : « (xxᵉ ; probablt de l'all. *Abstraktion,* 1908, Wörringer [*sic* pour Worringer] dans ce sens) ; technique artistique qui aboutit à un objet d'art ne correspondant pas à des éléments reconnaissables. *"Esthétique de l'abstraction"* (Ch.-P. Bru). *Abstraction géométrique, lyrique, tachiste.* — Syn. : *art abstrait.* — Opposé à *figuration, représentation.* » Cette malheureuse définition condense admirablement tout ce contre quoi le présent ouvrage s'érige, et notamment la paternité erronée de l'art non-figuratif accordée à Worringer : pour lui, l'abstraction n'est ni une technique artistique ni le fait d'aboutir à un objet d'art, ni non plus le fait qu'il ne correspondrait pas à des éléments reconnaissables. En prime, l'abstraction en ce sens est dite provenir de l'allemand, dans l'oubli total de l'ensemble des textes et des polémiques qui nous ont tant retenus dans les chapitres précédents. De plus, ni pour Worringer ni même pour Kandinsky dans les années dix, nous le verrons, l'abstraction n'est opposée à la figuration ou à la représentation. Ce sont là des clichés répétés à satiété dans les manuels, et sur lesquels Paul Robert s'est imprudemment appuyé.

13. Cf. Vallier, 1980, p. 44.

14. Kandinsky, 1991, p. I. Cf. aussi, dans le même esprit, Blok, 1975, Moszynska, 1990, etc.

15. Kandinsky, 1989, pp. 174-176.

16. Kandinsky, 1994, p. 114 ; Kandinsky se trompe donc lorsqu'il date la rédaction de 1910 dans sa préface à la seconde édition (Kandinsky, 1989, p. 47).

17. Je reviendrai dans le chapitre IX sur cette question fondamentale, liée au concept de nécessité intérieure.

18. Kandinsky, 1989, n. 1 p. 84.

19. *Ibid.,* p. 82.

20. *Ibid.,* p. 91.

21. *Ibid.,* p. 119.

22. Je reviendrai plus longuement sur cette question de l'abstraction comme sémiotique dans le chapitre VIII.

23. Kandinsky, 1989, p. 120.

24. Cf. Kandinsky, 1994, n. 42 p. 877.

25. Kandinsky, 1989, p. 126.

26. *Ibid.,* p. 123-124.

27. *Ibid.,* p. 127.

28. Sur l'idée de vibration, capitale pour les débuts de l'abstraction (et pas seulement chez Kandinsky), je me permets de renvoyer à Roque, 2003.

29. *Ibid.,* p. 191.

30. *Ibid.*

31. *Ibid.,* n. 1 p. 192.

32. Kandinsky, 1974, p. 152.

33. *Ibid.,* pp. 157-158.

34. *Ibid.,* p. 153.

35. *Ibid.,* p. 154.

36. *Ibid.*

37. *Ibid.,* p. 155.

38. *Ibid.,* p. 162.

39. *Ibid.,* p. 150.

40. Cité par J. Simpson dans un article consacré à mettre en évidence l'importance de cette stratégie : « Symbolist Illustration and Visual Metaphor : Remy de Gourmont's and Alfred Jarry's *L'Ymagier* », in Roque, 2004.

41. Kandinsky, 1974, p. 155.

42. *Ibid.,* p. 157.
43. *Ibid.,* p. 155.
44. Kandinsky et Marc, 1987, p. 157.
45. Kandinsky, 1974, p. 165.
46. Cf. Morgan 1996, en particulier p. 327.
47. Kandinsky, 1974, p. 158 ; traduction modifiée.
48. *Ibid.,* p. 109.
49. Je suis ici J.-P. Bouillon dans son excellente édition de
    Regards, Kandinsky, 1974, en particulier pp. 19-20 et 28-30.
50. Kandinsky, 1970, p. 259 sq. ; l'expression « art pur » se
    trouve aussi dans *Regard sur le passé,* Kandinsky, 1974,
    p. 128.

CHAPITRE V

1. Kandinsky, 1970, p. 339.
2. Barr, 1936, p. 11.
3. P. Mondrian, « Abstract Art », in Mondrian, 1993, p. 331.
4. A. Carnduff Ritchie, 1951, p. 11.
5. Matisse, 1972, p. 252.
6. *Ibid.* , p. 253.
7. Cité par Brion, 1956a, p. 16.
8. Interview par G. Duthuit, *Cahiers d'art,* n° 8-10, 1936
   [publié en 1937], repris dans Miró, 1995, p. 161.
9. Ce texte est d'ordinaire daté de 1944 : il fut en effet repris
   dans le catalogue de l'exposition *Konkrete Kunst,* à la Kunst-
   halle de Bâle, en mars 1944, puis l'année suivante, dans le
   catalogue de l'exposition *Art concret,* Paris, galerie Drouin,
   juillet 1945. En fait, il s'agit d'un extrait de la réponse faite
   par Arp à l'enquête sur l'art abstrait dans les *Cahiers d'art,*
   et publiée sous le titre « À propos d'art abstrait », dans le
   4ᵉ volet de cette enquête, dans le numéro 7-8, 1931, pp. 357-
   358.
10. Chevreul, 1870, p. 4. Sur l'abstraction chez Chevreul, cf.
    Roque, 1997, pp. 31-34.
11. A. Kojève, « Pourquoi concret ? », *XXᵉ siècle,* n° 27,
    décembre 1966, repris dans Kandinsky, 1970, p. 397. Il
    existe également une version plus longue, Kojève, 1985.

12. A. Kojève, in Kandinsky, 1970, p. 400.

13. Kojève, 1985, p. 158.

14. Kandinsky, 1970, p. 372.

15. Kandinsky, 1974, p. 129.

16. Kandinsky, 1970, p. 307 sq.

17. Sur son séjour parisien, cf. Kandinsky, 1984, p. 353 sq.

18. Kandinsky, 1970, p. 339.

19. Vallier, 1980, p. 23.

20. *Art concret,* 1930, p. 1.

21. Kandinsky, 1994, p. 820.

22. Cf. Lemoine, 2000.

23. Sur les conflits de personnes entre Torres García et Seuphor, les animateurs de Cercle et carré, et Van Doesburg, cf. Prat, 1984, p. 33 sq.

24. *Art concret*, 1930, p. 2.

25. Qui fut le premier, nous le verrons, à critiquer l'idée d'abstraction, au sens d'abstraire à partir de la nature.

26. M. Bill, cité in Lemoine, 2000, p. 148.

27. Cf. Fabre, 1978, p. 10.

28. Lissitzky et Arp, 1925.

29. Cf. Prat, 1984, p. 70, et Fabre, 1978, p. 25.

30. Cf. Tupitsyn, 1999, p. 20.

31. Kandinsky, 1970, p. 284.

32. En revanche, le terme est souvent utilisé en anglais sous la forme substantivée de l'adjectif *abstractionist* pour désigner un peintre abstrait.

33. Cf. le catalogue d'une importante exposition consacrée aux origines de l'art abstrait : *Origini dell'astrattismo verso altri orizzonti del reale (1885-1919)* ; le choix du terme est justifié par Ballo, 1979, n. p.

34. Sur la « querelle du simultané » qui a opposé Delaunay aux Futuristes italiens, voir Roque, 1997, p. 338 sq.

35. Strzeminski et Kobro, 1977, p. 42.

36. Cf. J.-P. Bouillon, in Kandinsky, 1974, pp. 38-41.

37. Sur cette période, voir Delaunay, 1999.

38. Delaunay, 1957, p. 123.

39. Voir Roque, 1997, p. 346 sq.

40. Delaunay, 1957, p. 186.

41. G. Apollinaire, « Réalité, Peinture pure », in *ibid.,* p. 154. C'est moi qui souligne; repris dans Apollinaire, 1960, pp. 344-349 ; pour une comparaison des variantes, cf. Apollinaire, 1991, p. 1592 sq.

42. Delaunay, 1957, p. 159. Pour ne pas alourdir l'appareil de notes, la pagination renvoyant à cette édition sera donnée dans le corps du texte.

43. E. von Busse, « Les moyens de composition chez Robert Delaunay », in Kandinsky et Marc, 1987, p. 157.

44. Cf. Roque, 1997, pp. 346-357.

45. P. Klee, « Approches de l'art moderne » in *Die Alpen*, n° 12, 1912, repris dans Klee, 1973, pp. 12-13.

46. Notons cependant que pour Klee, comme nous le verrons par la suite, « abstrait » n'est pas opposé à figuratif.

47. Mondrian, 1917, I, 1, p. 2 ; de larges extraits de ce premier article ont été traduits dans Seuphor, 1956, pp. 141-143, dont je suis ici la traduction.

48. *Ibid.*, p. 2.

49. J. J. B. Breitinger, *Critische Dichtkunst,* 1740, cité par Morgan, 1994, p. 451.

50. Mondrian, 1917, I, 5, pp. 49-54.

51. Reynolds, 1991, 9e Discours, pp. 186-187 ; traduction modifiée.

52. Mondrian, 1917, I, 1, pp. 2-3.

53. Y.-A. Bois, « The Iconoclast », in Mondrian, 1994, p. 315.

54. Mondrian, 1917, I, 3, p. 29.

55. Cf. Mondrian, 1993, p. 27.

56. Cf. Bois, in Mondrian, 1994, n. 7 p. 363.

57. Mondrian, 1917, I, 3, p. 29.

58. Mondrian, 1921.

59. Mondrian, 1926a.

60. P. Mondrian, lettre à Del Marle du 2 avril 1926 ; la correspondance avec Del Marle est publiée en annexe de l'excellent texte de Y.-A. Bois qui éclaire le contexte de l'article de Mondrian, et met en évidence l'opposition entre « abstraction » et « abstrait » ; Bois, 1981, p. 292 ; l'orthographe et la syntaxe de Mondrian ont été respectées.

61. Cf. Mondrian, 1993, p. 223.
62. G. Vantongerloo, lettre à Del Marle du 21 novembre 1926, in Bois, 1981, p. 295 : « Mon seul but est de propager un art pure [*sic*]. Je dois donc éliminer tout le faux et mettre en garde, avec preuve à l'appui, contre le simili art-abstrait. »
63. Pour cette discussion assez âpre (qui va bien au-delà de la seule question terminologique), voir « Avertissement des traducteurs », in Taraboukine, 1972, pp. 22-23 ; Nakov, 1981, p. 6 ; J.-C. Marcadé, « À propos de la non-figuration », in Malevitch, 1977, pp. 35-38 ; c'est de ces auteurs que je tire l'essentiel de ma science dans ce paragraphe, ainsi que, pour Kandinsky, de J.-P. Bouillon, in Kandinsky, 1974, n. 25 pp. 244-246.
64. Lyotard, 1971, pp. 277-278.
65. Marcadé, 1995, p. 140.
66. Sur l'art non-figuratif et non-objectif en Russie, cf. Nakov, 1981, et Marcadé, 1995, chap. IV, « Non-figuration et abstraction ».

CHAPITRE VI

1. Sur son apport, cf. Nakov, 1981 ; sur l'unisme en particulier, voir Bois, 1993, p. 123 sq.
2. Cf. Fabre, 1978, p. 14.
3. *Abstraction-Création,* n° 4, p. 2.
4. Pour *Cercle et carré,* cf. Prat, 1984 ; et pour *Abstraction-Création,* cf. Fabre, 1978.
5. Th. Van Doesburg, lettre à Evert Rinsema du 2 février 1930, reproduite in Fabre, 1978, p. 51.
6. *Art concret,* 1930, p. 3.
7. In *Cercle et carré,* n° 2, 15 avril 1930, n. p.
8. « Réponse de Piet Mondrian », in *De l'art abstrait,* n° 1, 1931, p. 43.
9. Seuphor, 1965, p. 112.
10. *Ibid.,* p. 113.
11. Cité par Prat, 1984, p. 65.
12. Cité par Prat, 1984, p. 87.

13. J. Torres García, « Vouloir construire », *Cercle et carré*, n° 1, 1930, n. p.

14. Seuphor, 1957, p. 49.

15. Je ne peux suivre ici Marie-Aline Prat qui, constatant cette conception peu orthodoxe de l'art abstrait, a choisi « d'éliminer cette terminologie pour qualifier "Cercle et carré" », Prat, 1984, p. 97. Or je crois au contraire qu'il faut la maintenir, en ayant soin de préciser que ce n'est plus celle qui a cours aujourd'hui. En ce sens, Cercle et carré n'est qu'une étape de plus dans l'évolution des conceptions de l'art abstrait.

16. Éditorial d'*Abstraction-Création*, n° 1, 1931, p. 1.

17. Kandinsky, 1970, p. 339 : « Les peintres et sculpteurs de Paris ont essayé de créer une expression nouvelle : ils parlent d'art "non-figuratif". »

18. Fabre, 1978, p. 12.

19. Statuts reproduits dans Fabre, 1978, 1931, p. 47.

20. Dans *Abstraction-Création,* n° 1, 1931, p. 47 ; pour une fois, c'est moi qui souligne.

21. Fabre, 1978, p. 19.

22. Dans *Abstraction-Création,* n° 1, p. 42.

23. Dans *Abstraction-Création,* n° 4, p. 32.

24. Prat, 1984, p. 198.

25. *Ibid.*, p. 199.

26. *De l'art abstrait*, n° 7-8, 1931, p. 358.

27. Pour les rapports entre cubisme et art abstrait, mais du point de vue du cubisme, cf. Green, 1988, pp. 93-97 et 221-242.

28. Prat, 1986, p. 143.

29. *De l'art abstrait*, n° 1, 1931, p. 41.

30. Cité par Prat, 1984, p. 199.

31. Sur Léger et l'abstraction, cf. Fabre, 1982.

32. *De l'art abstrai*t, 1931, n° 3, p. 152.

33. Léger, 1965, p. 41.

34. Elle provient de Cézanne, 1978, p. 114 ; cf. la note 24, p. 208 de Doran : « C'est seulement par une suite de malentendus successifs que ces propos lui ont été attribués. »

35. *Abstraction-Création*, n° 1, 1931*,* p. 19.

36. J. Hélion, notes du 15 février 1934, in Hélion, 1992, p. 49.

37. *Id.,* notes du 8 mars 1934, in Hélion, 1992, p. 50.
38. Th. van Doesburg, lettre à Anthony Kok, 1935, citée par Prat, 1986, p. 145.
39. Cf. Fabre, 1978, p 23 sq.
40. Cf. Breton, 1965, respectivement pp. 199-201 et 237.
41. Barr, 1936, p. 12.
42. *Ibid.,* p. 13.

CHAPITRE VII

1. Cf. Bazaine, 1990, pp. 39-46.
2. Pour l'histoire de l'art abstrait à cette époque, cf. Ragon et Seuphor, 1973 ; cf. aussi Chassey, 1998 et Lecoq-Ramond, 1998.
3. Cf. D. d'Orgeval, « Le Salon des Réalités nouvelles : pour et contre l'art concret », in Lemoine, 2000, pp. 24-39.
4. Bayer, 1964.
5. Diehl, 1945, pp. 289-290.
6. *Ibid.,* p. 291.
7. Dans le même esprit, cf. notamment Ritchie, 1951, et Brion, 1956a, « L'abstraction, constante de l'esprit humain », pp. 63 sq.
8. Diehl, 1947, p. 39.
9. *Ibid.,* p. 40.
10. *Ibid.,* p. 38.
11. Une troisième tendance, celles des Jeunes Peintres de tradition française, est présente dans les témoignages dont il sera question plus loin, au travers des contributions de Bazaine et Manessier.
12. Diehl, 1947, p. 20.
13. *Abstraction-Création,* n° 1, 1931, p. 1.
14. Diehl, 1947, p. 20.
15. *Ibid.,* p. 21.
16. Degand, 1988, p. 184.
17. Cité par D. d'Orgeval, « Le Salon des Réalités nouvelles : pour et contre l'art concret », in Lemoine, 2000, p. 24.
18. Diehl, 1947, p. 25.
19. *Ibid.,* p. 30.

20. *Ibid.*

21. *Ibid.*, p. 35.

22. *Ibid.*

23. *Ibid.*

24. *Ibid.*, p. 36.

25. Breton, 1971, pp. 76-77.

26. Diehl, 1947, p. 32.

27. Cf. Kandinsky, 1984, p. 356, « Entre abstraction et surréalisme ».

28. Breton, 1965, p. 286.

29. Ch. Estienne, « Le tachisme », *Combat,* 1er mars 1954, repris dans Ragon et Seuphor, 1973, p. 256.

30. Diehl, 1947, p. 46.

31. *Ibid.*

32. *Ibid.*, p. 50.

33. *Ibid.*, pp. 55-56.

34. *Ibid.*, p. 57.

35. *Ibid.*

36. *Ibid.*, p. 48.

37. J. Bazaine, « Bonnard et la réalité », *Formes et couleurs,* n° 2, 1944, repris dans Bazaine, 1990, p. 51.

38. Diehl, 1947, p. 47.

39. *Ibid.*

40. Bazaine, 1990, p. 100.

41. Diehl, 1947, p. 47.

42. Bazaine, 1990, p. 108.

43. *Ibid.*, p. 102.

44. *Ibid.*, p. 103.

45. *Ibid.*, p. 94.

46. *Ibid.*, p. 105.

47. *Ibid.*, p. 106.

48. *Ibid.*, p. 101.

49. *Ibid.*, p. 105.

50. Propos recueillis dans Alvard et Gindertael, 1952, p. 265.

51. Cf. Ragon et Seuphor, 1973, p. 51.

52. Diehl, 1947, p. 27.

53. Estienne, 1950, p. 10.

54. Ch. Estienne, « Le tachisme », *Combat,* 1ᵉʳ mars 1954, repris dans Ragon et Seuphor, 1973, p. 256.

55. M. Tapié, *Un art autre,* Paris, Gabriel Giraud et Fils, 1952, extraits repris dans Ragon et Seuphor, 1973, p. 255.

56. Cf. Paulhan, 1962.

57. La « rébellion informelle » a été revisitée sous un angle sociopolitique par Ashton, 1999. En partie contre le flou de l'idée d'informel, a été réhabilité l'informe de Bataille ; cf. Bois et Krauss, 1996. Sur l'importance de Bataille pour une vision différente de l'art abstrait, cf. aussi Fer, 1997.

58. Propos recueillis dans Alvard et Gindertael, 1952, p. 167.

59. Cf. Ragon et Seuphor, 1973, p. 51.

60. Cassou, 1960, p. 691.

61. Pour une brève analyse de ce lieu commun dans les années trente, cf. Prat, 1984, pp. 191-193. Au triste palmarès de la xénophobie, citons au moins ces propos infâmes : « Comment expliquer la vogue de l'art dit abstrait auprès d'un certain public ? De plusieurs façons. Dans le brassage ethnique résultant des guerres, le goût du monde occidental fut gravement altéré par un afflux d'apatrides venus d'Europe Centrale et Orientale, dont les propensions au rêve, à l'évagation, se sont développées sur notre sol, plus tolérant qu'aucun autre [...]. Quand on recense les promoteurs de l'art abstrait, on rencontre une majorité de noms aux consonances fort inattendues, qui trouvèrent chez nous leurs lettres de naturalisation », Rey, 1957, pp. 41-42.

62. Cassou, 1960, p. 697.

63. *Ibid.,* p. 698.

64. *Ibid.,* pp. 700-701.

65. M. Schapiro, « De l'humanité de l'art abstrait » (1960), in Schapiro, 1996, pp. 81-92 ; Motherwell, 1991.

66. Cassou, 1960, pp. 717-718.

67. Chassey, 2001, p. 166.

68. Cf. Guilbaut, 1988.

69. Sur cette question, cf. Sawin, 1995.

70. Cf. Carleton Hobbs et Levin, 1978, ainsi que Schimmel, 1986.

71. Chassey, 2001, p. 173 sq.

72. Cité in *ibid.,* p. 180.

73. Cf. Seitz, 1983, n. 1 p. 171 ; Cox, 1982, pp. 3-4.

74. Barr, 1951, p. 264.

75. Rothko, 1987, p. 80.

76. Interview par W. C. Seitz, in *ibid.,* p. 73.

77. Rodman, 1957, p. 93.

78. Newman, 1992, p. 221.

79. R. Motherwell, « What Abstract Art Means to Me » (1951), in Motherwell, 1992, pp. 84-87 ; Motherwell, 1991.

80. L'ouvrage le plus intéressant sur cette période est, pour ce qui me concerne ici, Chassey, 2001, parce qu'il porte précisément sur la question de l'abstraction.

81. Cf. notamment D. Abadie, « Art abstrait/art concret », in *Paris-New York*, 1977, p. 520.

82. Cf. Chassey, 2001, p. 119 sq.

83. *Ibid.,* p. 120.

84. Aupig, 1989, p. 31.

85. Cf. Greenberg, 1995, p. 21.

86. Chassey, 2001, p. 180.

87. Reinhardt, 1991, p. 48.

88. Rothko, 1987, p. 82.

89. *Ibid.*

90. *Ibid.,* p. 78.

91. Morris, 1937.

92. Rothko, 1987, p. 82.

93. Hofmann, 1967, p. 70.

94. *Ibid.,* p. 72.

95. *Ibid.,* p. 71.

96. Cf. Dervaux, 1998.

97. Pollock, 1999, p. 28 ; cf. aussi une autre interview, où Lee Krasner note qu'il s'identifiait très fortement avec la nature, p. 42.

98. Cf. Roque, 1992, pp. 15, 38 et 40.

99. R. Motherwell, « What Abstract Art Means to Me » (1951) et « Abstract Art and the Real » (vers 1950), les deux in Motherwell, 1992, respectivement pp. 85-86 et 126-127.

100. Cf. son remarquable article « Nature of Abstract Art », 1937, une brillante analyse de l'exposition de Barr, *Cubism and Abstract Art,* Schapiro, 1996.

101. M. Rothko, « The Romantics Were Prompted », 1947-1948, in Rothko, 1987, p. 84.

102. Motherwell, 1992, p. 137

103. M. Rothko, « The Romantics Were Prompted », 1947-1948, in Rothko, 1987, p. 84.

104. M. Rothko, « The Pratt Lecture », 1958, extrait transcrit dans Breslin, 1993, p. 394-395.

105. Cf. Roque, 2002, p. 276 sq.

106. M. Rothko, « The Romantics Were Prompted », 1947-48, in Rothko, 1987, p. 85.

107. Rodman, 1957, p. 93.

108. Chassey, 2001, n. 78 p. 284.

109. Pollock, 1999, p. 36.

110. Rodman, 1957, p. 82.

111. Cf. Karmel, 1999.

112. Cf. Chave, 1989.

113. Cf. Kruskopf, 1976.

114. Cf. sur ce point R. Krauss, « Reading Jackson Pollock, Abstractly », in Krauss, 1996, pp. 239-240.

115. W. De Kooning, « Ce que l'art abstrait signifie pour moi », 1951, in De Kooning, 1992, p. 28.

116. *Ibid.,* p. 32.

117. *Ibid.,* p. 103.

118. Seitz, 1983, p. 118.

119. B. Newman, « The Plasmic Image » in Newman, 1990, p. 153.

120. *Ibid.,* p. 150.

121. *Ibid.,* p. 140.

122. *Ibid.,* p. 141.

123. *Ibid.*

124. *Ibid.,* p. 148.

125. *Ibid.,* p. 155.

126. *Ibid.,* pp. 142-143.

127. Cf. sur ce point Leja, 1993, p. 49 sq.

128. B. Newman, « The Plasmic Image », in Newman, 1990, pp. 139-140.

129. *Ibid.*, p. 98.

130. *Ibid.*, p. 152.

131. *Ibid.*, p. 142.

132. Pour une vision partielle du vaste problème des liens entre l'art amérindien et l'art abstrait, cf. *Abstraction : The Amerindian Paradigm,* 2001.

133. B. Newman, « The Plasmic Image » in Newman, 1990, p. 155.

134. R. Motherwell, « On the Humanism of Abstraction », 1970, in Motherwell, 1992, p. 178 ; tr. fr., Motherwell, 1991, n. p.

135. B. Newman, « The Plasmic Image », in Newman, 1990, p. 141.

136. Seuphor, 1949, n. 1 p. 14.

137. *Ibid.*, p. 41.

138. Brion, 1956b, *L'abstraction*, p. 7.

139. *Ibid.*, p. 8.

140. Vallier, 1980, p. 38.

141. *Ibid.*, pp. 197-200.

142. *Ibid.*, p. 197.

143. *Ibid.*, p. 220.

CHAPITRE VIII

1. L'intéressant article de J. Gage « Colour as Language in Early Abstract Painting », in Gage, 1999, p. 241 sq., prend cependant « langage » dans son sens le plus général (le mot « langage » n'apparaissait d'ailleurs pas dans le titre, lors de la première publication de ce texte). L'ouvrage de D. Reynolds (Reynolds, 1995) a beau faire une comparaison entre Rimbaud, Mallarmé, Kandinsky et Mondrian, il ne porte toutefois que sur l'importance de l'imaginaire chez les deux poètes et les deux peintres. Finalement, un des rares textes qui aborde la question de front est celui de S. Bann, « Abstract Art — A Language ? », in *Towards a New Art,* 1980, p. 125 sq. Mais s'il fait bien remarquer la contemporanéité

entre les débuts de la linguistique saussurienne et ceux de
l'art abstrait, il n'analyse pourtant pas la structure du signe,
et appréhende plutôt l'œuvre d'art en termes de la théorie de
la communication (code et message).

2. Bru, 1955, p. 43.
3. Cf. Eco, 1992, p. 36.
4. Saussure, 1969, p. 98.
5. *Ibid.,* p. 25.
6. Cf. Eco, 1972, pp. 59-63.
7. Jakobson, 1973a, p. 133.
8. Charbonnier, 1969, p. 131.
9. *Ibid.,* p. 133.
10. *Ibid.,* p. 155.
11. *Ibid.,* p. 156.
12. *Ibid.,* p. 91.
13. *Ibid.,* p. 94.
14. *Ibid.,* p. 152.
15. Il devait maintenir ses vues en continuant de soutenir, en
1980, que l'impressionnisme avait conduit la peinture à une
impasse, Lévi-Strauss, 1983, p. 333.
16. Lévi-Strauss, 1964, p. 27.
17. *Ibid.,* pp. 27-28.
18. J'ai discuté plus en détail cette question dans Roque, 1999.
19. Lévi-Strauss, 1964, pp. 28-29.
20. Benveniste, 1966, p. 62.
21. Benveniste, 1974, p. 58.
22. Eco, 1972, p. 201 sq.
23. Lévi-Strauss, 1969, p. 155.
24. Je m'appuie ici sur les critiques faites par le Groupe µ,
1992, p. 113 sq. ; pour le signifié iconique, cf. pp. 145-148,
ainsi que Klinkenberg, 2000, pp. 393-394.
25. Goodman, 1990, p. 35.
26. *Ibid.,* p. 79 ; je cite la traduction d'après Kandinsky, 1970,
p. 212 (planche 21).
27. Goodman, 1990, pp. 88-89.
28. *Ibid.,* p. 90.
29. *Ibid.,* p. 90 sq. ; pour un commentaire concernant cette
question difficile, cf. Morizot, 1996, p. 95 sq.

30. Goodman, 1990, p. 80.
31. *Ibid.*, p. 122.
32. *Ibid.*, p. 124.
33. *Ibid.*, p. 123.
34. Groupe μ, 1992, pp. 113-123. Les paragraphes qui suivent résument leur conception.
35. Cf. Jakobson, 1963, p. 218 ; Eco, 1972, p. 124 sq.
36. Panofsky, 1969, p. 38.
37. Eco, 1992, pp. 176-179.
38. Groupe μ, 1992, p. 191.
39. *Ibid.*, p. 195.
40. Matisse, 1972, n. 43 p. 95.
41. Groupe μ, 1992, p. 186.

CHAPITRE IX

1. Dumarsais, 1751, p. 45.
2. *Ibid.*, p. 46. Il devait intégrer une partie de l'article « Abstraction » dans son *Traité des tropes*, en mettant notamment l'accent sur la différence entre le sens concret et le sens abstrait, Dumarsais, 1977, p. 224 sq.
3. Cf. Paxman, 1993.
4. Sur l'importance de Locke pour Dumarsais, cf. Douai, 1990.
5. Locke, 1998, II, XI, § 9 (p. 113).
6. *Ibid.*, III, III, § 6.
7. *Ibid.*, IV, XXI, § 4.
8. Cf. Duchesneau, 1976.
9. Chatellux, 1777, p. 514.
10. Ghil, 1978, p. 174.
11. *Ibid.*, p. 175.
12. *Ibid.*
13. *Ibid.*, p. 176.
14. *Ibid.*, p. 179.
15. Cf. Jakobson, 1963, p. 241.
16. Ghil, 1978, p. 176.
17. Fónagy, 1991.
18. S. Mallarmé, « Avant-dire », in Ghil, 1978, p. 69 ; je cite ici la version publiée en 1886.

19. *Ibid.*

20. Dans une autre perspective, l'importance des idées de Mallarmé pour la peinture à la fin du XIXᵉ siècle a été mise en évidence par Kearns, 1989.

21. Ghil, 1978, p. 60.

22. Jakobson, 1973b, p. 21.

23. Maeterlinck, 1983, p. 31.

24. Kandinsky, 1989, pp. 81-83.

25. Saussure, 1969, p. 98.

26. *Ibid.*

27. Cf. Roskill, 1992, p. 90 ; Jakobson avait sollicité un texte à Kandinsky pour une publication sur la science de la peinture qui ne vit jamais le jour ; Kandinsky avait proposé d'écrire sur la sémantique picturale.

28. Kandinsky, 1989, p. 84.

29. *Ibid.,* p. 83.

30. *Ibid.,* p. 127.

31. *Ibid.,* p. 113. La citation originale, légèrement différente, se trouve dans Signac, 1964, p. 49 ; il s'agit en fait d'un propos rapporté par Baudelaire, in Baudelaire, 1976, p. 748.

32. Kandinsky, 1989, p. 108.

33. *Ibid.,* p. 115.

34. Kandinsky, 1974, p. 135.

35. Cf. Lista, 1973, p. 131 ; Robbins, 1981.

36. Lista, 1973, p. 73.

37. Marinetti, 1987, pp. 40-41.

38. *Ibid.,* p. 46.

39. *Ibid.,* p. 51.

40. Saussure, 1969, p. 101 sq.

41. Marinetti, 1987, p. 64.

42. *Ibid.,* p. 65.

43. *Ibid.,* p. 66.

44. *Ibid.*

45. Mondrian, 1921, ainsi que les citations suivantes, sauf indications contraires.

46. Mondrian, 1976, p. 81.

47. Mondrian, 1921.

48. Kandinsky, 1989, p. 83.

49. Apollinaire, 1960, p. 343 ; ce texte d'octobre 1912 sera intégré avec de légers changements dans *Les peintres cubistes*, in Apollinaire, 1991, p. 9.

50. Delaunay, 1957, p. 61.

51. Sur cette question, cf. Rousseau, 1995.

52. Cf. la présentation par A. Nakov de Chklovski, 1985, p. 40.

53. Cf. Railing, 1989, p. 67 sq.

54. D'après plusieurs spécialistes, il semble cependant que le texte en ait été rédigé par Kroutchenykh seul, même s'il est cosigné.

55. Cf. Kroutchenykh, 1976, et la postface de V. et J.-Cl. Marcadé.

56. D. Bablet, cité par V. et J.-Cl. Marcadé dans leur postface à Kroutchenykh, 1976, p. 82.

57. Livchits, 1971, p. 181.

58. Sur la question controversée de l'influence du futurisme italien sur le russe, cf. notamment Barooshian, 1976, p. 145 sq.

59. « Préface » au recueil *Le vivier aux Juges II* (1913), in Andersen, 1979, p. 41.

60. Chklovski, 1985, p. 63.

61. *Ibid.,* p. 64.

62. Cf. Barooshian, 1976, p. 23 sq.

63. Cité par Crone, 1983, pp. 55-56.

64. A. Kroutchenykh, « Les nouvelles voies du mot » (1913), in Chklovski, 1985, p. 79. Pour une étude de la poétique de Kroutchenykh, cf. Barooshian, 1976, p. 82 sq.

65. A. Kroutchenykh, « Les nouvelles voies du mot », in Chklovski, 1985, p. 82.

66. *Ibid.*

67. D. Bourliouk, « Le cubisme » (1912), in Andersen, 1979, p. 58.

68. D. Bourliouk, « Les "Fauves" de Russie », in Kandinsky et Marc, 1987, p. 106.

69. Markov, 2003, p. 60 ; cf. aussi A. Nakov, in Chklovski, 1985, p. 41 ; pour Nakov, le *sdvig* désigne la manipulation du matériau, en dehors de la référence mimétique : rythme, cadence, transformation. *Faktura,* dont la traduction par « texture » ne rend qu'un aspect, désigne l'ensemble des

manipulations du matériau plastique auxquelles se livre l'artiste ; cf. Gough, 1999.

70. Barooshian, 1976, p. 33.
71. Livchits, 1971, p. 60 ; cf. aussi notamment p. 142.
72. *Ibid.,* p. 182.
73. Malevitch, 1996, p. 284.
74. *Ibid.,* p. 285.
75. Cité par Crone, 1983, p. 66.
76. Cf. D. Vallier, « Malevitch et le modèle linguistique en peinture », in Vallier, 1989, pp. 9-26.
77. K. Malevitch, *Suprematismus. Die gegenstandlose Welt* (éd. W. Haftman), Cologne, 1962, cité par Crone, 1983, p. 65 ; je n'ai pu retrouver ce passage dans les traductions françaises ; il s'agit sans doute d'une variante.
78. Jakobson, 1973b, p. 15.
79. *Ibid.,* pp. 14 et 13.
80. *Ibid.,* p. 22.
81. *Ibid.,* p. 26.
82. Chklovski, 1973, p. 93.
83. Sur ces questions, cf. Bois, 1976.

CHAPITRE X

1. « Une telle grammaire de la peinture ne peut, à l'heure actuelle, qu'être pressentie », Kandinsky, 1989, p. 140.
2. Kandinsky, 1970, pp. 321-322.
3. Cf. son texte encore élémentaire, si l'on peut dire, Van Doesburg, 1926.
4. Bourgoin, 1880, p. 6.
5. *Ibid.,* p. 10.
6. Kandinsky, 1991, pp. 21-22.
7. Bourgoin, 1880, p. 12.
8. *Ibid.,* p. 13.
9. *Ibid.,* pp. 15-16.
10. *Ibid.,* p. 5.
11. *Ibid.,* p. 10.
12. Kandinsky, 1991, p. 35.
13. Bourgoin, 1880, p. 10.

14. Kandinsky, 1991, p. 67.
15. D. Bourliouk, in Andersen, 1979, pp. 57-58.
16. Pour la différence entre code et système, cf. Eco, 1992, pp. 110-111 ; ces idées ont été commentées dans Klinkenberg, 2000, p. 139 sq.
17. Kandinsky, 1974, p. 156.
18. Bourgoin, 1880, p. 33.
19. Kandinsky, 1974, p. 155.
20. Mondrian, 1993, p. 55.
21. Humbert de Superville, 1839, p. 8
22. *Ibid.,* p. 11.
23. *Ibid.,* p. 8.
24. *Ibid.,* pp. 8-9.
25. *Ibid.,* p. 9.
26. Lévi-Strauss, 1962, pp. 87-88 ; Sahlins, 1976, pp. 4-5 : cf. aussi Gage, 1988.
27. G.-A. Aurier, « Les Symbolistes », in *Revue encyclopédique*, 1892, p. 180, repris dans Aurier, 1995, p. 103.
28. Aurier, 1995, p. 33.
29. Comme l'a montré Jean Clay, 1982.
30. Je reviendrai sur cette question dans la conclusion.
31. Aurier, 1995, p. 98.

CHAPITRE XI

1. Baudelaire, 1976, p 752.
2. *Ibid.,* p. 422.
3. *Ibid.,* p. 454 ; cf. le commentaire éclairant de David Kelley dans son édition de ce *Salon*, Kelley, 1975, pp. 26-27.
4. Baudelaire, 1976, p. 753.
5. *Ibid.*
6. *Ibid.,* p. 425.
7. *Ibid.,* p. 748.
8. L'*Histoire de la ligne* (Brusatin, 2002) n'aborde guère le problème de la ligne abstraite ; il est vrai que l'ouvrage est surtout écrit sous l'angle de l'architecture. Plus importantes pour notre propos sont les analyses de Jean Clay, 1980, p. 97 sq.
9. Hogarth, 1991, p. 78.

10. Baudelaire, 1976, p. 426.
11. Cézanne, 1978, p. 16, aphorisme XXVIII.
12. *Ibid.,* p. 123.
13. Redon, 1985, p. 22.
14. *Ibid.,* p. 25.
15. Henry, 1885, p. 444.
16. F. Fénéon, « 5e Exposition de la Société des Artistes Indépendants », *La Vogue,* septembre 1889, repris dans Dorra et Rewald, 1959, p. xxiv.
17. Wyzewa, 1891, p. 264.
18. Wyzewa, 1886, p. 104.
19. Henry, 1885, p. 445.
20. Laforgue, 1988, p. 144.
21. Brion, 1956, p. 252.
22. Cf. P. Vergo, in *Abstraction,* 1980, n. 31 p. 23 ; cf. aussi Weiss, 1979, pp. 44-45.
23. H. Valensi, « La couleur et les formes » (1913), in Brion-Guerry, 1973, p. 176.
24. Cf. Nakov, 1981.
25. Mondrian, 1993, p. 310 sq.
26. D'après Kandinsky (préface à la 1re édition), il en aurait jeté les bases en 1914 ; cependant, ce n'est qu'à partir de l'été 1925 qu'il se consacrera à la rédaction du manuscrit définitif, cf. Kandinsky, 1991, p. 9 et n. 2 pp. 239-240 ; cf. aussi Kandinsky, 1994, p. 524.
27. Klee, 1980, p. 103 sq.
28. Kupka, 1989a; le long chapitre « Agents et facteurs » est essentiellement consacré à cette grammaire, pp. 145-199.
29. Kandinsky, 1991, p. 69.
30. Kupka, 1989a, p. 169.
31. *Ibid.,* p. 168.
32. *Ibid.,* p. 169, ainsi que la citation suivante.
33. Bourgoin, 1880, p. 13.
34. Kupka, 1989a, pp. 168-170.
35. Cf. Kupka, 1989b, p. 253 sq.
36. Klee, 1980, p. 72.
37. Van Doesburg, 1926.
38. Klee, 1980, p. 463.

39. Sur ce point, cf. Taraboukine, 1972, p. 40 sq. ; Bojko, 1974, et Fer, 1993, p. 107 sq.

40. A. Rodtchenko, « La ligne », 1921, in Rodtchenko, 1988, p. 122.

41. *Ibid.*

42. Dumarsais, 1751, p. 45.

43. Locke, 1998, II, xi, § 9 (p. 114).

44. Gombrich, 1983, p. 325.

45. Cf. « The Vogue of Abstract Art », in Gombrich, 1971, p. 143 sq. ; significativement, l'article s'appelait « La tyrannie de l'art abstrait » lorsqu'il fut publié pour la première fois en 1956.

46. Cf. Podzemskaia, 2000, p. 49 sq., qui a recensé dans son excellente étude tous les ouvrages scientifiques sur la couleur dont Kandinsky avait pris connaissance.

47. Cf. le tableau synthétique I in Kandinsky, 1989, pp. 144-145.

48. *Ibid.,* pp. 147-148.

49. *Ibid.,* p. 149.

50. Henry, 1885, p. 455.

51. Comme Mondrian lui-même l'a reconnu, Mondrian, 1993, p. 182.

52. Sur l'importance des trois primaires dans l'art du xxᵉ siècle, cf. Bürgi, 1988.

53. Field, 1850, p. 1.

54. Cf. Roque, 1997, p. 48 sq.

55. Mengs, 2000, pp. 38-40.

56. Malevitch, 1996, p. 233.

57. Cette comparaison avait déjà été suggérée par Gage, 1999, pp. 245-246.

58. Malevitch, 1977, p. 43.

59. Cf. Marcadé, 1983, p. 113.

60. Malevitch, 1996, p. 238.

61. Dans cette perspective, le blanc de Malevitch a été comparé au blanc mallarméen, cf. Conio, 1990.

62. Malevitch, 1996, p. 235

63. *Ibid.,* p. 227.

64. *Ibid.,* p. 226.

CHAPITRE XII

1. Bazaine, 1990, p. 79.
2. G. Limbour, *La Nouvelle École de Paris,* 1960, extrait cité dans *Années cinquante,* 1988, p. 110.
3. J. Bazaine, propos cités par Diehl, 1945, p. 290.
4. A. Manessier, in Diel, 1947, p. 50.
5. Degand, 1988, p. 188.
6. G. Mathieu, « Esquisse d'une embryologie des signes », in Ragon et Seuphor, 1973, p. 264.
7. Degand, 1988, p. 189.
8. Pour ces derniers, cf. notamment A. Reinhardt, « Is there a New Academy ? » (1959), in Reinhardt, 1991, pp. 207-208.
9. J. Bazaine, *Notes sur la peinture d'aujourd'hui,* 1948, repris dans Bazaine, 1990, p. 100.
10. Estienne, 1950, p. 10.
11. *Ibid.,* p. 6.
12. G. Mathieu, « Esquisse d'une embryologie des signes », in Ragon et Seuphor, 1973, p. 265.
13. *Ibid.*

CONCLUSION

1. Cf. Roque, 1997.
2. C. Greenberg, « Towards a Newer Laocoon » (1940), in Greenberg, 1986, p. 34.
3. Il faut en effet en excepter des démarches comme celle de R. Krauss ou Y.-A. Bois, qui se sont toujours efforcés de prendre en compte la dimension du sujet dans l'art abstrait ; le second s'en est expliqué dans Bois, 1993, p. XVII sq., et Bois, 1996.
4. Barr, 1936, p. 15.
5. *Ibid.,*
6. Schapiro, 1996, p. 13.
7. Newman, 1992, pp. 250 et 303.
8. Caractéristique de cette attitude est le livre de A. Chave sur Rothko, qui porte en sous-titre : *Subjects in Abstraction* ; or ces « sujets » ne sont autres que les figures humaines que

Rothko aurait cherché à éliminer et que l'auteur s'efforce de
retrouver dans ou sous les œuvres abstraites, Chave, 1989,
passim.
9. Motherwell, 1992, p. 178 ; tr. fr., Motherwell, 1991, n. p.
10. Pleynet, 1971, p. 141.
11. Présentation non signée des « Notes », Rothko, 1972
pp. 95-96.
12. Tuchman, 1986, p. 17.

ÉPILOGUE

1. Cf. Roque 2001.
2. Stämpfli, 2002, p. 124.
3. *Ibid.*
4. Cf. S. Lemoine, « Peter Stämpfli, peintre abstrait », in Stämpfli, 2002, pp. 25-28.
5. *Ibid.*
6. Mandelbrot, 1984, p. 14.

BIBLIOGRAPHIE

Cette bibliographie n'est en rien exhaustive, elle aurait été impraticable. C'est pourquoi n'y figurent que les textes cités. Pour en faciliter la consultation, elle a été divisée en sections. Après les généralités (A), viennent les textes concernant l'idée d'abstraction jusqu'aux débuts de l'art abstrait (B), seconde section qui s'arrête donc vers 1912. Cependant les (rares) ouvrages qui portent sur cette période, mais qui couvrent aussi l'art abstrait y figurent également. Les textes des artistes n'ont pas été séparés des analyses, comme tel est le cas pour les deux sections suivantes (C et D), essentiellement consacrées à l'art abstrait.

A. Généralités

BENVENISTE E., 1966, *Problèmes de linguistique générale,* Paris, Gallimard.

BENVENISTE E., 1974, *Problèmes de linguistique générale II,* Paris, Gallimard.

BOURGOIN J., 1880, *Grammaire élémentaire de l'ornement pour servir à l'histoire, à la théorie et à la pratique des arts et à l'enseignement,* Paris, Delagrave.

BRETON A., 1971, *Manifestes du surréalisme,* Paris, Gallimard (Idées).

CHARBONNIER G., 1969, *Entretiens avec Lévi-Strauss* [1961], Paris, Union générale d'éditions (10/18).

DIDI-HUBERMAN G., 1990, *Fra Angelico. Dissemblance et figuration,* Paris, Flammarion.

ECO U., 1972, *La structure absente. Introduction à la recherche sémiotique* [1968], tr. fr., Paris, Mercure de France.

ECO U., 1992, *Le signe. Histoire et analyse d'un concept* [1980], tr. fr., Paris, Le Livre de Poche (Biblio essais).

FÓNAGY I., 1991, *La vive voix. Essais de psycho-phonétique,* Paris, Payot.

GAGE J., 1988, « Black and White and Red All Over », in *Res,* n° 16, automne, pp. 51-53.

GAGE J., 1999, *Colour and Meaning : Art, Science and Symbolism,* Londres, Thames and Hudson.

GOMBRICH E., 1971, *Meditations on a Hobby Horse* [1963], Londres, Phaidon.

GOMBRICH E., 1983, *L'écologie des images,* tr. fr., Paris, Flammarion.

GOODMAN N., 1990, *Langages de l'art. Une approche de la théorie des symboles* [1968], tr. fr. Nîmes, Jacqueline Chambon.

GROUPE µ, 1992, *Traité du signe visuel. Pour une rhétorique de l'image,* Paris, Seuil.

JAKOBSON R., 1963, *Essais de linguistique générale,* Paris, Minuit.

JAKOBSON R., 1973a, *Essais de linguistique générale. 2. Rapports internes et externes du langage*, Paris, Minuit.

JAKOBSON R., 1973b, *Questions de poétique*, Paris, Seuil.

KLINKENBERG J.-M., 2000, *Précis de sémiotique générale*, Paris, Seuil (Points).

LÉVI-STRAUSS Cl., 1962, *La pensée sauvage*, Paris, Plon.

LÉVI-STRAUSS Cl., 1964, *Mythologiques. 1. Le cru et le cuit*, Paris, Plon.

LÉVI-STRAUSS Cl., 1983, *Le regard éloigné*, Paris, Plon.

LYOTARD J.-F., 1971, *Discours, figure*, Paris, Klincksieck.

MAETERLINCK M., 1983, *Serres chaudes, Quinze chansons, La princesse Maleine*, Paris, Gallimard.

MANDELBROT B., 1984, *Les objets fractals*, 2e éd., Paris, Flammarion.

MORIZOT J., 1996, *La philosophie de l'art de Nelson Goodman*, Nîmes, Jacqueline Chambon.

PANOFSKY E., 1969, *L'œuvre d'art et ses significations. Essais sur les « arts visuels »* [1955], Paris, Gallimard.

ROQUE G., 1999, « Quelques préalables à l'analyse des couleurs en peinture », in *Techné*, n° 9-10, *Couleur et perception*, pp. 40-51.

ROQUE G., 2001, « Quand le mineur critique le majeur », in *Art Press*, n° 266, mars, pp. 28-33.

ROQUE G. (éd.), 2004, *Boundaries of visual Images*, numéro spécial de *Word and Image* (à paraître).

SAHLINS M., 1976, « Colors and Cultures », in *Semiotica*, vol. 16, n° 1, pp. 1-21.

SAUSSURE F. de, 1969, *Cours de linguistique générale* [1916], Paris, Payot.

B. L'idée d'abstraction
avant l'art abstrait. Sources et études

APOLLINAIRE G., 1960, *Chroniques d'art : 1902-1918,* Paris, Gallimard (Idées).

APOLLINAIRE G., 1965, *Les peintres cubistes* (éd. par L. C. Breunig et J.-Cl. Chevalier), Paris, Hermann.

APOLLINAIRE G., 1991, *Œuvres complètes en prose II* (éd. par P. Caizergues et M. Décaudin), Paris, Gallimard (La Pléiade).

AURIER G.-A., 1995, *Textes critiques : 1889-1892. De l'impressionnisme au symbolisme,* Paris, École nationale supérieure des Beaux-Arts.

BAUDELAIRE Ch., 1976, *Œuvres complètes II* (éd. Cl. Pichois), Paris, Gallimard (La Pléiade).

BLANC CH., 1880, *Grammaire des arts du dessin* [1867], Paris, Renouard.

BOUILLON J.-P., 1993, « Denis : du bon usage des théories », in catalogue de l'exposition *Nabis : 1888-1900,* Paris, Grand Palais, Réunions des musées nationaux, pp. 61-67.

BRUSATIN M., 2002, *Histoire de la ligne,* tr. fr., Paris, Flammarion (Champs).

BUFFET-PICABIA G., 1957, *Aires abstraites,* Genève, Pierre Cailler.

CABANNE P., 1967, *Entretiens avec Marcel Duchamp,* Paris, Belfond.

CACHIN Fr., 1968, *Gauguin,* Paris, Le Livre de Poche.

CACHIN Fr., 1989, « Gauguin vu par lui-même et quelques autres », in catalogue de l'exposition *Gauguin,* Paris, Grand Palais, Réunion des musées nationaux, pp. 19-30.

CASSAGNE A., 1997, *La théorie de l'art pour l'art en France chez les derniers romantiques et les premiers réalistes* [1906], Seyssel, Champ Vallon.

CASTAGNARY J.-A., 1864, *Les libres propos,* Paris, Librairie internationale.

CÉZANNE P., 1937, *Correspondance* (éd. par J. Rewald), Paris, Grasset.

CÉZANNE P., 1978, *Conversations avec Cézanne* (éd. par P. M. Doran),* Paris, Macula.

CHATELLUX, Chevalier de, 1777, « Idéal (Beau idéal »), in Diderot et d'Alembert (éds), *Supplément à l'Encyclopédie,* t. III, pp. 514-519.

CHEETHAM M. A., 1991, *The Rhetoric of Purity : Essentialist Theory and the Advent of Abstract Painting,* Cambridge et New York, Cambridge University Press.

CHEVREUL M.-E., 1870, *De la méthode* a posteriori *expérimentale et de la généralité de ses applications,* Paris, Dunod.

CLAY J., 1980, *Le romantisme,* Paris, Hachette Réalités.

DAGEN Ph., 1986, *La peinture en 1905. L'« Enquête sur les tendances actuelles des arts plastiques » de Charles Morice,* Paris, Les Belles Lettres.

DAGEN Ph. (éd.), 1994, *Pour ou contre le fauvisme*, Paris, Somogy.

DENIS M., 1920, *Théories* (4ᵉ éd.), Paris, Rouart et Watelin.

DENIS M., 1964, *Du symbolisme au classicisme. Théories* (éd. par O. Revault d'Allonnes), Paris, Hermann.

DERAIN A., 1955, *Lettres à Vlaminck,* Paris, Flammarion.

DESAIVE P.-Y., 1995, avec DUCHESNE J.-P. et HENRION P., « Gauguin et la modernité », in catalogue de l'exposition *Gauguin, les XX et la Libre Esthétique,* Liège,

Musée d'art moderne et contemporain de la Ville de Liège.

DORRA H. et REWALD J., 1959, *Seurat,* Paris, Les Beaux-Arts.

DOUAI Fr., 1990, « "Mettre dans le jour d'apercevoir ce qui est" : tropologie et argumentation chez Dumarsais », in M. Meyer et A. Lempereur (éds), *Figures et conflits rhétoriques,* Bruxelles, Éditions de l'Université de Bruxelles, pp. 83-101.

DUCHESNEAU Fr., 1976, « Sémiotique et abstraction : de Locke à Condillac », *Philosophiques,* vol. III, n° 2, octobre, pp. 147-166.

DUMARSAIS, 1751, « Abstraction », in Diderot et d'Alembert (éds), *Encyclopédie,* vol. 1, pp. 45-47.

DUMARSAIS, 1977, *Traité des tropes* [1730], Paris, Le Nouveau Commerce.

DUTHUIT G., 1949, *Les Fauves,* Genève, Éditions des Trois Collines.

ELDERFIELD J., 1976, *The « Wild Beasts ». Fauvism and its Affinities,* New York, The Museum of Modern Art.

FONTAINAS A., 1899, « Art moderne », in *Mercure de France,* t. XXIX, n° 109, janvier, pp. 235-238.

GAUGUIN P., 1946, *Lettres à sa femme et à ses amis,* Paris, Grasset.

GAUGUIN P., 1950, *Lettres de Paul Gauguin à Georges-Daniel de Monfreid,* Paris, G. Falaize.

GAUGUIN P., 1984, *Correspondance de Paul Gauguin, documents témoignages, I. 1873-1888,* Paris, Fondation Singer-Polignac.

GHIL R., 1978, *Traité du verbe. États successifs (1885-1886-1887-1888-1891-1904),* T. Goruppi (éd.), Paris, A.-G. Nizet.

GLEIZES A. et METZINGER J., 1980, *Du cubisme* [1912], Sisteron, Éditions Présence.

GUYOT Y., 1887, « L'art et la science », in *Revue scientifique (revue rose),* XIV, juillet, pp. 138-146.

HENRY Ch., 1885, « Introduction à une esthétique scientifique », in *Revue contemporaine,* août, pp. 441-469.

HOGARTH W., 1991, *Analyse de la beauté* [1753], tr. fr., Paris, École nationale supérieure des Beaux-Arts.

HUMBERT DE SUPERVILLE D. P. G., 1839, *Essai sur les signes inconditionnels dans l'art* [1827], Leyden, C. C. Van der Hoek.

KEARNS J., 1989, *Symbolist Landscapes : The Place of Painting in the Poetry and Criticism of Mallarmé and his Circle*, Londres, The Modern Humanities Research Association.

KELLEY D. (éd.), 1975, *Charles Baudelaire, Salon de 1846,* Oxford, Clarendon Press.

LAFORGUE J., 1988, *Textes de critique d'art* (éd. M. Dottin), Lille, Presses universitaires de Lille.

LESCLUZE G. de, 1900, *Les secrets du coloris révélés par l'étude comparée du spectre et de l'échelle harmonique sonore*, nouv. éd., Roulers, J. de Meester.

LIBERA A. de, 1999, *L'art des généralités. Théories de l'abstraction,* Paris, Aubier.

LOCKE J., 1998, *Essai concernant l'entendement humain* [1706], tr. fr. Coste, Paris, Vrin.

LEYMARIE J., 1987, *Le fauvisme* [1959], Genève, Skira.

MENGS A. R., 2000, *Pensées sur la beauté et sur le goût dans la peinture* [1762], tr. fr., Paris, École nationale supérieure des Beaux-Arts.

MERLHÈS V., 1989, *Paul Gauguin et Vincent Van Gogh 1887-1888. Lettres retrouvées sources ignorées,* Taravao (Tahiti), Éditions Avant et Après.

MIRBEAU O., 1891, « Paul Gauguin », in *L'Écho de Paris*, 16 février.

MORGAN D., 1990, *Concepts of Abstraction in German Art Theory (1750-1914)*, Ann Arbor (Michigan), UMI Press.

MORGAN D., 1992a, « Concepts of Abstraction in French Art Theory from the Enlightenment to Modernism », in *Journal of the History of Ideas*, vol. 53, n° 4, octobre-décembre, pp. 669-685.

MORGAN D., 1992b, « The Idea of Abstraction in German Theories of the Ornament from Kant to Kandinsky », in *Journal of Aesthetics and Art Criticism*, vol. 50, n° 3, été, pp. 231-242.

MORGAN D., 1994, « The Rise and Fall of Abstraction in Eighteenth-Century Art Theory », in *Eighteenth-Century Studies*, vol. 27, n° 3, pp. 449-478.

MORGAN D., 1996, « The Enchantment of Art : Abstraction and Empathy from German Romanticism to Expressionism », in *Journal of the History of Ideas*, vol. 57, n° 2, avril, pp. 317-341.

OPPLER E. C., 1976, *Fauvism Reexamined*, New York et Londres, Garland Publishing.

PAULHAN F., 1889, « L'abstraction et les idées abstraites », in *Revue philosophique*, 14ᵉ année, XXVII, janvier, pp. 27-57 ; février, pp. 171-188 ; juin, pp. 545-565.

PAXMAN D. B., 1993, « Language and Difference : The Problem of Abstraction in Eighteenth-Century Language Study », in *Journal of the History of Ideas*, vol. 54, pp. 19-36.

REDON O., 1985, *À soi-même. Journal (1867-1915). Notes sur la vie, l'art et les artistes*, Paris, José Corti.

REWALD J., 1988, *Le Post-impressionnisme de Van Gogh à Gauguin*, nouv. éd., tr. fr., Paris, Albin Michel, 2 vol.

REYNOLDS J., Sir, 1991, *Discours sur la peinture* [1790], tr. fr., Paris, École nationale supérieure des Beaux-Arts.

RIBOT Th.,1897, *L'évolution des idées générales,* Paris, Félix Alcan.

RIEGL A., 1992 *Questions de style* [1893], tr. fr., Paris, Hazan.

RIOUT D. (éd.), 1989, *Les écrivains devant l'impressionnisme,* Paris, Macula.

ROEßLER A., 1903, « Das abstrakte Ornament mit gleichzeitiger Verwertung simultaner Farbenkontraste », supplément au numéro 228 du *Wiener Abendpost* du 6 octobre, pp. 5-6.

ROQUE G., 1997, *Art et science de la couleur : Chevreul et les peintres, de Delacroix à l'abstraction,* Nîmes, Jacqueline Chambon.

ROQUE G., 2003, « "Ce grand monde des vibrations qui est à la base de l'univers" », in catalogue de l'exposition *Aux origines de l'abstraction,* Paris, musée d'Orsay, pp. 50-67.

SELZ O., 1974, *German Expressionist Painting* [1957], Berkeley et Londres, University of Califonia Press.

SIGNAC P., 1964, *D'Eugène Delacroix au néo-impressionnisme* [1899], Paris, Hermann.

STELZER O., 1964, *Die Vorgeschichte der abstrakten Kunst : Denkmodelle und Vor-Bilder*, Munich, R. Piper & Co.

VALLÈS-BLED M., 1999, « Les cacophonies de la critique », in catalogue de l'exposition *Les Fauves et la critique,* musée de Lodève/Electa, pp. 36-47.

VAN GOGH V., 1990, *Correspondance générale* (trad. M. Beerblock et L. Roëlandt), notes de G. Charensol, Paris, Gallimard.

VAN GOGH V., 2002, catalogue de l'exposition *Van Gogh and Gauguin, The Studio of the South,* Amsterdam, Van Gogh Museum.

WEISS P., 1979, *Kandinsky in Munich : The Formative Jugenstil Years,* Princeton, Princeton University Press.

WORRINGER W., 1978, *Abstraction et Einfühlung : Contribution à la psychologie du style,* tr. fr., Paris, Klincksieck.

WYZEWA T. de, 1886, « Notes sur la peinture wagnérienne et le Salon de 1886 », in *Revue wagnérienne,* t. III, 8 mai, pp. 100-113.

WYZEWA T. de, 1891, « Georges Seurat », in *L'Art dans les deux mondes,* 18 avril, pp. 363-364.

C. L'art abstrait. Sources et témoignages

ABSTRACTION-CRÉATION, 1931, revue, 4 numéros.

ALVARD J. et GINDERTAEL R. V. (éds), 1952, *Témoignages pour l'art abstrait 1952,* s. l., Éditions Art d'aujourd'hui.

ANDERSEN T., (éd.), 1979, *Art et poésie russe. 1900-1930, Textes choisis,* Paris, Musée national d'art moderne, Centre Georges-Pompidou.

ART CONCRET, 1930, revue, un seul numéro.

BAYER R., 1964, *Entretiens sur l'art abstrait,* Genève, Pierre Cailler.

BAZAINE J., 1990, *Le temps de la peinture,* Paris, Aubier.

BRION-GUERRY L. (éd.), 1973, *L'année 1913. Les formes esthétiques des œuvres d'art à la veille de la Première Guerre mondiale. III. Manifestes et témoignages : Travaux et documents inédits,* Paris, Klincksieck.

Cercle et carré, 1930, revue, 3 numéros, (réédit. en fac-similé, Paris, Jean-Michel Place, 1977).

CHKLOVSKI V., 1985, *Résurrection du mot. Littérature et cinématographe,* suivi de KROUTCHENYKH A., *Les nouvelles voies du mot,* tr. fr., Paris, Gérard Lebovici.

De l'art abstrait, 1931, enquête de la revue *Cahiers d'art,* 6ᵉ année, publiée en quatre livraisons, dans les n° 1, pp. 41-43 ; n° 3, pp. 151-152 ; n° 4, pp. 215-216 ; n° 7-8, pp. 350-358.

DE KOONING W., 1992, *Écrits et propos,* Paris, École nationale supérieure des Beaux-Arts.

DELAUNAY R., 1957, *Du cubisme à l'art abstrait* (éd. par P. Francastel), Paris, S.E.V.P.E.N. (Bibliothèque générale de l'École pratique des hautes études, Vie section).

HÉLION J., 1992, *Journal d'un peintre. Carnets 1929-1962,* s. l., Maeght Éditeur.

HOFMANN H., 1967, *Search for the Real and Other Essays,* éd. par S. T. Weeks et B. H. Hayes Jr., Cambridge, Mass., et Londres, MIT Press.

KANDINSKY V., 1965, *Über das Geistige in der Kunst* [1912], Berne, Benteli Verlag.

KANDINSKY V., 1970, *Écrits complets,* vol. II (éd. par Ph. Sers), Paris, Denoël-Gonthier.

KANDINSKY V., 1974, *Regards sur le passé et autres textes 1912-1922* (éd. par J.-P. Bouillon), Paris, Hermann.

KANDINSKY V., 1989, *Du spirituel dans l'art et dans la peinture en particulier* [1912], Paris, Denoël (Folio essais).

KANDINSKY V., 1991, *Point et ligne sur plan* [1926], Paris, Gallimard (Folio essais).

KANDINSKY V., 1994, *Complete Writings on Art* (éd. par K.C. Lindsay et P. Vergo), New York, Da Capo Press.

KANDINSKY V. et MARC F., 1965, *Der Blaue Reiter* (éd. par K. Lankheit), Munich, R. Piper & Co.

KANDINSKY V. et MARC F., 1987, *L'Almanach du Blaue Reiter. Le Cavalier bleu* (éd. par K. Lankheit), Paris, Klincksieck.

KLEE P., 1973, *Théorie de l'art moderne*, tr. fr., Paris, Denoël/Gonthier.

KLEE P., 1980, *Écrits sur l'art. 1. La pensée créatrice* (éd. par J. Spiller), Paris, Dessain et Tolra.

KROUTCHENYKH A., 1976, *La victoire sur le soleil*, opéra futuriste russe, édition bilingue, Lausanne, L'Âge d'homme.

KUPKA F., 1989a, *La création dans les arts plastiques* [1910-1913], Paris, Cercle d'art.

LÉGER F., 1965, *Fonctions de la peinture*, Paris, Gonthier (Médiations).

LISSITZKY El et ARP J., 1925, *Les ismes de l'art*, Erlenbach-Zurich, Eugen Rentsch Verlag.

LISTA G., 1973, *Futurisme. Manifestes-Proclamations-documents*, Lausanne, L'Âge d'homme.

LIVCHITS B., 1971, *L'archer à un œil et demi*, tr. fr., Lausanne, L'Âge d'homme.

MALEVITCH K., 1974, *De Cézanne au suprématisme* (tr. fr. J.-C. et V. Marcadé), Lausanne, L'Âge d'homme.

MALEVITCH K., 1977, *Le miroir suprématiste* (tr. fr. V. et J.-C. Marcadé), Lausanne, L'Âge d'homme.

MALEVITCH K., 1996, *Écrits* (tr. fr. A. Robel), Paris, Ivréa.

MARINETTI F. T., 1987, *Les mots en liberté futuristes* [1919], Lausanne, L'Âge d'homme.

MARKOV V., 2003, « Futurisme russe : Les débuts », tr. fr., in *Luna park*, nouvelle série, n° 1, janvier, pp. 59-79.

MATISSE H., 1972, *Écrits et propos sur l'art* (éd. par D. Fourcade), Paris, Hermann.

MIRÓ J., 1995, *Écrits et entretiens* (éd. par M. Rowell), Paris, Daniel Lelong.

MONDRIAN P., 1917, « De nieuwe beelding in de schilderkunst », in *De Stijl,* vol. 1, n° 1 à 5 ; 7 à 12 ; vol. 2, n° 2.

MONDRIAN P., 1921, *Le Néo-Plasticisme : Principe général de l'équivalence plastique,* Paris, Éditions de l'Effort moderne.

MONDRIAN P., 1926a, « L'art purement abstrait », in *Vouloir,* n° 19, mars, n. p.

MONDRIAN P., 1926b, « L'expression plastique nouvelle dans la peinture », *Cahiers d'art* n° 7, septembre, pp. 181-183.

MONDRIAN P., 1976, « Le jazz et le néo-plasticisme » [1927], tr. fr., in *Macula,* n° 1, pp. 81-87.

MONDRIAN P., 1993, *The New Art - The New Life : The Complete Writings of Piet Mondrian* (éd. par H. Holtzman et M. S. James), New York, Da Capo Press.

MOTHERWELL R., 1991, *L'humanité de l'abstraction,* tr. fr., Caen, L'Échoppe.

MOTHERWELL R., 1992, *The Collected Writings of Robert Motherwell,* (éd. par S. Terenzio), Oxford et New York, Oxford University Press.

NEWMAN B., 1992, *Selected Writings and Interviews* [1990] (éd. J. P. O'Neill), Berkeley et Los Angeles, University of California Press.

PICABIA F., 1975, *Écrits 1913-1920* (éd. par O. Revault d'Allonnes), Paris, Belfond.

POLLOCK J., 1999, *Interviews, Articles and Reviews,* (éd. par P. Karmel), New York, The Museum of Modern Art.

REINHARDT A., 1991, *Art-as-Art : The Selected Writings of Ad Reinhardt,* (éd. par B. Rose), Berkeley et Los Angeles, University of California Press.

RODMAN S., 1957, *Conversations with Artists,* New York, The Devin-Adair Co.

RODTCHENKO A., 1988, *Écrits complets sur l'art, l'architecture et la révolution,* Paris, Philippe Sers.

ROTHKO M., 1972, « Notes », tr. fr., in *Peinture cahiers théoriques* n° 4/5 ; octobre, pp. 95-99.

ROTHKO M., 1987, « Selected Statements », (éd. par B. Clearwater), in catalogue de l'exposition *Mark Rothko,* Londres, Tate Gallery, pp. 67-89.

STRZEMINSKI W. et KOBRO K., 1977, *L'espace uniste. Écrits du constructivisme polonais,* Lausanne, L'Âge d'homme.

VALLIER D., 1982, *L'intérieur de l'art. Entretiens avec Braque, Léger, Villon, Miró, Brancusi,* Paris, Seuil.

VAN DOESBURG Th., 1926, « Vers un art élémentaire », in *Vouloir,* n° 19, mars, n. p.

D. L'art abstrait. Analyses

ABSTRACTION, 1980, catalogue de l'exposition *Abstraction : Towards a New Art : Painting 1910-1920,* Londres, Tate Gallery.

ABSTRACTION : THE AMERINDIAN PARADIGM, 2001, catalogue d'exposition, Bruxelles, Palais des Beaux-Arts.

ANNÉES CINQUANTE, 1988, catalogue de l'exposition *Les années cinquante,* Paris, Centre Georges-Pompidou.

ASHTON D., 1999, *À rebours : La rebelión informalista 1939-1968,* catalogue d'exposition, Grande Canarie, Centro atlántico de arte moderno.

AUPING M., 1989, *Abstraction — Geometry — Painting : Selected Geometric Abstract Painting in America Since 1945,* catalogue d'exposition, New York, H. N. Abrams, Inc., en association avec Albright-Knox Art Gallery.

BALLO G., 1979, catalogue de l'exposition *Origini dell'astrattismo verso altri orizzonti del reale (1885-1919)*, Milan, Palazzo Reale.

BAROOSHIAN V. D., 1976, *Russian Cubo-Futurism 1910-1930 : A Study of Avant-Gardism,* Paris/La Haye, Mouton.

BARR A. H. Jr., 1936, catalogue de l'exposition *Cubism and Abstract Art,* New York, The Museum of Modern Art.

BARR A. H. Jr., 1951, *Matisse his Art and his Public,* New York, The Museum of Modern Art.

BLOK C., 1975, *Geschichte der abstrakten Kunst : 1900-1960,* Cologne, DuMont Schauberg.

BOIS Y.-A., 1976, « Malevitch, le carré, le degré zéro », in *Macula,* n° 1, pp. 28-49.

BOIS Y.-A., 1981, « Mondrian en France, sa collaboration à *Vouloir,* sa correspondance avec Del Marle », in *Bulletin de la Société de l'Histoire de l'art français,* pp. 281-296.

BOIS Y.-A., 1993, *Painting as Model,* Cambridge, Mass., et Londres, MIT Press.

BOIS Y.-A., 1996, « Whose Formalism ? », in *The Art Bulletin,* vol. LXXVIII, n° 1, mars, pp. 9-12.

BOIS Y.-A. et KRAUSS R. E., 1996, *L'informe : mode d'emploi,* Paris, Centre Georges-Pompidou.

BOJKO S., 1974, « A. Rodtchenko's Early Spatial Constructions », in catalogue de l'exposition *Von der Fläche zur Raum : Russland 1916-24,* Cologne, galerie Gmurzynska, pp. 16-25.

BRESLIN J. E. B., 1993, *Mark Rothko : A Biography,* Chicago et Londres, University of Chicago Press.

BÜRGI B. (éd.), 1988, *Rot Gelb Blau : Die Primärfarben in der Kunst des 20. Jahrhunderts,* catalogue d'exposition, Stuttgart/Teufen, Verlag Gerd Hatje/Verlag Arthur Niggli.

BRETON A., 1965, *Le surréalisme et la peinture,* Paris, Gallimard.

BRION M., 1956a, *Art abstrait,* Paris, Albin Michel.

BRION M., 1956b, *L'abstraction*, Paris, Somogy.

BRU Ch.-P., 1955, *Esthétique de l'abstraction. Essai sur le problème actuel de la peinture,* Toulouse, Privat/ PUF.

CARLETON HOBBS R. et LEVIN G., 1978, catalogue de l'exposition *Abstract Expressionism : The Formative Years,* New York, Whitney Museum of American Art.

CASSOU J., 1960, *Panorama des arts plastiques contemporains*, Paris, Gallimard.

CHASSEY E. de, 1998, « L'abstraction avec ou sans raisons », in *Abstractions France 1940-1965. Peintures et dessins des collections du Musée national d'art moderne,* Paris, Centre Georges-Pompidou, pp. 10-18.

CHASSEY E. de, 2001, *La peinture efficace. Une histoire de l'abstraction aux États-Unis (1910-1960)*, Paris, Gallimard.

CHAVE A., 1989, *Mark Rothko : Subjects in Abstraction,* New Haven et Londres, Yale University Press.

CHKLOVSKI V., 1973, *La marche du cheval,* tr. fr., Paris, Champ libre.

CONIO G., in 1990, « Le zéro des formes », in G. Conio (éd.), *L'avant-garde russe et la synthèse des arts,* Lausanne, L'Âge d'homme, pp. 7-23.

Cox A., 1982, *Art-as-Politics : The Abstract Expressionist Avant-Garde and Society,* Ann Arbor, UMI Research Press.

CRONE R., 1983, « À propos de la signification de la *Gegenstandslosigkeit* chez Malevitch et son rapport à la théorie poétique de Khlebnikov », in J.-Cl. Marcadé (éd.), *Cahier Malevitch n° 1, Recueil d'essais sur l'œuvre et la pensée de K. S. Malevitch,* Lausanne, L'Âge d'homme, pp. 45-75.

DEGAND L., 1988, *Abstraction figuration. Langage et signification de la peinture,* Paris, Cercle d'art.

DELAUNAY, 1999, catalogue de l'exposition *Robert Delaunay 1906-1914 : De l'impressionnisme à l'abstraction,* Paris, Centre Georges-Pompidou.

DERVAUX I., 1998, « Détail, analogie et mimétisme. De l'inspiration de la nature dans les abstractions de Arshile Gorky », in *Les Cahiers du MNAM,* n° 65, automne, pp. 55-69.

DIEHL G. (éd.), 1945, *Les problèmes de la peinture,* in Paris, Confluences.

DIEHL G. (éd.), 1947, « Pour et contre l'art abstrait », in *Cahier des amis de l'art,* n° 11, numéro spécial, 58 p.

ESTIENNE Ch., 1950, *L'art abstrait est-il un académisme ?,* Paris, Éditions de Beaune.

FABRE G. C., 1978, introduction au catalogue de l'exposition *Abstraction-Création 1931-1936,* Paris, Musée d'art moderne de la Ville de Paris, pp. 5-40.

FABRE G. C., 1982, « L'Esprit moderne et le problème de l'Abstraction chez Léger, ses amis et ses élèves de l'Académie moderne », in catalogue de l'exposition *Léger et l'Esprit moderne (1918-1931). Une alternative d'avant-garde à l'art non-objectif,* Paris, Musée d'art moderne de la Ville de Paris, pp. 355-406.

FER B., 1993, « The Language of Construction », in B. Fer, D. Batchelor et P. Wood, *Realism, Rationalism, Surrealism : Art Between the Wars,* New Haven et Londres, Yale University Press, en association avec The Open University, pp. 87-169.

FER B., 1997, *On Abstract Art,* New Haven et Londres, Yale University Press.

GOUGH M., 1999, « *Faktura* : The Making of the Russian Avant-Garde », in *Res,* n° 36, automne, *Factura,* pp. 32-59.

GREEN, Ch., 1988, *Cubism and its Enemies : Modern Movements and Reaction in French Art, 1916-1928,* New Haven et Londres, Yale University Press.

GREENBERG C., 1986, *The Collected Essays and Criticism,* (éd. par J. O'Brian), vol. I, *Perceptions and Jugements, 1939-1944,* Chicago et Londres, University of Chicago Press.

GREENBERG C., 1995, *The Collected Essays and Criticism,* (éd. par J. O'Brian), vol. IV, *Modernism with a Vengeance, 1957-1969,* Chicago et Londres, University of Chicago Press.

GUILBAUT S., 1988, *Comment New York vola l'idée d'art moderne,* Nîmes, Jacqueline Chambon.

JANIS S., 1944, *Abstract and Surrealist Art in America,* New York, Reynal & Hitchcock.

KANDINSKY, 1984, *Œuvres de Vassili Kandinsky (1866-1944),* catalogue de ses œuvres appartenant aux collections du Musée national d'art moderne (établi par Ch. Derouet et J. Boissel), Paris, Centre Georges-Pompidou.

KARMEL P., 1999, « Pollock at Work : The Films and Photographs of Hans Namuth », in catalogue de l'exposition *Jackson Pollock,* New York, The Museum of Modern Art, pp. 87-137.

KOJÈVE A., 1985, « Les peintures concrètes de Kandinsky » (1936), in *Revue de métaphysique et de morale,* 90ᵉ année, n° 2, avril-juin, pp. 149-171.

KRAUSS R., 1986, *The Originality of the Avant-Garde and Other Modernist Myths,* Londres et Cambridge, Mass., MIT Press.

KRUSKOPF E., 1976, *Shaping the Invisible: A Study of the Genesis of Non-Representational Painting, 1908-1919,* Helsinki, Societas Scientiarum Fennica (Commentationes Humanarum Litterarum n° 55).

KUPKA, 1989b, catalogue de l'exposition *František Kupka, 1871-1957, ou l'invention d'une abstraction,* Paris, Musée d'art moderne de la Ville de Paris.

LECOQ-RAMOND S., 1998, « Les vies différées de l'abstraction. Remarques sur quelques écrits autour de la non-figuration, de l'abstraction lyrique et de l'art informel », in *Abstractions France 1940-1965. Peintures et dessins des collections du Musée national d'art moderne,* Paris, Centre Georges-Pompidou, pp. 19-31.

LEJA M., 1993, *Reframing Abstract Expressionism : Sujectivity and Painting in the 1940s,* New Haven et Londres, Yale University Press.

LEMOINE S., 2000, *Art concret,* catalogue d'exposition, Mouans-Sartoux, Espace de l'art concret.

MARCADÉ J.-C., 1983, « K. S. Malevitch, du "Quadrilatère noir" (1913) au "Blanc sur blanc" (1917). De l'éclipse des objets à la libération de l'espace », in J.-C. Marcadé (éd.), *Cahier Malevitch n° 1,* Lausanne, L'Âge d'homme, pp. 111-119.

MARCADÉ J.-C., 1995, *L'avant-garde russe,* Paris, Flammarion.

MONDRIAN, 1994, catalogue de l'exposition *Piet Mondrian 1872-1944,* La Haye, Gemeentmuseum, Washington, National Gallery of Art et New York, Museum of Modern Art.

MORRIS G. L. K., 1937, « On the Abstract Tradition », in *Plastique,* n° 1, printemps, pp. 13-14.

MOSZYNSKA A., 1990, *Abstract Art,* Londres, Thames and Hudson.

NAKOV A., 1981, *Abstrait/concret. Art non-objectif russe et polonais,* s. l., Transédition.

PARIS-NEW YORK, 1977, catalogue d'exposition, Paris, Centre Georges-Pompidou.

PAULHAN J., 1962, *L'art informel,* Paris, Gallimard.

PODZEMSKAIA N., 2000, *Colore simbolo immagine : Origine della teoria di Kandinsky,* Florence, Alinea.

PRAT M.-A., 1984, *Cercle et carré : Peinture et avant-garde au seuil des années 30,* Lausanne, L'Âge d'homme.

PRAT M.-A., 1986, « La crise de maturité dans l'art abstrait des années 30 ou le problème de la communication en art », in *Les Abstractions. La diffusion des Abstractions. Hommage à Jean Laude,* Saint-Étienne, Université de Saint-Étienne (CIEREC), pp. 143-157.

RAGON M. et SEUPHOR M., 1973, *L'art abstrait. III. 1939-1970 en Europe,* Paris, Maeght Éditeur.

RAILING P., 1989, *From Science to Systems of Art : On Russian Abstract Art and Language 1910-1920, and other Essays,* Forest Row, Artists Bookworks.

REY R., 1957, *Contre l'art abstrait,* Paris, Flammarion.

REYNOLDS D., 1995, *Symbolist Aesthetics and Early Abstract Art : Sites of Imaginary Space,* Cambridge, Cambridge University Press.

ROBBINS D. J., 1981, « Sources of Cubism and Futurism », in *Art Journal,* vol. 41, n° 4, hiver, pp. 324-327.

ROQUE G. (éd.), 1992, *L'expérience de la couleur,* in numéro spécial de *Verba Volant,* n° 3 (École d'art de Marseille).

ROQUE G., 2002, « Motives and Motifs in Visual Thematics », in M. Louwerse et W. van Peer (éds), *Thematics. Interdisciplinary Studies,* Amsterdam/Philadelphie, John Benjamins Publishing Company, pp. 265-282.

ROSENTHAL M., 1996, *Abstraction in the Twentieth Century : Total Risk, Freedom, Discipline,* catalogue d'exposition, New York, Guggenheim Museum.

ROSKILL M., 1992, *Klee, Kandinsky and the Thought of Their Time : A Critical Perspective,* Urbana et Chicago, University of Illinois Press.

ROUSSEAU P., 1995, « Réalité, Peinture pure. Robert Delaunay, l'orphisme et la querelle de la poésie pure », in *Energeia,* n° 2, décembre, pp. 93-109.

SAWIN M., 1995, *Surrealism in Exile and the Beginning of the New York School,* Cambridge, Mass., et Londres, MIT.

SCHAPIRO M. , 1996, *L'art abstrait,* tr. fr., s. l., Éditions Carré.

SCHIMMEL P. (éd.), 1986, catalogue de l'exposition *The Interpretative Link : Abstract Surrealism into Abstract Expressionism : Works on Paper 1938-1948,* New York, Whitney Museum of American Art.

SEITZ W. C., 1983, *Abstract Expressionist Painting in America,* Cambridge, Mass., et Londres, MIT Press.

SEUPHOR M., 1949, *L'art abstrait, ses origines, ses premiers maîtres,* Paris, Maeght Éditeur.

SEUPHOR M., 1956, *Piet Mondrian, sa vie, son œuvre,* Paris, Flammarion.

SEUPHOR M., 1957, *Dictionnaire de la peinture abstraite,* Paris, Hazan.

Seuphor M., 1965, *Le style et le cri. Quatorze essais sur l'art de ce siècle,* Paris.

Stämpfli, 2002, catalogue de l'exposition *Stämpfli,* Paris, Galerie nationale du Jeu de Paume.

Taraboukine N., 1972, *Le dernier tableau,* tr. fr., Paris, Champ libre.

Towards a New Art : Essays on the Background to Abstract Art 1910-20, 1980, Londres, The Tate Gallery.

Tupitsyn M.,1999, *El Lissitzky : Beyond the Abstract Cabinet : Photography, Design, Collaboration,* New Haven et Londres, Yale University Press.

Vallier D., 1980, *L'art abstrait,* Paris, Le Livre de Poche.

Vallier D., 1989, *Du noir au blanc : les couleurs dans la peinture,* Caen, L'Échoppe.

REMERCIEMENTS

Les recherches dont ce livre est issu ont été principalement menées au CASVA (Center for Advanced Studies in the Visual Arts) de la National Gallery de Washington, lors de deux séjours que j'y ai effectués, comme Ailsa Mellon Bruce Senior Fellow (automne 1999), puis Paul Mellon Senior Fellow (automne 2000). Je tiens à remercier le directeur d'alors, « Hank » Millon, ainsi que l'ensemble du personnel qui a tout mis en œuvre pour me faciliter l'accès aux documents. Sans les conditions de travail exceptionnelles dont j'ai bénéficié, ce livre n'aurait pas été ce qu'il est devenu.

Par ailleurs, cet ouvrage constitue une partie de ma participation à un projet collectif du Centre de recherche sur les arts et le langage (le CRAL, CNRS/EHESS), précisément consacré à l'abstraction dans l'art du XXe siècle. Certaines idées ont été discutées lors d'une séance du séminaire « Réévaluation de l'art moderne et des avant-gardes » à l'EHESS. Je tiens à remercier les membres de mon groupe ainsi que le public pour leurs commentaires critiques qui m'ont aidé à préciser certaines de mes vues, et en particulier mon regretté collègue et ami Rainer Rochlitz, qui avait pris l'initiative de ce séminaire. Rainer m'avait constamment encouragé à poursuivre ce travail dont nous avions discuté à plusieurs reprises. Aussi sa disparition est-elle d'autant plus douloureuse qu'en le perdant j'ai non seulement perdu un ami, ayant réussi à gagner son amitié au fil des ans, mais aussi un collègue généreux, exigeant et enthousiaste. J'ai beaucoup pensé à lui en écrivant ces pages et son souvenir continue de m'accompagner.

Félix-Adrien d'Haeseleer m'a fait d'utiles suggestions concernant certains points délicats de traduction des textes néerlandais de Mondrian. Qu'il trouve ici l'expression de ma gratitude.

Enfin, je tiens à remercier les revues et maisons d'édition qui m'ont autorisé à reprendre des articles déjà publiés et qui ont tous été remaniés afin d'être incorporés dans le présent ouvrage. Le premier chapitre est issu de « L'idée d'abstraction avant l'avènement de l'art abstrait », *Paragone/ Arte,* LIII, 3ᵉ série, n° 45 (621), septembre 2002, pp. 17-32. La première partie du chapitre III a d'abord été publiée, sous le titre « Le fauvisme, première abstraction du XXᵉ siècle ? », dans *Critique*, n° 634, mars 2000, pp. 202-213. Et de nombreuses pages sur Delaunay (chapitre V et fin du chapitre VII) proviennent de mon article « Les vibrations colorées de Delaunay : une des voies de l'abstraction », dans le catalogue de l'exposition *Robert Delaunay 1906-1914. De l'impressionnisme à l'abstraction,* Paris, Centre Georges-Pompidou, 1999, pp. 53-64.

INDEX

Une nouvelle réimpression de cet ouvrage me fournit l'occasion de répondre brièvement aux principales critiques qui m'ont été faites, d'apporter quelques précisions, et de dissiper un malentendu.

Tout d'abord, il ne s'agit pas d'une histoire de l'art abstrait centrée sur les *œuvres*. Pour cette raison, beaucoup d'excellents peintres abstraits sont à peine mentionnés, voire absents, surtout bien évidemment tous ceux dont la production est postérieure à 1960 — date limite fixée un peu arbitrairement, mais aussi parce qu'elle marque le déclin des principaux débats qui ont entouré l'art abstrait et la fin des avant-gardes historiques. Je n'ai donc nullement voulu évaluer l'importance qualitative des artistes les uns par rapport aux autres, précisément parce que c'est là ce qu'offrent la plupart des nombreuses histoires de l'art abstrait existantes. Aussi est-ce plutôt une histoire *conceptuelle* de l'art abstrait que j'ai proposée, en tout cas dans la première partie. Mon propos a donc été de tenter de rendre compte historiquement de l'évolution des débats concernant l'idée d'abstraction et d'art abstrait. La décision de retenir certains artistes et d'en éliminer d'autres n'est donc pas fonction de la valeur plastique de leur œuvre, mais de leur pertinence par rapport à la problématique que je m'étais fixée : dans quelle mesure ont-ils apporté quelque chose aux débats que j'ai cherché à éclaircir ? Telle est la question qui m'a conduit à arrêter les choix qui ont été faits. Si la clarification terminologique à laquelle je me suis livré a été de quelque utilité et si désormais ceux qui m'ont lu font preuve de plus de circonspection dans l'usage de certains termes, mon effort n'aura pas été vain.

Un autre choix a été privilégié : partir des artistes et de leurs discussions entre eux, plutôt que des critiques. Les artistes ont souvent été les premiers à écrire sur l'art abstrait notamment parce qu'ils cherchaient à comprendre, dans le feu de l'action, le bouleversement de l'art auquel ils contribuaient par leur production, laquelle, souvent incomprise, nécessitait l'appui d'une argumentation écrite. Aussi leurs textes, parfois confus, il faut bien l'admettre, répondaient à différents objectifs : assimiler, expliquer, justifier et théoriser leur démarche, à des fins qui étaient souvent aussi publicitaires et po lémiques. Il était important de leur accorder la part du lion, d'autant plus que leurs écrits sont souvent noyés de nos jours dans des discours partisans qui ne les citent que partiellement, voire partialement. Comme ces discours dominent largement la littérature sur l'art abstrait, j'ai choisi de donner la parole aux artistes. Les propos des critiques n'ont donc été pris en compte que lorsqu'ils éclairaient les débats examinés, ou lorsque les néologismes qu'ils ont créés allaient au-delà d'un label forgé *ad hoc* pour promouvoir les œuvres d'un groupe d'artistes.

Sans doute eût-il fallu, dans un second temps, discuter les discours critiques, et en particulier les thèses que j'ai nommées « absolutistes », et qui n'ont pas fait l'objet d'une analyse détaillée. D'abord, en raison de la volonté de privilégier plutôt les écrits des artistes. Ensuite, parce que les thèses absolutistes étant de nos jours très à la mode, j'ai préféré développer un point de vue différent, qui fait l'objet de la seconde partie. Enfin, l'analyse de ces thèses devrait se faire dans un cadre général fondé sur l'idée même d'abstraction désormais entendue au pluriel : seule une étude élargie des différentes théories de l'abstraction comme processus, qui ne se limiterait pas à la sphère artistique mais englobait la philosophie et l'épistémologie, pourrait permettre de replacer dans leur contexte les thèses absolutistes (et les autres). Ce cadre général nous fait malheureusement encore défaut.

Par ailleurs, avoir privilégié les débats entre artistes et groupes rivaux signifie-t-il pour autant que je me serais retranché derrière ces querelles souvent tortueuses, sans prendre parti ? D'abord, je n'entendais pas simplifier ces débats mais les décrire et les analyser. Quant à l'idée que je n'aurais

pas pris parti, elle est d'abord bien naïve — quand
on sait que toute histoire s'écrit et est faite de choix
constants (de ce qu'on retient et de ce qu'on
écarte), lesquels impliquent bien des prises de position de chaque instant —, et devient tout à fait inacceptable pour la seconde partie, qui présente l'art
abstrait sous un jour nouveau, comme une grammaire avec son vocabulaire et ses différentes syn-
taxes, grammaire assortie, dans certains cas, d'une
sémantique. J'ajouterai que le parti pris méthodologique, celui d'avoir adopté une démarche sémiotique, jette en retour quelque lumière sur l'approche
absolutiste (cf. *supra*, pp. 424-425). Mais ce sont
là, j'en conviens, des points qui nécessiteraient de
plus amples développements.

Les critiques les plus sévères sont venues, non
des recensions de l'ouvrage, mais des partisans de
l'art abstrait « pur et dur » (galeristes et artistes)
qui me reprochent de n'avoir pas condamné fermement comme hérétiques toutes les conceptions de
l'art abstrait qui ne sont pas rigoureusement non
objectives. Il est vrai que je ne suis pas entré dans
une discussion des différentes idéologies de l'art
abstrait, me contentant de renvoyer dos à dos les
théories formalistes et absolutistes. Une telle discussion dépasserait largement les limites de ce livre
et c'est pourquoi je ne l'ai pas abordée frontale-
ment. De plus, en me faisant l'historien des conceptions de l'art abstrait, j'avais à les analyser sans
faire état de mes préférences, ayant souligné par
ailleurs combien la position de Michel Seuphor,

confondant le rôle d'historien et celui de critique, a fait du tort à la compréhension de l'art abstrait. De nouveau, je n'ai pas voulu mettre la charrue avant les bœufs, l'objectif principal étant de clarifier les débats. Reste donc à élaborer cette analyse critique des idéologies de l'art abstrait, qui permettra d'examiner les fondements de la position rigoureusement non objective — laquelle, rappelons-le, consiste à penser que l'essence de la peinture, ce sont les aspects « purement » plastiques (formes, couleurs, textures), qui forment un langage spécifique proprement pictural que la figuration ne peut que masquer et occulter.

Enfin, le malentendu que je souhaite dissiper concerne l'épilogue du livre, qui porte sur Stämpfli, le « peintre des pneus », à qui, selon d'aucuns, j'aurais accordé une place disproportionnée. Je ferai ici la même réponse que celle donnée au début de cette brève mise au point : mon propos n'a jamais été de consacrer à chaque peintre un nombre de pages proportionné à son importance « historique » en tant qu'artiste abstrait. Et heureusement, car longue est la liste des « oubliés » (ne serait-ce que les constructivistes suisses et latino-américains) ! Si j'ai considéré Stämpfli comme un cas intéressant, c'est seulement : 1) pour aller à l'encontre de l'idée reçue selon laquelle le pop art aurait signifié la fin de l'art abstrait ; et 2) parce que son parcours, de la figuration à l'abstraction, me semble, à tort ou à raison, poser des problèmes philosophiques dignes de commentaires. Il ne s'agissait

donc ni d'apologie, ni de lui conférer une place
d'honneur au panthéon de l'art abstrait, ni de voir
dans son travail un modèle de ce que l'art abstrait
devrait être, mais seulement de commenter une démarche qui méritait, me semble-t-il, d'être décrite.
D'où l'épilogue dans l'acception la plus stricte du
terme : la narration des faits postérieurs à la période
envisagée dans le corps de l'ouvrage[1].

Décembre 2011

1. Cette nouvelle édition témoigne du succès critique de
l'ouvrage. Notre postface répond essentiellement à certaines
réactions premières, émanant de critiques d'art, mais aussi
d'artistes et de galeristes. Quant aux critiques émises par quelques historiens d'art, plus lents à réagir, je me contenterai de
leur signaler deux publications qui prolongent certaines des hypothèses ci-développées. Dans le dossier « Art et abstraction »,
réuni par N. Podzemskaia, *Ligeia. Dossiers sur l'art*, n° 89-92,
janvier-juin 2009, pp. 33-255, se trouvent notamment développées la compréhension de l'art abstrait comme un langage
(notamment chez Kandinsky), l'importance des grammaires de
l'ornement comme source de l'art abstrait, ainsi que la nécessité d'analyser plus avant les origines philosophiques, esthétiques et linguistiques de l'idée d'abstraction. Par ailleurs, le
catalogue de l'exposition *Paths to Abstraction 1867-1917* (catalogue de l'exposition organisée par T. Maloon, Art Gallery of
New South Wales, 2010, Australie) met en évidence que l'abstraction n'est pas née d'un coup vers 1912, mais a été préparée
par la génération antérieure. Il rejoint et prolonge donc une des
idées centrales de notre livre.

SECONDE PARTIE
LANGAGE ET ART ABSTRAIT

DU MÊME AUTEUR

Chez d'autres éditeurs

CECI N'EST PAS UN MAGRITTE. ESSAI SUR MAGRITTE ET LA PUBLICITÉ, Paris, Flammarion, 1983.

L'EXPÉRIENCE DE LA COULEUR (éd.), Marseille, *Verba Volant* n° 3, École d'art de Marseille-Luminy, 1992.

ART ET SCIENCE DE LA COULEUR : CHEVREUL ET LES PEINTRES, DE DELACROIX À L'ABSTRACTION, Nîmes, Jacqueline Chambon, 1997.

MICHEL-EUGÈNE CHEVREUL : UN SAVANT, DES COULEURS (éd. avec la collaboration de B. Bodo et Fr. Viénot), Paris, Muséum national d'histoire naturelle/EREC, 1997.

LA VIE NOUS EN FAIT VOIR DE TOUTES LES COULEURS (avec Cl. Gudin), Lausanne, L'Âge d'homme, collection « Hypothèses », 1998.

MAJEUR OU MINEUR ? LES HIÉRARCHIES EN ART (éd.), Nîmes, Jacqueline Chambon, 2000.

EL COLOR EN EL ARTE MEXICANO (éd.), Mexico, Instituto de Investigaciones Estéticas de la UNAM (Universidad Nacional Autónoma de México), 2003.

Carapace
de tortue
de Floride

— script abga

DANS LA COLLECTION FOLIO / ESSAIS

Composition Nord Compo.
Impression CPI Bussière à Saint-Amand (Cher)
le 20 janvier 2012.
Dépôt légal : janvier 2012.
1ᵉʳ dépôt légal dans la collection : septembre 2003.
Numéro d'imprimeur : 120239/1.
ISBN 978-2-07-042906-6./Imprimé en France.